CHRISTINE RATH

Windflüstern

EIN HEIMTÜCKISCHER PLAN Blaues Meer, ein wolkenloser Himmel und glückliche Urlauber am Strand: Der Sommer auf Sylt könnte nicht schöner sein. Doch der Wind flüstert geheime Worte auf das Meer hinaus: Sie erzählen von einem heimtückischen und mörderischen Plan … Ehrgeizig hatte die schöne Elena ihr Ziel verfolgt und den schwerreichen Hamburger Verleger Hans Ewers als Ehemann geangelt. Doch nun ist sie gelangweilt vom Leben an der Seite des viel älteren und ungeliebten Mannes. Nach außen die gute Ehefrau spielend beginnt sie eine Affäre mit dem jungen Reitlehrer Gunnar, der fasziniert von der schönen und klugen Frau ist und sich auf ein gefährliches Spiel mit ihr einlässt. Als Hans Ewers tot am Strand gefunden wird, deutet alles auf Selbstmord durch Ertrinken hin. Seine trauernde Witwe lässt alle wissen, dass ihr Ehemann schwer depressiv gewesen sei und seinem Leben selbst ein Ende gesetzt habe. Da diverse Indizien diese Behauptung bestätigen, geht auch die ermittelnde Polizei davon aus. Nur der pensionierte Kommissar Uwe Boysen misstraut der Sache und ermittelt auf eigene Faust. Seine Spur führt ihn mitten in die Turbulenzen des exklusiven Sylter Poloturniers. Doch plötzlich geschieht dort ein weiterer mysteriöser Mord …

Die Autorin Christine Rath, Jahrgang 1964, lebt und schreibt am schönen Bodensee, wo sie mit ihrer Familie ein kleines Hotel betreibt. Hier findet sie durch die vielen interessanten Begegnungen und Situationen mit anderen Menschen viele neue Ideen für ihre Romane. Ihre Wurzeln hat sie jedoch an der Ostsee und auf der Insel Sylt, auf der ihre Eltern einige Zeit lebten. An beiden Meeren findet sie in der zauberhaften Natur Ruhe und Erholung.

Bisherige Veröffentlichungen im Gmeiner-Verlag:
Eisblumenglitzern (2016)
Heidezauber (2016)
Maiglöckchensehnsucht (2015)
Sanddornduft (2014)
Wildrosengeheimnisse (2013)
Butterblumenträume (2011)

CHRISTINE RATH

Windflüstern

Ein Romantikkrimi auf Sylt

GMEINER SPANNUNG

Ausgewählt durch Claudia Senghaas

Personen und Handlung sind frei erfunden.
Ähnlichkeiten mit lebenden oder toten Personen
sind rein zufällig und nicht beabsichtigt.

Besuchen Sie uns im Internet:
www.gmeiner-verlag.de

Im Ehnried 5, 88605 Meßkirch
Telefon 07575/2095-0
info@gmeiner-verlag.de

1. Auflage 2017

Lektorat: Claudia Senghaas, Kirchardt
Herstellung: Mirjam Hecht
Umschlaggestaltung: U.O.R.G. Lutz Eberle, Stuttgart
unter Verwendung eines Fotos von: © Marco2811 / Fotolia.com
Druck: GGP Media GmbH, Pößneck
Printed in Germany
ISBN 978-3-8392-2042-9

Für den Inseljungen

Verwelkende Rosen

Möchten viele Seelen dies verstehen,
möchten viele Liebende es lernen:
So am eigenen Dufte sich berauschen,
So verliebt dem Mörder Wind zu lauschen,
so in rosiges Blätterspiel verwehen,
Lächelnd sich vom Liebesmahl entfernen,
So den Abschied als ein Fest begehen,
So gelöst dem Leiblichen entsinken
Und wie einen Kuss den Tod zu trinken

Hermann Hesse

PROLOG

Sacht flatterte die Gardine vor dem alten Fenster, durch dessen Ritzen sogar im Sommer kalte Luft in das schäbige kleine Zimmer zog. Sie schloss die Augen und lauschte der Musik von Chopin, die sie auch heute wieder zum Träumen brachte. Sie träumte, die Gardinen wehten in einem Haus am Meer, irgendwo im Süden … in Südfrankreich oder Italien. Sie sah sich in einem langen Kleid aus Seide, ein Champagnerglas in der Hand haltend … den Blick aus dem Fenster in den Garten gerichtet, wo die schönsten Rosen blühten und nicht Mülleimer und klapprige Fahrräder die Tristesse eines russischen Mehrfamilienhauses widerspiegelten.

Nur bei Chopin gelang es ihr, in eine Traumwelt einzutauchen, die sie für eine kurze Zeit die Wirklichkeit vergessen ließ.

Das Klopfen an der Tür riss sie unsanft aus ihren Träumen.

Nein, bitte nicht. Nicht heute. Sie war so müde nach ihrem Zwölfstunden-Arbeitstag im Restaurant »Lastochka«, und der Gedanke an den alten Ivan Bodunov, ihren Arbeitgeber, der sie ständig bedrängte, erfüllte sie mit Ekel.

»Elena, Liebes … ich bin es«, hörte sie eine sanfte Stimme.

»Juri!« Sie sprang aus dem Bett, öffnete die Tür und fiel ihrem Liebsten in die Arme.

»Du scheinst überrascht. Hast wohl jemand anderen erwartet?«

Mit gespieltem Misstrauen und ernstem Gesichtsausdruck schob er sie ein kleines Stückchen von sich, um sie dann aber in der nächsten Minute umso heftiger an sich zu drücken.

»Aber nein, ich habe nur befürchtet …«

Sie brach ab, wusste sie doch, wie eifersüchtig Juri auf den alten Ivan Bodunov war.

»Du hast befürchtet, dass der alte Lustmolch dir wieder an die Wäsche will, gib es zu!«

Sie wusste, dass es ein Fehler gewesen war, ihm davon zu erzählen.

Juri war ein heißblütiger junger Mann, dem es nicht das Geringste ausmachen würde, es dem Alten einmal ordentlich zu zeigen.

»Ich sag dir was, Elena: Wenn das noch einmal passiert, hat sein letztes Stündlein geschlagen! Sollte er dich noch ein einziges Mal anrühren, wird er dafür bezahlen!«

»Hör auf, Juri«, sagte sie mit schmeichelnder Stimme. »Sonst landest du im Gefängnis, und wir können all unsere schönen Zukunftspläne vergessen!«

Sie nahm sein Gesicht in beide Hände und küsste ihn zärtlich.

Sein Körper reagierte sofort auf ihre weiblichen Kurven, wie immer, wenn sie ihm so nahe kam.

Gott, wie sie diesen Mann liebte! Er war der einzige Grund, warum sie dieses Leben ertrug.

Die viele Arbeit, die Armut, das trostlose Viertel und sogar den ekligen alten Bodunov.

Wenn es doch nur endlich so weit wäre und sie ein gemeinsames Leben mit Juri beginnen könnte!

Es müsste ja nicht gleich Südfrankreich sein. Vielleicht wäre Moskau schon besser. Alles wäre besser als das hier!

Als hätte er ihre Gedanken erraten, sagte er: »Mach dir keine Sorgen, Dorogaja-Liebes, ich hole dich hier raus!«

»Versprichst du mir das, Juri?«, fragte sie leise, während er sie langsam auszog und ihren ganzen Körper mit Küssen bedeckte.

»Ja, mein Liebling. Wir beide werden von hier fortgehen. Nächsten Monat habe ich meine Ausbildung beendet und genug Geld zusammen. Dann hauen wir einfach ab.«

Sie schloss die Augen und gab sich vollständig ihren Gefühlen und ihrem Geliebten hin.

Mit der Aussicht auf ein gemeinsames Leben mit Juri ließ sich alles gleich viel leichter ertragen!

Seine Liebe ließ sie alles vergessen: die harte Arbeit, die Einsamkeit und sogar die Gespenster der Vergangenheit, die sie nachts um den Schlaf brachten. Glücklich schlief sie in seinen Armen ein.

Mitten in der Nacht wurde sie jedoch durch ein Geräusch geweckt.

»Juri?«

Sie blickte auf seinen starken Rücken. Sein Körper ist genauso schön wie sein Gesicht, dachte sie.

»Bitte bleib bei mir!«, bat sie, während er sich das Hemd in die Hose steckte.

Er drehte sich um und setzte sich zu ihr auf die Bettkante. Sanft strich er über ihr Haar und sagte: »Elena, ich muss morgen früh um sechs Uhr bei der Arbeit sein. Das schaffe ich nicht von hier aus! Schlaf noch ein paar Stunden. Wir sehen uns morgen Abend!«

Er zog sie an sich und küsste sie noch einmal zärtlich, dann nahm er seine Jacke und schloss die Tür hinter sich. Sie war schon fast wieder eingeschlafen, da bemerkte sie den Motorradhelm auf dem Stuhl. Warum war Juri nicht noch einmal zurückgekommen? Er musste doch bemerkt haben, dass er den Helm vergessen hatte. Wahrscheinlich dachte er, sie sei bereits wieder eingeschlafen und wollte sie nicht wecken. Es war so typisch für Juri. Es machte ihm nichts aus, ohne Helm zu fahren. Im Sommer tat er dies oft mit voller Absicht. Er sagte, er fühle sich dann viel freier. Elena liebte dieses Wilde, Männliche an ihm. Er hatte keine Angst, vor nichts und niemandem. Auch heute würde er nur über den strömenden Regen lachen und eben ohne den Helm nach Hause fahren.

Sie kuschelte sich in die Kissen und träumte weiter von ihrem neuen gemeinsamen Leben. An seiner Seite würde auch sie keine Angst mehr haben müssen. Alles würde endlich gut werden. Sie musste noch einmal eingeschlafen sein, denn eine gefühlte Ewigkeit später klopfte es erneut an der Tür.

Juri … ist er doch noch einmal umgekehrt, um den Helm zu holen!, dachte sie schmunzelnd, während sie schlaftrunken die Tür öffnete.

Doch es war nicht Juri, der vor der Tür stand.

In der nächsten Sekunde wusste sie, dass ihre gemeinsamen Träume niemals Wirklichkeit werden würden. Sie hatte das Gefühl, ins Bodenlose zu fallen, als sie dem Polizeibeamten in die Augen sah. Sie kannte diesen Blick. Sie hatte ihn schon einmal gesehen, damals, als ihre Mutter starb und ihre Welt das erste Mal in Scherben fiel.

Nun zerbrach sie erneut und wusste, sie würde nie wieder so glücklich sein, wie sie noch vor wenigen Stunden gewesen war.

1. KAPITEL: 25 JAHRE SPÄTER – DER WIND FLÜSTERT DEINEN NAMEN

Leise bewegen sich die Zweige der Kiefern im Abendwind. Die tief stehende Sonne wirft lange Schatten in den gepflegten Garten des wunderschönen, mit Reet gedeckten Klinkerhauses. Sanft ertönen die Klänge des Windspiels, das Elena gegen den Willen von Hans auf der windgeschützten Terrasse angebracht hat. Er hatte zwar protestiert, weil es seiner Meinung nach nicht zum Stil des Hauses passen würde, es aber dennoch an der angebrachten Stelle stillschweigend hängen lassen. Hans kann Elena selten etwas abschlagen. Sie braucht ihn nur mit leicht geneigtem Kopf anzusehen und ein kleines Lächeln aufzusetzen … schon ist er wieder Wachs in ihren Händen! Sie ist sich ihrer Wirkung nicht nur bei Hans, sondern auch bei anderen Männern durchaus bewusst. Schließlich hat diese sie dorthin gebracht, wo sie jetzt ist, in dieses wunderschöne Haus, das im exklusiven Ort Kampen steht, dem teuersten Ort in ganz Deutschland. Der Weg hierher war für Elena sehr steinig gewesen, doch seitdem sie hier war, wurde sie endlich für all ihre Mühen und Entsagungen belohnt. Sie hatte sich in dieses Haus in der ersten Minute, in der sie es betreten hatte, verliebt. Und das, obwohl es in ihren Augen einfach schrecklich eingerichtet war. Sicher, es handelt sich bei den Möbeln um rare Antiquitäten, exquisite und wertvolle Stücke, die Hans und seine damalige Ehefrau von überall auf der Welt zusammengetragen haben. Doch in Elenas Augen wirken sie bieder und altbacken. Sie passen so gar nicht zu ihr! Bis jetzt weigerte sich Hans hartnäckig, die alten Sachen durch schicke, moderne Designermöbel zu ersetzen. Doch sie weiß, sie muss ihn nur noch ein wenig umschmeicheln, dann wird sie das auch noch durchsetzen.

Seufzend steckt sie sich das lange rotblonde Haar nach oben und zieht die Lippen mit dem heute neu in der Kampener Parfümerie erworbenen Lippenstift nach. Seine goldene Hülle funkelt im Licht der Abendsonne, die durch die Fenster des großen Badezimmers auf die Marmorfliesen fällt. Prüfend betrachtet sie die feinen Fältchen um ihre Augen und die Falte auf der Stirn, die immer tiefer zu werden scheint. Das ist der Nachteil der intensiven Sonne auf Sylt – die Haut wird sehr schnell trocken. Und faltig, besonders, wenn man so empfindliche Haut hat wie Elena. Da nützt auch die teure Antifaltencreme aus der Parfümerie nichts mehr.

Elena ist nun einmal keine 20 mehr, auch wenn sie mit über 40 Jahren immer noch über eine tadellose Figur und – bis auf die paar Fältchen – seidige und glatte Haut verfügt.

Nun, ihr mehr als vermögender Ehemann kann es sich bestimmt leisten, seiner Frau demnächst einen kleinen Aufenthalt in einer Schönheitsklinik zu bezahlen. Elena nimmt sich vor, ihn bei passender Gelegenheit darauf anzusprechen. Gott, wie sie es hasst, ihn immer wieder anbetteln zu müssen! Sie hat zwar wirklich eine mehr als nur »gute Partie« gemacht, doch ihr Ehemann verwaltet das ganze Geld, und sie bekommt nur ein in ihren Augen viel zu kleines Taschengeld. Sicher, er bezahlt alle Rechnungen. Von dem Tag an, an dem sie bei ihm eingezogen war, hatte sie es nicht mehr nötig gehabt zu arbeiten. Seitdem kann sie sich den Luxus erlauben, regelmäßig zur Kosmetikerin und zum Friseur zu gehen und die schönsten Kleider in den teuersten Boutiquen zu kaufen. Sie speisen nur in den feinsten Restaurants und wählen bei ihren zahlreichen Reisen stets nur die besten Hotels. Außerdem bezahlt Hans ihre Reitstunden und ihr Pferd! Warum also regt sie sich so auf, weil sie ihn bei größeren Anschaffungen um Erlaubnis fragen muss? Das müssen andere Ehefrauen vermutlich auch. Seit ihrer Kindheit hatte sie davon geträumt, ein eigenes Pferd zu besitzen. Und Hans hatte ihr diesen Traum, gleich, nachdem sie ihm davon erzählt hatte, erfüllt. Er hatte ihr die schönste Stute, die sie je gesehen hatte, zum Geburtstag geschenkt. Elena hatte sie Fantaisie genannt nach einem ihrer Lieblingsstücke von Chopin. Fantaisie ist in einem Reitstall in Keitum untergebracht, den Elena mindestens einmal am Tag aufsucht.

Manchmal, wenn Fantaisie sie aus ihren großen Pferdeaugen ansieht, hat Elena das Gefühl, dass die Stute bis auf den Grund ihrer Seele blicken und ihre wahren Gefühle erkennen kann, was natürlich völliger Blödsinn ist.

Sie schlüpft in bequeme Jeans und einen warmen Pullover, denn der Wind hat stark aufgefrischt, und es wird Hans sicher auffallen, wenn sie zu leicht angezogen ist.

Hastig stopft sie ein paar andere, viel schickere Kleidungsstücke in ihre große Louis-Vuitton-Tasche und läuft leise die Treppe nach unten. Hans sitzt mit dem Rücken zu ihr auf der Terrasse, den Blick in seine Zeitung vertieft. Sie hält einen Augenblick inne und betrachtet den Mann, der ihr dieses sorgenfreie Leben ermöglicht. Sie sieht einen noch immer äußerst attraktiven Mann, auch wenn er schon über 70 ist. Er ist groß und stattlich, und mit seinem hellen Haar, in dem nur wenige silberne Strähnen erkennbar sind, dazu braun gebrannt, ist Hans der Inbegriff des gut aussehenden Unternehmers. Für einen Moment ergreift sie tiefes Bedauern, dass sie ihn nicht lieben kann. Es liegt ganz gewiss nicht an ihm! Elena kann niemanden mehr lieben. Sie hat nur ein einziges Mal einem Mann ihr Herz geschenkt, und dieser Mann ist schon lange tot. Einen anderen hat es nie für sie gegeben, und das wird es auch nie. Dabei wäre Hans es wirklich wert, geliebt zu werden! Eine andere Frau könnte ihn sicher glücklich machen, denkt Elena. Sie stellt ihre Tasche am Eingang ab und geht langsam auf ihn zu. Als habe Hans ihre leisen Schritte gehört, hebt er den Blick von der Zeitung und lächelt sie an. Nein, Hans *ist* glücklich mit ihr, korrigiert Elena ihre Gedanken. Sein liebevoller und bewundernder Blick sagt alles aus: Er ist stolz auf seine schöne, jung aussehende Frau.

Elena umarmt ihn. Auch wenn sie ihn nicht liebt, so kostet es sie keinerlei Überwindung, ihn zu umarmen. Schließlich hat sie schon andere Männer umarmt, denen sie keine Dankbarkeit schuldete und die nicht so gut zu ihr waren.

»Du willst noch in den Reitstall?«, fragt Hans. In seiner Stimme schwingt ein leiser Anflug von Enttäuschung mit.

»Ich dachte, wir gehen heute Abend zum Essen in den ›Rauchfang‹?«

»Es tut mir leid, Ljubimij, Liebling.«

Elena legt so viel Bedauern in ihre Stimme, wie sie nur kann.

»Ich möchte noch einmal nach Fantaisie sehen«, antwortet sie. »Das Wetter schlägt um. Du weißt, sie ist dann immer besonders unruhig. Aber ich verspreche, ich bin bald zurück. Dann können wir doch immer noch in den

›Rauchfang‹. Warum nimmst du nicht inzwischen ein Entspannungsbad?«

Hans liebt seine große Whirlpoolbadewanne und entspannt sich am liebsten jeden Tag darin.

»Ich beeile mich auch! In Ordnung, Liebling?«, setzt sie hinzu und streicht ihm liebevoll über das Haar.

»Natürlich, Schatz«, antwortet Hans darauf verständnisvoll.

»Huhu! Hallo, ihr beiden!«, ertönt eine fröhliche Stimme auf der anderen Seite des mit Rosen bewachsenen Steinwalls.

Du liebe Zeit! Die Nachbarin Britt. Die hat Elena gerade noch gefehlt!

Schon kommt sie durch die Lücke im Steinwall herübergelaufen, in der Hand eine Flasche Weißwein schwenkend.

»Ich wollte euch auf ein Gläschen zu mir auf der Terrasse einladen. Was meint ihr? Das Wetter soll umschlagen, schon morgen kann es wieder regnen.«

Britt lächelt freundlich. Mit ihren langen Beinen, ihren hellblonden Haaren und den hellen blauen Augen ist sie der Inbegriff einer nordischen Schönheit, mit anderen Worten das ganze Gegenteil von Elena. Vielleicht kann ich sie deshalb nicht leiden, denkt sie. Oder, weil ihr immer so freundliches Wesen einfach unerträglich auf die Nerven geht. Natürlich sieht Hans das ganz anders und scheint sich über den Besuch der Nachbarin zu freuen.

Was will die schon wieder hier?, denkt Elena, bemüht sich aber, das freundliche Lächeln zu erwidern. Ihr ist bewusst, dass Britt seit dem Tod ihres Mannes viel alleine ist. Wahrscheinlich hat sie seitdem ein Auge auf Hans geworfen und wäre nur zu gerne selbst Frau Ewers geworden! Nun, Hans hat sich aber anders entschieden und vor zwei Jahren die schöne Elena zu seiner Frau gemacht. Ungefähr 20 Jahre jünger als Britt, rotblond und zierlich, aber mit den Rundungen an den richtigen Stellen ist sie wirklich das genaue Gegenteil von ihr. Das muss ein herber Schlag für Britt gewesen sein! Kein Wunder verhält sie sich ihr gegenüber so distanziert. Hans umarmt sie dagegen jetzt innig und sieht ihn dabei prüfend an.

»Du siehst müde aus, alter Freund! Geht es dir nicht gut?«

Er lächelt. »Je später der Abend, desto schöner die Gäste!«, begrüßt er die Nachbarin, ohne auf ihre Frage einzugehen.

Auch Elena wird mit einer Umarmung Britts bedacht, die allerdings wesentlich weniger herzlich ausfällt. Es ist deutlich zu sehen, die beiden Damen mögen sich nicht.

»Was ist? Kommt ihr auf einen Sprung herüber?«

Britt lässt nicht locker. Offenbar ist sie nicht gewillt, die Flasche Wein alleine zu leeren.

»Heute nicht, liebe Britt. Aber danke für die Einladung!«, enttäuscht sie Hans. »Ich bin in der Tat sehr müde heute Abend, und Elena möchte noch kurz in den Reitstall.«

»Jetzt noch?«

Misstrauisch zieht Britt eine Augenbraue nach oben.

»Fantaisie ist immer unruhig, wenn das Wetter umschlägt«, entschuldigt sich Elena.

Als ob ich mich vor *der* rechtfertigen müsste, denkt sie. Was ich tue, geht die nun wirklich nichts an!

In diesem Moment ertönt das kurze Signal, dass eine Nachricht auf Elenas geheimem Handy hereingekommen ist. Das wird Gunnar sein! Sicher wartet er schon längst auf sie.

Warum hat sie im Bad nur so herumgetrödelt? Nun muss sie wieder so schnell fahren, um ihn nicht zu verstimmen.

Und diese Britt steht hier herum und will unbedingt noch ein bisschen Small Talk machen.

Am liebsten würde sie sie einfach stehen lassen.

Doch natürlich darf sie nicht unhöflich sein. Sie will auch kein unnötiges Misstrauen hervorrufen. Darum bemüht sie sich um Freundlichkeit und sagt lächelnd: »Ein andermal sehr gerne, Britt! Der Sommer ist ja noch nicht vorbei.«

Insgeheim wünscht Elena sich jedoch, dass diese Situation nicht so schnell eintreten wird. Die Abende mit Hans' Freunden sind immer eine Qual für sie. Die Männer sprechen unentwegt über Geschäfte und Politik und die Frauen über ihre Golfrunden, ihre Häuser und Kinder oder Enkelkinder. Elena ist jedes Mal froh, wenn sie einen solchen Abend wieder hinter sich hat. Natürlich ist ihr bewusst, dass Hans stolz auf sie ist. Schließlich sieht sie die begehrlichen Blicke der anderen Männer. Leider jedoch auch die missbilligenden und eifersüchtigen der anderen Frauen.

»Nun ja …«, antwortet Britt mit schmalen Lippen.

Vermutlich erwartet sie, dass Hans sie zum Bleiben auffordert, da es ja offensichtlich ist, dass seine Ehefrau den Abend ohne ihn verbringen möchte.

Doch da dieses Angebot ausbleibt, bleibt ihr nichts anderes übrig, als sich zu verabschieden: »Dann wünsche ich euch noch einen schönen Abend.«

Enttäuscht dreht sie sich um und geht zurück zu ihrem Haus.

Am Steinwall dreht sie sich noch einmal um und winkt den beiden zu.

»Sie mag mich nicht«, stellt Elena fest und winkt zurück.

»Das bildest du dir ein, Schatz«, antwortet Hans besänftigend.

»Keineswegs. Sie ist so ganz anders zu dir als zu mir.«

»Ach, Elena! Ich kenne Britt nun schon 30 Jahre. Da ist es doch normal, dass wir vertrauter miteinander umgehen als ihr beide. Aber ich bin mir sicher, wenn sie dich erst besser kennenlernt, wird sie dich genauso lieben wie alle anderen.«

Hans drückt ihre Hand.

Alle anderen? Elena weiß genau, dass sie ein Fremdkörper in dieser Welt zwischen Hamburg und Sylt ist und immer bleiben wird. Es sind ja nicht nur die Freunde von Hans, die sie spüren lassen, dass sie nicht dazugehört. Den Platz seiner verstorbenen Frau Ulla wird sie bei ihnen sicher niemals einnehmen können.

Auch Hans' Kinder, die beide in Hamburg leben, lassen sich kaum noch auf Sylt sehen.

Gerade seine Tochter Inken ist nach Aussage des Vaters eine richtige »Insel-Deern«, und doch verspürt sie offenbar nicht allzu viel Lust, die schönen Sommertage in ihrem Elternhaus auf Sylt zu verbringen. Dabei hat sie als Lehrerin für Kunst doch gerade Sommerferien. Es muss also an Elena liegen, dass sie sich so selten sehen lässt.

Seitdem Hans seinem Sohn Björn die Leitung des Verlages übertragen hat, leben Elena und Hans praktisch nur noch auf Sylt. Sie haben zwar noch eine große Wohnung in Blankenese, die sie nach Elenas Geschmack in letzter Zeit leider viel zu selten nutzen. Dabei liebt Elena Hamburg und das kulturelle Leben in dieser aufregenden Stadt. Hans jedoch zieht sich in den vergangenen Monaten viel lieber in das beschauliche, ruhige Leben auf der Insel zurück. Das ist eben der Preis, wenn man einen viel älteren Mann heiratet, denkt Elena.

Man hat zwar alles, was das Herz begehrt, doch das Leben kann auch furchtbar langweilig sein.

Nun, sie hat einen Weg gefunden, um sich selbst auch

ein wenig Spaß zu gönnen! Schließlich ist sie ja noch nicht im Greisenalter wie die langweilige Britt.

Elena küsst ihren Mann auf die Stirn, schenkt ihm noch ein kleines Lächeln und geht leichten Schrittes zur Tür.

Sie nimmt sich vor, ihm später eine SMS zu schreiben, in der sie ihm mitteilen wird, dass sie doch noch einmal mit Fantaisie ausreiten möchte, um den letzten schönen Abend vor dem Sturm auszukosten. Hans wird Verständnis zeigen. Er weiß, wie viel ihr die Stute bedeutet. Wenn sie Glück hat, wird er alleine im »Rauchfang« zu Abend essen und bereits schlafen, wenn sie nach Hause zurückkehrt.

Der junge Mann wirft einen prüfenden Blick in den Himmel. Den ganzen Tag über war es sonnig und warm. Ausgerechnet jetzt muss diese Wolkenfront aufziehen! Der Wind hat merklich aufgefrischt und peitscht ihm kalt die Sandkörner ins Gesicht. Das wird ihr gar nicht gefallen! Sie ist so furchtbar kälteempfindlich. Eigentlich ungewöhnlich für eine Russin, denkt er. Sind die nicht Temperaturen von minus 20 Grad gewohnt? Nun, so gut kennt er sich in Russland nicht aus. Genau genommen weiß er nicht einmal, wo sie herkommt. Aber das spielt auch keine Rolle. Vom ersten Moment an, als er sie im Reitstall in Keitum gesehen hat, war er scharf auf sie. Wie sie auf die Stufe kletterte und ihr langes, rotblondes Haar nach hinten warf! Wie ihre vollen Brüste sich auf und ab bewegten, wenn sie vom Trab in den Galopp wechselte! Sie wirkte so kühl und unnahbar und nahm ihn überhaupt nicht zur Kenntnis. Erst als ihr Mann, den er zuerst für ihren Vater hielt, Reitstunden für sie buchte, kam er näher an sie heran. Doch es sollte noch viele Wochen dauern, bis er sie endlich so weit hatte. Er war es gewohnt, den Schülerinnen Komplimente über ihr Äußeres zu machen, doch bei ihr waren sie zum ersten Mal ehrlich gemeint. Ebenso war er es gewohnt, dass sich die Damen während der Reitstunden in ihn verliebten. Doch Elena war ein harter Brocken. Sie blieb kühl und zurückhaltend. Bis zu jenem Abend, der so furchtbar schwül war, wie er noch keinen auf Sylt erlebt hatte. Ein Gewitter lag in der Luft, und alle Pferde waren unglaublich unruhig. Auch Fantaisie ließ sich kaum beruhigen. Nicht einmal von Elena, die zum ersten Mal ihre Coolness ablegte. Gunnar war ein nicht nur erfahrener Reitlehrer, sondern wusste auch, wie man mit Pferden umgeht. Er sprach besänftigend auf Fantaisie ein, und es gelang ihm tatsächlich, sie in kurzer Zeit zur Ruhe zu bringen. Aus Dankbarkeit schenkte Elena ihm ein Lächeln. Es war, als würde sie ihn zum ersten Mal richtig ansehen. Als sie anschließend im »Reiterstübchen« noch ein Glas Wein tranken, wusste er, dass er sie rumkriegen würde. Bereits am nächsten Tag zog er sie hinter die Box und küsste sie leidenschaftlich. Wie er sich schon gedacht hatte, war sie eine heißblütige Frau, die an der Seite des viel älteren Mannes ein langweiliges Liebesleben pflegte. Dies änderte sich nach jenem Kuss und ihre leidenschaftliche Liaison begann. Gunnar war völlig verrückt nach ihr. Allein der Blick aus ihren hellen grünen Augen, ihr puppenhaftes Gesicht, das stets so kühl und unnahbar wirkte und damit völlig im Gegensatz zu ihrem heißen Körper stand, reizte ihn, sie sofort auf das nächste Bett zu werfen. Schon der Gedanke daran erregt ihn jetzt. Er hat alles sorgfältig vorbereitet: Erdbeeren und Pralinen von Leysieffer gekauft, die sie so gerne isst, und eisgekühlten Champagner in die Kühltasche gepackt, dazu zwei Champagnerschalen (den Fehler, Pappbecher mitzubringen, hat er nur einmal begangen!) sowie eine weiche Decke, die er gleich hinter der Strandmuschel ausbreiten wird. Wenn nur dieser verdammte Wind nicht wäre! Er sieht auf seine Armbanduhr. Wo bleibt sie nur? Wenn sie noch später kommt, wird es ganz bestimmt anfangen zu regnen! Dann wird sie gleich wieder nach Hause gehen, und wohin soll er dann mit seiner Lust? Er schreibt eine SMS und fragt nach, wann sie endlich kommt. Er weiß, dass er ihr nicht schreiben soll. Es ist zu gefährlich, denn der Alte könnte womöglich die Nachricht lesen, und dann wäre ihre Beziehung vorbei, so viel ist sicher. Niemals wird sie dieses wundervolle Leben in Kampen, auch wenn es noch so langweilig sein mag, aufgeben, um die Frau eines Reitlehrers zu sein! Das ist ihm klar. Trotzdem kann er manchmal einfach nicht anders. Dann muss er ihr schreiben und so wenigstens ein klein wenig das Gefühl haben, ihr nahe zu sein. Frauen! Wahrscheinlich steht sie noch im Bad und optimiert ihr Äußeres. Als ob er ihr die Frisur und das Make-up nicht sowieso gleich zerstören würde!

Noch nie kam ihr der Weg nach Hörnum so lang vor wie heute. Es scheint, als seien nur Idioten unterwegs! Langweilige Touristen, die alle Zeit der Welt haben und an jeder Ampel in Westerland schon bei Gelb anhalten. Sobald sie Westerland verlassen hat, drückt sie aufs Gaspedal. Durch ihre Trödelei und die doofe Britt ist Elena nun schon eine Dreiviertelstunde zu spät dran! Dabei hat sie doch gar nicht so viel Zeit und muss schon bald wieder zurück sein. Das Ganze ist eigentlich viel zu anstrengend, denkt sie. Doch der

Gedanke an den bevorstehenden Sex beflügelt sie. Gunnar ist der beste Liebhaber, den sie je hatte. Zärtlich und einfühlsam … dabei leidenschaftlich und vor allem im Gegensatz zu ihrem Mann niemals müde und immer bereit. Sie braucht ihn nur anzulächeln, schon will er Sex.

Sie drückt noch ein wenig mehr aufs Gaspedal, doch da wird sie auf einmal geblitzt! Verflixt! Nun wird sie auch noch eine Verwarnung bekommen! Das bedeutet, dass sie in den nächsten Wochen die Post abfangen muss. Nicht auszudenken, was passieren könnte, wenn Hans den Brief öffnet! Er wird sie fragen, was sie am Abend auf der Straße von Rantum nach Hörnum gemacht hat. Der Reitstall in Keitum liegt in der komplett entgegengesetzten Richtung. Am Parkplatz kurz vor Hörnum hält sie kurz an und wechselt die Kleidung. Gunnar würde sie auch in Jeans hübsch finden, das ist sicher. Doch sie selbst fühlt sich viel mehr sexy, wenn sie entsprechend gekleidet ist. Allein der Gedanke an seine begehrlichen Blicke, wenn er ihre durchsichtige Bluse sehen wird, erhöht ihre Vorfreude.

Sie parkt den Wagen hinter dem kleinen Lebensmittelgeschäft in Hörnum und geht den Rest des Weges zu Fuß. Nun ärgert sie sich, dass sie die hochhackigen Schuhe angezogen hat. Sie sehen zwar zu der engen Lederhose, die sie aus ihrer Reisetasche gefischt hat, wesentlich besser aus. Trotzdem zieht sie sie aus und geht nun barfuß auf dem kleinen Weg durch die Hörnumer Dünen Richtung Strand. Bedrohlich hängen dunkle Wolken am Himmel, die der Wind über das Meer getrieben hat. Der Wetterbericht hatte recht, auch wenn das ja auf Sylt nicht immer der Fall ist. Der Wind hat gedreht, und das Wetter wird umschlagen. In den nächsten Tagen wird es erst einmal vorbei sein mit den schönen Stunden am Strand! Sie zieht die dünne Jacke fester um die Schultern, denn der Wind ist bereits unangenehm kalt. Warum mussten sie sich auch hier verabreden? Gut, die Gefahr, dass sie an diesem entlegenen Strand von Hörnum jemand aus Kampen sehen wird, noch dazu mit der schwarzen Perücke, ist gering. Doch leider ist das so gar kein idealer Ort für ein romantisches Schäferstündchen. Jedenfalls nicht heute. Sie hätten sich in dem kleinen Haus hinter dem Lebensmittelladen treffen sollen. »Strandgut« steht auf dem Schild über der Tür des Ladeneingangs. Und in dem daneben liegenden Fenster ist ein Schild »Zimmer frei« angebracht. Das hat sie eben im Augenwinkel gesehen, als sie die Autotür abgeschlossen hat.

Dort wäre es bei diesem Wetter sicher wesentlich gemütlicher als am Strand.

Er ist schon da, als Elena am Strand eintrifft. Gunnar bemüht sich, eine Strandmuschel hinter dem Strandkorb aufzubauen, was bei diesem Wind praktisch unmöglich ist.

Das Rauschen der Wellen ist laut, und doch dreht er sich zu ihr um, als habe er sie kommen hören.

»Woher wusstest du, dass ich da bin?«, fragt sie lachend.

»Der Wind hat mir deinen Namen geflüstert«, antwortet er und reißt sie in die Arme. »Er hat geflüstert: Elena ist da …«

»Was wird das, Gunnar?«, fragt sie lachend, als er sie kurz loslässt.

»Ein Liebesversteck!«, antwortet er grinsend.

Er küsst sie so heftig, dass ihr der Atem wegbleibt.

»Damit meine Liebste keine Sandkörner in die wundervollen Öffnungen ihres noch wundervolleren Körpers bekommt!«

Er drückt sie so fest an sich, dass sie sein Begehren jetzt schon spüren kann.

Genau deshalb ist sie hier. Sie liebt ihn nicht … ebenso wenig wie Hans oder all die anderen Männer, die sie kennengelernt hat. Doch sein Begehren gibt ihr das Gefühl, attraktiv zu sein und selbst geliebt zu werden. Sein Körper ist im Gegensatz zu Hans jung und mehr als nur attraktiv. Er ist groß und hat breite Schultern, dazu schmale Hüften und einen verführerisch knackigen Po. Kein Wunder sind alle Frauen im Reitstall heimlich in den Reitlehrer Gunnar verliebt! Doch er hatte von Anfang an nur Augen für sie. Obwohl sie fast zehn Jahre älter ist als er, hatte er sie über Monate heftigst umworben.

Gunnar streicht sanft über ihren Rücken und tastet sich zu der Stelle vor, an der ihre Spitzenbluse in die Jeans gesteckt ist. Vorsichtig zieht er sie heraus und schiebt seine Hand auf ihre nackte Haut. Als er erkennt, dass sie keinen Büstenhalter trägt, ändert seine Hand die Richtung und schiebt sich nach vorne zu ihrer Brust. Sanft streicht er über ihre Brustwarze …

»Halt!«, sagt sie lachend und schiebt die Hand zurück. »Es ist viel zu kalt!«

»Egal. Ich will dich, und zwar jetzt. Komm in die Strandmuschel …«

Sie spürt seinen heißen Atem auf ihrem Gesicht, doch sie schiebt ihn von sich.

Auch wenn er ihr eigenes Begehren geweckt hat, fühlt sie sich in diesem Wind einfach nicht wohl.

»Komm mit!«, flüstert sie und zieht ihn mit sich. »Ich weiß etwas Besseres!«

2. KAPITEL
DAS VERSTECK

»Nur 90 Euro!« Seufzend schiebt Lisa die Kassette ihrer altmodischen Kasse in ihrem Geschäft »Strandgut« zu. Es lohnt sich gar nicht, das wenige Geld auf die Bank zu bringen. Das Wetter war heute einfach zu gut! Wenn so wie heute den ganzen Tag die Sonne scheint, verbringen die Urlauber ihre Zeit lieber am Strand, statt bummeln zu gehen. Obwohl sie das Geschäft noch nicht einmal ein Jahr betreibt, hat sie schon einige Erfahrungswerte gesammelt. Zu gut darf das Wetter nicht sein. Zu schlecht natürlich auch nicht, denn dann fahren die Leute lieber gleich in das quirlige Zentrum von Westerland, wo sie sehr viele entzückende Geschäfte und Lokale finden, um sich die Zeit zu vertreiben. Am besten ist ein kühler Sonne-Wolken-Mix, bei dem es zwar zu kalt für den Strand, jedoch warm genug für einen kleinen Spaziergang oder eine Radtour nach und durch Hörnum ist. Solche Tage sind wunderbar, da auch viele Urlauber, die auf dem Weg zum Hafen sind, um von dort aus eine kleine Ausflugsfahrt zu den Seehundbänken oder den Nachbarinseln Föhr und Amrum zu unternehmen, bei ihr einkehren und die vielen maritimen Bücher, Kalender, Accessoires und Geschenkartikel bewundern und kaufen. An diesen Tagen könnte sie manchmal sogar eine Hilfe brauchen, da sie nicht alle Leute gleichzeitig bedienen kann. Auch wenn sie am Abend eines solchen Tages total erschöpft ist, freut sie sich doch über den Erfolg und die Tatsache, dass die Kasse voll ist.

Leider gibt es auch Tage wie den heutigen. Wenn sie ehrlich ist, gibt es sogar noch viel mehr solche Tage.

Glücklicherweise kommt sie trotzdem ganz gut über die Runden, da das Haus ihrer Freundin und ehemaligen großen Liebe ihres Vaters, Alma Rasmussen, gehört und sie deshalb nur wenig Miete zahlen muss. Seitdem Alma mit ihrer Tochter Merle ganz bei ihrem Schwager Johann Johannsen im »Heidehüs« in Kampen lebt, um ihn in seinem »Heidekiosk« zu unterstützen, hat Lisa das kleine Häuschen in Hörnum für sich allein. Es besteht aus dem »Strandgut«-Laden, einer gemütlichen kleinen Dreizimmerwohnung mit winzigem Garten sowie zwei weiteren kleinen Zimmern im oberen Stockwerk.

Anfangs hatte Lisa diese beiden Zimmer immer für Besuche ihrer beiden Kinder freigehalten. Lisas Tochter Ann-Sophie lebt mit ihrem Mann und ihrer kleinen Tochter Leonie in Konstanz am Bodensee, und Lisas Sohn Tim studiert Musik in Weimar. Nachdem die beiden allerdings aufgrund der großen Entfernung nur selten und wenn, dann nur mit Vorankündigung, bei ihr Ferien machen, beschloss Lisa kurzerhand, die Zimmer in der Zwischenzeit zu vermieten. Das Geld konnte sie schließlich mehr als gut brauchen, nachdem sie vor über einem Jahr ihren Mann Andreas verlassen hatte, um auf Sylt zu leben.

Beim Gedanken an ihr altes Leben muss Lisa lächeln. Sie war mit einem erfolgreichen Architekten verheiratet und führte in einem schicken Designerhaus ein in jeglicher Hinsicht sorgenfreies Leben. Leider auch ein komplett inhaltsloses, seitdem die Kinder erwachsen waren und ihr eigenes

Leben führten und Andreas sich mehr an den Reizen seiner jungen Sekretärin als an seiner alten Ehefrau interessiert zeigte. Nein, Lisa bereute ihren Entschluss, nach Sylt gezogen zu sein, keine Sekunde. Auch wenn sie ihre Kinder oft vermisste, hatte sie in der bezaubernden Inselwelt ihr ganz persönliches Glück gefunden. Sicher, sie musste hart arbeiten, um ihre Existenz zu sichern. Sie war zu stolz, um Unterhalt von ihrem Mann anzunehmen, obwohl dieser ihr sicher nach der langen Ehe zugestanden hätte. Aber schließlich hatte sie ja *ihn* verlassen, und da wollte sie ihn nicht auch noch finanziell ausnehmen. In ihren Augen war er durch den Verlust der Ehe und der zerbrochenen Familie bereits gestraft genug. Natürlich hätte sie sich noch länger der Illusion hingeben können, dass ihre Ehe intakt wäre. Sie hätte weitermachen können wie bisher und die Augen vor dem verschließen, was offensichtlich war: dass ihre Liebe im Laufe der Zeit erkaltet und auf der Strecke geblieben war. Lisa wäre mit Andreas nicht mehr glücklich gewesen, trotz materieller Sicherheit und familiärer Bindungen durch die Kinder.

Doch auch wenn sie überzeugt ist, den für sie richtigen Weg gewählt zu haben, kostet sie dieser zuweilen sehr viel Kraft. Nicht nur die Tatsache, dass sie nun für alles Finanzielle alleine sorgen muss, auch kleine Alltagsärgernisse wie ein kaputtes Auto oder ein tropfender Wasserhahn bringen sie manchmal an den Rand ihrer Kräfte.

Seufzend streift Lisa die Schuhe ab und lässt sich auf ihr Sofa fallen. Eigentlich sollte sie den letzten schönen Abend noch auskosten und ein wenig spazieren gehen, denn der Wetterbericht hat Sturm vorausgesagt. Also wird es ab morgen vorbei sein mit der Schönwetterlage. Doch sie ist viel zu müde dazu. Viel lieber möchte sie ein wenig die Füße ausstrecken und mit Sven telefonieren. Seit fast einem Jahr sind sie nun zusammen, doch leider können sie sich im Moment nur sehr selten sehen, da Sven mit einem Großprojekt in Hamburgs neuer Hafencity beschäftigt ist. Wie oft hat er Lisa in letzter Zeit gebeten, doch einmal nach Hamburg zu kommen, um mit ihr durch die City zu bummeln und einen schönen Abend in Övelgönne zu verbringen. Doch auch wenn Lisa sich das wirklich wünscht, zahlt sie doch den Preis der Selbstständigkeit: Entweder hat der »Strandgut«-Laden geöffnet, oder sie hat Feriengäste in den Fremdenzimmern und sie kann deshalb nicht fort von der Insel.

Seufzend gießt sich Lisa ein Glas eiskalten Weißwein ein. Vielleicht wird dieser sie ja in Verbindung mit dem Telefonat mit Sven ein wenig aufmuntern und neue Energie für einen kleinen Spaziergang am Meer schenken. Sie liebt es, bei jedem Wetter am Strand zu sein und Wind und Wellen zu beobachten und dabei ihre Gedanken auf die Reise zu schicken.

Während sie zum Telefonhörer greift, fällt ihr Blick auf ein Paar, welches gerade durch den Garten Richtung Hauseingang schreitet. Das Wort »Schreiten« beschreibt genau den Gang der Frau, die nicht mehr ganz so jung zu sein scheint, wie sie es auf den ersten Blick vermuten lässt. Sie schwebt förmlich auf ihren mindestens zwölf Zentimeter hohen eleganten Schuhen. Ihre schlanke, gleichzeitig sehr weibliche Figur steckt in hautengen schwarzen Lederjeans und einem dunklen Blazer, aus dem eine weiße Spitzenbluse blitzt. Die schwarzen Haare sind zu einem kurzen Pagenkopf geföhnt und liegen trotz Wind akkurat. Ihr Gesicht ist makellos geschminkt und wirkt aufgrund seiner Vollkommenheit wie das einer Puppe. Die ganze Erscheinung inklusive Tasche und Schuhe wirkt unglaublich elegant und passt so gar nicht in das kleine heimelige Örtchen Hörnum.

Der Mann ist groß, blond und sehr attraktiv. Er trägt ein weißes Hemd, das seine muskulösen Schultern betont, und enge Jeans. Er scheint ein paar Jahre jünger als sie zu sein, und seine Kleidung wirkt nicht so luxuriös wie ihre.

Bestimmt haben sich die beiden verirrt und wollen nur nach dem Weg zum Fünfsternehotel »Budersand« in Hörnum fragen.

»Ist das Zimmer noch frei?«, fragt die Frau, sobald Lisa ihnen geöffnet hat.

»Guten Abend«, antwortet sie.

Exquisite Kleidung ersetzt eben keine Manieren, denkt sie bei sich.

Doch die Dame entschuldigt sich sofort: »Verzeihen Sie meine Unhöflichkeit. Ich wünsche Ihnen auch einen guten Abend!«

Lisa bemerkt, dass das Lächeln, welches ihre vollen Lippen umspielt, ihre Augen nicht erreicht. Diese sind von einem seltenen hellen Grün und mit dunklen Sprenkeln durchzogen, was auf anziehende Weise raffiniert und attraktiv wirkt, jedoch gleichzeitig ihrem Blick eine gewisse Kälte verleiht.

»Wir sind auf der Suche nach einem Zimmer«, wiederholt die fremde Dame nun noch einmal mit einem leichten Akzent, jedoch in absolut fehlerfreiem Deutsch.

»Für wie lange denn? Heute ist der Gast aus dem einen Zimmer abgereist, aber ab Samstag sind beide Zimmer leider schon wieder …«

»Oh nein, wir benötigen es nur für heute … nur eine Nacht«, sagt der Mann, der bis jetzt geschwiegen hat. Seiner Aussprache nach scheint er im Gegensatz zu ihr auf jeden Fall ein Norddeutscher zu sein.

»Ja, wenn das so ist! Das Zimmer kostet 80 Euro pro Nacht inklusive Frühstück«, sagt Lisa mit einem Lächeln.

»Frühstück benötigen wir nicht. Wir müssen leider schon wieder sehr früh los«, sagt der Mann, nimmt 80 Euro aus seiner Tasche und legt sie auf den Tisch.

»Ohne Frühstück sind es natürlich nur 70 Euro«, sagt Lisa und jubelt innerlich.

Das ist immer noch fast so viel, wie sie heute den ganzen Tag im Laden eingenommen hat.

»Nein, das ist schon in Ordnung«, antwortet er ungeduldig.

»Möchten Sie das Zimmer denn nicht erst einmal sehen?«, fragt Lisa.

»Nein, das ist nicht nötig. Den Zimmerschlüssel, bitte …«

Lisa findet das Verhalten der beiden äußerst merkwürdig.

Zumal sie offenbar keinerlei Gepäck bei sich haben.

Das ist sicher ein geheimes Liebespaar. Nun, so etwas soll es ja geben, denkt Lisa bei sich und nimmt den Schlüssel vom Haken.

»Ich bringe Sie nach oben.«

»Nicht nötig! Wo ist denn das Zimmer?«, sagt die Dame und lächelt wieder ihr kaltes Lächeln.

»Die Treppe nach oben. Es ist das Zimmer zur Gartenseite … selbstverständlich mit Bad«, klärt Lisa die beiden auf.

So selbstverständlich ist es allerdings nicht. Das andere Zimmer hat nämlich kein eigenes Bad, sondern muss das Bad auf dem Flur nutzen. Bis jetzt haben Lisas Ersparnisse nur gereicht, um in das eine Zimmer ein Bad einbauen zu lassen. Sie wollte gerne, dass Ann-Sophie ein wenig Komfort hat, wenn sie mit ihrer Familie auf der Insel ist. Tim dagegen ist nicht so anspruchsvoll. Er schläft ohnehin bis

Mittag und hat dann kein Problem, das Bad im Flur zu nutzen.

Das seltsame Pärchen bewegt sich Richtung Treppenhaus. Es ist eindeutig, dass die beiden keine Konversation und auch keine Inselinformationen wünschen, wie es so viele tun, die zum ersten Mal auf Sylt sind.

Lisa drückt dem Mann den Zimmerschlüssel in die Hand zusammen mit dem Meldeschein, den die beiden bitte freundlicherweise ausfüllen sollen.

»Sie brauchen ihn heute Abend nicht mehr herunterbringen, sondern können ihn gern morgen früh auf dem Zimmer liegen lassen«, sagt Lisa.

Ihr ist klar, dass der Meldeschein wohl kaum mit den richtigen Namen ausgefüllt werden wird. Eigentlich müsste sie jetzt nach den Ausweisen fragen, aber sie lässt die beiden auch so einfach nach oben gehen. Wer weiß schon, welche Situation sie in diese Lage gebracht hat? Es wird seinen Grund haben, dass sie sich verstecken müssen, denkt sie.

»Bitte nicht abschließen!«

Es ist mehr ein Flehen als eine Bitte.

»Was? Elena, wir wollen doch für uns sein!«

Gunnar zieht sofort die Hand vom Schlüssel, mit dem er eben das Zimmer abschließen wollte, und kommt stattdessen zu ihr herüber und streicht sanft über die Wange.

»Das sind wir doch! Hier kommt keiner hoch, Gunnar. Die Frau da unten setzt sich jetzt vor den Fernseher und schaut einen Liebesfilm im Fernsehen an. Dabei malt sie sich aus, was wir hier oben treiben«, kichert Elena.

Das kleine Zimmer ist schlicht, aber gemütlich möbliert. Die Einrichtung besteht aus einem Doppelbett, das mit hellblauer Bettwäsche bezogen ist, und einem kleinen weißen Tisch, vor dem ein Korbstuhl steht. Ein wunderschöner Spiegel, dessen Rahmen aus Treibholz gefertigt ist, und mehrere maritime Accessoires verleihen dem kleinen Raum eine behagliche Atmosphäre. Seufzend lässt sich Elena auf das Bett fallen. Hier sind sie vor neugierigen Blicken und vor allem vor dem kalten Wind sicher.

»Warum soll ich das Zimmer nicht abschließen?«, fragt Gunnar neugierig.

Sie kann es ihm nicht sagen. Wie soll sie ihm von der schrecklichen Zeit im Kinderheim in Kasachstan erzählen? Er erlebt sie als selbstbewusste und in sich ruhende Frau. Das ängstliche kleine Mädchen von früher kennt heutzutage keiner mehr, und das soll auch so bleiben, denkt sie.

Sie gestattet sich ja nicht einmal selbst die Erinnerungen an die Vergangenheit. Doch sobald sie mit einer verschlossenen Tür konfrontiert wird, kehren die Geister der Vergangenheit zurück.

Als Elena ein Kind war, war die Welt in ihren Augen vollkommen in Ordnung. Obwohl sie nicht reich waren, so fühlte sie sich doch geliebt und geborgen von den Menschen, die sie umgaben. Doch dann verlor sie im selben Jahr gleich zwei über alles geliebte Bezugspersonen. Erst starb ihre Großmutter, ihre Babushka, die deutschstämmig war und Elena deutsche Gedichte oder Märchen vorlas, mit ihr deutsche Lieder sang oder alte Schallplatten hörte, während Elenas Mutter bei der Arbeit war. Elena liebte das Lied »Ich weiß, es wird einmal ein Wunder geschehen«, nicht nur wegen der Melodie, sondern weil das Wort »Wunder« ihr Lieblingswort war. Elena glaubte ganz fest daran, dass auch in ihrem Leben eines Tages ein Wunder geschehen würde, und ihre Babushka bestärkte sie darin. Großmutter war zwar schon alt und sehr krank, aber manchmal strahlten ihre hellen Augen wie die eines jungen Mädchens. Besonders dann, wenn sie von ihrem Mann, Elenas Großvater, und ihrem gemeinsamen Leben sprach. Einst hatte es eine Zeit großen Glücks für die beiden gegeben, doch als Russlanddeutsche mussten sie in den UdSSR viel ertragen. Der Stalinismus hatte die eigenständige Kultur der Deutschen in Russland damals vollständig zerstört. Sie durften ihre Muttersprache nicht öffentlich sprechen, nicht studieren oder gewisse Berufe ausüben. Im Gegenteil: Viele Russlanddeutsche mussten Zwangsarbeit in Arbeitslagern unter unmenschlichen Bedingungen verrichten. So auch Elenas Großvater, der diese harten Bedingungen nicht überlebte. Wenn sie auch nie darüber sprach, so hatte Elenas Großmutter doch sehr oft etwas Trauriges und Verlorenes in ihrem Blick. Obwohl auch Elena noch klein war, so hatte sie gespürt, dass ihre Großmutter schreckliche Dinge erlebt haben musste. Einmal erzählte sie ihr unter Tränen, dass ihre Familie seinerzeit auseinandergerissen wurde und sie von der Wolga nach Kasachstan zwangsumgesiedelt wurden. Sie wurden in Viehwaggons transportiert und einfach in der Steppe Kasachstans ausgeladen, wo sie vor dem bevorstehenden Winter nach Überlebensmöglichkeiten suchen mussten. Ihre Rechte wurden ihnen aberkannt und das Eigentum bis auf ein kleines Handgepäck eingezogen. Mehrere Hunderttausend Menschen starben in dieser Zeit unter den unmenschlichen Arbeits- und Lebensbedingungen. So wie auch Elenas Großvater, den Elena leider nie kennengelernt hatte. Von ihrem eigenen Vater kannte sie nicht einmal den Namen. Ihre Großmutter sagte nur, er sei nie nett zu ihrer Mutter gewesen und hätte die Wodkaflasche lieber gehabt als seine Frau und seine kleine Tochter. Das konnte Elena zwar nicht verstehen, doch sie fand sich damit ab, da sie sowohl von ihrer Mutter als auch der Großmutter mit viel Liebe umsorgt wurde.

Wie konnte sie auch ahnen, dass diese glückliche Zeit schon bald ein jähes Ende finden würde? Elenas Mutter war Köchin in der Großküche einer Fabrik und musste hart arbeiten, um sich und ihre kleine Tochter alleine durchzubringen. Sie besaßen nur eine winzige Wohnung, in der es nicht einmal ein eigenes Badezimmer gab. Auch wenn Elena sich nach dem Tod der Großmutter oft alleine beschäftigen musste und das Singen und die Märchen der alten Dame sehr vermisste, war ihre kleine Welt dennoch in Ordnung. Schließlich kam ihre Mutter jeden Abend nach Hause, und auch wenn sie müde war, spielten und lachten sie viel zusammen. Doch dann kam jener Tag, als plötzlich dieser Polizist vor der Tür stand. Es war am späten Nachmittag, und eigentlich war es Elena verboten, die Tür zu öffnen, wenn sie alleine war. Doch sie hatte geglaubt, es sei ihre Mutter, die nur den Schlüssel vergessen habe oder die Hände voll mit Lebensmitteln, die sie aus der Küche oder vom Einkaufen mitgebracht hatte, wie es öfter einmal geschah.

Doch es war nicht ihre Mutter, die mit erschöpftem, doch lachendem Gesicht vor der Tür stand, sondern ein Polizist, und Elena hatte an seiner ernsten Miene gesehen, dass etwas Schlimmes passiert sein musste.

Mit wenigen Worten teilte er ihr mit, dass es am Arbeitsplatz der Mutter einen fürchterlichen Unfall gegeben hatte. Ihre Mutter hatte die Gasexplosion in der Großküche nicht überlebt, und Elenas kleine heile Welt brach von einer Sekunde auf die andere entzwei. Sie wurde, weil es keine weiteren Verwandten gab, die sich des zehnjährigen Mädchens hätten annehmen können, in einem Kinderheim 100 Kilometer entfernt untergebracht. Hatte sie zunächst geglaubt, dass sie dort ihr Kätzchen Murka behalten dürfte, das einzige Wesen, das ihr noch etwas Liebe und Zuversicht schenkte, so wurde sie schon bald eines Besseren belehrt. Bereits einen Tag nach ihrer Ankunft im Kinderheim war Murka nicht mehr da. Jemand hatte »aus Versehen« die Eingangstür offen gelassen, und Murka war angeblich hinausgelaufen.

Die folgenden Jahre bestanden für Elena aus Einsamkeit und Entbehrungen. Es war nicht nur so, dass sie furchtbar Heimweh hatte und sowohl ihre Mutter, ihre Mamachka, als auch ihre Großmutter Babushka schmerzlich vermisste. Es waren auch nicht die Zimmer, die kahl und trostlos waren und einer Kinderseele wenig Licht und Wärme spenden konnten. Es waren die kalten Erzieherinnen, die zwar ihre Pflicht erfüllten, jedoch nicht in der Lage waren, den Kindern etwas Freude oder gar Liebe zu schenken. Und die anderen Kinder, die sich schnell untereinander anfreundeten und die schüchterne Elena auslachten, ignorierten oder als »Faschist« beschimpften, weil sie manchmal deutsch sprach. Die kleinen Kinder waren am besten dran. Sie waren niedlicher als die größeren und wurden wenigstens hin und wieder einmal in den Arm genommen, wenn sie weinten. Die meisten von ihnen hatten Glück und mussten nicht allzu lange im Heim bleiben, da sich bald eine Pflegefamilie für sie fand. Doch offenbar war niemand an einem stillen, in sich gekehrten Mädchen interessiert, das kurz vor der Pubertät stand und mit niemandem sprach.

Da sie nicht dumm war, lernte Elena schnell, wie es möglich war, die Zeit in dem Kinderheim irgendwie zu überstehen. Sie lebte überwiegend in ihrer eigenen Welt, träumte vor sich hin und war gehorsam. Einzig auf diese Weise gelang es ihr, den Vorstellungen der strengen Erzieherinnen einigermaßen zu entsprechen. Eine von ihnen, Ludmilla, war besonders streng. Manchmal kam es Elena vor, als könne sie ihr überhaupt nichts recht machen. Sobald sie auch nur ansatzweise etwas getan hatte, was Ludmillas Missfallen erregte, nahm sie Elena das Einzige weg, was ihr etwas bedeutete: das Buch ihrer Großmutter mit den deutschen Gedichten. Elena wurde aggressiv, heulte und schlug wild um sich. Zur Strafe und als Erziehungsmaßnahme, um sie zur Vernunft zu bringen, wurde sie tagelang in eine dunkle Kammer gesperrt ohne Fenster und Licht.

»Na, willst du mir wirklich nicht sagen, warum ich das Zimmer nicht abschließen darf?«

Zärtlich streicht Gunnar über Elenas Wange.

Sie zieht sich die schwarze Perücke vom Kopf und schüttelt die rotblonden Locken.

Dann öffnet sie ihre Bluse.

»Es hat nichts mit dir zu tun. Ich mag einfach nicht gern in geschlossenen Räumen sein.«

»Aha. So eine Art Klaustrophobie also.«

Doch Gunnar ist bereits abgelenkt durch den Anblick ihrer nackten Brüste.

»So ähnlich.«

Sie will es ihm nicht sagen. Er ist ein einfühlsamer Mann, doch sie kann ihm ihre Gefühle nicht erklären. Diese Angst, die sie damals empfand. Das Gefühl der Hilflosigkeit. Seitdem hat sie nie wieder eine Tür abgeschlossen. Auch das Zimmer über der Gaststätte nicht, in der sie ihre Ausbildung machte. Sie konnte es nicht einmal abschließen, als der Alte zu ihr kam … fast jede Nacht, nachdem ihr Geliebter gestorben war.

»Meine Güte, das geht ja ganz schön zur Sache da oben!«, lacht Lisa und schließt die Tür zum Treppenhaus, aus dem eindeutige Geräusche aus dem oberen Stockwerk zu hören sind.

»Was meinst du, Liebes?«, fragt Sven, der am anderen Ende der Telefonleitung ist.

»Das seltsame Pärchen, von dem ich dir gerade erzählt habe. Wusste ich doch, dass die sich hier nur für ein Schäferstündchen eingemietet haben.«

»Höre ich aus deiner Stimme etwa Neid?«, lacht Sven.

»Ein bisschen schon! Ich weiß schon gar nicht mehr, wie so etwas geht … so lange, wie du nicht hier warst!«

Ein leiser Vorwurf schwingt in ihrer Stimme mit.

»Dann wird es wohl höchste Zeit, dass ich mich wieder einmal auf den Autozug setze und über den Hindenburgdamm zu meiner Liebsten eile. Bevor sie noch auf dumme Gedanken kommt.«

»Allerhöchste Zeit! Mir fiel eben sogar schon der tolle Körper des Gastes auf. Dabei laufe ich doch sonst immer mit Scheuklappen durch die Gegend. Ich leide an einem akuten Fall von Liebesentzug!«

»Wenn das so ist, dann muss ich wohl etwas dagegen tun. Ich bin morgen bei dir, mein Liebling!«

»Warum nicht heute schon? Du könntest in drei Stunden hier sein!«

»Da schläfst du doch schon längst, du kleines Murmeltier. Außerdem habe ich morgen früh wieder einen Termin. Aber gleich anschließend fahre ich zu dir!«

So ganz glaubt Lisa nicht daran. Wie oft hat Sven einen Besuch angekündigt und dann wieder abgesagt, weil noch etwas dazwischenkam?

Mist, die Spülmaschine hat das Wasser nicht abgepumpt. Wo ist nur die Beschreibung?

Mit dem Telefon am Ohr nimmt Lisa das nasse Geschirr aus der Maschine und stellt es auf den Küchentisch. Sie wird es später abtrocknen und versuchen, das Wasser mithilfe einer Schüssel aus der Maschine zu holen. Hoffentlich ist sie nicht kaputt! Eine neue kann sie sich beim besten Willen nicht leisten. Vielleicht kann ja Sven einmal danach sehen, falls er wirklich morgen nach Sylt kommt.

»Also morgen! Ich nehme dich beim Wort! Wenn du nicht kommst, werde ich dich höchstpersönlich abholen«, droht Lisa ihm scherzhaft.

»Au ja. Ich wollte ja schon lange, dass du einmal nach Hamburg kommst!«, lacht Sven.

Als ob er nicht genau wüsste, dass sie hier nicht fort kann!

Oben hört sie, wie die Dusche angeht. So spät noch? Das kann nur das Liebespärchen sein!

Gerade, als sie mit dem Wäscheaufhängen fertig ist, sieht sie die dunkelhaarige Schöne aus dem Haus huschen und auf ihren hohen Stöckelschuhen aus dem Garten laufen. Sie scheint es sehr eilig zu haben. Wenn da mal nicht ein Ehemann zu Hause auf sie wartet!

»Britt! Was machst du hier bei diesem Wetter?«

Hans blickt erstaunt auf die Nachbarin, die im Schlafanzug bei Wind und Regen durch seinen Garten hastet.

Nur einen Augenblick später steht sie auf seiner Terrasse.

Ihre Haare sind zerzaust, und doch sieht sie in ihrem seidenen Schlafanzug edel und würdevoll zugleich aus.

Lachend deutet sie auf die nasse Fahne »Rüm Hart«, die sie in der Hand hält.

»Ist mir ausgebüxt bei dem Wind. Aber warum bist du noch auf, Hans? Noch dazu bei diesem Wetter?«

»Ich mache mir Sorgen um Elena. Sie ist noch nicht zurück! Dabei hat sie mir vor Stunden eine SMS geschrieben, dass sie den letzten schönen Abend vor dem Sturm noch einmal auskosten und mit Fantaisie am Watt ausreiten möchte. Sie müsste längst zurück sein!«

»Wann war das denn?«, fragt Britt besorgt.

»Um kurz nach acht. Genau gesagt um 20.15 Uhr, die Tagesschau war gerade aus.«

»Jetzt ist es elf. Der Regen hat ja erst vor einer Stunde begonnen. Vielleicht war sie solange mit Fantaisie unterwegs. Bis sie dann wieder zurück im Stall war und das Pferd gereinigt hat … Vielleicht hat sie ja noch jemanden im Stall getroffen, und sie sind im ›Reiterstübchen‹ eingekehrt? Mach dir keine Sorgen, Hans. Elena wird sicher gleich nach Hause kommen.«

Obwohl Britt die Worte aufrichtig gemeint hat, ist sie selbst nicht ganz davon überzeugt. Irgendwie traut sie dieser Russin nicht. Elena ist zwar immer freundlich zu ihr, doch diese Freundlichkeit wirkt falsch und gekünstelt auf sie. Es kommt ihr so vor, als habe diese Russin Geheimnisse, und zwar nicht nur vor ihrem Ehemann.

»Das beruhigt mich richtig, Britt. Vielen Dank! Dann werde ich noch ein wenig warten. Hast du nicht vielleicht Lust, mir dabei Gesellschaft zu leisten?«

»In diesem Aufzug? Wenn Elena nach Hause kommt und

mich im Schlafanzug auf eurer Terrasse sitzen sieht, wird sie glauben, dass wir ...«

»Solange wir uns nicht im Schlafzimmer *ohne* diesen zugegebenermaßen wunderschönen Schlafanzug aufhalten, ist alles gut!«, lacht Hans und bietet Britt einen Stuhl an. »Warte, ich hole uns einen Schlummertrunk.«

Nur wenige Minuten später kehrt er zurück mit zwei Gläsern und einer Flasche Rotwein sowie seiner dunkelblauen Regenjacke, die er Britt fürsorglich umlegt.

Die Terrasse ist zwar überdacht und bietet Schutz vor Regen und Wind, doch es hat merklich abgekühlt.

»Siehst du, schon siehst du viel weniger nach femme fatale aus!«, sagt Hans.

Britt lacht.

Auch wenn sie bereits abgeschminkt ist, ist sie immer noch eine sehr schöne Frau, denkt Hans.

Britt und ihr verstorbener Mann Manfred waren häufig zu Gast bei Hans und seiner ebenfalls verstorbenen Frau Ursula. Die beiden Frauen hatten sich ebenso gut verstanden wie die beiden Männer und so manches Gartenfest und feuchtfröhliche Stunde in der Whiskeymeile genossen. Als ihre Kinder kleiner waren, verbrachten sie ganze Nachmittage gemeinsam am Strand oder sie machten Radtouren, die als Ziel stets die »Kupferkanne« mit ihrem bezaubernden Garten und ihren Riesenstücken Kuchen hatten.

Als Manfred nierenkrank wurde, kamen die beiden nur noch selten in ihr Ferienhaus nach Sylt. Manfred musste regelmäßig zur Dialyse, daher zogen die beiden es vor, in ihrer Heimatstadt Flensburg zu bleiben.

Als die lang erwartete Nachricht kam, dass eine Spenderniere für Manfred gefunden war, waren die beiden überglücklich und freuten sich auf ihr neues »freies« Leben ohne Dialyse. Sie wollten viele Reisen machen und alles nachholen, was ihnen durch Manfreds Krankheit verwehrt geblieben war. Doch das Schicksal machte ihnen einen Strich durch die Rechnung.

Manfred überlebte die Transplantation nicht. Britt war am Boden zerstört und floh aus Kummer in ihr Haus auf Sylt, in dem sie so viele glückliche Zeiten verbracht hatten.

Ulla stand ihr in dieser schwierigen Zeit zur Seite und war Tag und Nacht für sie da.

Kurze Zeit später erhielt Ulla die Krebsdiagnose. Die Krankheit breitete sich so schnell aus, dass sie keine Chance hatte. In den letzten Wochen waren ihr Leiden und die Schmerzen so groß, dass es Hans fast das Herz zerriss. Auch sie hatten sich auf ihren Lebensabend gefreut und noch viele schöne Dinge geplant. Ein Leben lang hatten sie für die Firma gelebt, die Hans aus dem Nichts aufgebaut hatte. Der kleine Hamburger Verlag »Ewers«, der aus einer maroden Druckerei entstanden war, machte sich schon bald einen Namen weit über die Grenzen Hamburgs hinaus. Dies forderte natürlich seinen Preis. Hans steckte seine ganze Zeit, Energie und auch sein ganzes Geld in die Firma. Mit Erfolg! Sohn Björn lernte Verlagskaufmann, und es war klar, dass er eines Tages den Verlag übernehmen würde. Hans und Ulla hatten viele Träume, die sie verwirklichen wollten. Einer davon war, nach Neuseeland zu reisen. Doch dazu kam es nicht mehr. Ulla starb in seinen Armen im Alter von nicht einmal 62 Jahren.

»Wie habt ihr euch eigentlich kennengelernt?«, reißt Britt Hans aus seinen Gedanken.

»Ulla und ich?«, fragt er irritiert.

Kann es sein, dass sie seine Gedanken gelesen hat?

»Nein, das weiß ich doch!«, lacht Britt. »Ulla war meine beste Freundin, falls du es vergessen hast. Nein, ich meine dich und Elena!«

Schon lange brennt ihr diese Frage unter den Nägeln. Sie kann sich nicht vorstellen, dass Hans eine Kontaktanzeige aufgegeben hat. Oder gar in einem Restaurant die hübsche Elena angesprochen hat.

Wie aus dem Nichts war diese Frau auf einmal da gewesen und in das schöne Reetdachhaus in Kampen eingezogen. Britt erinnert sich noch gut an den Tag, an dem sie Elena das erste Mal gesehen hat. Elena war mit einem hellgrünen Kleid mit tiefem Dekolleté, das hervorragend zur Farbe ihrer Augen passte, aus Hans' dunklem Wagen geklettert. Das Kleid passte ebenso wenig zu Sylt wie die hochhackigen Schuhe, mit denen sie zum Haus stöckelte. Ihre rotgoldenen Haare wehten im Wind und verliehen ihr zwischen all den Blondinen auf der Insel etwas Exotisches.

»Ach, das habe ich dir wohl noch gar nicht erzählt? Welch ein Fauxpas!«, lacht Hans und gießt ihr einen Schluck Rotwein ein.

»Oh, ein Chianti! Den liebe ich«, ruft Britt begeistert aus.

»Das weiß ich doch. Schließlich kennen wir uns schon ein paar Tage, Britt. Also, du wolltest wissen, wie Elena und ich uns kennengelernt haben.«

Verträumt blickt Hans in den Garten hinaus.

»Nun, wie du dich sicher noch erinnerst, war ich nach dem Tod von Ulla am Boden zerstört. Wochenlang vergrub ich mich in unserer Wohnung in Hamburg und ließ niemanden an mich heran. Eines Tages klingelte es an der Tür, und ich erwartete die Post. Doch vor der Tür stand diese wunderschöne Frau mit dem bezauberndsten Lächeln, das ich je gesehen hatte. Zaghaft, beinahe schüchtern trug sie mir ihr Anliegen vor. Sie war Journalistin und arbeitete an einer Reportage zum Thema ›Trauer und Trauerbewältigung‹. Sie wollte natürlich nicht indiskret sein, aber ob ich ihr irgendwann einmal, wenn es mir nicht allzu viele Schmerzen bereiten würde, ein paar Fragen beantworten würde? Britt, ich weiß nicht, warum … vielleicht war es die Trauer um Ulla, die mich so sehr in die Knie gezwungen hatte, oder die Einsamkeit, die ein Teufel sein kann … Jedenfalls bat ich sie herein und sagte ›Warum nicht gleich?‹ Ich kochte uns eine Kanne Tee, und wir saßen stundenlang zusammen und redeten. Sie hatte so eine ruhige und einfühlsame Art, dass ich ihr alles freiwillig erzählte. Sie musste gar nicht viele Fragen stellen. Das lag wohl daran, dass sie selbst über das Thema ›Tod‹ sehr gut Bescheid wusste. Auch sie hatte schmerzliche Verluste erlitten und sowohl ihre Mutter als auch ihren Freund bereits in jungen Jahren verloren. Wir haben viel geredet, Britt, und kamen uns dabei immer näher. Wir trafen uns immer häufiger, und irgendwann stellten wir fest, dass der Artikel längst Nebensache geworden war. Wir waren einfach glücklich, wenn wir zusammen waren, und traurig, sobald wir uns trennen mussten. Obwohl ich es eigentlich nicht vorhatte, stellte ich auf einmal fest, dass ich noch einmal mein Herz verloren und mich bis über beide Ohren verliebt hatte. Und das in meinem Alter! Ist das nicht ein großes Geschenk?«

»Oh ja, Hans. Aber ist Liebe nicht immer ein großes Geschenk?«, fragt Britt lächelnd. »Woher kannte sie überhaupt deine Adresse? Du sagst, sie stand einfach vor deiner Tür. Sie muss ja gewusst haben, dass du gerade deine Frau verloren hattest.«

Sie sieht ihn prüfend an. Doch Hans beachtet sie schon

nicht mehr. Er sieht den Wagen seiner Frau in die Garage fahren und läuft ihr erwartungsfroh entgegen.

»Elena! Wo warst du nur so lange? Ich habe mir Sorgen gemacht!«

Elena schließt das Garagentor und schenkt ihm einen entschuldigenden Blick.

»Tut mir leid, Liebling, dass es so spät geworden ist! Aber die Pferde waren unruhig. Wir hatten heute große Mühe, sie zu beruhigen.«

»Hauptsache, du bist jetzt da!«

Hans nimmt Elena in die Arme.

»Komm, trink ein Glas Wein mit uns!«

Elena wirft einen Blick auf Britt auf der Terrasse, der besagt: »Bist du etwa immer noch hier?«, beachtet diese aber nicht weiter, sondern gähnt: »Sei mir nicht böse, aber ich bin schrecklich müde. Komm einfach nach, Liebling.«

Sie will schon hineingehen, da wird sie von Britt aufgehalten.

»Sag mal, Elena, du kommst doch aus Keitum? Da müsste ja bereits alles für das Poloturnier aufgebaut sein.«

»Oh, so genau habe ich nicht hingesehen«, versucht Elena, sich aus dieser verfänglichen Frage herauszuwinden. Schließlich war sie ja gar nicht in Keitum, sondern in Hörnum. Woher soll sie also wissen, ob das Poloturnier bereits aufgebaut ist?

»Du hast also noch keine Zelte gesehen?«, hakt Britt nach.

Etwas an dieser Frage irritiert Elena.

Normalerweise müssten sie ihr aufgefallen sein, da sie direkt an dem Platz des Poloturniers vorbeikommt, wenn sie zum Reitstall fährt. Natürlich weiß sie noch, wie der Platz im letzten Jahr anlässlich des Turniers ausgesehen hat und bemüht ihre Erinnerung: »Doch, da waren weiße

Zelte. Aber – wie gesagt – so genau habe ich nicht hingesehen. Ich bin ja nur daran vorbeigefahren und habe das nur aus dem Augenwinkel gesehen. Keine Ahnung, ob schon alles so steht, wie es sein soll. Aber nun entschuldigt mich bitte, ich bin sehr müde. Gute Nacht, Liebling.«

Sie küsst ihren Mann, diesmal auf den Mund.

»Gute Nacht, Britt.«

Elena nickt der Nachbarin zu und wendet sich zum Gehen. Diese Frau ist gefährlich, denn sie hat Interesse an ihrem Mann. Elena muss vorsichtig sein!

Britt lächelt kühl und winkt Elena einen Abschiedsgruß zu.

Sie wird für sich behalten, dass Elena gelogen hat. Es stehen noch keine weißen Zelte in Keitum auf dem Platz für das Poloturnier. Mit dem Aufbau wird erst in der übernächsten Woche begonnen. Elena verheimlicht Hans etwas, und Britt wird schon dahinterkommen, was es ist!

3. KAPITEL
STRANDBEGEGNUNG

Schon immer hat Elena den frühen Morgen geliebt. Über allem schwebt eine himmlische Ruhe, und der ganze Tag liegt mit all seinen unerwarteten Facetten und Geheimnissen vor ihr. Sie steht auf und zieht die Gardine beiseite. Die Stimmung draußen ist unbeschreiblich schön. Der Sturm hat die Luft gereinigt, die nun kühl und klar in ihr Schlafzimmer strömt. Sie kann nicht anders, sie muss hinaus ins Freie. Auf dem Stuhl liegen noch die Jeans von gestern, die sie ebenso wie den Kaschmirpullover schnell überstreift. Vielleicht kann sie zurück sein, bevor Hans aufsteht. Sie kann von unterwegs Brötchen mitbringen, und dann können sie anschließend gemeinsam auf der Terrasse frühstücken. Das wird ihn versöhnlich stimmen. Auch wenn er gestern Abend nichts gesagt hat, so ist sie doch sicher, dass es ihm ganz und gar nicht gefallen hat, dass sie so spät nach Hause gekommen ist. Beim Gedanken an Gunnar und seine Zärtlichkeit läuft ihr ein Schauer über den Rücken. Was ist so verwerflich daran, dass sie sich das woanders holt, was ihr ihr Ehemann nicht geben kann? Sie nimmt Hans doch nichts weg, sie ist trotzdem immer noch seine Frau! Eine liebende und fürsorgliche Ehefrau. Meistens jedenfalls. Aber wer weiß, was diese Britt ihm gestern Abend alles für Flöhe ins Ohr gesetzt hat? Dass diese ihr nicht wohlgesonnen ist, kann ein Blinder erkennen! Elena wirft die Kaffeemaschine an, deckt den Tisch auf der Terrasse und lässt sich schon wenige Minuten später auf den Ledersitz ihres kleinen Cabrios fallen. Nur einmal kurz nach Fantaisie sehen! Sie hofft, dass die Stute den Sturm gut überstanden hat. Elena hat ein schlechtes Gewissen. Schließlich ist es ja wahr, dass Fantaisie bei einem Wetterumschwung immer sehr ängstlich ist. Normalerweise hätte Elena gestern wirklich nach ihr sehen müssen. Doch sie musste ja unbedingt nach Hörnum fahren und dort ihre Lust befriedigen, statt sich um ihr Pferd zu kümmern! Im Nu erreicht Elena Keitum. Als sie beim Platz des Poloturniers vorbeikommt, stockt ihr der Atem. Natürlich sind die weißen Zelte auf dem Platz für das Poloturnier noch nicht aufgebaut! Verflucht. Das wird diese Britt doch sicher überprüfen. Schon allein, um sie bei Hans schlechtzumachen! Was soll sie denn jetzt tun? Am besten, sie sagt einfach, sie habe sich geirrt. Das kann ja schon einmal vorkommen.

Hans wird ihr schon glauben. Schließlich vertraut er ihr.

Fantaisie ist vor Freude vollkommen aus dem Häuschen, als Elena den Stall betritt. Sie beschließt, nur eine halbe Stunde mit ihr auszureiten. Das wird ihnen beiden guttun. Der Morgen ist so schön! Aus der halben Stunde wird natürlich eine Stunde, doch Elena fühlt sich auf dem Rücken der Stute so glücklich wie schon lange nicht mehr. Das Wattenmeer glitzert hell in der Sonne, und die Luft ist ebenso kristallklar wie das Wasser zu ihren Füßen.

Nach einer weiteren Stunde kehrt Elena erfüllt von dem schönen Ausritt wieder nach Kampen zurück. Hans sitzt bereits auf der Terrasse und liest seine Zeitung.

Elena umarmt ihn von hinten und lässt die Brötchentüte auf den Tisch fallen. Aus dem Augenwinkel sieht sie, dass dort bereits Brötchen liegen. Also war Hans auch schon beim Bäcker! Was heißt *schon*? Sie war sicher mehr als zwei Stunden weg.

»Wo warst du?«, fragt er auch schon, ohne ihre Umarmung zu erwidern.

»Ausreiten mit Fantaisie … es war sooo …«

»Schon wieder?«, unterbricht er sie und sieht sie mit strengem Blick an.

»Ja und?«, fragt sie und schiebt trotzig die Unterlippe nach vorne.

»Weil du erst gestern Abend ausreiten warst!«, antwortet Hans grimmig.

Sein Gesichtsausdruck ist abweisend, und er lächelt nicht.

Bestimmt hat ihn diese dumme Britt gestern Abend aufgehetzt, denkt Elena.

Die hat ja auch sonst nichts zu tun und ist neidisch und eifersüchtig auf mich!

Doch sie muss vorsichtig sein, diese Frau könnte ihr gefährlich werden.

»Liebling, du weißt doch, wie sehr ich den frühen Morgen liebe. Und heute war es einfach besonders schön am Watt! Ich *musste* einfach raus, verstehst du?«

Elena versucht sich in einem versöhnlicheren, weicheren Ton, der ihren Mann umschmeicheln soll. Sie möchte auf jeden Fall diese grässliche Missstimmung wieder auflösen.

»Ich dachte, ich bringe uns Brötchen mit und wir frühstücken gemeinsam.«

Strahlend lächelt sie ihn an.

»Das dachte ich auch. Deshalb war auch ich beim Bäcker, nachdem ich schwimmen war. Ich konnte ja nicht wissen, dass meine Ehefrau wieder einmal die Gesellschaft eines Pferdes der ihres Ehemannes vorziehen wird!«

»Sei doch nicht eifersüchtig, Schatz!«

Elena legt ihm versöhnlich die Hand auf seinen Arm. Besser, er ist auf das Pferd eifersüchtig, als dass er erfährt, mit wem sie wirklich die meiste Freizeit verbringt, denkt sie.

Doch Hans schüttelt ihre Hand ab und wendet sich wieder seiner Zeitung zu.

Elena muss einsehen, dass ihre Versöhnungsversuche nichts bringen. Hans ist verstimmt, und das wird er vermutlich auch eine Weile bleiben. Sie muss sich etwas anderes einfallen lassen, um ihren Mann umzustimmen.

Sie klettert auf seinen Schoß und legt die Zeitung beiseite. Dann nimmt sie seine Hände und führt sie hinter ihrem Rücken wieder zusammen. Aus dieser Perspektive kann er direkt in ihren Ausschnitt sehen. Ein Anblick, der ihn zwar normalerweise auch nicht gerade zum Sex verleitet, ihm jedoch stets Vergnügen bereitet. Doch heute bleibt auch dies ohne Wirkung.

»Ich finde, du verbringst definitiv zu viel Zeit im Pferdestall!«, sagt er streng.

Jetzt reicht es ihr aber! Sie hat lange genug versucht, lieb zu ihm zu sein. Was hat sie schon Schlimmes getan?

»Warum kaufst du mir überhaupt ein Pferd, wenn ich damit keine Zeit verbringen darf? Sperr mich doch gleich in einen goldenen Käfig!«

Sie springt von seinem Schoß und läuft zurück ins Haus. Mit einem lauten Knall lässt sie die Tür hinter sich zufallen.

Nur eine Minute später hört Hans, wie der Motor von Elenas kleinem Sportwagen aufheult und das Garagentor schließt. Nachdenklich lehnt er sich in seinem Stuhl zurück.

»Komm doch mit an den Strand, Lisa. Es ist so schön heute!«

Zögernd löst sich Lisa aus Svens Umarmung. Sosehr sie sich freut, dass er sein Versprechen wahr gemacht und heute tatsächlich zu ihr gekommen ist, so schwer fällt es ihr jetzt, ihm diese Bitte abzuschlagen. Dabei muss sie doch im Laden bleiben. Sie braucht den Umsatz dringend, um den kommenden Winter zu überstehen.

Andererseits ... Svens Lächeln und seinem verliebten Blick kann sie nur schwer widerstehen.

Außerdem: Heißt es nicht immer, man soll im »Hier und Jetzt« leben und den Augenblick genießen? Wer weiß schon, was morgen ist? Kurz entschlossen nimmt Lisa das Treibholz-Schild, auf dem sie mit weißer Farbe »Geschlossen« gepinselt hat, und hängt es an die Tür. Wahrscheinlich kommt heute sowieso kein Kunde. Dafür ist das Wetter einfach zu schön! Die meisten Leute werden am Strand sein.

Dabei hatte der Wetterbericht doch einen Wetterumschwung angekündigt. Aber so ist das auf Sylt: Was für das Festland gelten mag, muss hier auf der Insel noch lange nichts heißen. Der Wind treibt die Wolken oft weit weg, über die Insel hinaus und Richtung Festland, wo sie sich dann ausregnen, während über der Insel nur der eine oder andere kleine Schauer herunterkommt.

»Na gut. Du hast mich überredet! Aber nur, weil es so etwas Besonderes ist, dass du wieder einmal hier bist. Ich hatte schon ganz vergessen, wie du aussiehst!«, sagt Lisa und legt einen gespielten Vorwurf in ihre Stimme.

»Wirklich, Lisa? Das klingt ja nach sträflicher Vernachlässigung! Ein Mann sollte eine schöne Frau niemals lange alleine lassen!«, grinst Sven.

Komisch, dass Lisa bei diesen Worten an das Pärchen denken muss. Ob die hübsche Frau gestern auch von ihrem

Mann vernachlässigt wird? Dass es sich bei den beiden um eine heimliche Affäre handelt, war unschwer zu erkennen. Den Meldeschein hatten sie mit Erna und Fritz Müller aus Niebüll, Strandstraße 47, ausgefüllt, doch Lisa ist sich sicher, dass diese Angaben nicht stimmen. Sie fühlt sich zwar nicht wohl bei dem Gedanken, dass die Partner der beiden hintergangen werden. Aber auch wenn Lisa moralische Skrupel gehabt und ihnen das Zimmer nicht vermietet hätte, hätte es die beiden wohl kaum von ihrem Vorhaben abgehalten. Dann hätte eben ein anderer Vermieter die 80 Euro eingenommen.

»Woran denkst du?«, fragt Sven und streichelt zärtlich ihre Hand.

»An nichts. Ich freue mich einfach, dass du da bist!«, lächelt Lisa. Sie holt ihre große Badetasche und packt ein buntes Badelaken und Sonnencreme hinein. Aus dem Kühlschrank nimmt sie etwas Käse, Tomaten und Oliven, dazu können sie unterwegs beim Bäcker noch ein Baguette besorgen und am Strand ein kleines Picknick machen. Sie überprüft, ob der Korken der Weinflasche richtig sitzt, und legt auch noch zwei Gläser, eine Flasche Wasser und Papierservietten in den Korb.

»Warte eine Minute! Ich bin gleich wieder da.«

Lisa küsst Sven zärtlich auf den Mund.

»Kein Problem. Lass dir Zeit, Liebes!«

Lisa beobachtet ihn heimlich vom Flur aus. Er setzt sich auf ihren Ohrensessel und streckt die langen Beine aus. Für einen Moment schließt er die Augen. Bestimmt ist er heute Morgen schon sehr früh aufgestanden! Und das nur, um bei mir zu sein, denkt Lisa glücklich.

Wie lange ist es her, dass sie sich einen solch unbeschwerten Strandtag gegönnt haben?

Sie ist überrascht, wie viel Freude ihr der Gedanke an diesen unverhofften freien Tag schenkt, selbst wenn sie weiß, dass sie ihn sich finanziell eigentlich nicht leisten kann. Na und? Was ist schon Geld im Vergleich zu einem glücklichen Sommertag?

Lisa schlüpft aus ihren Sachen und streift ihren roten Bikini über. Oh nein, hat sie etwa schon wieder zugenommen? Gut, sie wird in diesem Jahr 50. Eine Frau mit einem 50 Jahre alten Körper sieht eben anders aus als eine 20-Jährige. Aber muss man das so genau sehen?

Prüfend betrachtet sie sich im Spiegel. Wenn sie ehrlich ist, mag sie sich gar nicht vor Sven ausziehen am Strand. Es ist etwas vollkommen anderes, in der kuscheligen Dunkelheit des Schlafzimmers nackt nebeneinander im Bett zu liegen, als sich im hellen Tageslicht zwischen all den perfekten jungen Körpern am Strand sehen lassen zu müssen. Im romantischen Kerzenlicht sieht man die Dellen an ihren Oberschenkeln nicht … die schlaffe Haut am Bauch … den hängenden Busen. Seufzend zieht Lisa sich ihr T-Shirt wieder über. Am besten, ich behalte das Shirt am Strand an, denkt sie. Sexy ist wahrlich etwas anderes!

Als sie ins Wohnzimmer zurückkehrt, ist Sven eingeschlafen. Sie streicht ihm zärtlich über das Haar und bemerkt, dass auch er nicht mehr der Jüngste ist. Seitdem sie sich vor einem Jahr kennengelernt haben, haben sich zahlreiche silberne Fäden in sein dunkles Haar geschlichen. Auch die Falten um seine Augen sind tiefer geworden. Er arbeitet zu viel, denkt Lisa. Wir sollten viel öfter das Leben gemeinsam genießen! Wer weiß schon, wie viel Zeit uns überhaupt bleibt? Erst kürzlich hat sie von einem bekannten Gastronomen in Westerland gehört, der mit Anfang 50 beim Joggen einen tödlichen Herzinfarkt erlitt. Die ganzen letzten Jahre hatte er praktisch nur gearbeitet, um sein Lokal voranzubringen. Und nun, da sein Sohn so weit war, dass er mit in das Geschäft einsteigen und den Vater entlasten konnte, war dessen Leben plötzlich zu Ende.

Plötzlich schlägt Sven die Augen auf.

»Beobachtest du mich etwa beim Schlafen?«, grinst er und streckt sich.

Lisa lächelt ihn verliebt an. Die grauen Haare stören sie ebenso wenig wie die Augenfalten. Für sie ist Sven der attraktivste Mann der Welt. Weil sie ihn liebt. Vielleicht ist es ja umgekehrt genauso, denkt sie. Vielleicht sieht Sven gar nicht die Dellen auf ihrer Haut, sondern nur die schönen Beine, die Lisa noch immer hat und die sie von ihrer Mutter geerbt hat.

Als sie an ihre Mutter denkt, fällt ihr wieder diese seltsame Frau Müller von gestern ein. Komisch, dass sie ständig an sie denken muss! Sie war doch nur ein Gast in ihrem Hause und auch nur für ein paar Stunden.

Doch etwas an ihr hat in Lisa eine leise und unbestimmte Erinnerung wachgerufen. Die Fremde hat sie irgendwie an ihre Mutter erinnert, die Schauspielerin war und Lisa und ihren Vater verlassen hatte, als Lisa noch ein Kind war. Diese Frau hatte einen ganz ähnlichen Gesichtsausdruck wie ihre Mutter, der gleichzeitig verloren und sehnsuchtsvoll wirkte. Als ob sie auf der Suche nach etwas wäre. Doch während diese Frau Müller sehr kühl und distanziert auf Lisa gewirkt hatte, war der Blick ihrer Mutter voller Wärme gewesen.

Sven steht auf und sagt: »Wenn wir hier noch länger herumsitzen und nicht endlich gehen, ist die Sonne wieder weg, ehe wir am Strand sind.«

Arm in Arm schlendern sie durch die Dünen zum Strand. Das Meer liegt wie ein grüner Teppich mit weißen Schaumkronen vor ihnen. Dieser Anblick raubt Lisa noch immer den Atem, auch wenn er für sie fast schon alltäglich geworden ist. Sie liebt die wilde, ungezähmte Brandung und die weißen Wolken, die der Wind darübertreibt. An diesem Strandabschnitt in Hörnum ist nie so viel Trubel wie an den anderen, und deshalb gelingt es ihnen trotz des schönen Wetters, einen freien Strandkorb zu finden und es sich darin gemütlich zu machen. Trotz Sonnenschein ist es ein wenig kühl, und deshalb braucht Lisa auch keine Ausrede, dass sie ihr T-Shirt nicht ausziehen mag. Zärtlich streicht Sven über ihren Rücken. Er selbst trägt nichts außer seiner schwarzen Badehose, und Lisa bewundert heimlich aus dem Augenwinkel seine schlanke Figur. Lisa kuschelt sich an seine breiten Schultern, schließt die Augen und genießt diesen vollkommenen Moment der Harmonie. Als sie die Augen öffnet, bemerkt sie, dass Sven zu einem Strandkorb in der Nähe hinüberschaut.

Eine hübsche Frau in einem mehr als nur knappen weißen Bikini versucht, ihr Top wieder einzufangen, das sie wohl am Strandkorb befestigt hatte und das der Wind losgerissen hat.

Ihre langen rotblonden Haare flattern im Wind, und Lisa muss zugeben, dass ihre Figur absolut perfekt ist. Für ihre kleine, zierliche Figur hat sie bemerkenswert große Brüste und einen perfekt geformten runden Po. Es entgeht Lisa nicht, dass auch Sven dies zur Kenntnis genommen hat.

»Was ist? Kennst du die Schönheit etwa?«, fragt er nun, als er bemerkt, dass auch Lisa zu der Frau herüberschaut.

»Nein …«, antwortet Lisa nachdenklich.

Trotzdem kommt ihr irgendetwas an der Fremden bekannt vor.

»Ich kenne sie nicht. Ich dachte nur, ich hätte sie schon irgendwo einmal gesehen.«

4. KAPITEL »DIE FRAU IM ROTEN SPORTWAGEN«

»Welchem Zufall habe ich es zu verdanken, dass du mir heute ausnahmsweise schon wieder ein wenig deiner kostbaren Zeit schenken kannst?«, fragt Gunnar und küsst Elena auf den Bauchnabel.

»Nicht!«, weist sie ihn sofort zurecht und späht aus dem Strandkorb, ob diese Handlung jemand bemerkt haben könnte. Doch bis auf ein paar spielende Kinder und ein paar ältere Leute, die mit dem Hund spazieren gehen, ist der Strand so gut wie leer. In einiger Entfernung sitzt zwar noch ein anderes Paar in einem Strandkorb, aber die beiden sind so sehr mit sich selbst beschäftigt, dass sie keine Gefahr darstellen. Welch ein Glück, dass an diesem Teil des Strandes meist nur wenige Menschen sind. Die meisten Urlauber suchen den Trubel in Westerland, Wenningstedt und Kampen. Oder sie wählen die FKK-Strände mit den schicken Strandlokalen wie »Seepferchen Samoa« oder »Sansibar«. An diesen Teil des Hörnumer Strandes verirren sich nur Naturliebhaber, und die werden sicher kein Interesse an einem knutschenden Liebespärchen haben. Trotzdem: Man kann ja nie wissen! Nach der seltsamen Frage der Nachbarin Britt muss Elena auf der Hut sein. Sie kann es sich nicht erlauben, ihre Ehe aufs Spiel zu setzen! Gunnar ist zwar ein toller und sehr zärtlicher Liebhaber, und sie verbringt wirklich sehr gerne Zeit mit ihm, aber niemals würde sie für ihn ihr wunderbares Leben aufgeben. Dafür hat sie zu viel Zeit und Energie aufgewendet, um so weit zu kommen! Zumal die Kinder von Hans ihr von Anfang an misstrauisch gegenüberstanden. Es kam Elena so vor, als unterstellten sie ihr, es nur auf das Geld von Hans abgesehen zu haben. Das hatten sie ihr zwar nie deutlich ins Gesicht gesagt, doch Elena hatte die Ablehnung von Anfang an gespürt. Als Hans dann mit dem Ehevertrag ankam, den sie vor ihrer Eheschließung unterschreiben sollte, und in dem stand, dass sie bei einer Scheidung lediglich Anspruch auf einen gewissen Unterhalt (gemessen an der Anzahl der Ehejahre), keineswegs aber auf andere materielle Dinge hatte, hatte sie zugestimmt und Hans zuckersüß erklärt: »Ich unterschreibe diesen Vertrag sehr gerne und leichten Herzens, Hans. Schließlich heirate ich dich aus Liebe. Für mich kommt eine Scheidung nicht infrage. Und wenn du dich doch einmal von mir trennen solltest, möchte ich mich nicht an dir bereichern.«

Für Hans war dies ein Beweis ihrer großen Liebe zu ihm und gleichzeitig ein Triumph gegenüber seinen Kindern und all jenen, die an der Ehrlichkeit ihrer Liebe gezweifelt hatten. Sein Respekt vor ihr und seine Zuneigung zu ihr wurden dadurch nur verstärkt. Elena war sich sicher, dass sie ihrerseits diese Ehe niemals freiwillig beenden würde. Warum sollte sie auch? Etwas Besseres hätte ihr nun wirklich nicht passieren können! Nach allem, was sie mit Männern erlebt hatte, war Hans der absolute Hauptgewinn für sie. Er war ein attraktiver, vermögender Geschäftsmann, der sie auf Händen trug und ihr ein in jeglicher Hinsicht wundervolles und sorgenfreies Leben ermöglichte. Warum sollte sie diesen Zustand freiwillig beenden?

Die Tatsache, dass sie seit zwei Jahren fast keinen Sex mehr hatten, schob sie auf sein fortgeschrittenes Alter und nicht darauf, für ihn nicht mehr attraktiv zu sein. Das war für Elena nun wirklich kein Trennungsgrund. Es gab ja Mittel und Wege, trotzdem seinen Spaß zu haben! Es durfte nur nicht herauskommen. Sonst würde Hans sich vielleicht wirklich scheiden lassen, und dann wäre das schöne Leben vorbei und sie konnte noch einmal von vorne anfangen und sich wieder einen reichen Mann suchen. Dazu hatte sie nun wirklich keine Lust. Schließlich wurde sie ja auch nicht jünger!

»Ich habe mich geärgert«, antwortet Elena nun auf Gunnars Frage.

»Etwa über deinen wundervollen Ehemann?«, fragt Gunnar süffisant.

»Ja, auch. Aber hauptsächlich über unsere Nachbarin. Diese Britt Hansen. Sie hat mir gestern, als ich nach Hause kam, so eine dämliche Frage gestellt«, seufzt Elena.

»Was denn für eine dämliche Frage?«

»Ich hatte Hans doch gesagt, ich würde den Abend im Reitstall bei Fantaisie verbringen. Als ich nach Hause kam, fragt sie mich doch glatt, ob schon alles für das Poloturnier in Keitum aufgebaut sei. Das konnte ich doch gar nicht wissen! Denn ich war doch gar nicht in Keitum, sondern in Hörnum.«

»Und was hast du ihr geantwortet?«, fragt Gunnar.

»Erst habe ich so getan, als hätte ich es nicht richtig gesehen, aber etwas an ihrer Frage ließ darauf schließen, dass sie misstrauisch ist. So, als wäre sie selbst in Keitum gewesen und hätte den Platz mit den Zelten bereits aufgebaut gesehen. Nun, sie wusste, dass mich mein Weg zum Reitstall direkt am Poloplatz vorbeiführt. Also hätte ich die weißen Zelte sehen müssen!«

»Oh nein ... Elena! Du hast doch wohl nicht etwa gesagt, dass bereits alles aufgebaut ist?«, fragt Gunnar und verdreht die Augen.

Elena seufzt.

»Was hätte ich denn tun sollen? Sie hat mich so komisch angesehen und mit ihrer Frage in die Enge getrieben! Also habe ich eben gesagt, ich hätte nicht so genau darauf geachtet, aber ein paar weiße Zelte gesehen.«

»Ach, du Dummerle!«

Lachend streicht ihr Gunnar über den Kopf.

»Die Zelte kommen erst ganz zum Schluss. Zuerst wird alles andere aufgebaut! Und damit wird erst in zwei Wochen begonnen. Das Poloturnier findet Ende August statt!«

»Woher hätte ich das denn wissen sollen?«, fragt Elena aufgebracht.

Natürlich hat sie die Werbung dafür auf den großen Plakaten in Keitum gesehen und auch hin und wieder bereits jemand darüber sprechen hören. Doch sie interessiert sich nicht für Polo und hat sich darum auch nicht den Termin gemerkt.

Diese Britt allerdings auch nicht, sonst hätte sie nicht geglaubt, dass die Zelte jetzt schon stehen würden.

Es sei denn, sie wollte Elena ganz bewusst aufs Glatteis führen, um herauszubekommen, ob diese tatsächlich in Keitum war.

»Du hättest mich fragen können, meine Schöne«, sagt Gunnar lachend.

»Was hast du denn damit zu tun?«, fragt Elena neugierig.

»Nun, ich werde vor und während des Poloturniers die ganze Zeit vor Ort sein. Jemand muss sich ja um die Pferde kümmern und wer könnte das besser als ich?«

Gunnar lacht selbstbewusst. Elena fühlt sich auf einmal abgestoßen von seiner Selbstgefälligkeit. Meine Güte, so wichtig ist Gunnar nun auch wieder nicht! Er mag ja ein guter Reiter und Reitlehrer sein, der sich darüber hinaus auch noch hervorragend mit Pferden auskennt, aber die Polospieler bewegen sich doch in einer ganz anderen Liga. Vor allem auch finanziell.

»Vermutlich wirst du dich auch um die schönen und reichen Frauen kümmern müssen, die den ganzen Tag dort herumlungern, vor Langeweile Champagner trinken und sich nach einem charmanten Liebhaber sehnen!«, antwortet Elena mit schmalen Lippen.

»Kein Grund zur Eifersucht, meine Schöne. Du weißt doch, du bist die Einzige für mich!«

Gunnars Blick ist zärtlich und begehrlich zugleich. Doch Elena schiebt seine Hand weg. Es ist zu gefährlich hier am Strand, außerdem muss sie nach Hause. Sie will Hans nicht noch mehr verärgern.

»Woher hätte ich auch wissen sollen, dass diese Britt mich ausgerechnet etwas über das Poloturnier fragt!«

Dass sie einen derartigen Schnitzer begangen hat, geht Elena einfach nicht aus dem Kopf.

»Vielleicht war sie einfach nur daran interessiert, Liebes. Du machst dir viel zu viele Gedanken! Bestimmt will dir diese Britt gar nichts Böses.«

Doch Elena ist nicht überzeugt. Sie ist sich sicher, dass Britt ihr nur zu gerne etwas anhängen möchte.

»Was kann dir denn schon passieren, Liebling? Das einzig Schlimme wäre doch, wenn der Alte dich rauswerfen würde. Umso besser: Dann ziehst du einfach bei mir ein!«, schlägt Gunnar lachend vor.

Elena sieht ihn bestürzt an. Seine Augen sind voller Liebe, er meint es ernst.

Wie kann er nur glauben, dass dies eine ernsthafte Alternative für mich wäre, denkt Elena und beginnt bereits, sich wieder anzuziehen.

»Dann wirst du also oft bei dem Poloturnier in Keitum sein?«, fragt sie Gunnar, um vom Thema abzulenken.

»Das kann man so sagen. Ich werde mich jeden Tag um die Pferde dort kümmern. Und es wird sogar einen ›Sylter Horse Day‹ geben, bei dem sich alles um Pferde, die verschiedenen Rassen und natürlich um unsere Reitschule dreht. Du kannst mich gerne in Zukunft alles fragen, was du über das Poloturnier wissen willst«, grinst Gunnar angeberisch.

Wer weiß, ob diese Informationen nicht einmal nützlich sein können, denkt Elena.

Spätestens dann, wenn Britt wieder unangenehme Fragen stellt!

»Warum gehst du schon? Ich habe deinen wundervollen Körper bis jetzt nur betrachten dürfen …«

Enttäuscht sieht er zu, wie sie die Badetasche schultert und sich zum Gehen wendet.

»Aufgeschoben ist nicht aufgehoben!«

Als sie ihn zum Abschied küsst, zieht er sie nah an sich heran und flüstert in ihr Ohr: »Na gut, meine süße kleine Russin. Ich warte auf dich. Aber dafür darf ich mir etwas wünschen.«

Elena sieht ihn fragend an und hofft, dass es sich bei diesem Wunsch nicht um etwas handelt, was sie noch mehr in Schwierigkeiten bringen wird.

»Ich wünsche mir, dass meine kleine Russin beim nächsten Mal im Pelzmantel erscheint, so etwas besitzt du doch sicher?« Er beißt zärtlich in ihr Ohrläppchen.

»Natürlich besitze ich *so etwas.*«

Erst im letzten Winter hat Hans ihr einen echten Nerz in Hamburg gekauft, am Tag nachdem sie nach einem Theaterabend so sehr gefroren hatte.

»Aber bist du verrückt geworden? Warum sollte ich im Pelz herumlaufen? Es ist Sommer!«, antwortet Elena entrüstet.

»Ja, und deshalb sollst du darunter auch nichts anziehen.« Vielsagend und begehrlich lässt Gunnar den Blick über ihre Rundungen schweifen.

Elena verdreht die Augen. Doch etwas an diesem Vorschlag amüsiert und erregt sie zugleich. Es ist schon eine verrückte Vorstellung, etwas, worauf nur Gunnar kommen kann.

»Na gut. Wenn es sein muss«, vertröstet sie darum Gunnar mit einem Lächeln.

»Aber dann treffen wir uns wieder in diesem kleinen Zimmer über dem ›Strandgut‹-Laden. Ich habe keine Lust, dass mich jemand in diesem Aufzug sieht.«

Insgeheim ist sie auch froh, dass es sich bei seinem Wunsch um etwas derart Einfaches handelt und nicht um etwas, das sich in der Öffentlichkeit abspielt. Die Sache mit dem Pelzmantel lässt sich nun wirklich leicht realisieren. Und wenn es Gunnar derart anmacht, sie nackt darin zu sehen, wird sie sicher auch ein wenig davon profitieren. Aber nun muss sie sich beeilen. Sie hat eine Idee, wie sie ihrem Mann eine Freude machen kann, um die heutige Verstimmung wiedergutzumachen. Schließlich möchte sie auf gar keinen Fall, dass Hans böse auf sie ist und sich womöglich von dieser Britt Dinge einreden lässt, die ihn misstrauisch machen!

Als Elena nach Hause kommt, ist Hans im Garten und schneidet die Rosen. Seine Körperhaltung ist gebückt, er lässt den Kopf hängen. Im Gegensatz zu dem vitalen Gunnar ist er ein alter Mann, denkt Elena. Doch er ist ihr Mann, und darum tritt sie leise von hinten an ihn heran und schlingt die Arme um seine Taille. Überrascht dreht Hans sich um, dabei fällt ihm die eben geschnittene Rose herunter.

»Elena! Hast du mich erschreckt!«, entfährt es ihm.

Wahrscheinlich hört er jetzt auch nicht mehr gut, denkt Elena. Doch sie lächelt ihn freundlich an, hebt die Rose auf und schnuppert daran.

Irritiert sieht Hans sie an.

»Es tut mir leid, Liebling«, sagt sie mit Kleinmädchenstimme. »Ich wollte nicht mit dir streiten.«

»Ich auch nicht«, sagt Hans, doch seine Haltung bleibt abweisend.

»Ich weiß, ich habe dich in letzter Zeit ein bisschen vernachlässigt. Aber es ist nun einmal Sommer, und da genieße ich es eben, mit Fantaisie in dieser herrlichen Natur auszureiten!«

»Das verstehe ich ja«, antwortet Hans kurz. »Aber du hast auch noch einen Ehemann, und das scheinst du in letzter Zeit vergessen zu haben!«

»Es tut mir leid«, sagt Elena noch einmal.

Warum macht er es ihr so schwer? Normalerweise geht er doch immer sehr schnell auf ihre Versöhnungsversuche ein. Besonders, wenn sie ihn wie jetzt mit diesem liebevollen Blick beschenkt.

»Und weil ich das irgendwie wiedergutmachen möchte, habe ich eine Überraschung für dich!«, lächelt sie ihn an.

»Eine Überraschung?«

Verwundert legt Hans die Rosenschere beiseite.

Ob er sie nun doch endlich in den Arm nehmen wird?

Doch er wartet ruhig ihre Antwort ab.

»Ja, mein Schatz! Wir beide gehen heute Abend aus«, kündigt Elena an.

»Ach ja? Wohin denn?«, fragt Hans mit verhaltener Begeisterung.

»Lass dich überraschen. Und geh dich bitte umziehen. Der Dresscode lautet: sportlich-elegant! Also es genügt völlig, wenn du deine weißen Jeans, das weiße Hemd und das dunkelblaue Jackett anziehst«, sagt Elena geheimnisvoll.

Hans scheint immer noch leicht irritiert, doch inzwischen auch leicht amüsiert und geht hinein, um Elenas Wunsch nach einer anderen Garderobe nachzukommen. Natürlich in der leisen Hoffnung, dass seine junge Ehefrau ihm mit dem heutigen Abend ein echtes Vergnügen bereiten will und ein ruhiges Lokal für ein exquisites Abendessen ausgesucht hat. Elena atmet tief aus, zufrieden mit sich und ihrer Idee, die ihrem Mann ganz bestimmt Freude bereiten wird. Hat sie doch eine Veranstaltung gewählt, die ihr selbst so gar nicht gefällt und sie vermutlich zu Tode langweilen wird. Daran wird Hans ihre ehrliche Absicht auf Versöhnung erkennen können! Und gleichzeitig hat Elena endlich einmal Gelegenheit, das neue, teure schwarze Sommerkleid auszuführen, das sie in einer Kampener Boutique erworben hat und das für ein Treffen mit Gunnar viel zu brav und langweilig ist. Beim Gedanken an seinen Pelzmantel-Wunsch muss sie unwillkürlich lächeln. Schnell hat sie das neue Kleid übergezogen und ihre rotblonde Mähne durchgebürstet. Sie legt nur einen Hauch von Make-up auf, schließlich will sie als Frau an Hans' Seite zwar schön, auf keinen Fall aber in irgendeiner Form aufgedonnert aussehen. Der Ausschnitt des ansonsten schlichten schwarzen Kleides ist tief genug, um trotzdem die Blicke aller – vor allem die der Männer – auf sich zu ziehen. Als einzigen Schmuck wählt Elena eine Kette, die sie von ihrer Mutter zu ihrem zehnten Geburtstag bekommen hat. Eine Kette mit einem silbernen Anhänger in Form eines Sterns, in dessen Mitte ein goldfarbener Bernstein glänzt.

Auch Elenas Mutter hatte diese Kette als Kind von ihrer Mutter geschenkt bekommen, und somit ist diese Kette nicht nur das Einzige, was Elena von ihrer geliebten Mamachka geblieben ist, sondern gleichzeitig auch ein Erinnerungsstück an ihre Babushka.

Hans steht unten an der Treppe und sieht seiner schönen Frau bewundernd entgegen. Sein Blick zeigt Elena, dass sie mit ihrem Outfit alles richtig gemacht hat.

Hans geht zur Garage, um den Porsche Cayenne herauszufahren, doch sie hält ihn davon ab: »Es ist so ein schöner Sommerabend, Liebling. Lass uns die paar Schritte zu Fuß gehen!«

»Die *paar Schritte*? Willst du mir nicht endlich sagen, wo wir überhaupt hingehen?«, fragt er lächelnd.

Auch Hans sieht mit seinem hellen Haar, der Sonnenbräune und den breiten Schultern in dem dunklen Jackett heute Abend sehr gut aus. Lächelnd bietet er seiner schönen Frau den Arm an, und Elena hakt sich unter. Zu seiner nicht allzu großen Überraschung schlägt sie den Weg

Richtung Strönwei ein, der sogenannten »Whisky-Meile«, wo sich ein schönes Lokal an das andere reiht. Doch vor dem »Kaamp-Hüs«, dem Reetdachhaus in der Mitte des Ortes, in dem nicht nur die Touristinformation untergebracht ist, sondern auch viele Veranstaltungen stattfinden, bleibt Elena auf einmal stehen.

Erwartungsfroh sieht sie Hans an und zieht dabei die beiden Karten aus der Tasche, die sie noch am Nachmittag mit viel Glück ergattert hat.

»Elena! Du hast Karten für den Vortrag von Dirk Müller?«, fragt Hans ungläubig.

Davon hatte er erst heute früh in der »Sylter Rundschau« gelesen.

»Genau! ›Showdown – Der Kampf um Europa und unser Geld‹«, lacht Elena. Erfreut bemerkt sie, dass ihr Plan aufgegangen ist. Hans drückt sie zärtlich an sich.

Er weiß genau, dass eine Veranstaltung dieser Art seiner Frau nicht das geringste Vergnügen bereitet und sie diese Karten nur seinetwegen erworben hat.

»Dafür lade ich dich anschließend schön zum Essen ein!«, verspricht er.

Während des Vortrags, der Elena wie erwartet unendlich langweilt, sieht sie sich ein wenig im Publikum um. So manches Kleidungsstück, das sie an den anwesenden Damen entdeckt, hat Elena bereits in einer der Kampener Edelboutiquen gesehen. Alles ist von erlesener Qualität und zeigt den guten Geschmack der Trägerin (oder der versierten Verkäuferin). Doch die teure Garderobe besteht nicht etwa aus schönen Kleidern oder hochhackigen Schuhen, wie Elena sie trägt, sondern aus schlichten Blazern, eleganten Hosen oder Blusen. Die eine oder andere Dame trägt sogar eine leichte Daunenjacke gegen den Wind, die sie drinnen natürlich ablegt, sodass ein teures Edelshirt und perfekt sitzende Nobelmarkenjeans zum Vorschein kommen. Wie langweilig dieser hanseatische Chic doch ist, denkt Elena. Nicht, dass sie ihn nicht bereits in den ganzen Jahren in Hamburg bereits mehr als hinreichend zu Gesicht bekommen hätte! Schließlich konnte sie sich zu Beginn ihrer Zeit in Deutschland nicht sattsehen an den teuren Boutiquen mit den vielen schönen Dingen! Doch schon damals hatte sie sich gewundert, warum die wirklich reichen Frauen einen derartigen Understatement-Look zu tragen pflegten. So etwas würde es in Russland nicht geben! Eine russische Frau stellt ihr Vermögen gern mit teurer Garderobe zur Schau. Viele Jahre hatte sich Elena gewünscht, die Boutiquen nicht immer nur von außen zu betrachten, sondern sich auch einmal etwas wirklich Schönes und Edles leisten zu können. Und nun, da sie es geschafft hat und endlich zur solventen Kundschaft solcher Läden gehört, ist sie auf Sylt, und alle anderen Frauen um sie herum scheinen den Langweiler-Nonchalance-Understatement-Look noch perfektionieren zu wollen. Selbst ihre Frisuren sind alle mehr oder weniger gleich, denkt Elena. Kurze, maximal kinnlange Haare … und im Gegensatz zu Elenas wilder Mähne ordentlich geföhnt. Ich sollte mir auch so eine blond gesträhnte Perücke in Kinn- oder Schulterlänge besorgen, denkt Elena. Damit würde ich wenigstens auf den ersten Blick so aussehen wie die meisten Frauen hier! Außerdem kommt ihr gerade noch eine Idee. Wie wäre es, wenn sie, Elena, den Damen der High Society auf der Insel modisch ein wenig auf die Sprünge helfen würde? Es müsste ja nicht gleich ein komplettes Umstyling sein. Manchmal reichen ja schon wenige Kleinigkeiten, um aus einer langweiligen Frau eine mondäne Lady zu machen. In der folgenden Stunde denkt Elena ausgiebig über ihren neuen Plan nach und findet somit den Abend gar nicht mehr so unerträglich wie noch vor ein paar Minuten.

In der Pause besorgt Hans zwei Gläser Chardonnay an der Bar, mit denen sie sich zu den anderen Gästen in die Abendsonne vor das »Kaamp-Hüs« stellen.

Ein leichter Wind spielt mit Elenas Haaren, doch im Gegensatz zu gestern ist er heute warm und schmeichelnd. Für einen Moment schließt sie die Augen und hält ihr Gesicht der Sonne entgegen.

»Dieser Abend ist eigentlich viel zu schön, um ihn drinnen zu verbringen! Aber das Thema ist so unglaublich interessant, da *musste* ich einfach eine Karte besorgen!«

»Britt, wie schön, dass du auch hier bist!«

Hans umarmt die Nachbarin und Freundin zur Begrüßung.

Elena kann es nicht fassen, dass dieser in ihren Augen derart fade Vortrag jemand anderem als ihrem Mann oder den übrigen vermögenden Männern im Publikum ernsthaft Freude bereiten kann. Bis zu dieser Minute war sie der festen Überzeugung gewesen, dass das weibliche Publikum ähnlich wie sie aus charmanten Begleiterinnen besteht, die nur ihren Männern zuliebe anwesend sind.

Doch bei Britt scheint es – natürlich! – wieder einmal anders zu sein.

»Hab ich es mir doch gedacht, dass dieser Vortrag auch etwas für dich sein könnte, Hans!«, lacht sie ihren Nachbarn an.

»Ehrlich gesagt, war es gar nicht meine Idee«, klärt dieser die Freundin auf.

»Nein?« Britt ist erstaunt.

»Nein, meine liebe Elena hatte diese Überraschung für

mich parat. Ist das nicht reizend von ihr?«, freut sich Hans und nimmt Elena, die Britt bis jetzt geflissentlich übersehen hat, in den Arm.

»Oh ja. Reizend, wirklich ganz reizend.«

Britts schmale Lippen umspielt ein falsches Lächeln, das ihre Augen nicht erreicht.

»Heute scheint ja ganz Kampen hier zu sein, aber das ist auch kein Wunder bei diesem Thema!«, lässt sich eine tiefe, sonore Stimme hinter ihnen deutlich vernehmen. Die Friedrichsens! Elena verdreht innerlich die Augen. Noch so ein altes Ehepaar, das lange Zeit mit Hans und Ulla befreundet war und Elena lediglich distanzierte und förmliche Freundlichkeit schenkt.

Der Verkauf seiner gut gehenden Steuerkanzlei hat Benno Friedrichsen vor ein paar Jahren zu einem Ruhestand in Wohlstand verholfen, so wie das häufige Golfspiel zu seiner schlanken Figur und seinem braun gebrannten Teint beigetragen hat. Seine Gattin Stella ist ebenfalls eine passionierte Golfspielerin und darüber hinaus sehr belesen.

Sofort beginnt sie ein Gespräch mit Britt über die neuesten Bestseller, bei dem Elena ebenso wenig mitreden kann wie bei dem Gespräch der Männer über Politik im Allgemeinen und Europa im Besonderen. Gelangweilt lässt Elena den Blick in Richtung »Whiskymeile« schweifen. Fröhliche Stimmen und Gläserklirren dringen zu ihr herüber. Eigentlich wäre sie viel lieber dort und würde ihre chice Garderobe ausführen und die tollen Autos betrachten, die durch die Straße fahren. Nirgendwo sonst sieht man so viele Ferraris, Lamborghinis und Porsches wie hier. Sogar ein Rolls-Royce steht auf dem Parkplatz, und Elena weiß auch genau, wem er gehört. Hans hat ihr den Besitzer, Konsul Wagenbach, einen schwerreichen Unternehmer, einmal anlässlich einer Vernissage in der »Hof Galerie« in Westerland vorgestellt. Dort konnte man wenigstens schöne Bilder betrachten, denkt Elena. Sie liebt schöne Bilder und Ausstellungen in Museen und Galerien. Auch zu Konzerten begleitet Elena Hans sehr gerne. Die schönsten Aufführungen haben sie in Hamburg in der Laeiszhalle gesehen. Sogar ein Klavierkonzert von Chopin war dabei! Der heutige Abend dagegen langweilt Elena unerträglich. Ihre Gedanken wandern zu Gunnar und wann sie sich für das Pelzmantel-Schäferstündchen verabreden können!

Da unterbricht Stella plötzlich ihre Gedanken: »Elena, wie schön, dass Sie heute Abend auch einmal dabei sind! Ich habe Sie ja lange nicht gesehen. Dafür heute schon zum zweiten Mal!«

Verwundert sieht Elena Stella an: »Was meinen Sie mit ›zum zweiten Mal‹?«

»Nun, ich habe Sie heute am späten Nachmittag schon einmal gesehen. So gegen 16 Uhr. Wir waren in Hörnum golfen, da bekam Benno plötzlich Hunger. Er hatte auf einmal furchtbar Appetit auf die Currywurst in der ›Sansibar‹. Als wir zum Parkplatz gingen, preschten Sie mit einem Affenzahn in ihrem kleinen roten Flitzer an uns vorbei!«, klärt Stella sie lachend auf.

Elena sieht sich prüfend um, ob die anderen diesen Satz auch gehört haben.

»Das kann nicht sein. Ich war heute den ganzen Tag in Keitum bei meinem Pferd«, antwortet Elena.

»Wirklich? Das ist ja merkwürdig. Ich könnte schwören, dass ich Sie heute gesehen habe.« Irritiert zieht Stella eine perfekt gezupfte Augenbraue nach oben und sieht Elena prüfend an. »Ihre rotblonde Mähne und das rote Auto …«

»Aber ich bitte Sie«, lacht Elena, »es gibt doch nun wirklich viele rote Cabrios auf der Insel! Nein, ich war heute nicht in Hörnum. Da müssen Sie sich wohl getäuscht haben!«

Für einen Moment ist Elena doch tatsächlich das Herz in die Hose gerutscht. Weil es so warm war, hatte sie am Nachmittag das Verdeck ihres Wagens geöffnet. Aus Angst, die Perücke könnte davonfliegen, hatte sie sie kurz hinter Hörnum abgelegt – ein Fehler, wie sich nun herausstellt.

Stella nickt nachdenklich.

»Seltsam … ich könnte schwören, dass …«

Sie betrachtet Elena mit einem prüfenden Blick, fast, als wolle sie ihr eigenes Gedächtnis auf die Probe stellen. Doch Elena bemüht sich um ein gleichgültiges Lächeln, bis Stella endlich sagt: »Nun, Sie werden es ja besser wissen. Da habe ich mich dann wohl tatsächlich geirrt. Obwohl …«

Der Gong ertönt, die Pause ist vorüber, und alle gehen wieder hinein.

Erleichtert atmet Elena aus. Plötzlich spürt sie, wie sie jemand ansieht: Britt. Was mag Britt von dem Gespräch mit Stella mitbekommen haben?

»Wir sehen uns doch sicher bei den ›German Polo Masters‹?«, verabschieden sich die Friedrichsens im Gang.

»Ach, ich weiß nicht«, meint Hans, »Polo ist eigentlich nicht so mein Sport.«

»Meiner auch nicht«, sagt Benno. »Aber man trifft eben immer ein paar interessante Leute dort!«, lacht er.

»Nun, Elena wird ja sicher öfter dort sein. Sie reitet doch in Keitum«, erklärt Britt. Vielsagend sieht sie Elena an. Ihr Blick ist eine offene Herausforderung.

Nun ist sich Elena sicher, dass Britt etwas von dem Gespräch mit Stella mitbekommen hat.

»Ich reite. Das heißt nicht, dass ich Polo spiele«, antwortet Elena kühl und lässt Britt ohne Abschiedsgruß stehen. Als sie sich noch einmal nach ihr umdreht, bemerkt sie den kühlen Blick der Nachbarin. Elena bekommt eine Gänsehaut. Sie muss ab jetzt sehr vorsichtig sein. Britt bedroht ihre Ehe und damit auch ihre gesamte Existenz.

5. KAPITEL
PELZHANDEL

»Du bist doch gerade erst angekommen!«, sagt Lisa und streicht Sven sanft über den Rücken. »Musst du wirklich schon wieder los?« Für ihren Geschmack viel zu schnell sind die gemeinsamen Stunden mit Sven vergangen. Im Nachhinein ist sie froh, dass sie beide den wunderbaren Strandtag genossen haben, auch wenn sie natürlich den Umsatz im Laden sehr gut hätte brauchen können. Wie immer, wenn Sven bei ihr ist, ist die Zeit wie im Flug verstrichen. Sie haben zusammen gekocht und gegessen, zusammen geschlafen und gefrühstückt, sind im Strandkorb gesessen und haben sich viel erzählt, aber manchmal auch nur die Natur für sich sprechen lassen und schweigend die Stimmung am Meer genossen. Um die schönen Stunden mit Sven nicht mit profanen Alltagsdingen zu zerstören, hat Lisa ihm nichts von der kaputten Spülmaschine und dem tropfenden Wasserhahn erzählt. Stattdessen hat sie die Zeit genutzt, während Sven unter der Dusche stand, und eben von Hand abgewaschen. Schließlich hat das ihr Vater früher in ihrer altmodischen Küche auch immer getan. Beim Gedanken an ihn kommen Lisa plötzlich die Tränen. Dabei ist es doch schon über ein Jahr her, seitdem er gestorben ist! Und trotzdem fehlt er Lisa immer noch so sehr. Lisas Vater war nicht reich, aber er war ihr großer Halt, ihre Stütze. Was würde er wohl dazu sagen, dass sie auf Sylt ein ganz neues Leben begonnen hat? Er wäre ganz bestimmt stolz auf sie. Stolz, weil Lisa endlich den Mut aufgebracht hatte, sich aus einer lieblosen Ehe zu verabschieden und auf eigene Beine zu stellen. Er wäre auch stolz auf Lisa, weil sie im Gegensatz zu ihm einen Neuanfang weit weg von ihrem Zuhause gewagt hatte, noch dazu auf Sylt, auf der Insel, auf der er am glücklichsten war. Er würde sich freuen, weil sie in Alma, der Frau, die er einmal sehr geliebt hatte, eine wertvolle Freundin gefunden hat. Lächelnd nimmt Lisa den Lachsauflauf aus dem Ofen, den Sven so liebt und den sie extra für ihren letzten gemeinsamen Abend zubereitet hat. Wer weiß schon, wann er sich wieder einmal ein paar Tage für sie freinehmen kann? Lisa deckt den Tisch im Garten, und darum bemerkt sie nicht gleich, dass jemand laut »Hallo« vom Gartentor ruft.

»Kommen Sie herein, es ist nicht abgeschlossen!«, ruft Lisa freundlich zurück. Schützend hält sie eine Hand über die Augen, weil die tief stehende Sonne sie blendet.

Sie erkennt sie an ihrem Duft. Es ist eine Mischung aus Vanille, Jasmin und Moschus. Danach hat das ganze Zimmer nach ihrem letzten Besuch geduftet.

»Guten Abend. Haben Sie noch ein Zimmer frei für uns heute Nacht?«

Trotz riesengroßer Sonnenbrille erkennt Lisa die Frau sofort.

»Guten Abend! Sie haben Glück. Ihr Zimmer ist heute noch frei«, sagt Lisa lächelnd und gibt ihr die Hand. Sie bemerkt die zarten Finger, die sorgfältige Maniküre und die teuren Ringe. Diese Hände müssen garantiert nicht arbeiten. Nicht einmal Geschirr spülen.

Sie geht voraus und nimmt den Schlüssel vom Haken.

»Sie kennen sich hier im Hause ja schon aus«, sagt sie und lächelt die Besucherin noch einmal an.

»Frau Müller, nicht wahr? Ihr Mann kommt sicher später?«

»Ja, ungefähr in einer Stunde. Wenn Sie so freundlich wären, ihn hereinzulassen? Er soll dann einfach nach oben kommen. Ich werde die Zimmertür nicht abschließen.«

Wieder dieser leichte Akzent, den Lisa nicht richtig einzuordnen vermag. Er scheint auf jeden Fall osteuropäisch zu sein. Die Ausdrucksweise ihres Gastes ist mehr als nur gepflegt. Obwohl es eindeutig ist, dass es sich hier wieder einmal um ein Schäferstündchen handelt, kann Lisa sich eigentlich nicht vorstellen, dass es sich bei ihr um eine Prostituierte handelt. Es sieht für sie eher so aus, als wäre sie diejenige, die über Geld verfügt und nicht ihr »Mann«, der zwar sehr attraktiv ist, jedoch nicht unbedingt wohlhabend zu sein scheint.

Nun, Lisa kann es egal sein. Sie kann die 80 Euro für das Zimmer, die die Dame gerade aus ihrem teuren Geldbeutel nimmt, sehr gut gebrauchen. Die Saison wird bald vorüber sein. Zusammen mit dem Wechselgeld übergibt sie den Meldeschein mit der Bitte, diesen wieder ausgefüllt oben im Zimmer liegen zu lassen. Dabei fällt ihr Blick auf die große offene Tasche, die die Dame abgestellt hat. Es sieht so aus, als würde diese einen Pelzmantel mit sich herumtragen. Und das an einem warmen Tag wie diesem! Innerlich schüttelt Lisa den Kopf. Auf Sylt kann es zwar auch im Sommer am Abend etwas kühl sein, aber deswegen gleich einen Pelzmantel einzupacken? Was es für merkwürdige Leute gibt!

»Soll ich dir helfen, Schatz? Der Auflauf ist …«, fragt Sven, der gerade mit einer Flasche Wein aus der Küche kommt.

Der Anblick des gerade eingetroffenen weiblichen Gastes scheint ihm die Sprache zu verschlagen. Anerkennend lässt er seinen Blick über die Rundungen der Dame schweifen, die heute ein enges schwarzes Kleid trägt, welches hervorragend zu ihren schwarzen Haaren passt. Sven starrt sie regelrecht an, was Lisa auf einmal wütend macht. Gut, diese »Frau Müller« hat eine tolle Figur, aber wie kann Sven sie in ihrem Beisein derart anschmachten? Sie wirft ihm einen vorwurfsvollen Blick zu, den Sven nicht einmal bemerkt, da er die Augen nicht von der fremden Frau abwenden kann.

Und diese Frau hält den Kopf schief und lächelt ihn auch noch verführerisch an. Das ist doch die Höhe!

»Sven, würdest du vielleicht das Gepäck von Frau Müller nach oben bringen? Ihr *Mann* wird erst später eintreffen!«, sagt Lisa zu Sven und beobachtet seine Reaktion mit schmalen Lippen.

Er dagegen kann den Blick immer noch nicht von den weiblichen Kurven des Gastes wenden, doch er nickt zustimmend.

»Nein danke, das ist nicht nötig. Ich habe gar nicht viel dabei«, beeilt diese sich zu versichern und nimmt die große Tasche mit dem pelzigen Inhalt selbst an sich.

Sven sieht der schwarzhaarigen Schönheit, die nun auf ihren schwindelerregend hohen roten Schuhen die enge Treppe nach oben stöckelt, hinterher.

»Oh la la! Wenn das mal nicht die Dame ist, die ich eben noch aus dem roten Cabrio mit Hamburger Kennzeichen habe klettern sehen!«, entfährt es ihm begeistert, als sie ihren Blicken entschwunden ist.

»Du hast sie eben schon gesehen? So, wie du sie betrachtet hast, hätte man meinen können, Marilyn Monroe sei von den Toten auferstanden und stünde plötzlich vor dir. Ich hoffe, du hast dir nicht die Augen verdorben!«, schimpft Lisa.

Lächelnd nimmt Sven sie in den Arm.

»Kein Grund zur Eifersucht, meine Liebe. Du weißt doch, ich habe immer nur Augen für dich!«

»Soso. Seit wann habe ich schwarze Haare und Körbchengröße Doppel D?«, antwortet Lisa noch immer verstimmt.

Sven grinst.

»Nun, ich muss zugeben: Die Gäste in deinem Haus bieten dem Auge etwas!«

»Normalerweise wird das Zimmer an ein rheumakrankes Ehepaar aus Bottrop vermietet. Aber wenn du diese Dame so toll findest, kannst du dir ja gerne auch einmal so eine bestellen!«, mault Lisa weiter.

»*So eine*? Lisa, das ist doch keine Prostituierte! Hast du gesehen, wie sie angezogen ist?«

Obwohl Lisa weiß, dass Sven recht hat und sie selbst die Dame noch vor ein paar Minuten genauso eingeschätzt hat, sagt sie beleidigt: »Nicht so genau wie du wahrscheinlich. Außerdem hatte sie ja gar nicht so viel an. Ihre Garderobe befand sich wohl eher in ihrer Tasche.«

»Ach ja? Und was genau meinst du damit?«, fragt Sven neugierig, der wohl Lack und Leder vermutet.

»Es sah nach einem Pelzmantel aus«, antwortet Lisa mürrisch.

»Ein Pelzmantel?«, grinst Sven. »Im August? Wer weiß, was die für neckische Spielchen da oben treiben! Vielleicht ist es ja ein Fell und das breitet sie gerade für ihren Liebsten aus …« Wenn Sven wüsste, wie nah dran seine Vermutungen an der Wirklichkeit sind!

Elena hat sich inzwischen bis auf die hohen Schuhe

komplett entkleidet und liegt nun, nur mit dem Pelzmantel bekleidet, erwartungsfroh auf dem Bett. Sie spürt noch immer den Blick des attraktiven Mannes eben auf ihrer Haut. Ob das der Gatte dieser unauffälligen Vermieterin ist? Sie kann sich beim besten Willen nicht vorstellen, was der tolle Typ an dieser langweiligen Person findet. Nun, vielleicht hat sie ja einen guten Charakter. Oder es gehört ihr dieses Haus, und er kann den ganzen Tag Golf spielen oder am Strand liegen, während sie für ihn arbeitet.

Hoffentlich kommt Gunnar bald, denkt Elena ungeduldig und gießt sich ein Gläschen Champagner ein. Der Raum ist fast dunkel und wird nur erhellt vom Schein der Kerze, die Elena mitgebracht hat.

Obwohl sie sonst nichts trägt, ist ihr unglaublich warm in dem Pelz. Sie denkt an ihre Babushka, die auch einen alten Pelzmantel besaß. Einen Gaewolfmantel, der natürlich nicht im Entferntesten mit Elenas Nerz zu vergleichen ist! Doch dort, wo ihre Babushka herkam, waren die Winter bis zu minus 50 Grad kalt, und mit einem einfachen Tuchmantel kam man da nicht weit. Für die russischen Frauen ist es eine Selbstverständlichkeit, Pelz zu tragen, und Elena versteht überhaupt nicht, warum das in Deutschland so verpönt ist. Jedes Mal, wenn sie ihren Nerz ausführt, hat sie das Gefühl, schräg angesehen zu werden. Was ist schon dabei? Die Leute tragen doch auch Lederjacken und Lederschuhe. Seltsam, dass ein Unterschied zwischen dem Fell und der Haut eines Tieres gemacht wird. Diese Einstellung ist in Russland weitgehend unbekannt.

Genervt tippt Elena eine Nachricht an Gunnar: »Wo bleibst du?? Mir ist sooo heiß in dem Pelz!«

Seine Antwort kommt sofort: »Mir ist auch schon ganz

heiß, wenn ich nur daran denke … ich bin unterwegs, meine Schöne!«

Mit einem Lächeln legt Elena das Handy beiseite und träumt zum offenen Fenster hinaus. Sie muss schmunzeln, als sie an den gestrigen Abend denkt. Hans hatte sich wirklich über ihre Überraschung, den Vortrag im »Kaamp-Hüs« gefreut, und zwar so sehr, dass er sich anschließend sogar zu einem Besuch in ihrem Schlafzimmer aufraffen konnte.

Natürlich hatten sie wieder einmal keinen Sex. Doch er streichelte ihre nackte Haut und machte ihr Komplimente. Dennoch konnte Elena es nicht genießen. Sie hatte sogar fast so etwas wie Ekel verspürt, als sie die alten knochigen Hände auf ihrer Haut spürte. Und das, obwohl sie weiß Gott schon schlimmere Männer im Bett ertragen hat! Doch nach der Leidenschaft des jungen Gunnar, nach seinem jungen schönen Körper war ihr der alte nackte Hans neben ihr nur noch widerwärtig. Sie war froh, als es wieder einmal nicht zum Geschlechtsverkehr kam, und dennoch ist ihr natürlich bewusst, dass dies keine normale Ehe ist. Eigentlich ist es nicht mehr als ein Geschäft. Schönheit gegen Geld. Und darum wird es auch höchste Zeit, etwas zu ändern. Es liegt Elena schon lange auf der Seele, und sie nimmt sich vor, Hans noch heute darauf anzusprechen. Sie kann nicht wissen, wie lange dieses »Geschäft« zwischen ihnen noch gutgehen wird. Schon gar nicht, seitdem ihr diese Britt ganz offensichtlich misstraut. Was, wenn diese tatsächlich schlechte Stimmung gegen sie bei Hans machte? Würde er sie tatsächlich fallenlassen? Auch wenn er sie im Gegensatz zu ihr ganz offensichtlich liebte – man konnte nie wissen. Durch den Ehevertrag würde sie bei einer Scheidung leer ausgehen. Vor allem, wenn herauskäme, dass sie es war, die die Ehe gebrochen hatte.

Doch Elena kommt nicht dazu, ihren Gedanken weiter nachzuhängen. Die Tür öffnet sich, und Gunnar stürmt herein.

»Entschuldige, Liebling! Ich musste noch Vorbereitungen treffen für das Polo…«

Elena öffnet den Pelzmantel und gibt den Blick auf ihren vollkommenen Körper frei. Für einen Augenblick raubt er Gunnar im wahrsten Sinne den Atem. Sein Blick wandert über ihre vollen Brüste, die schmale Taille, die sanfte Rundung ihrer Hüften. Elena ist schön wie ein Gemälde, denkt Gunnar. Doch viel besser, er darf dieses vollkommene Bild berühren und gleich in die Arme schließen. Mir einem verführerischen Lächeln streckt sie ihm die Hände entgegen.

»Dorogoj moi … mein Liebster …«

Ihr Aufzug verfehlt seine Wirkung nicht. Stunden später, nachdem sie sich mehrmals geliebt haben, liegen sie immer noch im Bett. Dass Gunnar sich noch einmal derart steigern würde, hätte Elena nicht für möglich gehalten.

Plötzlich steht er auf, öffnet weit das Fenster und steckt sich eine Zigarette an.

Mit einem Lächeln betrachtet Elena seinen perfekten nackten Körper.

Gunnar hebt seine Jeans auf, die er im Eifer des Gefechts zu Boden hatte fallen lassen, und nimmt sein Handy aus der Tasche. Er macht ein Foto von der nackten Elena, deren rotblonde Locken wirr über ihre schmalen Schultern fallen.

»Nicht!«, sagt sie.

»Das ist doch nur für mich, Liebes. Keine Sorge, ich zeige es nicht herum. Ich möchte diesen Anblick nur heute Abend vor dem Schlafengehen noch einmal genießen … ganz für mich allein.«

Elena antwortet nicht.

»Was ist, Liebling? Warum bist du auf einmal so traurig?«, fragt er, der ihre plötzlich geänderte Stimmung spürt. Eben noch war sie die leidenschaftliche Wildkatze, und nun liegt sie mit ernster Miene vor ihm.

»Wir dürfen uns nicht mehr sehen«, sagt sie auf einmal.

Doch im Gegensatz zu ihrem Gesichtsausdruck klingt ihre Stimme nicht traurig oder bedauernd, sondern kalt. Verwirrt sucht Gunnar Elenas Blick in der Hoffnung, dass er ihm Aufschluss geben möge über das, was gerade in ihr vorgeht. Doch sie erwidert seinen Blick nicht, sondern sieht stattdessen an ihm vorbei in die Ferne.

»Was? Elena, was ist los?« Gunnar drückt die halb gerauchte Zigarette aus und nimmt sie in die Arme.

»Es ist zu gefährlich! Das ist alles«, antwortet sie seufzend.

»Was soll daran gefährlich sein? Wir sind hier in diesem gottverlassenen Dorf in einer versteckten Seitenstraße in einer No-Name-Pension. Wer soll uns hier finden?«, sagt Gunnar aufgebracht.

»Das ist es nicht. Die Insel ist zu klein, Gunnar. Selbst wenn ich eine Perücke aufsetze, kennt man doch mein Auto. Es gibt nur eine Straße nach Hörnum, und diese führt direkt an der ›Sansibar‹ vorbei. Weißt du, wie viele Bekannte Hans auf der Insel hat, die regelmäßig auf Hörnums Golfplatz ›Budersand‹ Golf spielen oder im ›Budersandhotel‹ oder in der ›Sansibar‹ zu Abend essen?«

»Dann treffen wir uns eben in Zukunft woanders.«

»Ach ja, und wo? In Kampen vielleicht? Oder in Westerland? Gunnar, die Insel ist zu klein, um sich zu verstecken!«, wiederholt Elena.

»Dann eben bei mir zu Hause auf dem Festland!«

Gunnar verdient im Reitstall nicht schlecht, doch eine bezahlbare Wohnung auf Sylt ist so gut wie nicht zu finden. Er wohnt daher in Niebüll auf dem Festland und pendelt täglich mit dem Zug über den Hindenburgdamm hin und her.

»Du weißt ganz genau, dass das viel zu aufwendig ist. So viel Zeit habe ich doch gar nicht! Außerdem würde es noch schwieriger für mich, zu erklären, warum ich auf einmal so oft im Zug nach Niebüll sitze. Nein, das Beste ist – wir machen eine kleine Pause.«

»Elena, das kann ich nicht!«, ruft Gunnar verzweifelt aus. »Ich liebe dich. Ich zähle die Stunden, bis wir uns wiedersehen. Wie soll ich es aushalten ohne dich? Nein, wir müssen uns etwas einfallen lassen. Bitte versprich mir das!«

Elena zieht sich wortlos an. Auch ihr tut der Gedanke weh, Gunnar nicht wiedersehen zu können. Nicht nur, dass er der beste Liebhaber ist, den sie je hatte. Der Gedanke, dass sie ihr Leben von nun an nur noch mit dem alten Hans, den langweiligen Friedrichsens oder der kühlen Britt verbringen soll, bekümmert sie zutiefst.

Außerdem wird es schwierig werden, Gunnar ganz aus dem Weg zu gehen. Immerhin ist er in dem Reitstall beschäftigt, in dem ihre geliebte Fantaisie eingestellt ist.

Seufzend packt Elena den Pelz zurück in die Tasche.

Vielleicht wird sie das, was sie vorhat, von Gunnar ablenken. Vorausgesetzt, dass sie Hans dazu überreden kann!

»Wie soll es denn jetzt weitergehen mit uns?«, fragt Gunnar mit weinerlicher Stimme.

Plötzlich fühlt sich Elena abgestoßen von seiner Abhängigkeit von ihr.

»Wir werden sehen«, sagt sie und zieht sich die Lippen

nach, bevor sie die rotblonden Locken unter die schwarze Perücke stopft.

Gunnar umfasst sie von hinten und will sie noch einmal zurück aufs Bett ziehen, doch sie stößt ihn zurück.

»Es ist mir ernst, Gunnar! Das war heute meine Abschiedsvorstellung. Ich kann mich nicht mehr mit dir treffen! Meine Ehe steht auf dem Spiel.«

»Deine Ehe? Nun tu doch nicht so. Du liebst den Alten doch gar nicht! Schau dich einmal an! Und dann dieser … dieser Greis!« Verächtlich spuckt Gunnar die Worte aus.

Er hat recht. Und doch kann Elena es nicht zulassen, dass er so von ihrem Mann spricht.

»Immerhin finanziert mir *dieser Greis* mein Leben«, entfährt es ihr.

»Na und? Ich habe dir schon einmal gesagt: Wir können auch ohne ihn leben!«, antwortet Gunnar.

Ohne ihn schon, aber nicht ohne sein Geld, denkt Elena.

Versöhnlich nimmt sie Gunnars Hand, die vor Wut und Enttäuschung zittert. Ganz offensichtlich geht ihm dieses Gespräch sehr nahe. Elena spürt, dass er sie auf keinen Fall verlieren will, ist sie doch so viel mehr für ihn als er für sie.

»Vielleicht werden wir das ja eines Tages, Dorogoj moi. Hans ist doch viel älter als ich. Vielleicht kommen wir eines Tages richtig zusammen … wenn Hans nicht mehr ist …«

Gerade gestern, als seine Spinnenfinger ihre Haut berührt hatten, hatte sie daran gedacht, wie es sein würde, wenn Hans einmal nicht mehr am Leben wäre. Sie wäre frei! Sie bräuchte nicht befürchten, mit einem Mann gesehen zu werden. Und könnte trotzdem das schöne Leben in Kampen weiterführen. Sie könnte das Haus auf Sylt aber auch verkaufen und ganz woanders hingehen ... nach Portofino oder Mallorca, wo der Wind warm und nicht so kalt wäre wie hier an der Nordsee.

»Mein Gott, der Alte kann doch 100 werden. Bei seiner gesunden Lebensweise!«, sagt Gunnar grimmig.

»Sag das nicht. Hans hat ein schwaches Herz und viel zu hohen Blutdruck. Er muss schon seit Jahren Tabletten nehmen«, erzählt Elena.

»Trotzdem. Darauf können wir nicht warten!«

»Wer weiß? Vielleicht ertrinkt er ja eines Tages bei seinem frühmorgendlichen Schwimmen in der eiskalten Nordsee? Oder in seiner geliebten Badewanne? Dann rufe ich dich sofort an, Gunnar.«

»Du machst Witze, Elena. Kein Mann geht freiwillig in eine Badewanne!«, antwortet Gunnar genervt.

»Oh doch, Gunnar! Du vielleicht nicht. Aber es gehört zu Hans' Gewohnheiten, abends ein langes Bad zu nehmen. Er kann stundenlang in seinem Whirlpool liegen, vor sich hinträumen und dabei Opern hören.«

Opern! Gunnar blickt wütend aus dem Fenster. Er hasst den Alten so sehr, weil er im Gegensatz zu ihm nicht nur jede Nacht Elenas wundervollen Körper berühren, sondern sogar mit ihr zusammenleben darf. Wenn es doch nur wahr würde und der Alte tatsächlich einen Herzinfarkt in der Badewanne erleiden würde!

Der Anblick des mit Reet gedeckten Klinkerhauses in der Kampener Heide erfüllt Lisas Herz augenblicklich mit Freude. Es liegt so friedlich vor dem violetten Heideteppich, und im Hintergrund schimmert das Watt wie Seide.

Lisa bleibt einen Moment stehen und denkt daran, wie sie es zum ersten Mal gesehen hat. Es war im letzten Jahr, und ihr Herz war voller Trauer um ihren verstorbenen Vater und ihre zerbrochene Ehe gewesen. Die Wochen, die sie als Urlauberin in diesem Haus verbringen durfte, hatten aus ihr einen anderen Menschen gemacht und den Weg in ein neues Leben gezeigt.

Es duftet verführerisch nach frisch gebackenem Apfelkuchen und Lisa geht es schon viel besser. Wie immer, wenn sie Trost braucht, hat sie sich auf den Weg ins »Heidehüs« gemacht. Ein Spaziergang durch die Heide am Watt entlang wird meine Gedanken wieder in die richtige Richtung leiten, denkt sie. Und ein daran anschließender Besuch im »Heidekiosk« bei Johann Johannsen wird mich sicher ordentlich aufmuntern. Aber zuerst will sie Alma Hallo sagen, die sich aufrichtig freut und sofort Teewasser aufsetzt. Lisa, die ohne Mutter aufgewachsen ist, ist so froh, dass sie im letzten Jahr Alma gefunden hat, noch dazu ausgerechnet hier im »Heidehüs«. Es war eine glückliche Fügung des Schicksals für sie beide, an der Lisas Vater nicht ganz unschuldig war. Schließlich war er es, der in seinem Letzten Willen den Wunsch geäußert hatte, dass Lisa auf Sylt seine große Liebe Alma suchen sollte. Als Lisa Alma endlich fand, schenkte ihr das Schicksal nicht nur eine neue Familie, sondern die Möglichkeit, nach ihrer Scheidung in Almas Haus in Hörnum ein neues Leben zu beginnen und dort den »Strandgut«-Laden zu eröffnen. Alma selbst zog mit ihrer behinderten Tochter zu ihrem Schwager Johann Johannsen in das »Heidehüs« nach Kampen.

Lisa mag gar nicht daran denken, wie ihr Neuanfang auf Sylt ohne Alma ausgesehen hätte! Auch Almas Leben ist so viel reicher geworden, seitdem sie die sympathische und ruhige Lisa öfter einmal mit einem Besuch erfreut.

Allerdings kennt Alma Lisa inzwischen so gut, dass sie genau spürt, dass diese etwas bedrückt.

»Was ist los, mien Deern?«, fragt sie, während sie feine Teetassen auf ein Tablett stellt und kleine Stückchen von dem frisch gebackenen Kuchen auf einen Teller legt.

Lisa muss schmunzeln. Als über 50-jährige Frau »Deern« genannt zu werden, hat doch immer etwas Erheiterndes.

»Ich habe leider keine Sahne im Haus, ist das schlimm?«, fragt Alma.

»Um Himmels willen, nein! Ich werde sowieso viel zu dick!«, antwortet Lisa.

»Du? Was soll ich da sagen?«, lacht Alma und streicht über ihre Hüften, die tatsächlich, seitdem sie im »Heidehüs« lebt, ein wenig runder geworden zu sein scheinen. Es sieht so aus, als würde es Alma hier bei Johann so richtig gut gehen! Lisa freut sich für die beiden. Johann, der vor vielen Jahren seine geliebte Frau Annemarie, Almas Schwester, durch einen Unfall verlor … und Alma, die ihre große Liebe, Lisas Vater, durch schicksalhafte Umstände nie wiedersah … die beiden haben sich im Alter noch einmal gefunden und sind nicht mehr allein. Sie können das Leben genießen und solche Momente wie diesen mit frisch gebackenem Apfelkuchen auf der Terrasse mit Heide- und Wattenmeerblick teilen.

Nur ich bin wieder allein, denkt Lisa traurig.

»Ich sehe doch genau, dass etwas nicht stimmt!«, sagt Alma, während sie den Tee eingießt.

Lisa lässt den Blick über die dunkle Heide schweifen, die direkt vor der Terrasse beginnt und kurz vor dem silbern glänzenden Watt endet. Dieser Blick hatte Lisa gleich zu Beginn ihrer Ferien im letzten Jahr verzaubert, und er berührt bis heute ihr Herz auf eine Weise, die sie nicht erklären kann.

»Ach, ich weiß nicht …«, seufzt sie nun und setzt hinzu: »Warum muss die Liebe denn immer so kompliziert sein?«

»Ist sie das denn?«, fragt Alma mit unschuldigem Lächeln.

»Na, das musst du doch selbst am besten wissen! Du hast ein Kind von einem Mann, der dich sitzen ließ, als er bemerkte, dass es behindert ist. Und deine große Liebe hat sich nicht zu dir bekannt, weil es für ihn bedeutet hätte, dass er sein geordnetes Leben am Bodensee aufgeben muss«, antwortet Lisa.

»Wenn du damit deinen Vater meinst, so muss ich dir widersprechen, Liebes. Wir reden hier von Liebe! Und Liebe ist niemals einfach. Es gibt nicht nur die Liebe zwischen Mann und Frau. Sondern auch und gerade die Liebe zu seinem Kind. Und damit wären wir bei Merle. Nicht einen Tag, den ich mit ihr erlebt habe, möchte ich missen. Ihr Vater ist längst vergangen und vergessen. Deinen Vater hingegen konnte ich nie vergessen. Doch dein Vater liebte nicht nur mich, sondern auch sein Kind, nämlich dich! Es ist wohl der größte Liebesbeweis, dass er auf mich verzichtet hat, um dir nicht die Heimat zu nehmen. Wir beide haben uns nie vergessen, und das ist wohl das, was die Liebe ausmacht, Lisa. Dass der eine im Herzen des anderen bleibt … egal, was geschieht.«

Ob sie, Lisa, auch in Svens Herzen ist, wenn er zurück in Hamburg ist? Oder ist sie vergessen, sobald ihn eine schöne Frau mit großer Oberweite anlächelt?

»Ist etwas mit Sven? Meldet er sich nicht?«, fragt Alma nun, die natürlich längst weiß, dass es Lisa nicht um sie und ihren Vater geht.

»Nein, er war gerade ein paar Tage hier. Aber …«

»… aber ihr habt euch gestritten?«

»Nein, ganz im Gegenteil, Alma. Es war wunderschön, wie immer. Sobald Sven bei mir ist, möchte ich die Zeit anhalten. Doch das geht natürlich nicht. Die Zeiger der Uhr ticken unaufhörlich weiter, und irgendwann ist es wieder so weit und er verabschiedet sich.«

»Aber das hast du doch vorher gewusst, dass Sven in Hamburg lebt und einen Job hat, der ihn sehr fordert! Sven ist noch zu jung, um hier auf Sylt den Schafen beim Grasen zuzusehen.«

»… oder den Damen beim Baden am Strand!«, entfährt es Lisa plötzlich.

Sie kommt sich kleinlich vor und bereut schon, diese Worte überhaupt ausgesprochen zu haben. Doch sie waren auf einmal da, als wollten sie aus ihr heraus.

»Ach, das ist es? Er hat einer anderen nachgeschaut? Oh, Lisa: Das machen doch nun wirklich alle Männer!«, grinst Alma nun auch noch.

»Nachgeschaut ist gut. Wenn es nur das wäre! Er hat sie förmlich mit Blicken ausgezogen! Und das auch noch in meinem Laden! Kannst du dir das vorstellen?«, empört sich Lisa.

»Du meinst, eine Hübsche wollte etwas im ›Strandgut‹-Laden kaufen, und Sven hat sie dabei beobachtet?«

»Nein, die Dame war schon einmal bei mir im Haus. Sie und ihr angeblicher ›Mann‹ haben schon das zweite Mal ein Zimmer bei mir gemietet, natürlich nur für ein paar Stunden. Den Meldeschein haben sie mit ›Müller aus Niebüll‹ ausgefüllt, das erste Mal mit Strandstraße 46, beim zweiten Mal Strandstraße 17. Da ist doch was oberfaul!«

Alma muss unwillkürlich lachen.

»Willkommen in der Welt der Zimmervermietung an Badegäste! Was meinst du, was da alles so vorkommt! Aber Spaß beiseite. Sven hat dieser Dame also ordentlich in den Ausschnitt gelinst, und du hast nun ein Problem damit?«, fragt Alma amüsiert.

»Mein Problem ist nicht der Ausschnitt, Alma. Natürlich fühlt man sich dann minderwertig, wenn der Mann so unverhohlen eine andere anstiert. Aber ein ernstes Problem ist das natürlich nicht. Nein, mein Problem ist, dass Sven nicht richtig zu mir gehört! Er kann jederzeit wieder sein Ränzlein schnüren und abhauen.«

»Reisende Leute soll man nicht aufhalten, Lisa. Du kannst niemanden festhalten. Wenn Sven dich liebt, wird er Wege suchen, um bei dir zu sein. Und irgendwann zu bleiben.«

»Eben. Irgendwann! Ich werde auch nicht jünger. Ich möchte doch auch einmal wissen, zu wem ich gehöre!«

»Nun mach mal halblang, Liebes. Du bist doch gerade erst aus einer unglücklichen Ehe ausgebrochen. Bevor du schon wieder an eine neue feste Bindung denkst, solltest du erst einmal herausfinden, wer du eigentlich *ohne* Mann bist. Alles andere kommt dann von ganz allein.«

»Oder auch nicht! Man kann Chancen auch verstreichen lassen, Alma. Denk an meinen Vater! Du hast auch nicht ewig auf ihn gewartet. Und was war das Ende vom Lied? Ihr wart beide allein und nicht glücklich. Was hättet ihr für ein schönes Leben zusammen gehabt. Ich wünsche mir nicht mehr als das: ein schönes, ruhiges Leben an der Seite eines netten Mannes.«

»Bleib mal ganz ruhig, mien Deern, und überstürze nichts. Dein Sven ist nun gerade erst weg … und kommt bestimmt bald wieder. Da bin ich mir ganz sicher!«

So sicher ist sich Lisa dagegen nicht. Wenn sie nur daran denkt, wie er diese ›Frau Müller‹ begehrlich angesehen hat. Und ihr Auto hat ein Hamburger Kennzeichen … Woher soll sie schon wissen, dass sich die beiden nicht einmal zufällig in Hamburg begegnen? Dann wird sie, Lisa, nicht dabei sein. Und diese Fremde hat es faustdick hinter den Ohren. Die würde ihr ohne Skrupel den Mann wegnehmen, das steht fest!

Alma sieht, dass Lisa immer noch bedrückt ist.

»Hättest du etwas dagegen, Johann ein wenig von dem Apfelkuchen vorbeizubringen, Liebes?«, fragt sie daher.

Ein schöner Spaziergang durch die Heide wird Lisas Gemüt sicher aufhellen.

»Oh, aber nein. Das mache ich gerne, Alma. Ich wollte Johann ohnehin besuchen!«

Lisa liebt diesen kleinen Spaziergang durch die Heide, vorbei an den wunderschönen Reetdachhäusern. Heute Abend ist die Stimmung besonders bezaubernd. Ein leiser Wind streichelt ihre Haut, und die tief stehende Sonne hüllt das Wattenmeer in ein traumhaftes Licht.

Ruhig liegt der kleine »Heidekiosk« mitten in der Heide. Die beiden Herren, die auf der Bank davor sitzen und ganz offensichtlich einen kleinen »Klönschnack« halten, winken freudig, als sie Lisa mit dem Picknickkorb auf sich zukommen sehen.

Johann, der wie üblich seine Elbseglermütze auf dem weißen Haar trägt und an seiner Pfeife zieht, scheint in ein anregendes Gespräch mit seinem alten Freund Uwe vertieft. Uwe, mit dem Johann viele Jahre gemeinsam im Shanty-Chor gesungen hat, ist ein pensionierter ehemaliger Kriminalhauptkommissar, dem es im »Unruhestand«, wie er es selbst zu nennen pflegt, bei seiner Ehefrau Berta zu Hause auf dem Sofa viel zu langweilig ist. Viel lieber besucht er stattdessen seinen Freund Johann und klönt mit ihm über das Weltgeschehen im Allgemeinen und das Dorfgeschehen im Besonderen. Auch heute scheinen sie wieder einmal ein brisantes Thema zu haben, denn sie unterhalten sich angeregt und gestikulieren wild. Als Lisa jedoch näherkommt, fangen sie an zu singen: »Die Fischerin vom Bodensee ist eine schöne Maid, juchhee!«

»Welch fröhliche Begrüßung!«, freut sich Lisa.

»Und welch freudige Überraschung! Was bringst du uns da mit, mien Deern?«, fragt Johann.

»Von Alma frisch gebackenen Apfelkuchen! Damit ihr euch nicht immer Würstchen warm machen müsst!«, grinst Lisa. Im Heidekiosk stehen besagte warme Würstchen neben gekühlten Getränken, Eis und Süßigkeiten, dazu verschiedene Zeitschriften, Ansichtskarten, Wander- und Radkarten der Insel zur Auswahl. Dazu gibt es meist reichlich Ausflugstipps von Johann sowie allerlei lustige Geschichten und Sagen über die Insel gratis mit dazu. Lisa hat den Verdacht, dass inzwischen die Gäste, die durch die Heide wandern, hauptsächlich deshalb und nicht wegen der Getränke oder der Würstchen vorbeikommen. Und Uwe sowieso.

»Uns Uwe«, wie er scherzhaft von seinen Freunden genannt wird, weil er in seiner Jugend ein leidenschaftlicher Fußballspieler war und ebenso wie die Fußballlegende körperlich nicht allzu groß ist, hat immer einen flotten Spruch auf Lager und weiß stets das Neueste über das Inselgeschehen zu berichten. So hat er auch diesmal eine Geschichte parat: »Als ich heute Nachmittag beim Bäcker war, stand diese neue Frau von Hans neben mir … das ist ja vielleicht eine Granate!«, hört Lisa, die gerade in den Kiosk geht, um für die beiden Männer eine Tasse Kaffee zu dem Apfelkuchen zu holen.

»Bring mir lieber ein Bier mit!«, ruft ihr Uwe hinterher. »Kaffee habe ich schon zu Hause mit Berta getrunken!«

»Hans? Welcher Hans?« fragt Johann amüsiert.

»Na, Hans Ewers. Der war doch vor Jahren auch bei uns im Shantychor. Aber seitdem er die neue Frau hat, hat er ja für nichts anderes mehr Sinn und Zeit.«

»Ach, du meinst diese rotblonde Schönheit. Jo, die ist nicht von schlechten Eltern! Läuft ja nur in knappen kurzen Hosen und auf hohen Hacken hier rum, dass die Männer Stielaugen kriegen und die Weiber neidisch werden!«, grinst Johann.

Also noch so ein Vamp!, denkt Lisa. Es ist doch furchtbar. Offensichtlich scheint sich bei den Männern der Verstand auszuschalten, wenn sie ein solches Exemplar zu sehen bekommen!

»Und was ist so toll an dieser Frau? Außer dass sie – lasst mich einmal raten – viel jünger und hübscher ist und ihretwegen die vorige Frau Ewers entsorgt wurde?«, fragt sie nun leicht angesäuert. Eigentlich ist sie in den »Heidekiosk« gekommen, um sich von den trüben Gedanken an mögliche Männer-Untreue abzulenken.

»Nee, mien Deern. Da liegst du völlig falsch. Hans hat seine vorige Ehefrau nicht entsorgt. Die ist ihm weggestorben. Und er war völlig fertig danach.« Johann zieht an seiner Pfeife.

Vermutlich denkt er gerade an seine eigene Frau Annemarie, deren tragischer Tod ihn viele Jahre lang sehr bedrückt hat.

»Aber dann ist diese rotblonde Schönheit in sein Leben getreten, wie man so schön sagt. Und auf einmal war er wieder gut drauf. Manchmal muss man vielleicht dem Schicksal und der Liebe noch mal ’ne Schangse geben, damit man wieder glücklich wird!«

Er nimmt einen großen Bissen des leckeren Apfelkuchens und schließt genießerisch die Augen.

»Weißt du, was ich meine, mien Deern?«

Lisa lächelt. Sie weiß, dass er gerade an Alma denkt. Sie dagegen denkt an Sven und daran, dass auch sie dieser Liebe eine Chance geben und nicht durch kleinliche Eifersüchteleien etwas, das sehr schön ist, kaputtmachen will.

»Smarty?«, ruft Uwe plötzlich einem vorbeikommenden Radfahrer zu.

»Uwe? Mensch! Dass ich dich hier treffe! Was machst du denn hier?«

Der Mann, den Uwe salopp als »Smarty« bezeichnet hat, kommt herüber und stellt sein Rad ab.

»Das Gleiche könnte ich dich auch fragen, mien Jong!«, lacht Uwe, steht auf und klopft Smarty auf die Schulter.

»Ich bin hier im ›Bäderdienst‹!«, lacht dieser zurück.

»Was ist das denn?«, fragt Johann neugierig.

»Das ist eine Verstärkung der Polizei in Westerland zur Höchstzeit im Sommer. Aber für Smarty wahrscheinlich eine gute Gelegenheit, um ein paar flotte Weiber anzumachen … stimmt’s?« erklärt Uwe.

Smarty lacht und kneift ein Auge zu: »Kennst mich doch, Uwe. Immer anständig!«

»Eben. Ich kenn dich doch.« Uwe wendet sich an die anderen: »Ratet mal, warum dieser junger Mann ›Smarty‹ genannt wird?«

»Weil er so smart ist, wahrscheinlich!«, rät Lisa grinsend.

Smarty ist ein attraktiver junger Mann Anfang 30, der sich seiner Wirkung auf die Damenwelt durchaus bewusst ist. Er schenkt Lisa ein breites Lächeln.

»Man könnte ihn allerdings auch ›Fauli‹ nennen … oder ›Chilli‹ neudeutsch. Von ›chillen‹. Das kann Smarty nämlich besonders gut«, informiert Uwe weiter.

»Na, na, nun übertreib mal nicht!«, widerspricht Smarty, lacht aber dabei.

»Smarty war mein Schüler auf der Polizeischule in Eutin. Ich glaube zwar nicht, dass allzu viel von dem Unterrichtsstoff bei ihm hängen geblieben ist. Dafür kannte er sich bei den weiblichen Schülerinnen bestens aus«, klärt Uwe die beiden anderen auf.

»Und du? Was machst du hier auf der Insel? Etwa Urlaub?«, fragt Smarty.

»Nee. Ich hab Dauerurlaub, sozusagen. Hauptkommissar im Unruhestand«, antwortet Uwe grinsend.

»Dann können wir ja vielleicht einmal ein Bierchen zusammen zischen?«, fragt Smarty und zieht sein Handy heraus.

»Dafür bin ich immer zu haben!«, grinst Uwe.

»Na, dann gib mir mal deine Nummer!«, freut sich Smarty und setzt hinzu: »In dem Fall warst du wohl der Vorgänger von Kriminalhauptkommissar Kai Jepsen?«

»Jo, so kann man das wohl sagen. Wie geht's Kai denn so? Lange nix gehört«, antwortet Uwe, nachdem er Smarty seine Handynummer gegeben hat.

»Kannst du auch nicht. Der liegt im Krankenhaus mit einem komplizierten Bruch. Hat sich beim Surfen verletzt. Na, gut, dass ich jetzt da bin.«

Uwe verdreht die Augen. »Dann wollen wir mal hoffen, dass auf der Insel demnächst keine Verbrechen passieren!«

»Was soll das denn heißen?«

So langsam scheint Smarty Uwes flapsige Art auf die Nerven zu gehen.

»Ich meine ja nur: damit du in Ruhe deine Weibergeschichten pflegen kannst.«

Uwe lacht dabei, doch Lisa wird das Gefühl nicht los, dass er diesen Satz sehr ernst gemeint hat.

Der Himmel ist fast wolkenlos. Nur einzelne Watteböllchen zieren das helle Blau, das nahtlos am Horizont in das dunklere Blau des Meeres übergeht. Der weiße Strand hebt sich hell davor ab, und die ebenfalls weißen Strandkörbe leuchten in der hellen Sonne. Im Sand vor dem roten Kliff kann man buntes Treiben beobachten, und auch Elena kann sich kaum sattsehen an der Leichtigkeit und der Lebendigkeit zu ihren Füßen. Hans und sie haben ein Plätzchen in »La Grande Plage«, dem Restaurant am Kampener Strand, gefunden und genießen den herrlichen Ausblick auf das weite Meer und das unbeschwerte Strandleben.

Hans lässt sich die Fischpfanne schmecken, und Elena nascht von seinem Teller das provenzalische Gemüse. Dazu trinken sie ein Glas Weißwein, die Stimmung ist entspannt. Darum beschließt Elena, die Gunst der Stunde zu nutzen und Hans von ihrer Idee zu erzählen.

»Ich brauche deine Hilfe, Liebling!«, sagt sie, wohl wissend, dass Männer es durchaus zu schätzen wissen, wenn man sie um Hilfe bittet.

»Meine Hilfe?«, fragt Hans erstaunt.

»Ich möchte mich gerne selbstständig machen. Aber das kann ich nicht ohne dich!«

Sie setzt ihre Kleinmädchenmiene auf, mit der sie bei Hans bis jetzt immer Erfolg gehabt hat.

Seitdem Elena im »Kaamp-Hüs« zum ersten Mal dieser Gedanke kam, hat er sie nicht mehr losgelassen.

Nicht nur, dass sie endlich eine Aufgabe hätte und sich mit schönen Dingen beschäftigen könnte … etwas, was ihr ohnehin liegt und Freude bereitet.

Möglicherweise könnte sie sich auf diese Weise langfristig auch aus der Abhängigkeit von Hans zumindest teilweise befreien und eigenes Geld verdienen. Aber dazu muss sie natürlich erst einmal Geld investieren. Geld, das sie nicht hat. Hans dagegen schon!

»Aber Elena, wie kommst du denn auf einen solchen Gedanken?«, fragt er erstaunt. »Du musst doch nun wirklich nicht arbeiten!«

»Nein, das muss ich sicher nicht. Aber ich komme mir oft so nutzlos vor, Hans«, sagt sie. »Vor allem, wenn ich mit deinen tollen Freunden zusammen bin. Die halten mich doch alle für eine Erbschleicherin!«

Natürlich protestiert Hans sofort, obwohl er weiß, dass Elena nicht so ganz unrecht hat.

»Alle erzählen immer so viel aus ihrem tollen Leben. Und was habe ich zu sagen? Nichts!«

»Das ist nicht wahr, Liebes!«

»Oh doch! Ich sehe genau, was sie von mir halten. Sie denken, ich gebe dein Geld aus und tue sonst nichts.«

»Was würdest du denn gerne tun, Liebes?«, lenkt Hans ein.

»Ich würde gerne in Kampen eine Boutique eröffnen. Mit Luxusaccessoires …«

»Ach, Elena. Solche Läden gibt es doch nun schon wirklich mehr als genug in Kampen«, antwortet Hans leicht genervt.

»Wirklich? Aber nicht mit echtem Pelz!«, triumphiert Elena.

Hans sieht sie verständnislos an.

»Weißt du, ich habe mir gedacht ... es ist doch immer so kalt hier auf Sylt. Und wir Frauen frieren so schnell! Vielleicht wollen einige nicht immer eine Daunenjacke tragen. Also habe ich mir überlegt, schicke Pelzcapes zu verkaufen, Pelzschals, Pelzmützen ... lauter Dinge, die das Herz und das Leibchen erwärmen und trotzdem chic sind! In Russland ist das völlig normal für eine Frau.«

»Ich weiß nicht ...«, gibt Hans ausweichend zu bedenken, »auf Sylt ist doch eher Understatement angesagt. Ich denke nicht ...«

»Ich schon! Hier gibt es so viele Leute, die richtig viel Geld haben, Hans. Es darf natürlich kein Plunder sein. Die Sachen müssen richtig chic sein! Ich habe da so meine Kontakte in Russland ...«

Hans ist ganz und gar nicht überzeugt. Doch er möchte seine Frau nicht verstimmen und verspricht, sich nach einem geeigneten Laden umzusehen, in der Hoffnung, dass er nichts finden und Elena ihren Plan irgendwann aufgeben wird. Das ist doch wieder nur so eine Schnapsidee von ihr, denkt er. Vermutlich sucht sie nach einem neuen Hobby, weil er nicht möchte, dass sie so viel Zeit im Pferdestall verbringt.

»Ich kann ja einmal mit ein paar Leuten reden. Vielleicht steht zufällig irgendwo ein Laden leer«, sagt er ihr zu.

»Außerdem werde ich einmal Britt oder Stella fragen, ob sie meinen, dass es Bedarf für derartige Dinge gibt, und ob sie selbst in einem solchen Geschäft einkaufen würden.«

»Mein Gott, da kannst du ja gleich die geschmacklosen alten Frauen aus dem Heimatverein anrufen!«

Elena verdreht wütend die Augen. Das kann ja wohl nicht sein Ernst sein, dass er diese langweiligen Tusneldas um Rat fragen will!

Es sieht nicht so aus, als würde Hans ihr wirklich helfen und sein Geld in ein Pelzgeschäft investieren wollen.

Schmollend schiebt Elena den Teller von sich.

Es ist so typisch für ihn, dass er wieder einmal auf seinem Geld sitzt!

Tränen der Wut steigen in Elena auf, doch sie versucht, diese vor Hans zu verbergen.

Wie so oft wünscht sich Elena nichts sehnlicher, als aus dieser Abhängigkeit entfliehen zu können.

Aber wie soll sie das anstellen, wenn Hans nicht bereit ist, ihr mit ein wenig Startkapital zu helfen!

»Kein Grund, gleich beleidigt zu sein, Kleines.«

Kleines! Das macht Elena noch wütender. Er behandelt mich wie ein unmündiges Kind, denkt sie.

»Ich habe dir doch gesagt, ich werde mich wegen eines geeigneten Geschäfts einmal umhören.«

Damit ist für Hans das Gespräch beendet und Elenas Laune endgültig verdorben.

Schweigend gehen die beiden noch ein Stück am Strand entlang, aber es gelingt ihnen nicht, die unbeschwerte Stimmung zurückzuholen.

Elena hätte nicht geglaubt, dass sich ihre Gemütslage noch verschlechtern könnte, doch als sie nach Hause kommen, werden sie von Hans' Tochter Inken erwartet.

Sie umarmt ihren Vater herzlich und gibt Elena immerhin freundlich die Hand.

Wie meist scheint Inken auch heute nicht allzu lange bleiben zu wollen, denn sie kündigt gleich an, noch am Abend zurück nach Hamburg fahren zu wollen.

Doch Hans freut sich sehr und stellt sofort eine Flasche Champagner kalt.

»Zum Abendessen bleibst du aber … nicht wahr, Liebes?«

»Sehr gerne, Vati. Doch nach dem Essen muss ich leider schon wieder los. Eigentlich wollte ich nur etwas mit dir besprechen«, antwortet Inken mit einem Seitenblick auf Elena, der besagt, dass sie ihre Stiefmutter bei diesem Gespräch auf keinen Fall dabeihaben will.

»Oh, ich lasse euch gerne ein wenig alleine«, sagt Elena, die diesen Blick genau verstanden hat.

»Ich wollte ohnehin noch einmal zu Fantaisie in den Stall.«

»Dann treffen wir uns um 18.00 Uhr in der ›Käpt'n Selmer Stube‹ im ›Fährhaus‹ in Munkmarsch, Elena? Du kannst von Keitum aus direkt dort hinkommen.«

»Gut, Liebling. Dann habt viel Spaß zusammen!« Elena küsst Hans zum Abschied auf die Wange und gibt ihrer Stieftochter lächelnd die Hand.

Elena ist froh, der seltsam angespannten Stimmung entfliehen zu können, und schlüpft hastig in ihre Jeans.

Es sah nicht so aus, als wolle Inken »Spaß« mit ihrem Vater haben … sondern viel eher eine ernste Unterhaltung führen.

Wie immer kommt sie beim Anblick ihrer Stute zur Ruhe. Sie nimmt eine Bürste und streichelt damit Fantaisies geschmeidigen Hals und das seidige Fell. Plötzlich spürt sie, wie jemand auch ihr Haar streichelt und sanft in ihren Nacken pustet.

»Gunnar! Du hast mich erschreckt!«, empört sie sich.

»Wirklich? Du weißt doch, ich arbeite hier …«

Sanft streicht Gunnar über ihren Rücken.

Elena schließt die Augen. Seine Zärtlichkeit tut ihr gut. Doch sie weiß, dass sie diese nicht mehr zulassen darf.

Ihr Körper denkt allerdings offensichtlich anders darüber. Liebevoll zieht Gunnar sie an sich und küsst sie, was sie geschehen lässt. Doch dann schiebt sie ihn von sich weg und sagt bestimmt: »Gunnar! Es geht nicht! Wenn uns jemand sieht …«

»Ich bin verrückt nach dir, Elena. Ich halte es nicht aus ohne dich!«

Zwei junge Mädchen kommen herein, die zur Reitstunde mit Gunnar verabredet sind.

»Ich komme!«, ruft er ihnen fröhlich zu, und die beiden drehen sich kichernd um.

»Deine Wirkung auf Frauen ist wirklich sensationell!«, sagt Elena.

»Das stimmt«, grinst Gunnar. »Aber ich will nur dich«, sagt er leise, küsst sie auf die Stirn und folgt den beiden Mädchen zu ihren Pferden.

Elena ist verwirrt. War sie bis eben noch fest entschlossen, Gunnar in Zukunft nur noch freundschaftlich zu begegnen und ihn auf Distanz zu halten, um ihre Ehe nicht zu gefährden, so spricht ihr klopfendes Herz bei seinem Weggehen doch eine andere Sprache. Auf einmal wünscht sie sich, mit ihm in der kleinen Stube in Hörnum zu sein … ob mit oder ohne Pelz. Doch bei dem Gedanken an Pelz fällt ihr ihr Vorhaben wieder ein.

Es wäre zu schön, eine richtig edle Boutique in Kampen zu besitzen! Sie ist sich sicher, die geeignete Ware in Russland besorgen zu können. Wer könnte das besser als sie, die perfekt russisch spricht und sich in Russland in ihrem Heimatland perfekt auskennt?

Außerdem hat sie einen erlesenen Geschmack, wie ihr schon mehrfach bestätigt wurde. Sie könnte sich mit wundervollen Dingen umgeben und sich mehr und mehr von Hans unabhängig machen. Das Einzige, was ihr fehlt, ist

Startkapital! Und der Einzige, der ihr das geben kann, ist Hans! Sie darf unter gar keinen Umständen seine Gunst verspielen. So wichtig darf kein anderer Mann sein, nicht einmal der attraktive Gunnar.

Nach einem wunderschönen und wohltuenden Ausritt mit Fantaisie am Watt ist Elena zwar verschwitzt, doch wieder mit sich und der Welt im Reinen. Sie beschließt, nicht direkt ins »Fährhaus« zu fahren, sondern noch kurz zu Hause zu duschen und sich umzuziehen.

Laut sind die Stimmen, die aus dem Wohnzimmer in den Flur dringen, als Elena in Kampen eintrifft. Leise schließt sie die Tür hinter sich und versucht, dem Gespräch zu folgen.

»Du konntest Elena von Anfang an nicht leiden!«, hört sie die aufgebrachte Stimme von Hans. »Von Anfang an habt ihr Elena keine Chance gegeben. Sie hat sich so sehr bemüht, aber ihr habt ihr nichts als Ablehnung entgegengebracht.«

»Das ist nicht wahr, Vater, und das weißt du auch. Aber es ist doch nun einmal so … Elena ist viel jünger als du! Was ist denn, wenn dir etwas passiert? Es kann doch nicht dein Ernst sein, dass sie all das bekommt, für das du und Mama so hart gearbeitet habt?«

Auch Inken scheint sehr aufgebracht zu sein.

»Mir scheint, es geht dir eher darum, dass du und dein Bruder nicht genug bekommt, wenn ich tot bin! Aber merke dir eines, meine liebe Tochter: Noch bin ich am Leben!«

Hans' dunkle Stimme tönt wie Donnerhall in den ruhigen Abend.

Elenas Herz klopft zum Zerspringen. Dieses Miststück Inken! Ihre falsche Freundlichkeit kann sie sich in Zukunft sonst wohin stecken!

Nach einer kurzen Pause hört Elena die leise Stimme Inkens: »Vater, ich möchte dich doch nicht aufregen. Björn und ich wünschen uns nichts mehr als ein langes Leben für dich!«

Elena verdreht bei diesen Worten die Augen. Wie schleimerisch sie sich anhören. Doch Hans wird natürlich darauf reinfallen, da ist sie sich ganz sicher.

»Aber bitte versprich mir, dass du noch einmal über ein Testament nachdenkst, Vati.«

Auf einmal ist er wieder der liebe Vati, denkt Elena.

»Ich möchte doch nur nicht, dass die Firma oder dieses Haus hier in fremde Hände gerät. Ich mag Elena, wirklich …«

Haha … wie gut sie lügen kann! Davon kann ja sogar ich mir noch eine Scheibe abschneiden, denkt Elena.

»… aber du weißt nicht, was Elena mit all dem anstellen wird, wenn du einmal nicht mehr da bist, Vati. Unser Elternhaus, die Firma … Wer weiß, wo das alles landet? Bei irgendwelchen Russen vielleicht. Denke bitte noch einmal über meine Worte nach. Und ändere dein Testament!«

»Dazu besteht im Moment keine Veranlassung.«

Elena atmet tief aus. Es sieht nicht so aus, als würde sich Hans von seiner Tochter überreden lassen.

»Und ich wäre dir dankbar, wenn du diese Dinge in Zukunft mir überlassen würdest! Noch bin ich nämlich am Leben und bestimme selbst darüber, wer etwas erben wird!«

»Gut. Dann mach doch, was du willst.«

Elena kann sich gerade noch in der Küche verstecken, da rauscht Inken bereits über den Flur durch die Tür nach draußen.

Elena eilt nach oben, zieht sich aus und stellt sich unter die Dusche.

»Du bist ja schon zurück«, stellt Hans fest, als sie mit nassem Haar aus der Duschkabine steigt.

»Ja, ich war so verschwitzt und wollte mich noch ein wenig für euch schön machen. Schließlich muss ich mit deiner hübschen Tochter heute Abend konkurrieren«, lächelt sie ihren Mann an.

»Musst du nicht. Inken ist bereits wieder abgereist. Sie konnte doch nicht zum Abendessen bleiben, sondern musste überraschenderweise zu einem wichtigen Schulgespräch in Hamburg.«

Auch wenn Elena froh ist, dass Hans vor seiner Tochter zu ihr gestanden ist, macht sie sich doch Sorgen.

Hans' Gesicht ist unnatürlich gerötet, was auf hohen Blutdruck schließen lässt. Und er ist den ganzen Abend schweigsam und in sich gekehrt. Was, wenn Inkens Worte doch Zweifel in ihm ausgelöst haben und er wirklich darüber nachdenkt, sein Testament zu ändern?

6. KAPITEL
DER UNTERGANG DER »WILHELM GUSTLOFF«

Über Nacht hat der Wind aufgefrischt und Regen gebracht. Elena sitzt in der Nordostseebahn und betrachtet die tief hängenden Wolken, die über die Insel ziehen. Etwas in ihr sagt ihr, dass der Herbst schon bald vor der Tür stehen wird. Der Wind wird noch kälter werden, und die Damen der Gesellschaft werden sich in noch mehr Kaschmir und Daunen hüllen. Oder in Pelz, wenn alles so läuft, wie Elena sich das vorstellt.

Sie darf ihr Ziel nicht aus den Augen verlieren. Schon immer, wenn sie sich etwas vorgenommen hat, hat sie hart dafür gearbeitet und gekämpft, es zu erreichen. Sie wird es auch diesmal schaffen! Vor ihrem geistigen Auge sieht sie sich in Kampen in einem kleinen Geschäft … alles hell und exquisit möbliert. Vielleicht ein goldener Kronleuchter als Hingucker. Mehrere kleine filigrane Stühle und ein Tischchen, auf dem stets eine gut gekühlte Flasche Champagner zu stehen hat, um den Damen die Kaufentscheidung zu erleichtern.

Viele Spiegel natürlich, die im wahrsten Sinne des Wortes aus dem Rahmen fallen und der Dame, die sich den echten Pelz umlegt, den schönsten Anblick von allen Seiten bieten sollen. Elena weiß auch schon, wo sie diese Spiegel bekommen wird. Sie hat lange genug in Hamburg gelebt, um zu wissen, wo die schönen und erlesenen Dinge zu finden sind. Einmal war sie in einem wundervollen Geschäft an der Binnenalster, in dem es edle Hüte und Tücher gab. Elena konnte damals den Blick nicht wenden von der Gestaltung des Geschäfts, die so viel schöner und geschmackvoller war als die angebotenen Waren. Genau so müsste auch ihr Laden aussehen!

Aus diesem Grund hat sie sich heute auf den Weg nach Hamburg gemacht. Natürlich hat sie Hans den wahren Grund für ihren Ausflug verschwiegen und ihm etwas von einem endlich wahr gewordenen Termin bei einem In-Frisör erzählt, der in Hamburgs Gesellschaft gerade für Furore sorgt. Sonst wäre Hans womöglich noch auf die Idee gekommen, sie zu begleiten, und das ist nun das Letzte, was Elena gewollt hatte. Nicht nur, dass sie Gunnars flehentlichem Gebettel nachgegeben und ihm ein weiteres Date in einem Hamburger Hotel versprochen hat. In der Großstadt wird die Gefahr, entdeckt zu werden, schon nicht so groß sein!

Außerdem ist Elena immer noch verstimmt wegen Hans' verhaltener Reaktion auf ihre Idee. Ihr ist bewusst geworden, dass sie einen konkreten Plan in der Tasche haben und ihn damit überzeugen muss! Vorher braucht sie erst gar nicht mehr das Gespräch darauf bringen, so gut kennt sie ihren Mann. Nie wird sie seinen Gesichtsausdruck vergessen, als er mit dem Gedanken ankam, er wolle Britt und Stella fragen, ob sie in einem »solchen Geschäft« einkaufen würden. Britt und Stella! Die kaufen sich doch lieber den 20. grauen Pullover, denkt Elena abfällig.

Glücklicherweise gibt es ja noch andere Frauen. Frauen, die etwas von Chic und Mode verstehen. Solche Frauen möchte Elena in ihrem Geschäft beraten! Die selbstgefälligen Britts und Stellas und auch Inken werden ihre Meinung über sie endlich revidieren müssen, wenn sie erst eine erfolgreiche Geschäftsfrau ist!

Während Elena noch immer ihren Gedanken nachhängt, läuft der Zug bereits am Hamburger Hauptbahnhof ein. Schon nach einer Stunde hat Elena das Geschäft aufgesucht, welches eine gute Vorlage für ihren eigenen Laden wäre, und heimlich einige Aufnahmen mit dem Handy dort gemacht. Außerdem hat sie verschiedene Lampen in Geschäften fotografiert, die ebenfalls als Anregung dienen sollen, und sich die Visitenkarte des Geschäftes, in dem es die tollen Spiegel gibt, besorgt. Schlichte weiße Regale für die Pelzaccessoires kann sie bei einem Schreiner vor Ort machen lassen. Zufrieden bummelt Elena noch ein wenig durch die Innenstadt und freut sich am Anblick der edlen Dinge in den Auslagen. Wer hätte gedacht, dass sie eines Tages in der Lage sein würde, sich diese zu leisten? Wenn Elena noch an die Zeit denkt, als sie vor über 20 Jahren aus Russland nach Hamburg kam, überläuft sie eine Gänsehaut. Sie war so aufgeregt, und die helle Glitzerwelt erschien ihr wie das Paradies auf Erden. Ein Paradies, welches sich allerdings eher als das Gegenteil entpuppte.

Nach Juris Tod war der Wunsch fortzugehen immer stärker geworden. Besonders, nachdem der alte Bodunov Nacht für Nacht die knarrende Treppe nach oben kam, um ihr Bett aufzusuchen. Sie konnte nichts dagegen tun, schließlich war er ihr Arbeitgeber. Wem hätte sie sich anvertrauen sollen? Eines Tages betrat eine schöne junge Frau das Café, in dem Elena damals arbeitete. Elena hätte die alte Schulfreundin fast nicht wiedererkannt, so verändert sah sie aus.

»Irina! Was machst du denn hier?«, hatte sie gefragt, als diese ihren Hut abnahm und ihr blondes Haar schüttelte.

»Ich bin leider nur kurz hier … bin auf Besuch bei meiner Mutter. Ich lebe jetzt in Deutschland!«, hatte sie geantwortet.

Deutschland. Wie oft hatte Elenas Babushka davon gesprochen. Und doch war dieses Land für Elena so weit entfernt wie der Mond.

»Was machst du in Deutschland?«, hatte Elena neugierig gefragt und sich für einen Augenblick zu der alten Schulfreundin gesetzt. Dabei konnte sie den Blick nicht wenden von Irinas eleganter Garderobe, den teuren Schuhen und der wertvollen Handtasche.

»Ich habe geheiratet … einen Deutschen«, hatte Irina mit leuchtenden Augen geflüstert.

Natürlich hatte Elena schon von einigen russischen Mädchen gehört, die sich einen deutschen Ehemann gesucht hatten. Doch bis jetzt war dieser Gedanke für Elena zu abwegig gewesen. Was sollte sie auch in Deutschland, fern ihrer Heimat? Andererseits: Was sollte sie noch hier? Ihre Babushka und ihre Mamachka waren beide tot. Und ihr über alles geliebter Juri, mit dem sie ihre Zukunft geplant hatte, auch. Was hielt sie hier noch?

Nach Feierabend hatte sie stundenlang mit Irina geplaudert, ihr 1.000 Fragen gestellt und sie heimlich um ihr neues Leben beneidet. Irina lebte in Hamburg und war dort mit einem reichen Geschäftsmann verheiratet, der seine schöne junge Frau verwöhnte, stolz ausführte und ihr ein absolut sorgenfreies Leben ermöglichte.

Am Ende des Tages war Elena klar, dass Irina genau das Leben führte, das sie sich auch für sich selbst wünschte.

Sie wusste auch, dass sie nach Juri ohnehin keinen anderen Mann mehr richtig von Herzen lieben würde. Also konnte sie genauso gut gezielt einen reichen Mann heiraten, der ihr ein gutes Leben bieten würde.

Vielleicht konnte sie sich ja mit der Zeit auch in diesen ein wenig verlieben. Und wenn nicht, so hatte sie dann doch genug andere Dinge, die ihr Freude schenken würden. Auf die Liebe konnte man sich ohnehin nicht verlassen.

Zum Abschied steckte Irina ihr einen Zettel zu, auf dem der Name der Internet-Agentur stand, bei welcher sie ihren Ehemann gefunden hatte. Und ihre Telefonnummer in Hamburg.

Danach war alles sehr schnell gegangen. Elena hatte eine Kollegin gebeten, ein paar schöne Fotos von ihr zu machen, und diese bei der Internet-Agentur eingestellt. Hübsch, wie Elena war, bekam sie bereits nach kurzer Zeit unglaublich viele Angebote. Doch Elena wählte sorgfältig aus: Sie wollte – wie Irina – nach Hamburg. Zum einen würde sie sich dann dort nicht ganz so einsam fühlen, weil sie bereits jemanden kannte. Zum anderen musste Hamburg nach Irinas Beschreibung eine wundervolle Stadt sein.

Am vielversprechendsten war das Schreiben von Georg, einem Geschäftsmann, der schon nach wenigen Briefen von Elena einen Flug buchte, um sie zu besuchen und persönlich kennenzulernen. Georg war 15 Jahre älter als Elena und sah auch nicht besonders attraktiv aus. Doch er hatte gute Manieren und versprach ihr den Himmel auf Erden, was Elena nur zu gerne glaubte. Sollte sie wirklich so schnell schon am Ziel ihrer Wünsche angekommen sein? Es war fast zu schön, um wahr zu sein. Schon nach kurzer Zeit folgte Elena Georg klopfenden Herzens nach Hamburg, um dort zu heiraten. Es machte ihr nichts aus, dass es kein großes Fest gab. Sie hatte ja keine Angehörigen mehr, und auch auf Georgs Seite waren nur ein Arbeitskollege mit seiner asiatischen Ehefrau zugegen. Elena war froh, nicht allzu viel Konversation machen zu müssen. Schließlich war ihr Deutsch noch nicht perfekt, auch wenn sie in den Wochen vor ihrer Abreise fleißig gebüffelt hatte und im Gegensatz zu der Asiatin immerhin einige Sätze sprechen konnte. Außerdem erschöpften sie die vielen neuen, aufregenden Eindrücke der Großstadt zutiefst. Es gab so viel zu sehen, und die Glitzerwelt in den tollen Geschäften machte sie ganz konfus. Viel schlimmer war jedoch, dass Georg offenbar gelogen hatte. Er war überhaupt kein Geschäftsmann, sondern ein kleiner Angestellter mit einer ebenso kleinen Wohnung am Stadtrand von Hamburg. Auch wenn Elena weiß Gott nicht verwöhnt war, so bemerkte sie doch, dass die Wohnung in einer der ärmlichsten Gegenden von ganz Hamburg lag. Kurz nach ihrer Ankunft teilte ihr frischgebackener Ehemann ihr mit, dass er keineswegs die Absicht hatte, sie »durchzufüttern«, da er schließlich noch für seine Exfrau und seine drei Kinder aus früheren Beziehungen sorgen müsse. Elena musste sich wohl oder übel Arbeit suchen. Aufgrund ihres erlernten Berufes in der Gastronomie war das nicht allzu schwer. Sie fand schon bald eine Stelle in der Bar »Red Rose« auf St. Pauli, in der sie zwar nur abends arbeiten konnte, aber recht gutes Geld verdiente. Hier traf sie auf die unterschiedlichsten Menschen und Schicksale und entwickelte schon bald ein Gespür für das Verhalten von Männern. Sie merkte schnell, dass schöne Frauen oft als Schmuckstück von reichen Männern eingesetzt wurden. Als Objekt der Begierde musste auch sie sich so manche Anmache gefallen lassen, lernte jedoch rasch, sich gegen allzu heftiges Werben zu wehren. So hatte Elena sich ihr neues Leben nicht vorgestellt, als sie noch in Russland in ihrem ärmlichen Zimmer lebte! Sie hatte davon geträumt, dass es so ähnlich wie Irinas werden würde, und musste nun feststellen, dass es ganz im Gegensatz dazu nicht gerade freudvoll war, sondern hauptsächlich aus Arbeiten bestand und dem Versuch, Georg alles recht zu machen, was immer schwieriger wurde. Sein Verhalten Elena gegenüber wurde in den folgenden Jahren zunehmend aggressiv, vor allem, wenn er eifersüchtig auf ihre Kundschaft war und getrunken hatte. Und dies war sehr häufig der Fall. Doch Elena beschloss zunächst, durchzuhalten. Schließlich wollte sie trotz aller widrigen Umstände auf gar keinen Fall zurück nach Russland. Sie gewöhnte sich an, tagsüber vor der Arbeit spazieren zu gehen, um die Schönheit Hamburgs jenseits des hässlichen Viertels, in dem sie lebten, kennenzulernen. Sie besuchte Galerien und Museen und sie lernte besser deutsch zu sprechen. Sie lernte so schnell und gut, dass sie sich schon bald fließend und nahezu akzentfrei verständigen konnte und, was noch hilfreicher war, auch deutsch lesen konnte! Das Lesen eröffnete ihr neue Welten und gab ihr die Möglichkeit, ihrer schlechten Ehe zu entfliehen. Auf diese Weise gelang es Elena mehr und mehr, sich in ihrem neuen Leben zurechtzufinden und es einigermaßen zu ertragen. Doch ihr neu gewonnenes Selbstbewusstsein erregte zunehmend das Missfallen ihres Ehemannes. Immer häufiger brachte er das wenige Geld, das er verdiente, in der Kneipe durch, kam betrunken nach Hause und beschimpfte sie aufs Übelste. Beim ersten Mal, als ihm die Hand ausrutschte, glaubte Elena noch an ein Versehen. Beim zweiten Mal, als ihr Körper mit blauen Flecken übersät war, lief sie weg. Da war sie nun, ganz allein in Hamburg! Sie flüchtete zu Irina, doch nach zwei Nächten machte auch diese ihr unmissverständlich klar, dass sie nicht länger bei ihr bleiben konnte. In Elena erwachte der Kampfgeist. Zum Glück hatte sie in der letzten Zeit das ganze Trinkgeld, das sie in der Bar bekommen hatte, heimlich zurückgelegt, um unabhängiger zu werden. Sie beschloss, ihr Leben radikal zu ändern und auch die Arbeit in der Bar aufzugeben. Durch ihre inzwischen guten Deutschkenntnisse und die jahrelange Erfahrung in der Gastronomie fand Elena eine Anstellung in einem Café in der Innenstadt, das ihr mit seinen angenehmen Arbeitszeiten ein weitaus weniger anstrengendes Leben ermöglichte. Mit dem Gehalt, das sie dort verdiente, konnte sie sich eine eigene Wohnung leisten, die zwar nur aus einem Zimmer mit Küche und Bad bestand und über einer Pizzeria lag, für Elena jedoch der Inbegriff für Freiheit war.

Nach ihrer Scheidung hatte Elena zunächst die Nase voll von den Männern. Sie hatte gelernt, dass auch in Deutschland nicht alles Gold ist, was glänzt, und dass die Menschen hart für ihren Wohlstand arbeiten.

Doch je länger sie in Deutschland lebte, desto mehr erwachte der Wunsch in ihr, auch etwas von den vielen Dingen, die es hier gab, haben zu wollen. Warum sollte ihr nicht gelingen, was dieser dämlichen Irina gelungen war? Elena wusste um ihre Wirkung bei den Männern und setzte diese von nun an gezielt ein.

Doch sie war unvorsichtig und geriet häufig an Blender, die ihr mithilfe eines Porscheschlüssels weismachen wollten, reich zu sein.

Als sie auf die 40 zuging, wurde ihr klar, dass sie ihre Jugend und Schönheit viel zu lange an Nichtsnutze und Angeber verschwendet hatte. Ihre Beine wurden langsam müde vom vielen Bedienen in Cafés und Lokalen, und sie wohnte noch immer in der kleinen Wohnung über der Pizzeria. Es musste sich etwas ändern.

Elena lächelt bei dem Gedanken an ihren damaligen Plan

und daran, wie gut er funktioniert hatte! Sie kommt am Alsterpavillon vorbei und beschließt spontan, sich ein Gläschen Champagner zu gönnen. Hier hat sie in der Anfangszeit oft mit Hans gegessen, bevor er auf die Idee kam, ganz nach Sylt zu ziehen. Und hier hatte sie auch damals gesessen, an jenem wunderschönen Septembertag in ihrer Mittagspause. Sie hatte eine Tasse Kaffee getrunken und die Zeitung gelesen. Eine große Todesanzeige war ihr aufgefallen:

»Und meine Seele spannte
Weit ihre Flügel aus.
Flog durch die stillen Lande,
Als flöge sie nach Haus.«
Joseph Freiherr von Eichendorff

Wir nehmen Abschied in Liebe und Dankbarkeit
von unserer geliebten Ehefrau und Mutter

Ursula Ewers

In tiefer Trauer
Hans Ewers
Inken und Björn Ewers
Verlagshaus Ewers
Hamburg

Die Trauerfeier findet am 04. September 2012 auf dem Friedhof in Ohlsdorf statt.

Von Beileidsbezeugungen am Grabe bitten wir Abstand zu nehmen.

Dabei war Elena eine Idee gekommen. Ein Witwer! Als Verleger sicher nicht unvermögend … Gut, wahrscheinlich viele Jahre älter als sie. Aber dafür sicher recht einsam … und möglicherweise dankbar für eine liebe Frau an seiner Seite.

Sie hatte die Anzeige heimlich herausgerissen und in ihre Tasche gesteckt. In der folgenden Zeit hatte sie nicht mehr daran gedacht, bis sie ihr zufällig Monate später wieder in die Hände fiel.

Es war leichter gewesen, als sie gedacht hatte. Sie hatte die Adresse von diesem Hans Ewers ausfindig gemacht und sich chic und selbstbewusst auf den Weg gemacht. Als er die Tür öffnete, hatte sie sich lächelnd als Journalistin ausgegeben, die einen Artikel über Trauer schreiben wolle, und er hatte sie sofort hereingebeten und Tee angeboten. Natürlich hatte er sie gefragt, wie sie ausgerechnet auf ihn gekommen sei. Elena erzählte, wie sie aufgrund ihrer Recherche den größten Parkfriedhof der Welt besucht und dabei verschiedene Trauergesellschaften gesehen hatte. Da sie selbst in ihrem Leben auch schon des Öfteren mit dem Tod in Berührung gekommen sei, habe sie schon lange vorgehabt, über dieses so wichtige Thema eine interessante Abhandlung zu schreiben. Sie habe daher verschiedene kulturelle Aspekte untersucht. Ihr war aber wichtig, mit den Hinterbliebenen zu sprechen, die einen geliebten Menschen verloren haben.

Ja, Hans Ewers war ein trauernder Witwer und vermisste seine Frau zweifellos sehr. Doch er war auch ein Mann. Ein Mann, der Augen im Kopf hatte. Elena war nicht nur schön, sondern durch das viele Lesen inzwischen auch recht gebildet. Ihre Spaziergänge hatten sie in ihrer Freizeit nicht nur in Hamburgs Natur, sondern auch durch zahlreiche Galerien und Museen geführt. Außerdem teilten sie die Vorliebe für klassische Musik. Als Hans sie in die Oper und anschließend zum Essen einlud, sagte Elena spontan zu. Endlich war sie am Ziel ihrer Wünsche! Das war das Leben, das sie sich von Anfang an ersehnt hatte! Warum war sie nicht gleich auf einen solchen Gedanken gekommen, anstatt ihr Leben an so viele Loser zu verschwenden? Allerdings war es auch dieses Leben in Hamburg, das sich Elena gewünscht hatte, und nicht das auf dieser kalten und windigen Nordseeinsel Sylt mit langweiligen Nachbarinnen wie Britt und Stella, die nur Golfspielen und Gartengestaltung im Kopf hatten.

Auf dem Weg zum »SIDE Hotel«, wo hoffentlich Gunnar bereits auf sie wartet, kommt Elena an einem Antiquitätengeschäft vorbei. Ihr Blick fällt auf die Auslage. Ein Schiffsmodell erregt ihre Aufmerksamkeit. Das würde Hans gefallen! Spontan betritt Elena das Geschäft und bittet darum, es sich näher ansehen zu dürfen.

»Wie ich sehe, kennen Sie sich aus, werte Dame«, sagt der freundliche Verkäufer. »Die ›Wilhelm Gustloff‹ ist etwas ganz Besonderes, nicht wahr?«

»Oh, das Schiff ist nicht für mich«, antwortet Elena lächelnd. »Mein Ehemann sammelt Schiffsmodelle.«

»Und die ›Gustloff‹ fehlt noch in seiner Sammlung? Dann haben Sie hier ein wirklich außergewöhnliches Stück vor sich.«

Elena betrachtet das Schiff genauer. Sie kann sich nicht erinnern, ein solches Modell in Hans' Glasvitrine in seinem Büro, in dem er die Sammlerstücke aufbewahrt, schon einmal gesehen zu haben.

»Es ist eine wirklich außergewöhnlich schöne Arbeit, wie Sie sehen. Alles von Hand gestaltet … schauen Sie hier …«

Elena entdeckt kleine Figuren, die über das Deck schlendern.

»Da sind ja Kinder dabei!«, sagt sie. »Was war das denn für ein Schiff?«

»Das Schiff wurde in den 30er-Jahren zunächst als Kreuzfahrtschiff, nach Kriegsbeginn jedoch als Lazarettschiff eingesetzt«, klärt der freundliche Verkäufer Elena auf. »Leider wurde es kurz vor Kriegsende von einem sowjetischen U-Boot versenkt.«

Elena muss unwillkürlich lächeln.

»Ach, die bösen Russen!«, sagt sie.

Sicher kennt Hans die Geschichte dieses Schiffes sehr genau, so sehr, wie er an Schiffen interessiert ist.

»Was soll es kosten?«, fragt sie.

Der Verkäufer nennt den Preis, und Elena erschrickt.

Für ein Mitbringsel ist es viel zu viel Geld, und doch sagt sie: »Ich nehme es! Können Sie es mir bitte gut einpacken? Ich habe noch eine dreistündige Bahnfahrt vor mir und möchte nicht, dass es unterwegs kaputt geht.«

Hans wird Augen machen! Vielleicht wird es seine Stimmung erhellen, sodass sie das Gespräch noch einmal auf ihren Pelzladen bringen kann.

»Selbstverständlich!«

Der Verkäufer beginnt umständlich, das Schiff in eine Schachtel zu packen, die mit Seidenpapier ausgelegt ist.

Elena sieht auf die Uhr. Es ist schon fast fünf, das heißt, sie wird nur noch eine Stunde Zeit für Gunnar haben.

Das wird ihm nicht gefallen!

»Warum kommst du erst jetzt?«, fragt er Elena auch gleich vorwurfsvoll, als sie endlich im »SIDE-Hotel« eintrifft.

»Du kannst froh sein, dass ich überhaupt hier bin!«, antwortet Elena gereizt. »Eigentlich habe ich gar keine Zeit für dich!«

Statt einer weiteren Antwort zieht Gunnar sie nahe an sich und flüstert in ihr Ohr: »Schon gut. Du weißt doch, ich würde ewig auf dich warten, meine Schöne!«

Sanft streicht er ihr eine Strähne aus dem Gesicht, dann zieht er sie aufs Bett und küsst sie zärtlich.

»Halt, warte. Ich muss erst etwas abstellen!« Elena legt das Paket, in dem sich das Schiff befindet, auf den Tisch.

»Hast du mir etwa etwas mitgebracht?«, grinst Gunnar.

»Nein, das ist ein Geschenk für Hans.«

Hastig knöpft Elena ihre Bluse auf. Sie will keine Zeit verlieren, schließlich darf sie auf keinen Fall den Zug verpassen.

»Ach so. Hans!« Verärgert stützt Gunnar den Kopf auf die Hände. Nicht genug, dass Hans seine Liebste jeden Tag um sich haben darf. Nun bekommt er auch noch ein Geschenk dafür! Die Eifersucht raubt ihm den Atem und vergiftet das romantische Gefühl, das er bis jetzt hatte. Er steht auf und steckt sich eine Zigarette an.

»Ich hatte schon gehofft, der Alte sei bei seinem geliebten Schwimmen in der kalten Nordsee ertrunken. So kalt, wie das heute Morgen war!«, entfährt es ihm.

»Gunnar! Was redest du da? Komm lieber her zu mir … Dorogoj«, sagt Elena leise.

Verführerisch öffnet sie den Verschluss ihres BHs.

Doch Gunnars Stimmung ist verflogen.

Er bläst den Rauch aus dem geöffneten Fenster.

»Lass dich scheiden, Elena. Er passt nicht zu dir.«

»Wenn du dich nur mit mir getroffen hast, um mir das zu sagen, kann ich ja gleich wieder gehen.«

Verstimmt steht Elena auf und zieht ihre Bluse wieder an.

Versöhnlich nimmt Gunnar sie in die Arme.

»So habe ich das doch nicht gemeint!«

Wieder küsst er sie leidenschaftlich, und Elena lässt sich nur zu gerne auf das große weiche Bett sinken.

Eine Stunde später muss sie allerdings zum Bahnhof rennen, unter dem Arm das Schiffsmodell der »Wilhelm Gustloff«.

Gunnars Zärtlichkeit und seine Leidenschaft haben ihr gutgetan, allerdings auch ihre komplette Frisur zerstört. Wie um Himmels willen soll sie Hans nun glaubhaft versichern, dass sie beim Frisör war?

Nachdenklich legt Hans das Stück Papier auf die Seite, das eben mit der Post gekommen ist. Es handelt sich um einen Strafzettel, ausgestellt wegen einer Geschwindigkeitsübertretung in der vergangenen Woche. Nur, dass es sich dabei nicht um seinen Wagen handelt, sondern um das Cabrio seiner Ehefrau. Das Verkehrsdelikt wurde zwischen Rantum und Hörnum begangen. Was hat Elena dort gemacht? Hans erinnert sich an den Abend im »Kaamp-Hüs«. Aus dem Augenwinkel hatte er mitbekommen, dass Stella Elena angesprochen hatte, sie habe sie am Nachmittag mit ihrem Cabrio an der »Sansibar« vorbeifahren sehen. Elena hatte lachend widersprochen und gesagt, sie sei den ganzen Tag bei ihrem Pferd in Keitum gewesen. Offenbar doch nicht! Es wird ja wohl kaum jemand anders mit ihrem Wagen unterwegs gewesen sein.

Hans legt das Papier beiseite und geht unruhig auf und ab. Warum hat Elena gelogen? Sie wird ihn doch nicht hintergehen? Ihm ist bewusst, dass Elena viel jünger ist. Aber das war in den letzten Jahren doch nie ein Thema! Wie oft hatte sie erwähnt, dass sie ihm so dankbar sei, dass sie nicht mehr als freiberufliche Journalistin arbeiten und praktisch von der Hand in den Mund leben müsse. Elena hat doch ein gutes Leben bei ihm!

Gut, sie haben schon eine Weile getrennte Schlafzimmer. Elena kann bei seinem Schnarchen einfach nicht einschlafen. Natürlich fehlt ihm die Nähe seiner Frau in seinen Armen. Hin und wieder sucht er deshalb selbstverständlich Elenas Bett auf. Doch ganz abgesehen davon, dass sein sexuelles Verlangen nach einer Prostata-Erkrankung vor zwei Jahren stark abgenommen hat, ist auch ihr Verhalten ihm gegenüber nicht mehr so liebevoll wie zu Beginn ihrer Beziehung.

Vielleicht hält sie ihn ja schon lange zum Narren, und er hat es nur noch nicht gemerkt?

Die Worte seiner Tochter fallen ihm ein. Was, wenn ihm tatsächlich in absehbarer Zeit etwas zustoßen sollte? Würde Elena womöglich alles verkaufen, wofür er hart gearbeitet hat, und mit einem Liebhaber ein neues Leben beginnen?

Die dunklen Gedanken setzen sich in seinem Kopf fest wie ein Krebsgeschwür. Er sieht auf die Uhr … wo ist sie überhaupt? Sie wollte doch nur zum Frisör! Und warum macht sie das nicht mehr auf der Insel, so wie sonst? Warum muss sie dafür auf einmal nach Hamburg?

Hans ist zu unruhig, um zu lesen oder fernzusehen. Und einfach zu warten.

Er zieht seine Jacke an und geht aus dem Haus, läuft ziellos umher, um die hässlichen Gedanken loszuwerden.

Ohne es zu wollen, hat er den Weg Richtung Wattenmeer eingeschlagen. Das ruhige Wasser beruhigt auch sein Gemüt. Er ist ja selber schuld! Warum musste er sich in seinem Alter noch eine junge Frau ins Haus holen? Es war doch klar, dass das nicht gut gehen konnte! Oder hatte er sich etwa eingebildet, dass sie sich tatsächlich in ihn, den älteren Mann, verliebt hatte? Hätte Elena ihn auch geheiratet, wenn er nur ein einfacher Arbeiter gewesen wäre? Vermutlich nicht.

»Hans? Hans Ewers?«, hört er plötzlich eine laute männliche Stimme.

Nur schemenhaft kann er die beiden Gestalten erkennen, die auf der Bank vor dem kleinen »Heidekiosk« sitzen. Doch er geht auf sie zu. In seiner momentanen Verfassung kann er jede Zerstreuung brauchen!

»Erst gestern haben wir von dir gesprochen! Hast dich ja ziemlich rargemacht, seitdem du wieder verheiratet bist … im Shantychor und auch sonst«, sagt Johann Johannsen und tippt mit der Hand an seine Elbseglermütze.

»Wenn das mal nicht Johann Johannsen ist! Und ›uns Uwe‹ … Moin, ihr beiden. Schön, euch mal wiederzusehen!«, begrüßt Hans lachend die beiden Männer.

»Auch ein Bier?«, fragt Johann und verschwindet in den Kiosk.

»Schöner Abend heute. Hätte ich gar nicht gedacht nach dem Regen heute Morgen«, sagt Hans zu Uwe, der ihm auch einen Platz auf der Bank anbietet.

»Das ist wohl wahr. Aber es ist ganz schön kalt. Kommt wohl ein früher Herbst.«

»Nee …« Johann schüttelt den Kopf, als er mit dem Bier wiederkehrt. »Das wird noch mal warm. Nur nicht schon den Sommer aufgeben! Der macht nur eine kleine Pause. Kennen wir doch auf Sylt.«

»Na Gott sei Dank! Ich möchte noch ein paarmal in der Nordsee schwimmen, bevor der Winter kommt«, antwortet Hans lachend.

»Du musst dich ja auch fit halten für deine junge Ehefrau!«, sagt Uwe und prostet ihm zu. »Bei uns beiden kommt das ja nicht mehr so drauf an.«

»Sag doch das nicht!«, antwortet Johann lachend.

»Ich hab mir schon überlegt, ob ich meiner Alma nicht einen Antrag machen soll!«

»Auf deine alten Tage? Donnerwetter! Da bin ich aber platt!«, sagt Uwe ehrlich erstaunt.

»Jo. Was Besseres kann einem doch nicht passieren, was, Hans? Eine liebe Ehefrau, die mit einem leckeren frisch gebackenen Apfelkuchen auf einen wartet, wenn man heimkommt?«

Hans nickt, auch wenn seine Frau mit Kuchenbacken nun wirklich nicht das Geringste am Hut hat und schon gar nicht auf ihn wartet, bis er nach Hause kommt. Eher das Gegenteil ist der Fall.

»Da hast du aber Glück, wenn deine Frau mit Kuchen auf dich wartet«, sagt er darum zu Johann. »Du solltest wirklich daran denken, diese Frau zu heiraten!«

»Nun sach bloß, dass es bei euch nicht so ist«, sagt Uwe, wobei er sich schon denken kann, dass die schöne Rotblonde ihr Leben ganz bestimmt nicht in der Küche verbringt.

»Nun ja … Ihr wisst doch, wie das ist. Am Anfang sind die Frauen immer anhänglich und liebevoll. Und auf einmal haben sie ein Hobby und wollen sich selbst verwirklichen«, antwortet Hans mit schiefem Grinsen.

Er redet Schwachsinn, und das ist ihm bewusst. Es sind keineswegs alle Frauen so. Seine Ulla war es nicht, diese Alma sicher auch nicht und Uwes Berta schon gar nicht.

»So, deine Frau will sich also selbst verwirklichen?«, fragt Johann.

»Nun, sie ist es leid, dass immer alle denken, sie habe es nur auf mein Geld abgesehen. Elena wird von jedermann als Modepüppchen angesehen, die nur mit meiner Kreditkarte shoppen geht. Dabei ist sie gar nicht so! Sie ist liebevoll und klug …«

»Du schwärmst ja richtig!«, lacht Uwe.

»Elena ist eine ganz tolle Frau. Sie ist nicht so egoistisch wie viele der deutschen Frauen. Eine Russin verwöhnt ihren Mann, wenn ihr wisst, was ich meine!«

Hans' Worte sind mehr zu seiner eigenen Bestätigung gedacht, doch sie verfehlen ihre Wirkung auch bei den anderen beiden nicht.

»Aber sie wird eben von vielen unterschätzt. Deshalb möchte sie gerne auf eigenen Beinen stehen und ein eigenes Geschäft eröffnen. Ich helfe ihr natürlich dabei. Auch wenn es um Pelze geht …«

»Um Pelze? Auf Sylt?«

Erstaunt verschluckt sich Johann an seinem Bier.

»Ja, um Schals und Mützen, Anhänger und solche Sachen. Elena findet, das würde bei dem kalten Wind hier sicher gut gehen …«

»Also, ich weiß nicht …«, gibt Uwe zu bedenken. »Wer kauft denn hier so was?«

»Deine Berta vermutlich nicht«, gibt Hans zu.

»Aber es gibt ja schon sehr viele hübsche Deerns auf der Insel …«

»Und die entsprechend betuchten Männer dazu!«, lacht Johann.

»Wie auch immer. Solltet ihr von einem Laden hören, der vermietet wird, sagt mir bitte Bescheid. Ich gehe jetzt nach Hause zu meinem süßen ›Apfelkuchen‹. Danke für das Bier!«, verabschiedet sich Hans.

Die beiden Männer sehen ihm nach, wie er sich über den kleinen Weg in Richtung Kampen entfernt.

Sein Gang ist gebückt, und er lässt den Kopf hängen.

»Möchtest du noch einmal eine junge Frau haben?«, fragt Johann.

»Meinst du im Bett oder als Ehefrau?«, grinst Uwe.

»Du weißt schon«, sagt Johann

»Auf gar keinen Fall. Das wäre mir viel zu anstrengend!«, antwortet Uwe. »Lieber würde ich weiter bei der Kripo arbeiten. Das ist weniger aufregend.«

Natürlich ist Elena noch nicht da, als Hans um kurz nach neun zu Hause ankommt. Nur eine gut gelaunte Britt schneidet ein paar Rosen von dem Strauch ab, der vor ihrer Haustür steht.

»Guten Abend, Hans. Du wolltest wohl auch den schönen Abend noch ein wenig genießen? Wer weiß, wie viele wir davon in diesem Sommer noch haben werden.«

»Ach was. Nur nicht so schwarzsehen, Britt! Ich glaube, es warten noch ein paar richtig schöne Sommertage auf uns!«, antwortet Hans mürrisch, obwohl er doch selbst schon daran gedacht hat, dass es in diesem Jahr wohl einen frühen Herbst geben könnte.

Er hatte gehofft, dass Elena endlich daheim sein würde, doch das Haus ist noch immer dunkel und ihr Cabrio nicht in der Garage.

»Warst du alleine spazieren? Ist Elena wieder ausreiten?«, fragt Britt nun auch noch neugierig.

»Nein, sie hatte heute einen Termin in Hamburg.«

»Ach ja? In Hamburg?«

Etwas an Britts Fragestellung geht Hans unglaublich auf die Nerven. Sie verstärkt sein Misstrauen und gibt ihm ein ungutes Gefühl.

»Britt, darf ich dich um deine ehrliche Meinung bitten?«, fragt er, um abzulenken. Britt kommt neugierig näher, in der Hoffnung, dass es um Elena geht.

»Was hältst du von einem Geschäft für Pelz-Accessoires hier auf der Insel?«, fragt Hans.

»Machst du Witze? Das hier ist Kampen und nicht St. Moritz, wo die reichen Russen einkaufen!«, lacht Britt.

In diesem Moment biegt Elenas Wagen um die Ecke. Mit Schwung fährt sie in die Garage, dann wuchtet sie ein großes Paket aus dem Auto und kommt auf die beiden zu.

»Hallo, Liebling!«

Sie gibt ihrem Mann einen flüchtigen Kuss.

»Guten Abend, Britt.«

»Warum fragst du? Beabsichtigst du etwa, einen solchen Laden hier zu eröffnen?«, fragt Britt, nachdem sie Elenas Begrüßung erwidert hat.

»Was für einen Laden?«, fragt Elena neugierig.

»Hans fragte mich eben, was ich von einem Geschäft für Pelz-Accessoires auf Sylt halte. Natürlich ist das für mich als Tierschützerin ein absolutes No-Go. Aber davon abgesehen halte ich die Idee ohnehin für lächerlich.«

»So. Für lächerlich«, sagt Elena. Sie kocht vor Wut. Wie konnte Hans dieser blöden Britt von ihrer Idee erzählen, bevor sie spruchreif ist?

»Schatz, kommst du mit hinein? Ich habe ein Geschenk für dich. Gute Nacht, Britt.«

Sie lässt die Nachbarin stehen, und Hans bleibt nichts anderes übrig, als ihr ins Haus zu folgen.

»Wie konntest du nur dieser Kuh von meinem Plan erzählen?«, faucht sie ihn an, kaum dass sie das Wohnzimmer betreten haben.

Hans fühlt sich auf einmal schrecklich erschöpft. Er gießt

sich ein Glas Wein ein, ohne Elena auch eines anzubieten, und setzt sich in seinen Ohrensessel. Er sieht sich plötzlich in der Situation, sich rechtfertigen zu müssen, dabei ist es doch Elena, die ihm eine Erklärung schuldig ist.

»Ich wusste nicht, dass es ein Geheimnis ist. Aber davon scheinst du ja offenbar mehrere zu haben«, sagt er mit ruhiger Stimme und betrachtet seine Frau.

»Wie bitte? Was meinst du damit?«, fragt sie.

»Nun, zum Beispiel das Geheimnis, was du vergangene Woche in Hörnum gemacht hast. Soweit ich mich erinnere, hast du zu Stella gesagt, du wärst den ganzen Tag in Keitum bei deinem Pferd gewesen.«

Also hat Hans die Unterhaltung mit Stella doch mitbekommen. Elenas Gesicht wird flammendrot.

Angriff ist die beste Verteidigung, denkt sie und blafft Hans entsprechend an: »Das war auch so. Aber du glaubst jetzt wohl Stella mehr als mir, ja? Was sollte ich deiner Meinung nach wohl in Hörnum gemacht haben? Da ist doch der Hund begraben!«

»Eben. Das hat mich auch sehr gewundert. Doch dann …«

Hans zieht das mittlerweile verknitterte Strafmandat aus der Tasche.

»… kam das hier mit der Post. Das ist doch dein Kennzeichen, nicht wahr?«

Elenas Wagen ist auf Hans angemeldet, deshalb ging auch der Strafzettel an ihn.

»Was soll das, Hans? Misstraust du mir etwa?«

Elena weiß nicht, wie sie aus der Sache herauskommen soll, und versucht, Zeit zu gewinnen.

»Nein, ich möchte nur eine Antwort, Elena. Was hast du in Hörnum gemacht?«

»Ich … warte … es ist ja schon eine Woche her«, stammelt sie.

»Aber jetzt fällt es mir wieder ein. Irina bat mich, ihr einen Prospekt vom Golf-Hotel ›Budersand‹ zu schicken. Sie und Karl-Heinz wollen nächsten Monat ein paar Tage nach Sylt kommen, und du weißt ja, es kann den beiden nicht teuer genug sein!«

»Und das war dir komischerweise entfallen, als Stella sagte, sie habe dich am Nachmittag gesehen? Obwohl du gerade aus Hörnum gekommen sein musstest?«, fragt Hans nach. Er ist nicht überzeugt. Er kann Elena ansehen, dass sie lügt.

Die Frage ist nur, warum. Und die größere Frage ist, ob Hans die Antwort wirklich wissen will.

Er gießt noch einen Schluck Wein nach.

»Natürlich nicht. Aber ich denke nicht, dass ich Stella oder Britt oder sonst wem Rechenschaft über mein Leben ablegen muss!«

»Stella und Britt sicher nicht. Mir aber schon«, sagt Hans mit ruhiger Stimme.

Es war ja nur eine harmlose Bemerkung von Stella gewesen, die Elena ohne Weiteres hätte mit »Ja« beantworten können. Wenn sie nicht etwas zu verbergen gehabt hätte!

»Ja, dir schon.« Trotzig schiebt sie die Unterlippe nach vorne. »Ist das alles, was du mir vorwirfst? Oder kommt da noch mehr?«, fragt Elena angriffslustig.

»Ich werfe dir überhaupt nichts vor, Elena. Ich habe nur von Geheimnissen gesprochen, die du ganz offensichtlich vor mir hast. Und damit habe ich nicht nur den Tag in Hörnum gemeint.«

»Ach nein? Welche Geheimnisse habe ich denn angeblich noch vor dir?«

»Nun, du hast dich heute von mir verabschiedet, um nach Hamburg zu fahren und dort zum Frisör zu gehen. Als ob man das nicht auch hier tun könnte! Es gibt mehrere exzellente Salons auf der Insel. Aber nein, es muss ja auf einmal ein Starfrisör sein! Und nun, viele Stunden später – um nicht zu sagen: erst am Abend – kehrst du mit der gleichen Frisur zurück, mit der du heute Morgen das Haus verlassen hast. Ich traue mich sogar zu sagen: mit einer Frisur, die noch unordentlicher ist, als sie es heute Morgen war.«

»Ich bin gerade vom Bahnhof in Westerland mit dem Cabrio nach Hause gefahren. Kein Wunder sind die Haare durcheinander! Aber du hast natürlich vollkommen recht: Ich war nicht beim Frisör. Der lang erwartete Termin fand nicht statt, weil der Frisör Pierre überraschend krank geworden ist. Man hat mich unterwegs auf dem Handy angerufen, doch ich hatte in der Nordostseebahn keinen Empfang. Als ich die Mailbox abhörte, war ich bereits in Hamburg. Ich beschloss, endlich einmal wieder ausgiebig bummeln zu gehen! Denkst du nicht, dass ich manchmal die Großstadt hier auf der Insel vermisse?«

»Wie ich sehe, war der Bummel trotzdem nicht allzu erfolgreich. Obwohl du den ganzen Tag dafür aufgewendet hast. Ich hätte doch wenigstens ein paar neue Schuhe erwartet«, sagt Hans mit schmalen Lippen.

Er ist noch immer misstrauisch. Etwas an Elenas Verhalten stimmt ganz und gar nicht. Sie hat etwas vor ihm zu verbergen, und damit kann er nicht umgehen.

»So, das hast du erwartet? Dass ich vielleicht dir etwas gekauft habe, hast du sicher auch nicht erwartet.«

Wütend drückt sie ihm das Paket in die Hand.

»Na los, mach es schon auf.«

Zögernd löst Hans das Seidenpapier. Er ist tatsächlich mehr als überrascht, als er das Modell der »Wilhelm Gustloff« herausnimmt. Es ist wunderschön, und doch vermag er sich überhaupt nicht darüber zu freuen. Elena hat ihm das Schiff gekauft, um ihr schlechtes Gewissen zu beruhigen, oder weil sie sein Geld für ihr Pelzgeschäft will. Hans ist nicht dumm und durchschaut ihre Absicht.

»Du kennst die Geschichte der ›Wilhelm Gustloff‹?«, fragt er und legt das Schiff traurig in die Schachtel zurück.

»Es war ein deutsches Kreuzfahrtschiff«, gibt Elena mit dem neu erworbenen Wissen an.

»Ja, es war ein wunderschönes modernes Schiff, das die Nazis im Rahmen ihres Programms ›Kraft durch Freude‹ auf der renommierten Hamburger Werft Blohm & Voss bauen ließen. Im Zweiten Weltkrieg war es als Lazarettschiff und Truppentransporter eingesetzt. Einige Wochen vor Kriegsende wurde es zur Evakuierung von Flüchtlingen aus dem eingeschlossenen Ostpreußen eingesetzt. Am 30. Januar 1945 verließ die ›Gustloff‹ mit über 10.000 Flüchtlingen an Bord Gotenhafen in Richtung Westen. Das Schiff wurde jedoch von einem russischen U-Boot entdeckt und mit drei Torpedoschüssen versenkt. Die meisten Menschen ertranken in der kalten Ostsee. Es war die größte Schiffskatastrophe aller Zeiten.«

Hans steht auf und legt die Schachtel mit dem wertvollen Schiff behutsam auf die Anrichte. Es ist wirklich ein besonders schönes Stück, eine sehr sorgfältige Arbeit. Und dennoch kann er sich nicht richtig dazu freuen.

»Ich hoffe, du wünschst dir nicht auch meinen Untergang«, sagt er leise, mehr zu sich selbst. »Warum hast du mir gerade dieses Schiff geschenkt? Woher hast du es?«, spricht Hans Elena nun direkt an.

Elena kann Hans schlecht sagen, dass sie das Schiff nicht bewusst für ihn ausgesucht, sondern zufällig in der Auslage eines Antiquitätenladens entdeckt hat, als sie auf dem Weg zu ihrem Liebhaber war.

Hans hat auf einmal schreckliche Kopfschmerzen. Der Kauf des Schiffes hat ganz bestimmt nicht einmal eine Stunde gedauert. Was hat Elena den ganzen Tag in Hamburg gemacht? Dasselbe wie in Hörnum?

»Ich dachte, du würdest dich über mein Geschenk freuen! Aber du beachtest es ja gar nicht. Statt eines Dankeschöns ernte ich nur Misstrauen! Wenn ich das gewusst hätte, wäre ich in Hamburg geblieben!«

Ihre Augen funkeln wütend.

Hans dreht sich um und blickt in den Garten. In all den Jahren seiner Ehe mit Ulla hatte er nie Grund, an ihrer Treue zu zweifeln. Es ist mehr als ein Zweifel, den Hans in sich trägt. Elena hat ihm offen ins Gesicht gelogen.

So hat er sich seinen Lebensabend nicht vorgestellt!

Er atmet tief durch, dann dreht er sich um und sagt warnend: »Halte mich nicht zum Narren, Elena. Bevor du mich zum Gespött der Leute machst, gehen wir lieber getrennte Wege.«

7. KAPITEL
WASSER

Elena liegt im Bett und betrachtet das Mondlicht, das seinen sanften Schein auf ihre seidene Bettwäsche wirft. Ihre Hände zittern noch immer. Wie konnte Hans nur so gemein zu ihr sein! Als sie klein war, konnte ihre Mamachka ganz leicht ihre Ängste vertreiben. Sie nahm ihre kleine Hand und sagte: »Denk an etwas Schönes, Elena. An Blinis, die Pfannkuchen, die du so gerne isst, oder an den Schnee, der heute früh gefallen ist.« Elena hatte die Augen geschlossen und an den Schnee gedacht, der auf ihre Nasenspitze und ihre Haare gefallen war. Sie hatte gespürt, wie sie immer ruhiger wurde, und war irgendwann eingeschlafen. Selbst im Kinderheim funktionierte dieser Trick ganz gut. Sie war in der Lage, ihre Gedanken weg von der furchtbaren Ludmilla und ihren Schikanen wegzulenken und an schöne Dinge wie die ersten Krokusse im Garten zu denken.

Elena nimmt die Kette ihrer Mutter mit dem Bernsteinanhänger in die Hand. Heute gelingt es ihr beim besten Willen nicht, ihre Nerven zu beruhigen und an etwas Schönes zu denken. Noch vor wenigen Stunden war sie in Gunnars Armen gelegen. Er hatte ihr von den Shetlandinseln vorgeschwärmt und sie regelrecht angebettelt, einmal eine Reise mit ihm dorthin zu unternehmen. Sie könnten sich ein kleines Ferienhaus mieten und den ganzen Tag dort reiten oder sich lieben. Doch Elena darf davon nicht träumen. Sie ist eine verheiratete Frau, und wenn sie nicht achtgibt, wird das schöne Leben in der seidenen Bettwäsche schon bald der Vergangenheit angehören. Sie hat an Hans' Gesicht gesehen, dass er es ernst meint. Er gehört nicht zu den Männern, denen man ungestraft Hörner aufsetzen kann. Sollte er das Geringste über sie und Gunnar erfahren, wird er sie ohne Zögern auf die Straße setzen. Und dann? Soll sie etwa wieder in einem Café alte Damen bedienen? »Darf es sonst noch etwas sein? Nein, die Sachertorte ist heute leider schon aus … aber wir haben noch eine sehr gute Schwarzwälder-Kirsch-Torte im Angebot. Oh, vielen Dank … 30 Cent Trinkgeld!«

Elena dreht sich schon bei dem Gedanken daran der Magen um. Sie kann nicht zurück in dieses Leben! In einen Wohnblock mit 50 Parteien, wo keiner den anderen kennt, aber man riechen kann, wenn in der Wohnung unter einem Kohl gekocht wird, oder unfreiwillig Zeuge wird, wie sich das Paar nebenan zum 100. Mal wegen derselben unwichtigen Dinge streitet.

Elena hört, wie nebenan das Badewasser eingelassen wird. Eine Melodie aus der »Zauberflöte« erklingt, der Lieblingsoper von Hans. Elena muss schlucken. Sie, die sich an Juris Beerdigung verboten hat, jemals wieder zu weinen, kämpft mit den Tränen. Mit einer solch harten Reaktion von Hans hätte sie niemals gerechnet. Schon gar nicht, nachdem sie ihm das schöne Schiffsmodell geschenkt hatte. Wahrscheinlich hat ihn diese blöde Britt aufgehetzt, denkt Elena. Die hat mich auf dem Kieker, spätestens seit dieser Poloturnier-Sache. Vermutlich sieht sie Elena bereits von Hans aus dem Haus geworfen und sich selbst in der seidenen Bettwäsche liegen und Champagner aus den teuren Kristallgläsern schlürfen. Aber sicher nicht in sexy Unterwäsche, wie Elena sie trägt, sondern in einem Flanell-Schlafanzug. Lächelnd wischt sich Elena eine Träne aus dem Augenwinkel. Na bitte, der Trick ihrer Mamachka funktioniert also doch noch!

Doch zum Lachen ist ihr weiß Gott noch immer nicht, lediglich der Gedanke an die langweilige Britt in einem biederen Schlafanzug hat sie amüsiert. So abwegig ist er allerdings gar nicht. Elena ist bewusst, dass Hans eine mehr als gute Partie für die alleinstehenden Damen in seinem Bekanntenkreis darstellt. Jede davon würde nur allzu gern ihren Platz einnehmen. So weit darf es nicht kommen! Wenn Elena nur wüsste, wie sie verhindern kann, dass Hans sich von ihr trennt.

Wenn Hans jetzt in der Badewanne ertrinken würde? Dann gäbe es keine Scheidung … keine Elena, die mit Schimpf und Schande das Haus verlassen und irgendwo noch einmal einen Neuanfang wagen und sich wieder einen neuen reichen Mann suchen müsste. Sie könnte hierbleiben in diesem schönen Haus und tun und lassen, was sie will. Mit Gunnar zu den Shetland-Inseln reisen. Oder alleine nach Portofino und sich dort als reiche Witwe mit den schönen Italienern amüsieren. Noch während Elena an Italien denkt, ist sie bereits eingeschlafen. Der Trick ihrer Mutter hat wieder einmal funktioniert.

»Du hast *was* gesagt? Dass du es dir noch einmal überlegen musst? Alma, das glaube ich jetzt nicht!«

Überrascht lässt Lisa den Löffel fallen, mit dem sie noch eben die Sahne umgerührt hat.

»Das war doch kein richtiger Heiratsantrag!«, empört sich Alma.

»Erzähl mal!«, bittet Lisa lachend.

»Na gut. Heute Nachmittag kommt Johann hier hereinspaziert und sagt grinsend zu mir: ›Also, wenn das nix ist: nach Hause kommen und von einer Frau empfangen werden, die gerade einen frischen Butterkuchen gebacken hat! So eine muss man doch heiraten!‹ Ich habe nur gelacht, weil ich dachte, Johann macht mal wieder einen seiner Sprüche, aber da sagt er schon: ›Nee, Alma. Das war vollkommen ernst gemeint. Ich finde, wir beide sollten unsere Plünnen zusammenschmeißen und heiraten! Dann haben die Leute auch weniger zu reden.‹ Das soll ein Heiratsantrag sein? Nein, Lisa, ein bisschen mehr Romantik muss schon sein!«

»Und was hast du darauf geantwortet?«, fragt Lisa grinsend. Insgeheim findet sie die kleine Ansprache von Johann eigentlich rührend. Er ist nun einmal kein Mann der großen Worte, sondern packt seine Botschaften gerne in flapsige Sprüche. Lisa weiß aber genau, was er damit meint. Und sie weiß auch: Etwas Besseres kann Alma gar nicht passieren. Die beiden haben weiß Gott tragische Dinge in ihrem Leben mitgemacht und sich trotzdem niemals unterkriegen lassen. Dass sie sich nun im Alter gefunden haben und gegenseitig unterstützen, aber auch noch ein wenig zusammen das Leben genießen, ist doch ein großes Geschenk.

»Ich habe gesagt: ›Johann Johannsen! Seit wann interessiert dich denn, was die Leute reden?‹ Darauf hat er nur gegrinst: ›Kannst es dir ja mal überlegen.‹ Und ich habe geantwortet: ›Mach ich.‹«

Alma zuckt hilflos die Schultern.

»Lass mich mal raten: Darauf ist Johann erst einmal zu seinem Kiosk gegangen«, vermutet Lisa.

»Du kennst uns wirklich gut«, grinst Alma.

»Und wie geht es nun weiter?«

»Keine Ahnung. Ich werde jedenfalls nicht auf Johann zugehen und einen Termin beim Standesamt ausmachen. Das kannst du wohl glauben.«

Stur, wie Johann ist, ist es allerdings sehr fraglich, dass er Alma noch einmal eine Hochzeit vorschlagen wird, denkt Lisa. Wahrscheinlich hatte ihn diese Aktion schon ordentlich Mut gekostet.

»Hast du nicht neulich erst zu mir gesagt, dass die Liebe doch gar nicht so schwer ist?«, fragt Lisa.

»Habe ich das? Ich kann mich gar nicht erinnern! Komm, wir setzen uns einen Moment auf die Terrasse. Ich habe noch einen sehr leckeren selbst gemachten Schlehenlikör. Da sagst du doch sicher nicht Nein!«

»Wenn du mich so fragst …«, lacht Lisa und zündet das große Windlicht an, das Almas behinderte Tochter Merle aus Treibholz gefertigt hat.

»Wie gefällt es Merle denn in Dänemark?«, fragt sie Alma, die mit zwei Gläsern Schlehenlikör und einem dicken Stück Butterkuchen aus dem Haus kommt.

»Sie liebt es. Die Gruppe, mit der sie in dem Feriencamp ist, ist anscheinend ganz toll. Sie machen viele Ausflüge, kochen, gehen schwimmen … alles, was Merle gut findet.«

»Das freut mich. Was würde sie dazu sagen, wenn du Johann heiraten würdest?«

»Ich denke, sie würde sich freuen. Merle ist so gerne hier im ›Heidehüs‹. Sie hat Johann von der ersten Sekunde an gemocht. Das liegt vermutlich daran, dass er sie völlig normal behandelt. Das Einzige, was sie ihm übel genommen hat, war, dass er gesagt hat, es sei nun langsam genug mit den Treibholzbasteleien. Darauf meinte sie nur, sie müsse die schließlich herstellen, damit du sie in deinem ›Strandgut‹-Laden verkaufen kannst.«

»Hmmm … dieser Butterkuchen ist wirklich eine Wucht! Also, wenn ich ein Mann wäre, Alma, ich würde dich auch heiraten wollen!«, grinst Lisa. Genießerisch schließt sie die Augen. Dieser herrliche Abend, der leckere Kuchen und die nette Alma … es tut so gut, einmal nicht über ihre finanziellen Nöte nachzudenken oder darüber, was Sven wohl gerade macht.

»Ach, wie schön, dann steht hier also bald eine große Hochzeitsfeier ins Haus! Bei mir ist leider das Gegenteil der Fall«, seufzt Lisa.

Ein leichter Windhauch fährt durch Almas blondes Haar.

Wie hübsch sie ist, denkt Lisa.

Trotz ihrer fast 70 Jahre ist Alma noch immer eine sehr interessante und attraktive Frau. Außerdem hat sie ein riesengroßes Herz. Kein Wunder will Johann sie heiraten!

»Du planst eine Scheidungsparty?«, fragt Alma grinsend und sieht Lisa direkt an.

»Bis jetzt hatte ich das eigentlich nicht im Sinn. Ich finde auch nicht, dass eine Scheidung ein Grund zum Feiern ist!«, entgegnet Lisa.

»War nur Spaß. Ich habe kürzlich beim Frisör von diesem seltsamen Trend der Scheidungspartys gelesen, was mich ehrlich gesagt auch ziemlich befremdet hat. Aber was ist das nun mit deiner Scheidung?«

»Heute war ein Brief in der Post. Ich muss am 2. September in Konstanz beim Familiengericht sein. Das war es dann mit unserer Ehe.«

»Bist du traurig?«, fragt Alma mitfühlend.

»Natürlich bin ich das. Wir waren 26 Jahre zusammen, das ist mehr als mein halbes Leben. Kannst du dir vorstellen, dass Andreas mein einziger Mann war? Ich habe nie einen anderen als ihn geliebt und gewollt. Na ja, bis ich Sven traf …«

»Und nun, bedauerst du eure Trennung? Ich meine, vielleicht hättet Ihr es noch einmal miteinander versuchen können!«, will Alma wissen.

»Nein, Alma. Ich bin doch im letzten Jahr extra noch einmal an den Bodensee zurückgekehrt und wollte unserer Ehe eine Chance geben. Ich hatte wirklich geglaubt, wir könnten noch einmal an die alten Zeiten anknüpfen und da weitermachen, wo wir aufgehört hatten. Aber es fühlte sich auf einmal falsch an! Irgendwie habe ich gespürt, dass sich unsere Liebe im Laufe der Jahre einfach so davongestohlen hatte. Es war ein schleichender Prozess, der sich über einen längeren Zeitraum entwickelt hatte.«

»Du meinst, du hättest Andreas den Seitensprung mit seiner Sekretärin verzeihen können?«, fragt Alma.

»Vielleicht. Wenn noch genug Gefühle meinerseits da gewesen wären! Aber ich habe gespürt, dass ich Andreas zwar immer noch mag und schätze, aber nicht mehr mit ihm zusammenleben will. Nichtsdestotrotz tut dieser endgültige Abschied nun doch weh. Ist das nicht komisch?«

»Überhaupt nicht.« Alma nimmt Lisas Hand, weil sie sieht, dass ihr die Tränen kommen.

»Es ist alles andere als komisch. Manchmal sagt einem der Verstand, dass etwas richtig ist, aber das Herz tut trotzdem weh. Immerhin wart ihr sehr lange zusammen, habt zwei Kinder großgezogen und etwas zusammen aufgebaut. So etwas hinter sich zu lassen, geht niemals ohne Schmerzen ab. Ich glaube, das wärst auch nicht du, wenn du ganz locker damit umgehen könntest. Fahre an den Bodensee, Lisa, und bringe es hinter dich. Danach wirst du dich besser fühlen und wirklich frei sein für einen Neubeginn!«, rät Alma.

»Ach, wenn das so einfach wäre! Ich kann doch den ›Strandgut‹-Laden nicht so einfach zumachen! Die Saison ist ohnehin schon kurz genug. Ich habe mir überlegt, dass ich beim Familiengericht anrufen und um eine Verschiebung des Termins bitten möchte«, sagt Lisa seufzend.

»Ich finde, du solltest nur dann um eine Verschiebung des Termins bitten, wenn du dir unsicher bist, ob du dich überhaupt scheiden lassen willst!«, antwortet Alma.

»Ich bin nicht unsicher. Es ist schon alles richtig so. Manchmal muss man einen Schlusspunkt unter etwas setzen. Sonst kann nichts Neues entstehen! Ein Lebensabschnitt geht zu Ende, und es macht keinen Sinn, den letzten Schritt hinauszuschieben. Mir geht es nur um den Laden. Ich kann ihn doch nicht einfach so zumachen und auf die Einnahmen verzichten!«

»Das brauchst du auch nicht«, sagt Alma und grinst verschmitzt. »Wozu hast du mich?«

»Vergiss es, Alma. Das kann ich nicht annehmen«, widerspricht Lisa, obwohl sie über das spontane Angebot Almas sehr gerührt ist.

»Du kannst. Und du sollst das auch annehmen! Du kannst guten Gewissens an den Bodensee fahren, Lisa. Lass dir so lange Zeit, wie du brauchst. Besuche deine Familie und Freunde wieder einmal, das wird dir guttun! Ich bin hier und kümmere mich solange um alles.«

»Aber Alma …«

»Kein Aber und keine Widerrede! Vergiss nicht, ich kenne mich in Hörnum und besonders im Laden sehr gut aus. Und so alt bin ich doch noch nicht, dass ich nicht ein paar Geschenkartikel und Bücher verkaufen kann!«

Davon ist Lisa fest überzeugt. Bevor Alma zu Johann in das »Heidehüs« zog, betrieb sie das kleine Geschäft in Hörnum doch selbst als Blumenladen.

Auch wenn sie Alma die Arbeit eigentlich nicht aufbürden möchte, freut sie sich doch sehr über das Angebot. Es bedeutet, dass sie auf die Einnahmen nicht zu verzichten braucht. Außerdem hat sie das Gefühl, dass Alma ihr unbedingt helfen möchte.

»Danke, Alma. Ich weiß gar nicht, was ich sagen soll«, seufzt Lisa.

»Dann sag auch nix. Wann fährst du?«

»Na gut. Wenn es dir recht wäre, würde ich gerne ein paar Tage vor dem Termin fahren, Ende August.

»Also abgemacht. Ich komme nächste Woche vorbei, du zeigst mir alles, was ich wissen muss, und dann schmeiße ich den Laden!«

»Und Johann?«

»Der kommt schon eine Weile ohne mich klar. Vielleicht überlegt er sich inzwischen ja einen neuen Heiratsantrag«, lacht Alma.

»Ach, Alma«, seufzt Lisa, »… ich wünschte, ich hätte das alles schon hinter mir! Bereits bei dem Gedanken, dass Andreas und ich uns vor Gericht gegenüberstehen, bekomme ich Bauchschmerzen. Das einzig Gute an der Fahrt an den Bodensee ist, dass ich Ann-Sophie und die kleine Leonie wiedersehen werde!«

»Du vermisst sie sehr, nicht wahr?«

Lisa nickt. »Manchmal schon. Obwohl sie doch vor ein paar Wochen erst hier waren! Die Entfernung ist einfach zu groß. Man kann sich nicht einmal schnell auf eine Tasse

Kaffee treffen. Dafür ist die Zeit, die wir zusammen sind, dann umso intensiver. Natürlich wäre ich gerne eine Oma, die ständig für ihr Enkelkind da sein kann, aber ich glaube, allzu viel Getue wäre Ann-Sophie gar nicht so recht. Ich bin immer noch überrascht, wie toll sie sich in ihrer Mutterrolle zurechtgefunden hat. Ich dachte immer, sie ist eine richtige Karrierefrau, aber wenn ich sehe, wie liebevoll sie mit Leonie umgeht, geht mir das Herz auf. Ich glaube sogar inzwischen, dass sie nach der Elternzeit gar nicht mehr so gerne ins Büro zurückmöchte.«

»Oh, das würde Andreas aber sicher nicht gefallen! Immerhin ist sie doch die Juniorchefin in seinem Architekturbüro«, wendet Alma ein.

»Da hast du sicher recht. Zumal er ja viel Zeit braucht für seine junge Freundin!«, sagt Lisa.

»Die beiden sind also immer noch zusammen?«

»Es sieht ganz danach aus. Das klassische Modell ›älterer Mann und junge Frau‹ scheint immer noch zu funktionieren.«

»Ja, aber nur, wenn der Mann über Status verfügt«, lacht Alma.

Sie steht plötzlich auf und sieht zu dem kleinen Weg hinüber, der durch die Heide führt.

»Wo ist Johann eigentlich? Etwa immer noch im ›Heidekiosk‹?«, fragt Lisa.

»Nein, heute Abend ist Shantychor-Probe ... aber warte mal ... da läuft er wieder ...«, antwortet Alma.

»Johann?«, fragt Lisa.

»Nein, der Mann da drüben ...«

»Wen meinst du?«, fragt Lisa mit vollem Mund.

»Da drüben auf dem Heideweg ... das ist Hans Ewers. Der Verleger, der in dem riesengroßen Reetdachanwesen am Ortsende von Kampen lebt. Ich kannte seine verstorbene Frau.«

»Hmmm … ein alleinstehender Mann in einem riesengroßen Reetdachanwesen?«, fragt Lisa und zwinkert Alma zu.

»Vergiss es. Er ist seit ein paar Jahren wieder verheiratet. Seine erste Frau kannte ich vom Sehen, sie war eine nette, hübsche und gebildete Frau.«

»Und was wurde aus dieser netten und hübschen Frau?«

»Sie ist vor ein paar Jahren ganz plötzlich an Krebs gestorben. Wirklich tragisch, Hans war völlig gebrochen. Das Komische war, dass er nur ein Jahr später wieder geheiratet hat. Irgendwie hat das gar nicht zu ihm gepasst. Aber die Neue muss ihm wohl anständig den Kopf verdreht haben.«

»Jetzt, wo du es sagst – ich glaube, Johann und Uwe haben sich neulich im Kiosk über diesen Hans Ewers und seine neue Frau unterhalten. Typisch Männer: Sie haben natürlich nur über ihr Aussehen geredet! Wie ist sie denn wirklich, diese neue Frau Ewers?«, fragt Lisa neugierig.

»Ich weiß nicht recht. Ich möchte mich dem Geschwätz der Leute ungern anschließen. Hab sie ja auch nur ein paarmal gesehen, deshalb kann ich auch nicht viel über sie sagen. Die Männer haben schon recht: Sie ist sehr hübsch und natürlich viel jünger als Hans.«

»Natürlich. Eben haben wir noch davon gesprochen: alter Mann und junge Frau!« Lisa verdreht die Augen.

»Es soll eine Russin sein. Man sieht die beiden öfter einmal im ›Rauchfang‹ oder im ›Gogärtchen‹ zusammen zu Abend essen. Ansonsten leben sie wohl sehr zurückgezogen.«

Wieder eine Russin. Lisa denkt an die schöne Frau, die schon mehrmals bei ihr in Hörnum zu Gast war.

»Und warum ist das so ungewöhnlich, dass dieser Hans alleine in der Heide spazieren geht?«, fragt Lisa.

»Nun, weil er das bis jetzt noch nie gemacht hat! Meist fährt er in seinem großen Geländewagen durch die Gegend. Ich habe ihn höchstens mal mit dem Fahrrad auf dem Weg zum Strand gesehen. Anscheinend geht er so gut wie jeden Tag in der Nordsee baden. War wohl früher Rettungsschwimmer bei der DLRG. Nun ja, so kann man sich fit halten! Aber spazieren gehen … noch dazu alleine … das habe ich ihn noch nie gesehen. Und jetzt plötzlich jeden Tag, immer den gleichen Weg, auf dem Heideweg zum Wasser hinunter. Schau nur, er geht mit hängendem Kopf, als würde ihn irgendetwas bedrücken.«

»Ach, Alma, was du so alles beobachtest! Ich sehe nur einen Mann, der ein bisschen die schöne Natur genießt.«

Alma nickt. »Vielleicht hast du ja recht. Wahrscheinlich sehe ich nur Gespenster. Trinken wir noch einen Lütten?«

Der Abend malt hellrote Farbe in den Himmel über dem Wattenmeer. Zartgraue Wolken ziehen weit in der Ferne Richtung Festland. Elena macht Fantaisie an einem Baum fest und setzt sich für einen Moment in das weiche Gras. Sie atmet tief durch. Die Welt ist so friedlich hier in Keitum. Wenn die Leute in Russland wüssten, wie schön das Leben hier ist! Wenn ihre Babushka oder ihre Mamachka sie hier sehen könnten! Für die beiden Frauen bestand das Leben aus harter Arbeit. Einen solchen Moment wie diesen in der Natur kannten sie nicht. Dafür hatten sie sie, Elena. Für einen Augenblick bedauert Elena, kein eigenes Kind zu haben, dem sie jetzt die Farbe des Himmels zeigen könnte. Doch dafür gab es nie den geeigneten Mann. Juri wäre der Richtige gewesen! Der Einzige, von dem Elena gerne ein Kind gehabt hätte. Wie es wohl ausgesehen hätte? Hätte es ihre goldenen oder seine wilden dunklen Haare geerbt? Ihre hellen grünen Augen oder seine tiefschwarzen? Oder wäre es eine Mischung aus ihnen beiden geworden? Georg und auch die Männer, die nach ihm kamen und die ihren Körper nur benutzten, waren als möglicher Vater völlig ungeeignet gewesen. Hans wäre sicher noch einmal ein guter Vater geworden. Doch als sie sich kennenlernten, war Elena schon fast 40 gewesen. Für ihn war Nachwuchs ohnehin kein Thema, schließlich hatte er bereits zwei erwachsene Kinder. Also stand es nie zur Debatte, was Elena jetzt bedauert. Hätte sie ein Kind von Hans, könnte er sich nicht so einfach von ihr scheiden lassen. Sie weiß nicht, ob das sein Wunsch ist, oder ob er sie einfach nur durch Nichtachtung strafen will. Doch Hans ist schweigsam und in sich gekehrt und die Stimmung zu Hause so angespannt, dass Elena, so oft es geht, zu Fantaisie flieht.

Im Reitstall geht sie Gunnar aus dem Weg, was nicht allzu schwer ist, da er wegen des bevorstehenden Poloturniers gut zu tun hat. Doch gerade, als sie wieder auf Fantaisie aufsteigen und zurück zum Stall reiten will, steht er plötzlich vor ihr.

»Elena, Liebling!«

Er reißt sie stürmisch in die Arme.

»Nicht!« Sie schiebt ihn ein Stückchen von sich. »Woher wusstest du, dass ich hier bin?«

»Das war nicht allzu schwer. Ich war drüben beim Poloplatz. Als ich zurück in den Reitstall kam, fehlte Fantaisie. Da du die Einzige bist, die sie reitet, konntest du nicht weit sein. Ich kenne doch deine Lieblingswege!« Gunnar sieht ihr in die Augen. Sein Blick ist voller Liebe.

»Du hast mir gefehlt«, sagt er und nimmt ihre Hand.

Elena zieht sie zurück und schlägt die Augen nieder.

»Gunnar. Ich habe dir doch schon einmal gesagt: Es geht nicht mehr mit uns. Hans ist misstrauisch, er hat wohl etwas gemerkt.«

»Na und? Dann verlasse den alten Sack endlich! Wir fangen ein neues Leben an.«

Gunnar ist verrückt nach dieser Frau. Er würde alles für sie tun.

»Mach dich nicht lächerlich, Gunnar.«

Elena wendet sich zum Gehen.

»Ich kann mich nicht scheiden lassen. Es wäre mein Ruin, verstehst du!«

»Wir können auch mit weniger Geld leben, Elena«, sagt Gunnar.

»Ohne Fantaisie? Und was denkst du, was aus unserer Liebe wird, wenn ich abgearbeitet aus einer Gaststätte komme und nach Frittierfett stinke?«

»Auch dann würde ich dich noch lieben!«, grinst Gunnar. »Ich steh auf Pommes.«

»Du liebst die Elena, die du kennst. Gepflegt, geschminkt, ausgeschlafen. Die andere Elena kennst du nicht, die willst du auch gar nicht kennen und schon gar nicht lieben.«

Elena wendet sich ab und will auf ihr Pferd steigen. Doch Gunnar reißt sie in seine Arme und küsst sie so leidenschaftlich, dass ihr die Luft wegbleibt.

Als sie sich aus seinen Armen löst, bemerkt Elena aus dem Augenwinkel auf der Straße eine Gruppe von Radfahrern. Eine Frau der Gruppe sieht interessiert zu ihnen herüber. Elena erkennt eine grasgrüne Daunenjacke. Diese Jacke hat sie schon einmal gesehen, an dem Abend im »Kaamp-Hüs«. An Stella Friedrichsen.

8. KAPITEL
DER GEHEIMNISVOLLE BEOBACHTER

»Komm mit!«, bittet Lisa. Sie hat das Telefon fest an ihr Ohr gedrückt, fast, als würde sie dadurch ihrem Liebsten näher sein.

»Lisa, ich kann nicht mit dir an den Bodensee kommen! Ich kann mir doch nicht einfach so eine Woche freinehmen«, erklärt Sven am anderen Ende der Leitung.

»Du bist doch selbstständig, Sven. Bitte, tu mir den Gefallen. Ich werde die beste Reiseführerin sein, die du je kennengelernt hast, und dir die ganzen Sehenswürdigkeiten der Bodenseeregion zeigen! Du kennst den Bodensee doch noch gar nicht. Glaub mir, es ist wunderschön dort. Wir können in Konstanz bummeln gehen oder in Überlingen an der Promenade sitzen, in Meersburg ein Weingut besuchen und mit dem Schiff …«

»Lisa, das glaubst du doch wohl selbst nicht. In der Minute, in der du am Bodensee eintriffst, wird dich deine Familie mit Beschlag belegen. Ich wäre da nur im Weg«, antwortet Sven gereizt.

»Das stimmt doch gar nicht, Sven! Im Gegenteil, Ann-Sophie und Jan würden sich bestimmt freuen, dich einmal näher kennenzulernen. Als sie das letzte Mal hier waren, hast du dich ja auch kaum sehen lassen!«

Ein leichter Vorwurf schwebt in Lisas Stimme.

Dabei wollte sie doch besonders nett sein, um Sven zu der gemeinsamen Fahrt an den Bodensee zu überreden.

»Es wäre mir wirklich wichtig«, nimmt sie noch einmal einen Anlauf.

»Tut mir leid, Lisa. Aber ich habe wichtige Termine, die sich nicht verschieben lassen. Ich bin selbstständig und kann nicht so einfach eine Woche in Urlaub fahren. Das solltest du selbst doch am besten wissen!«

Lisa antwortet nicht darauf.

Sven spürt, dass sie verstimmt ist, und bietet ihr deshalb versöhnlich an: »Wir holen es nach, mein Schatz. Ich verspreche dir, beim nächsten Mal komme ich mit!«

»Schon gut. Schlaf schön.«

Lisa legt auf. Sie ist den Tränen nahe. Sven weiß genau, dass es nicht um eine Urlaubsreise geht. Es ist ihr Scheidungstermin, der ihr auf der Seele liegt und sie traurig macht. Er sollte an ihrer Seite sein, um ihr Mut und Kraft zu geben. Und das Zeichen: »Ich bin für dich da!«

Doch er hat keine Lust auf Lisas Familie, weder auf Ann-Sophie noch auf Jan und schon gar nicht auf das Baby Leonie.

Er hat auch keine Lust, die Gegend kennenzulernen, in der Lisa mit ihrer Familie gelebt hat.

Und womöglich ihrem Exmann zu begegnen. Doch Lisa hatte sich so sehr gewünscht, dass er mitkommen und ihr damit signalisieren würde, dass er zu ihr gehört.

Wütend wirft sie ihren Schuh gegen die Eingangstür des Ladens, die gerade aufgeht.

»Nanu? So schlechte Umsätze heute?«, grinst Alma.

»Ach, Alma. Wenn du wüsstest, wie froh ich bin, dass du da bist!«, seufzt Lisa.

»Männer-Ärger?«, vermutet diese.

»Was sonst? Wer sonst kann einen derart zur Weißglut treiben?«, grinst Lisa.

»Was war denn los?«

»Ich wollte Sven überreden, mich an den Bodensee zu begleiten. Aber er hat sich natürlich gewunden wie ein Aal und mit unaufschiebbaren Terminen herausgeredet. Dabei wäre es für mich wichtig gewesen, dass er an meiner Seite ist.«

»Das verstehe ich gut. Aber vielleicht fühlt er sich ja mit dieser Scheidungssache überfordert. Lass ihm einfach Zeit. Ich finde, du solltest alleine hinfahren und die Zeit dort – mal abgesehen von dem Scheidungstermin – mit deinen Lieben von Herzen genießen. Sieh es doch einmal so: Du brauchst auf niemanden Rücksicht zu nehmen und kannst deine Tage gestalten, wie du es für richtig hältst. Das ist doch das Gute an der Scheidung: dass du wieder du selbst sein und frei entscheiden kannst, was du tun möchtest und was nicht. Ich glaube, das hast du noch gar nicht richtig begriffen. Du warst dein Leben lang abhängig von einem Mann und musst erst lernen, mit dieser neuen Freiheit umzugehen, stimmt's?«

Lisa nickt nachdenklich. »Vielleicht hast du recht …«

»Mach dich doch nicht schon wieder gleich vom nächsten Mann abhängig, Kind. Er ist nicht dafür verantwortlich, ob du dich glücklich fühlst oder nicht. Das muss hier drin sein.« Alma zeigt auf Lisas Herz.

»Alles andere kommt dann von ganz alleine.«

Lisa umarmt Alma fest. Wenn sie wüsste, wie froh sie ist, dass es sie gibt. In der kurzen Zeit, die sie sich kennen, hat Alma sich mehr um sie gekümmert als Lisas leibliche Mutter in Jahren. Wieder einmal bedauert Lisa von Herzen, dass Alma nicht ihre Stiefmutter geworden ist.

»Und nun zeig mir bitte alles, was ich in deiner Abwesenheit wissen muss. Das Wichtigste zuerst: Wie funktioniert die Kasse?«, lacht Alma.

Die Frau mit den schwarzen Haaren und den hohen Absätzen geht unruhig auf und ab. Verflixt, wo bleibt er nur? Sie hätte sich gar nicht auf das Treffen einlassen sollen. Aber die Stimmung zu Hause ist derart gespannt, dass sie dringend etwas Trost braucht. Und wer wäre dafür besser geeignet als Gunnar?

Deshalb hat sie seinem Gebettel um ein Rendezvous nachgegeben.

Sie wollen wieder einmal in dem kleinen Stübchen in Hörnum ein paar heiße Stunden miteinander verbringen. Aber Elena möchte auf keinen Fall riskieren, noch einmal auf dem Weg dorthin gesehen zu werden, und hat sich deshalb mit Gunnar auf dem Supermarkt-Parkplatz in Westerland verabredet. Hier kann sie problemlos in sein Auto umsteigen und mit ihm gefahrlos aus der Stadt fahren. Doch wo bleibt er nur? Elena hat Angst, dass sie trotz Perücke und dunkler Sonnenbrille von irgendjemandem erkannt wird. Natürlich hätte sie einfach im Auto sitzen bleiben können, aber erstens war es unglaublich heiß darin, und außerdem wäre das ja vielleicht auch aufgefallen.

Endlich biegt Gunnars Passat um die Ecke, ein zum Glück unauffälliger silbergrauer Wagen, wie ihn sehr viele Leute fahren.

»Da bist du ja endlich!«, fährt sie ihn an, als sie einsteigt.

»Ich freue mich auch, dich zu sehen, meine Schöne«, antwortet er lächelnd.

Gunnar will sie sofort an sich ziehen und küssen, doch Elena schiebt ihn von sich.

»Nun fahr schon los! Ich hab nicht ewig Zeit.«

Zu dieser Stunde herrscht dichter Verkehr, es sind immer noch sehr viele Urlauber auf der Insel, die nun aus der Stadt heraus in die kleineren Orte fahren, um dort in einem schönen Lokal zu Abend zu essen oder den Sonnenuntergang zu beobachten. Von den Einheimischen, die gerade Feierabend haben und endlich nach Hause wollen, ganz zu schweigen.

Fast durch ganz Westerland hindurch stehen sie im Stau. Gunnar biegt darum ein paarmal ab, um durch kleinere Seitenstraßen zu fahren, die die Touristen nicht so kennen.

»Seltsam«, sagt er auf einmal nach einem Blick in den Rückspiegel.

»Was ist seltsam?«, fragt Elena.

»Der Wagen hinter uns. Der schwarze Golf, der fährt schon die ganze Zeit hinter uns her!«

»Was meinst du mit ›die ganze Zeit‹? Seit wann?«

Elena gerät in Panik. Wer ist das?

Hat Hans etwa einen Privatdetektiv auf sie angesetzt?

Sie dreht sich um, um zu sehen, wer in dem Fahrzeug sitzt.

»Nicht umdrehen!«, sagt Gunnar und beschleunigt die Fahrt.

Elena blickt verstohlen in den Seitenrückspiegel.

»Ich glaube, der ist in Kampen schon hinter mir gewesen«, sagt sie nervös.

»Was? Bist du sicher?«, fragt Gunnar nach.

»Nicht sicher. Es gibt so viele schwarze Golfs!«

»Aber doch nicht in Kampen. Da fährt man andere Autos!«, widerspricht er ungehalten.

»Ich weiß nicht, Gunnar. Aber ich glaube, ich habe einen schwarzen Golf hinter mir gesehen, als ich von Kampen nach Westerland gefahren bin.«

Gunnar biegt in die nächste Seitenstraße – und das Auto hinter ihnen auch.

»Shit. Der verfolgt uns tatsächlich!«, schimpft Gunnar.

»Oh nein! Was machen wir denn jetzt?«, fragt Elena ängstlich.

Ob Hans wirklich einen Detektiv beauftragt hat? Wenn dieser sie beobachtet hat, wie sie in Wenningstedt am Kurhaus am Kliff angehalten, und dort als Rotblonde die Toilette betreten und als Schwarzhaarige verlassen hat, um dann in Westerland in den Wagen eines anderen Mannes zu steigen, ist sie geliefert. Welche Ausrede soll sie sich da noch ausdenken? Ohne diese Perücke könnte sie immer noch sagen, sie habe zufällig ihren Reitlehrer getroffen, und der habe sie in den Reitstall mitgenommen. Das wäre zwar auch abwegig, aber die Sache mit der Perücke macht die Geschichte natürlich total unglaubwürdig.

Gunnar biegt noch einige Male ab, und es gelingt ihm tatsächlich, den schwarzen Golf in einem Kreisverkehr, den er einfach ein paar Ausfahrten lang nicht verlässt, kurz abzuhängen. Doch gerade, als sie in die Steinmannstraße einbiegen, ist der schwarze Golf auf einmal zwei Autos hinter ihnen wieder da.

Sie fahren in die Andreas-Dirks-Straße, und kurz vor den Hochhäusern, die Elena so hässlich findet, reißt Gunnar plötzlich das Steuer nach rechts und rauscht in eine überraschend frei gewordene Parklücke.

»Komm mit!«, sagt Gunnar und steigt aus. Elena tut es ihm verwundert gleich.

»Wir gehen ganz gemütlich und tun so, als würden wir

in das Restaurant ›Luzifer‹ gehen! Es gibt dort noch einen anderen Ausgang zur Strandseite.«

Äußerlich völlig ruhig schlendern die beiden auf das Restaurant »Luzifer« zu, während der Golf rechts am Fahrbandrand hält, da er keinen Parkplatz findet. Dort, wo er steht, behindert er jedoch einige Fahrzeuge, sodass ein wildes Hupkonzert einsetzt. Elena und Gunnar betreten das Lokal, und sobald sie die Tür hinter sich geschlossen haben, beschleunigen sie ihre Schritte.

Sie ignorieren den herbeigeeilten Kellner, der nach einer Reservierung fragt, und hasten zum Ausgang auf der Strandseite hinaus.

»Zieh deine Schuhe aus, Elena! Wir rennen jetzt los!«, befielt Gunnar, und Elena kann nicht anders, als ihm zu gehorchen. Sie laufen an vielen Menschen vorbei, die den schönen Abend am Strand ausklingen lassen und sich wahrscheinlich wundern, warum es dieses Pärchen so eilig hat. Nach einigen 100 Metern bleibt Gunnar stehen und sieht sich vorsichtig um.

»Da ist keiner mehr. Den haben wir abgehängt!«, sagt er grinsend.

Er zieht Elena in einen Strandkorb, wo sie erst einmal zu Atem kommen müssen.

»Was nützt das schon? Er hat uns doch vorher bereits gesehen!«, sagt Elena verzweifelt.

»Was hat er denn gesehen? Einen Mann und eine schwarzhaarige Frau, die zusammen essen gehen. Du streitest einfach alles ab.«

»Gunnar! Hans ist doch nicht blöd! Und dieser Detektiv auch nicht. Er wird Fotos gemacht haben und …«

»Noch wissen wir doch gar nicht, ob es ein Detektiv war.«

»Was denn sonst? Warum sollte uns sonst jemand quer durch die Innenstadt von Westerland verfolgen? Oder hast du womöglich etwas angestellt? Vielleicht ist es ja der Mann einer anderen Geliebten von dir!«

In diesem Moment wäre es Elena sogar lieber, wenn Gunnar noch eine andere Affäre hätte und es der eifersüchtige Mann dieser Frau gewesen wäre, der sie heute verfolgt hat.

»Wovor hast du denn solche Angst, Liebes?«, fragt Gunnar zärtlich und streichelt ihre Hand.

Elena seufzt. Sie hat es Gunnar nun doch schon tausendmal erklärt, aber er will es einfach nicht verstehen.

Ihm kann ja auch nichts passieren. Bei ihr dagegen steht ihre ganze Existenz auf dem Spiel.

Der Morgen ist kühl, und ein grauer Himmel verspricht Regen. War es gestern Abend noch schön und sternenklar, so ist heute kein Strandtag zu erwarten. Doch Hans hält es nicht aus zu Hause. Auch wenn das Wetter alles andere als zum Schwimmen einlädt, muss er doch ans Meer. Er hat in der letzten Zeit ein ungeheures und nie gekanntes Bedürfnis nach frischer Luft entwickelt und das Gefühl, im Haus zu ersticken. Eilig zieht er seine Sportsachen an und verlässt das Haus. Er, der zeit seines Lebens überallhin mit dem Auto unterwegs war (seine Ulla hatte immer gesagt: »Ich glaube, dein Hintern ist mit dem Autositz verwachsen!«), hat auf einmal Lust auf Bewegung, und so läuft er durch den Ort in Richtung der »Sturmhaube«. In letzter Zeit hat ihm sein Herz hin und wieder zu schaffen gemacht, was vermutlich von der Aufregung über Elena kommt. Es wird ihm guttun, wenn er sich ein wenig an der frischen Luft sportlich betätigt. Außer ihm ist noch niemand unterwegs, das kleine Dorf liegt träumend im fahlen Morgenlicht vor ihm. Hans geht durch den Strönwai, die »Whiskymeile« und betrachtet die kleinen Lokale, in denen die Menschen abends fröhlich den Tag ausklingen lassen werden.

Wie oft haben sie hier im »Gogärtchen« gegessen! Ulla und Hans wurden von Rolf Seiche, dem ehemaligen Wirt, der mit der ganzen Prominenz auf Du und Du war, persönlich mit Handschlag empfangen. Das waren noch Zeiten! So manche Flasche Wein wurde zusammen geleert und stundenlang erzählt und gelacht.

Seltsam, dass man sich immer an die Situationen erinnert, in denen man glücklich war. Es sind nie die großen Sachen, keine Häuser oder Reisen, sondern die Momente, in denen man gelacht und sich sorgenfrei und unbeschwert gefühlt hat.

Der ehemalige »Gogärtchen«- Chef Rolf, der in seinem Leben so viel gesehen und gehört hat, verfügte über eine unglaubliche und äußerst liebenswerte Gabe: Er gab jedem Gast das Gefühl, willkommen zu sein! Egal, ob reicher Prominenter, armer Künstler oder einfacher Angestellter, der sich den Sylturlaub und den Cocktail an der »Gogärtchen«-Bar zusammengespart hatte: Rolf sah immer den Menschen und begrüßte jeden Gast mit einem freundlichen Lachen wie einen Freund. Und so mancher wurde es auch. Wie Hans. Nun, da Rolf schon einige Jahre auf dem Festland lebt, zieht es Hans nicht mehr so häufig ins »Gogärtchen«, obwohl das Essen nach wie vor fantastisch und die Einrichtung perfekt und stimmig ist. Doch es fehlt der alte Freund Rolf, die Seele des Hauses. So wie viele Dinge und Menschen Hans heutzutage in Kampen fehlen. Ich glaube, ich werde langsam alt, denkt er. Ich bin sentimental und denke nur noch an die Vergangenheit! Was ist nur los mit mir?, schimpft er mit sich. Sylt war doch immer sein Ruhepol, seine Herzensheimat, wie er die Insel selbst bezeichnete. In hektischen Zeiten, in denen er aus der Firma praktisch nicht herauskam, war schon der Gedanke an die Insel tröstlich für ihn. Manchmal, wenn ihm alles zu viel wurde und die Wellen des Alltags buchstäblich über ihm zusammenzuschlagen drohten, rief er schon am Freitagmittag bei Ulla an. Sie lachte dann nur und stellte fest: »Du bist reif für die Insel!« Sobald er aus dem Büro kam, fuhren sie los, Ulla hatte alles gepackt, was sie für das Wochenende brauchten. Das Haus auf Sylt war ihr gemeinsamer Traum, den sie sich erfüllt hatten, um jederzeit spontan losfahren und dort am Meer die Batterien wieder aufladen zu können. Doch nun scheinen seine Batterien leer und verbraucht. So viel hat er erreicht in seinem Leben und ist nun doch privat gescheitert.

Natürlich hatte er von Anfang an geahnt, dass sein Glück mit Elena nicht ewig halten würde. Aber er war naiv genug gewesen zu glauben, dass die Zuneigung, die Elena ihm entgegengebracht hatte, nicht nur gespielt war. Niemals hätte er von ihr geglaubt, dass sie ihn hintergehen würde. Wütend kickt Hans einen Stein mit dem Fuß weg. Welche Ironie des Schicksals, dass er noch vor wenigen Tagen eifersüchtig auf Fantaisie war! Er hatte tatsächlich angenommen, dass das Pferd, das er ihr geschenkt hatte, die einzige Liebe außer ihm in ihrem Leben war. Doch wie es den Anschein hat, hat Elena ihm nur etwas vorgespielt.

Diese Erkenntnis schmerzt so sehr wie kaum etwas zuvor in seinem Leben.

Er kommt am »Pony« vorbei, in dem sie so manche Nacht durchgetanzt haben, und an kleinen exklusiven

Boutiquen, die nur auf die kauffreudigen Urlauberinnen warten.

Hier würde Elena zu gerne ihre Pelzboutique eröffnen. Wer weiß? Vielleicht wäre die Idee ja gar nicht so schlecht. Es gibt genug Frauen, die viel Geld für Accessoires ausgeben, denkt Hans beim Anblick einer schlichten Handtasche in der Auslage. Der Preis liegt bei fast 2.000 Euro.

Hans war ja schon beinahe bereit gewesen, ihr den Wunsch mit der Boutique zu erfüllen, so wie er ihr kaum je einen Wunsch abschlagen konnte. Doch jetzt nicht mehr! Sie hat seine Gutmütigkeit und Großzügigkeit einfach ausgenutzt.

Sobald Hans die Dünenlandschaft erreicht hat, wird ihm auf einmal leichter ums Herz. Die Farben sind so ruhig und klar wie ein Gemälde. Er freut sich an dem sanften Violett der Heide mitten in grünem Gras und den Dünen, über denen der hellgraue Himmel sanft leuchtet. Eine Sinfonie von Pastellfarben, die sich so beruhigend auf seine Seele auswirken wie Lavendelduft. Der Wind zerrt an seinen Haaren, doch er geht weiter, an der Uwe-Düne vorbei zur »Sturmhaube«. Dieses imposante Gebäude thront noch immer wie eine Burg am »Roten Kliff«, der Steilkante über dem Meer. Hans verweilt einen Moment direkt am Kliff, schließt die Augen und atmet tief ein. Mit geschlossenen Augen empfindet er das wilde Rauschen des Meeres unter ihm und das Möwengeschrei über ihm viel lauter, als es eigentlich ist. Als er die Augen öffnet, erlebt er eine Überraschung: Der Wind hat die graue Wolkendecke auseinandergerissen und den Blick auf helles Himmelblau freigegeben. Ein Sonnenstrahl fällt durch die Lücke und taucht den hellen Sand, die weißen Strandkörbe und die Schaumkronen auf dem blauen Meer in fast überirdisches Licht. Diese Stimmung ist so unfassbar schön, dass Hans sie fotografieren möchte, doch er hat natürlich weder den Fotoapparat noch das Handy dabei. Er versteht die vielen Maler, die hier auf der Insel Momente wie diesen erlebt haben und auf der Leinwand festhalten wollten. Doch der Moment vergeht so schnell, wie er gekommen ist, und die Wolkendecke schließt sich erneut. Hans geht zum Strand hinunter, wo das Rauschen des Meeres noch lauter und dröhnender ist. Die Wellen sind hoch und donnern mit Wucht an den Strand. Kann er es wirklich wagen, schwimmen zu gehen? Er muss. Was soll ihm schon passieren? Schließlich war er einmal Rettungsschwimmer! Das Meer ist wild und kommt ihm vor wie eine schöne Frau, gefährlich und lockend zugleich. Wie seine Frau. Hans zieht sich aus und geht ins Wasser. Es ist eiskalt, und Hans hält für einen Moment den Atem an. Die Gischt spritzt ihm ins Gesicht und gibt ihm kurz das Gefühl, frei zu sein. Doch es ist nicht nur das Gefühl, frei zu sein, das sich in seinem Herzen breitmacht. Er hat auf einmal keine Angst mehr. Hans hat keine Angst mehr vor dem, was auf ihn zukommen könnte. Er hat keine Angst vor dem Leben ohne Elena. Aber auch keine Angst vor dem Tod.

9. KAPITEL
WINDFLÜSTERN

Obwohl der August schon fast vorüber ist, brennt die Sonne noch heiß vom wolkenlosen blauen Himmel. Tiefblau schimmert auch die Nordsee. Einzig die weißen Schaumkronen leuchten hell auf den sanften Wellen. Ein Duft von Sonnenöl liegt in der Luft.

Die meisten der Strandkörbe sind belegt. Alte Menschen, junge Pärchen und ganz viele Familien genießen noch einmal diesen wundervollen Strandtag, der schöner nicht sein könnte. Elena betrachtet die Mütter, die ihren kleinen Kindern Kekse oder belegte Brötchen anbieten, und andere Frauen, die im Strandkorb leicht bekleidet einen Roman lesen oder ein kleines Mittagsschläfchen halten. Sie ist erstaunt, mit welchem Mut viele dieser Frauen sich trauen, einen Bikini zu tragen. Wenn ich so fett wäre, würde ich allerhöchstens einen Einteiler anziehen, denkt Elena. Wenn überhaupt. Dass die Dicke da vorne überhaupt einen Mann abbekommen hat! Sie verdreht innerlich die Augen. Einen Mann, der ihr offenbar auch Kinder geschenkt hat, denn ihr Strandkorb ist dekoriert mit allerlei Strandspielzeug und Kinderhandtüchern. Vielleicht hat sich der Mann ja einmal in eine superschlanke Frau verliebt, die erst durch die Schwangerschaften dick wurde? Ich kann froh sein, dass ich keine Kinder habe, denkt Elena. Vielleicht wäre auch meine Figur durch eine Schwangerschaft ruiniert worden. Allerdings hätte ich dann jetzt auch so ein kleines Wesen, überlegt sie weiter. Jemanden, der mich bedingungslos lieben und nicht so einfach verlassen würde!

Ein paar Kinder mit flachsblonden Haaren schaufeln am Wasser mit ihren kleinen Händchen immer mehr Sand auf eine kleine Sandburg und verzieren diese mit gesammelten herumliegenden Muscheln. Ob sie wohl wissen, dass die Flut bald kommen und ihr Kunstwerk zerstören wird? Die dicke Mutter kommt auf die Kinder zu, ihre dicken Oberschenkel wackeln bei jedem Schritt. Sie bewundert das Schloss aus Sand ihrer Kinder und wird von diesen mit liebevollen Blicken bedacht.

Elena hebt eine Muschel auf und steckt sie in ihre Tasche. Zu Beginn ihrer Ehe haben Hans und sie oft gemeinsame Spaziergänge am Strand unternommen. Anschließend sind sie irgendwo eingekehrt, im »La Plage« oder der »Sturmhaube«, haben zu Abend gegessen und ein gutes Glas Wein genossen. Sie hatte gespürt, wie stolz Hans auf sie war, wenn sie wieder einmal alle Blicke auf sich zog.

Doch diese Zeit scheint der Vergangenheit anzugehören.

Hans hat sich komplett von ihr zurückgezogen und geht ihr schon seit Wochen aus dem Weg. Er redet nur das Allernötigste mit ihr und verzichtet sogar darauf, das Abendessen mit ihr einzunehmen. Elena hat keine Ahnung, was er tut, wenn er jeden Abend das Haus verlässt. Ob er immer noch in der kalten Nordsee schwimmen geht? Oder ob er gar nicht so weit entfernt im Wohnzimmer der Nachbarin Britt sitzt? Die verständnisvolle liebe Britt wird ihn sicher über den Treuebruch seiner bösen Ehefrau hinwegtrösten!

Elena hat in der letzten Zeit mehrfach das Gespräch mit Hans gesucht – vergeblich. Gestern Abend hatte sie noch einmal einen Anlauf genommen. Sie wollte nicht, dass es zu Ende ging mit ihnen beiden. Warum konnten sie nicht so weitermachen wie bisher? Ihre Ehe hatte niemals auf Liebe beruht. Das musste Hans doch wissen!

Es war ein Geschäft: ihre Schönheit gegen sein Geld. Warum sollte dieses Geschäft nicht mehr funktionieren?

Hans ist zutiefst in seinem Stolz verletzt, weil er glaubt, dass ich ihn betrüge, denkt Elena. Aber wenn er das hätte verhindern wollen, hätte er mich selbst wieder einmal anfassen und begehren müssen!

Elena ist sicher, dass Stella ihm von ihrem Kuss in Keitum erzählt hat. Diese blöde Kuh! Aber was ist das schon? Ein Kuss! Das allein ist wohl schon verwerflich für die alte vertrocknete Hexe, die kein Mann, nicht einmal ihr eigener, mehr ansieht! Elena kann sich richtig vorstellen, wie Stella diesen Kuss bei Hans aufgebauscht hat.

Meine Güte, wenn er wüsste, was sie sonst noch alles mit Gunnar angestellt hat. Aber wahrscheinlich ahnt er das und ist deshalb so garstig zu ihr. Der Typ, der sie und Gunnar kürzlich verfolgt hat, hat doch sicher einige Fotos gemacht, die Hans nun auf seine Weise interpretiert.

Wenn er sie nur einmal darauf angesprochen hätte! Sie hatte sich schon zurechtgelegt, dass sie etwas von einer Veranstaltung des Reitklubs, die sie und Gunnar im »Luzifer« planen sollten, erzählen wollte.

Nur weil Hans in der letzten Zeit immer so eifersüchtig war und die dummen Nachbarinnen ihr Fremdgehen unterstellten, habe sie zu diesem Anlass eine Perücke getragen.

Elena seufzt. Ihr ist bewusst, dass Hans auch diese

Geschichte nicht geglaubt hätte. Aus diesem Grund fragt er auch nicht nach. Vermutlich möchte er sich eine weitere Demütigung durch eine lächerliche Lügengeschichte einfach ersparen.

Wenn sie nur wüsste, wie sie sein Vertrauen wiedergewinnen kann!

Als Hans gestern Abend seine Jacke anzog, hatte sie sich ihm in den Weg gestellt und gesagt: »Dorogoj, ich weiß, du bist böse auf mich. Ich habe zwar keine Ahnung, warum, aber ich möchte, dass wieder alles gut wird!«

Doch er hatte sie nur kalt und abweisend angesehen und gesagt: »Es kann nicht wieder gut werden, Elena. Du weißt, warum. Du hast mich zum Narren gemacht! Wenn du das nächste Mal in Hamburg bist, suche dir bitte eine Wohnung.«

Hans und sein verdammter Stolz! Dieses Mal hatte nicht einmal ihre Kleinmädchenmiene etwas genutzt. Und das wird sie vermutlich auch nie mehr. Elena spürt, dass sich etwas Wesentliches zwischen ihnen verändert hat. Es ist wie ein Stein, der ins Rollen gekommen und nicht aufzuhalten ist. Das Schlimme ist, dass sie selbst es war, die diesen Stein ins Rollen gebracht hat. Weil sie geglaubt hatte, das Glück würde ihr treu bleiben, auch wenn sie unvorsichtig ist. Nur weil sie der Meinung war, dass sie es verdient hatte! Dabei hatte sie doch schon oft genug in ihrem Leben erfahren, dass das Glück wie ein kleiner Vogel ist, den man nicht festhalten kann.

Der frische Nordseewind, der von Westen über die Insel weht, scheint das wunderschöne und vor allem sehr heiße

Sommerwetter vertreiben zu wollen. Zwar scheint die Sonne hell vom Himmel, doch es ist merklich kühler geworden, als es noch in den letzten Tagen war. Lisa liebt dieses »Sylt-Wetter« mit dem frischen Wind, der weiße Wolken über den blauen Himmel treibt und die Wellen hoch an den Strand schlagen lässt. Lisa bedauert, die Insel bei diesem herrlichen Wetter verlassen zu müssen. Wenn nur der ganze Sommer so schön gewesen wäre wie die letzten Tage! Andererseits wäre das für den Laden nicht so gut gewesen. Dann wären die Menschen den ganzen Tag am Strand gelegen und hätten keine Zerstreuung beim Einkaufen gesucht. Glücklicherweise ist der Laden in den letzten Wochen sehr gut gelaufen, sodass Lisa der bevorstehenden Nebensaison inzwischen relativ gelassen entgegensehen kann. Auch die Zimmervermietung hat ihr nicht nur wegen der regelmäßigen Besuche des heimlichen Liebespärchens gutes Geld eingebracht. Sie konnte sich sogar einen Flug nach Zürich leisten, was bedeutet, dass sie nicht den ganzen Tag im Zug sitzen muss. Der bevorstehende Scheidungstermin liegt Lisa noch immer schwer im Magen, doch sie freut sich darauf, Ann-Sophie und die Kleine wiederzusehen. Die beiden wollen sie in Zürich abholen, und Lisa wird eine Woche bei ihnen zu Hause verbringen. Das bedeutet, dass sie ihre Rolle als Oma ganz intensiv genießen kann. Vielleicht hatte Sven ja recht und sie hätte sich gar nicht richtig um ihn kümmern können. Dennoch ist sie immer noch enttäuscht, dass er sie nicht an den Bodensee begleiten wird. Zu gerne hätte sie ihm ihre Heimat gezeigt. Sie hätten auf das Meersburger Weinfest gehen oder den einen oder anderen spätsommerlichen Abend an einer der zauberhaften Uferpromenaden verbringen können.

Sven hat zwar versprochen, »beim nächsten Mal« ganz sicher mitzukommen, doch Lisa glaubt nicht so recht daran. Außerdem wird dann wahrscheinlich Winter sein, und Sven wird den Bodensee von seiner neblig-grauen statt der mediterran-milden Seite kennenlernen.

Leider ist Alma nicht zu Hause, dabei hatte sich Lisa darauf gefreut, sich persönlich von ihr verabschieden zu können. Es hätte ihr sicher ein wenig Kraft geschenkt, Almas fröhliches Lachen zu hören und sie noch einmal vor ihrer Abreise in den Arm zu nehmen. Ich hätte vorher anrufen sollen, denkt sie nun enttäuscht und schlägt den Weg zum »Heidekiosk« ein. Natürlich kann sie auch Johann den Schlüssel für den »Strandgut«-Laden übergeben, aber eigentlich wäre ihr mehr der Sinn nach einem Gespräch unter Frauen gestanden. Der Wind zerrt wild an ihren Haaren, und Lisa hat Mühe, dagegen anzulaufen.

Trotz der steifen Brise sitzt Johann auf der Bank vor seinem Kiosk und raucht wie gewöhnlich sein Pfeifchen.

Gleichzeitig mit Lisa trifft ein Mann ein, der offensichtlich öfter vorbeizukommen scheint, denn er begrüßt Johann mit den Worten: »Grüß Gott, Johann!«

»Moin, Sepp«, antwortet dieser und zu Lisa gewandt: »Moin, mien Deern. Darf ich bekannt machen: Das ist Josef Vierthaler aus Kempten in Bayern. Und Sepp: Das ist Lisa Wendler aus Konstanz am Bodensee.«

»Oh, auch eine Süddeutsche?«, lacht dieser Sepp und gibt Lisa freundlich die Hand. »Mei, am Bodensee samma au öfter, allerdings nur in Lindau. Dort ist's a schee.«

Lisa lächelt den Mann freundlich an: »Machen Sie Urlaub hier?«

»Jo mei, scho des dritte Mal. Meiner Gattin Christl gefallt die Nordsee so guat. Do gibt's koane Berg.«

Er grinst und sagt: »Aber des is scho an fuarchtbarer Sturm bei euch im Norden. Besonders heut! Ich würd hier nie ein Haus kaufen. Ich hätt immer Angst, dass das Wasser kommt. Droht jetzt a Sturmflut?«

Johann lacht und sagt: »Oh, ihr süddeutschen Bangbüxen! Das ist doch noch gar nichts. Du hättest einmal den Orkan Xaver 2013 erleben müssen. Da wär deine große Seppelmütze weggeflogen und du gleich mit. Der Orkan hat insbesondere in Hörnum große Schäden verursacht. Viel Land ist verloren gegangen.«

»I woass ja net, was du mit ›Bangbüxen‹ moanst, aber mia Bayern san standfest. Mia fliang net weg!«, entrüstet sich Sepp.

»Dein bayerischer Dialekt ist ja wirklich sehr charmant …«, sagt Johann grinsend und setzt hinzu: … und unsere süddeutsche Lisa versteht dich bestimmt auch sehr gut. Aber kannst du bei einem alten Nordmann wie mir vielleicht etwas deutlicher oder wenigstens etwas langsamer sprechen? Sonst rede ich ab sofort Plattdeutsch mit dir!«

»Jo, freilich. Mia werdn uns scho verstehn!«, antwortet Sepp lachend. »Dann frage ich dich jetzt also ganz deutlich: Wann spricht man bei euch eigentlich von einer Sturmflut und wie entsteht sie überhaupt?«, bemüht er sich, hochdeutsch zu sprechen.

Während Lisa in den Kiosk geht, um einen Kaffee und den Männern ein Bier zu holen, hört sie Johann erklären: »Zunächst einmal muss ein ganz starker Sturm aus der richtigen Richtung blasen, das heißt Windstärke 12 aus Nordwest. Der Wind treibt dann riesige Wassermassen in die Norddeutsche Bucht, was zu einer Erhöhung des Wasserstandes führt. Aber nicht nur der Wind, sondern auch noch andere Dinge spielen eine Rolle. So wird es besonders gefährlich, wenn auch gleichzeitig eine Springflut vorhanden ist.«

»Aha«, sagt der freundliche Bayer. »Und wos ist dann der Unterschied zwischen ana Sturm- und einer Springflut?«

»Von Sturmflut spricht man, wenn der Sturm große Wassermassen auf das Festland oder die Inseln drückt. Eine Springflut liegt vor, wenn eine besondere Konstellation von Sonne und Mond vorliegen, das heißt sie in einer Reihe stehen, wie zum Beispiel bei Vollmond, und das Wasser durch die Anziehungskraft einen Flutberg bildet. Weiterhin spielen auch noch Fernwellen eine Rolle. Insgesamt ist das alles kompliziert. Aber schlaue Leute können das vorausberechnen.«

Lisa muss schmunzeln. Johann hat immer so eine große Freude daran, den Leuten seine Heimat näherzubringen. Eigentlich ist es ihm egal, ob er Umsatz in seinem Kiosk macht oder nicht. Es geht ihm um das Gespräch mit den Menschen, die ihrerseits, wie Lisa vermutet, auch und gerade deshalb kommen, um von Johann mit Informationen über die Insel oder Sagen und Geschichten unterhalten zu werden.

Sie hört Sepp antworten: »Des hob i jetzt no net verstanden. Aber du wirst schon recht hom. Mia ist a noch net klar, warum seit Jahren so große Sandaufspülungen am Strand gmacht werdn. Mei, es ist doch sinnlos, wenn a Sturmflut den ganzen Sand wieder wegspült. Das scheint mir eine teure Sisyphusarbeit zu sein beziehungsweise reine Steuerverschwendung. Lieber solltet ihr uns Bayern das Geld gebm. Mia könnten es besser anlegen! Zum Beispiel die Berge aufschütten. Wenn sie höher wären, hätten wir immer Schnee zum Skifahren!«, lacht Sepp über seinen eigenen Witz.

»Wir versuchen hier nicht, Sand aufzuschütten, damit wir mehr Spaß haben können! Nein, wir versuchen, unsere Insel vor dem blanken Hans zu retten!«, entrüstet sich Johann. »Leider ist die ganze Sache in der Tat sehr umstritten. Aber man weiß offensichtlich momentan auch keine andere Lösung. Jetzt hat man festgestellt, dass durch das Wegbaggern der vorgelagerten Sandbänke die Strömung und der Wellengang noch größer werden. Damit wird die ganze Sache noch fragwürdiger«, antwortet Johann seufzend.

»Gestern warn mia in Hörnum und hom gsehn, dass man dort an der Küste große Betonungetüme lagert. Was soll denn des?«

»Das sind sogenannte Tetrapoden«, erklärt Johann. »Die Betonklötze hatte man hier auch vor mehreren Jahren direkt vor die Dünen gestellt, um diese vor den Wellen zu schützen. Es hat aber nicht genützt, weil diese großen Ungetüme im Sand versunken sind. Darüber hinaus haben sich die hohen Wellen bei den Tetrapoden gebrochen, und das starke Spritzwasser sowie Wasserverwirbelung haben die Dünen angenagt. Es war also kontraproduktiv.«

»So a Schmarrn! Warum werden diese Dinger denn wieder aufgestellt?«, fragt Sepp, worauf Johann antwortet: »Jetzt will man das Absinken der Ungetüme verhindern, indem man zunächst einen Textilteppich auslegt und die Tetrapoden daraufstellt. Außerdem stehen diese Betongiganten nicht mehr direkt an der Düne, sondern einige 100 Meter vor dem Strand, sodass die Wellen sich dort brechen können. Es ist einfach ein weiterer Versuch, den ›Blanken Hans‹ zu bändigen. Nach meiner Meinung bringt das alles nichts. Ich glaube, dass nur ein künstliches Riff vor der Küste einen wirksamen Schutz bieten könnte. Aber mich fragt ja keiner.«

Die beiden freuen sich über das Bier, das Lisa mitgebracht hat. Ein Bayer und ein Norddeutscher, wie sie unterschiedlicher nicht sein könnten, sitzen auf der Bank und sind völlig vertieft in ihr anregendes Gespräch.

»Was führt dich eigentlich zu mir, mien Deern?«, fragt Johann Lisa.

»Ich wollte ursprünglich zu Alma und ihr den Schlüssel für den Laden bringen, aber sie war nicht da. Da dachte ich, dann gebe ich ihn eben bei dir ab.«

»Hoffentlich war das eine gute Entscheidung«, lacht Johann. »Du kennst mich. Könnte sein, dass ich ihn hier vergesse! Braucht ja nur Uwe oder Sepp oder sonst jemand kommen und mich ablenken. Nein, war nur Spaß. Du kannst ihn mir zu treuen Händen übergeben. Ich werde auf ihn aufpassen und Alma geben, sobald sie vom Arzt zurück ist.«

»Alma ist beim Arzt? Ist sie denn krank?«, fragt Lisa besorgt.

Es wird doch nichts Schlimmes sein? Dann kann sie gar nicht wegfahren.

»Nur eine Routineuntersuchung. Alma hat hin und wieder Probleme mit ihrem Blutdruck.«

»Das wusste ich ja gar nicht!«, sagt Lisa.

»Keine Sorge, bei Dr. Andresen ist sie in guten Händen. Und ich passe ja auch auf sie auf!«, verspricht Johann.

Davon ist Lisa zwar überzeugt, dennoch macht sie sich Gedanken.

Wird die Arbeit in Lisas »Strandgut«-Laden nicht zu viel für Alma werden?

Die Kunden können mitunter schon ganz schön anstrengend, um nicht zu sagen nervig sein.

Es wird das Beste sein, nicht allzu lange fortzubleiben!

Der Wind streicht leise durch die Dünengräser. Sie liegt auf dem Rücken im Sand und betrachtet am Himmel die Wolken, die vorüberziehen. Die Situation zu Hause ist inzwischen unerträglich und wird bestimmt von Eiseskälte und Nichtachtung. Sosehr Elena inzwischen das wunderschöne Haus liebt, hält sie es dort fast nicht mehr aus. Sie weiß nicht, wie es weitergehen soll und ist sich dabei sicher, dass es nur eine Frage der Zeit ist, bis ihr schönes Leben hier auf der Insel beendet sein wird.

Elena nimmt eine Handvoll Sandkörner auf und lässt sie durch die Finger rinnen.

Genauso ist es auch im Leben, denkt sie. Wir können nichts festhalten. Immer dann, wenn wir denken, dass wir am Ziel unserer Wünsche sind, passiert etwas, und wir können von vorne anfangen. Diese Lektion hat sie schon früh gelernt. Ebenso, dass Jammern nicht hilft. Wenn man sein Leben nicht selbst in die Hand nimmt, kann sich nichts ändern! Elena hat nicht die Absicht, in ihr altes armseliges Leben zurückzukehren. Sie wird dieses Leben nicht kampflos aufgeben. In den letzten Tagen hat sie immer wieder an Hans' Tod gedacht. Es wäre die beste Lösung. Natürlich würde sie ihn vermissen. Aber das müsste sie bei einer Scheidung ja auch. Elena hat kein Problem mehr mit dem Tod. Dafür ist er ihr schon zu oft in ihrem Leben begegnet. Die Kinder von Hans sind erwachsen, sie brauchen den Vater nicht mehr. Hans ist alt. Er hat sein Leben gelebt. Sie dagegen ist jung und möchte noch etwas aus ihrem Leben machen!

Aber freiwillig wird Hans wohl kaum aus dem Leben scheiden wollen. Auch trotz der tiefen Enttäuschung durch seine Ehefrau nicht. Am besten wäre, er würde eines Tages beim Schwimmen im Meer einen Herzinfarkt bekommen. Ein bedauerlicher Unfall, der bei einem älteren Mann wie ihm ja durchaus einmal vorkommen kann.

»Woran denkst du?«, fragt Gunnar und küsst sie auf den Bauchnabel.

Elena antwortet nicht und betrachtet weiter die Wolken über ihr.

»Du willst es mir wohl nicht sagen, was?«, bohrt Gunnar.

»Nein, ich kann nicht.«

»Warum nicht?«

»Du würdest es nicht verstehen.«

»Lass es mich versuchen«, bittet er.

»Also gut. Ich denke daran, dass es das Beste wäre, wenn Hans sterben würde. Dann wäre ich nicht nur frei, sondern auch noch reich.«

Gunnar sieht sie an und schnappt nach Luft.

»Siehst du, ich habe dir ja gesagt, dass du es nicht verstehen würdest.«

Gunnar hat sich so oft gewünscht, dass der Alte nicht mehr ist, damit Elena endlich frei für ihn wäre. Doch die Worte aus Elenas Mund sind neu und fremd für ihn. Sie sind kalt und verursachen eine Gänsehaut bei ihm. Sie, die bis jetzt immer so erpicht darauf war, ihre Ehe zu retten, spricht auf einmal offen über den Tod ihres Gatten, als wäre es nichts.

»Elena … wie kommst du jetzt darauf?«, fragt er irritiert.

»Ach vergiss es, Gunnar.«

Er nimmt ihre Hand und sieht ihr direkt in die Augen.

»Was ist passiert?«

Sie fängt an zu weinen. Es ist ganz leicht. Die Tränen, die sie immer zurückgehalten hat, sind immer noch da. Es ist leicht, sie herauszulassen und Gunnar das Gefühl des Beschützers zu verleihen.

»Schhhhh. Elena, Liebes … keine Angst! Ich bin doch da.«

Sie putzt sich die Nase.

»Ich glaube, dass Hans sich von mir scheiden lassen will. Er … er … war so gemein!«

Beschützend nimmt Gunnar Elena in die Arme und streicht ihr sanft über den Rücken.

»Mach dir keine Sorgen, Liebes. Ich bin für dich da!«

Elena schüttelt den Kopf und schluchzt: »Hans wird es mir schwer machen. Es wird eine schmutzige Scheidung werden, das weiß ich. Keinen Cent werde ich bekommen … und keinen Fuß mehr auf die Erde. Nein, Gunnar, am besten, ich gehe von hier weg.«

»Das wirst du nicht! Es wäre ja noch schöner, wenn du jetzt einfach so davonlaufen würdest.«

Elena antwortet nicht.

Gunnar hat Angst, dass Elena tatsächlich von hier fortgehen wird.

Sie ist nicht der Typ Frau, die sich die Brötchen an der Supermarktkasse verdienen wird. Nein, Elena wird sich wieder einen reichen Mann suchen. Schön, wie sie ist, wird das nicht allzu lange dauern. Und er, Gunnar, wird sie für immer verlieren.

»Ich wünschte, er wäre tot! Warum kann er nicht einfach in seiner verfluchten Badewanne ertrinken? Oder hier im Meer?« Mit einer ausladenden Geste weist Elena auf das Wasser, das mit seinen hohen Wellen und den weißen Schaumkronen auf einmal wie ein Ungeheuer auf sie wirkt. Das Rauschen der Wellen und der Wind sind so laut, dass ihre Worte wie Gischt über die Dünen getragen werden. Niemand außer ihnen kann sie hören, doch in Gunnars Kopf haben sie sich fest eingebrannt.

10. KAPITEL
DER PLAN

Irgendwie hat Alma das Gefühl, dass sie die Frau schon einmal irgendwo gesehen hat. Sie schüttelt den Kopf. Auf der Insel gibt es so viele Urlauber, vielleicht stand sie ja schon einmal in irgendeinem Geschäft oder auf dem Markt neben ihr. Ungeduldig läuft die Schwarzhaarige im Laden auf und ab. Alma steht an der Kasse und nimmt gerade das Geld eines Kunden für eine große Treibholzlampe entgegen, die sie soeben verkauft hat. Lisa wird sich über die guten Umsätze freuen, die Alma in den letzten Tagen gemacht hat. Es war allerdings auch recht anstrengend, den ganzen Tag über die Kunden zu bedienen und zu beraten. Gut, dass ich das nicht mehr jeden Tag tun muss, denkt Alma. Ab einem gewissen Alter hat der Ruhestand schon seine Berechtigung. Sie übernimmt gerne die Vertretung für Lisa, freut sich aber auch schon wieder auf ihr stilles Leben im »Heidehüs« mit Johann.

»Ist die Chefin nicht da?«, fragt die Frau sofort, als der Kunde das Geschäft verlassen hat.

»Bedauerlicherweise nicht. Kann ich vielleicht etwas für Sie tun?«, lächelt Alma freundlich.

Die schwarzhaarige Frau nickt und antwortet in knappen Worten, dass ihr Name Müller sei und sie gerne »ihr« Zimmer wieder für eine Nacht buchen möchten. Natürlich hat Lisa Alma von dem geheimen Liebespärchen »Müller« erzählt, sodass Alma weiß, wen sie hier vor sich hat, und nicht viel erklären, sondern nur den Schlüssel herausgeben muss. Sie sieht den beiden nach, wie sie die enge Treppe nach oben gehen. Diese »Frau Müller« ist zwar sehr schön, doch hat sie auch einen Gesichtsausdruck, der etwas hart wirkt. Alma hat schon viele Menschen in ihrem Leben kennengelernt, und sie sieht der Dame an, dass diese schon einige weniger schöne Dinge erlebt haben muss. In ihren Augen, die Alma nur kurz sehen kann, weil Frau Müller sofort die Sonnenbrille wieder aufsetzt, ist keine Wärme. »Herr Müller«, ein durchaus gut aussehender Bursche, läuft ihr nach wie ein junger Hund. Er scheint ihr vollkommen hörig zu sein.

Wie machen solche Frauen das nur?, denkt Alma. Es muss etwas Sexuelles sein, das diesen jungen Mann derart fesselt. Denn gut aussehende Frauen, noch dazu solche, die jünger sind als dieses Exemplar, gibt es schließlich mehr als genug. Besonders hier auf der Insel.

Alma zuckt die Schultern. Es kann ihr ja egal sein, welcher Art diese Beziehung ist. Hauptsache, sie kann Lisa den Laden und eine volle Kasse ordentlich übergeben!

»Ich weiß, was wir tun werden!«, sagt Gunnar geheimnisvoll.

»Was meinst du damit?«

Gelangweilt zieht Elena ihre Bluse wieder an.

»Ich habe eine Lösung für unser Problem gefunden. Im Internet!«

»Ach, Gunnar. Es gibt keine Lösung. Hans will sich von

mir scheiden lassen. Ich werde von hier fortgehen und ein neues Leben anfangen.«

»Mit mir, Elena. Ich werde für dich sorgen«, bittet er. Er weiß zwar noch nicht, wie er das finanziell bewerkstelligen soll, denn sein Verdienst als Reitlehrer reicht gerade, um seine eigenen Kosten zu decken und den Unterhalt für den Lütten zu bezahlen, der in Flensburg bei seiner Mutter lebt. Elena ist eine anspruchsvolle Frau, die sicher nicht allzu viel selbst zu ihrem gemeinsamen Lebensunterhalt beitragen würde. Außerdem weiß sie noch gar nichts von dem Jungen, mit dessen Mutter Gunnar vor sechs Jahren eine kurze, aber intensive Beziehung hatte.

Doch Elena lacht und streicht ihm über die Haare.

»Du weißt, dass das nicht geht, Dorogoj. Du kannst nicht für mich sorgen.«

Er weiß, dass Elena es ernst meint. Sie wird von hier fortgehen und sich einen anderen reichen Mann suchen. Und er wird sie für immer verlieren! Das kann Gunnar nicht zulassen. Er kann nicht ohne Elena leben!

»Und wenn der Alte wirklich tot wäre?«

Elena sieht Gunnar an.

»Was meinst du?«

»Ich meine, wenn Hans Ewers sterben würde. So, wie du neulich gesagt hast. Wenn er in der Nordsee bei seinem geliebten Schwimmen ertrinken würde. Was wäre dann?«

»Dann wäre ich seine Witwe, was sonst?«, lächelt Elena.

Sie hat Gunnar genau, wo sie ihn haben wollte. Es war gar nicht so schwer. Sie musste nur ein paarmal ein bisschen weinen und ihm sagen, wie sehr sie unter der Situation mit Hans litt. Und Gunnar androhen, dass sie fortgehen würde, wenn Hans sich von ihr scheiden lässt. Sie weiß, dass Gunnar das nicht aushalten wird.

»Das heißt, du würdest dann hierbleiben?«, fragt Gunnar.

»Natürlich, Dorogoj. Wo denn sonst? Warum sollte ich aus diesem wundervollen Haus ausziehen? Dann könntest du dort bei mir sein! Aber leider …«

Welch wundervoller Gedanke, mit Elena in diesem Traumhaus leben zu können. Gunnar sieht versonnen aus dem Fenster. Sie müssten sich nicht mehr verstecken und könnten endlich einmal auch das schöne Leben genießen, das Gunnar bis jetzt immer nur neidisch von außen betrachtet hat.

»Was leider?«

»… leider wird das nicht geschehen, Gunnar. Wir dürfen uns keinen naiven Wunschträumen hingeben. Hans ist ein exzellenter Schwimmer und topfit.«

»Hast du nicht gesagt, er muss Herztabletten nehmen? Dann ist er doch nicht topfit, Elena!«, gibt Gunnar zu bedenken.

»Ja, das muss er. Aber glaub mir, Hans ist sein Leben lang ein guter Schwimmer gewesen. Es wird ihm nichts passieren.«

»Es sei denn …«, Gunnar spielt mit Elenas Haarsträhne und beginnt erneut, ihre Bluse aufzuknöpfen.

»Es sei denn?«, fragt sie leise.

»Es sei denn, man würde ein wenig nachhelfen.«

»Gunnar! Sei nicht verrückt! Das können wir nicht!«, entfährt es Elena in gespielter Entrüstung.

Dabei hat sie selbst Gunnar doch unzählige Male auf diesen Gedanken gebracht.

»Wir nicht«, sagt er mit einem geheimnisvollen Lächeln, »aber ich weiß, wer es könnte!«

Heute Abend wird er mit ihr reden. Die Fotos, die der Detektiv von Elena und diesem Reitlehrer gemacht hat, sind Beweis genug für ihre Untreue. Das, was Hans in den ganzen letzten Wochen vermutet hat und auch durch Blicke und Andeutungen seiner Freunde zu Misstrauen geführt hat, ist zur traurigen Gewissheit geworden. Obwohl ihn diese Demütigung schmerzt, ist ihm doch bewusst, dass er so sein Leben nicht fortsetzen kann und will. Natürlich wird er ihr behilflich sein, eine eigene Wohnung zu finden. Doch eine Abfindung als Dankeschön für ihren Verrat zu erwarten, wäre eindeutig zu viel verlangt. Sie hat seine Gutmütigkeit lange genug ausgenutzt!

Natürlich hat er bemerkt, dass Elena in den letzten Wochen immer wieder versucht hat, das Ruder noch mal herumzureißen und seine Gunst wieder zu gewinnen. Doch Hans lässt sich nicht mehr auf der Nase herumtanzen! Sie hat ihn in seiner männlichen Ehre zu sehr verletzt! Und das alles nur in dem Glauben, durch ihre Schönheit habe sie Macht über ihn. Aber da hat sie sich diesmal getäuscht!

Seine Kinder, die Elena von Anfang an misstrauten, haben recht gehabt.

Aber noch ist es nicht zu spät. Hans kann sein Leben auch alleine schön gestalten. Er braucht keine Frau, die ihn belügt und betrügt und mit seinem Geld ein neues Leben aufbauen will. Schließlich gibt es auch noch andere Frauen. Frauen wie Britt, die ehrlich und anständig sind und die Gesellschaft eines kultivierten Mannes durchaus zu schätzen wissen.

Hans zieht seine Badehose an, nimmt ein Handtuch unter den Arm und verlässt das Haus.

Am Strand setzt er sich für einen Moment in einen der zahlreichen Strandkörbe und lässt seinen Gedanken freien Lauf. Die frische Luft tut ihm gut, und er schließt einen

Moment die Augen. Seine Gedanken wandern zurück zu dem Tag, als er Elena das erste Mal mit nach Sylt genommen hat. Wie begeistert sie war von dem wilden Meer, den hohen Wellen, dem weichen weißen Sand. Mutig hatte sie sich in die Brandung gestürzt und wie ein Kind über die Kraft des Meeres gefreut. Anschließend hatte sie sich in seine Arme gekuschelt und im Strandkorb von der warmen Sonne trocknen lassen. Hand in Hand waren sie am Meer entlanggelaufen, und sie hatte sich immer wieder gebückt, um eine hübsche Muschel aufzuheben, die sie zu Hause in einem großen Glas auf der Fensterbank dekoriert hatte. Wie lange ist das her? Es kommt Hans vor, als sei es ein anderes Leben gewesen. In gewisser Hinsicht war es das ja auch. Ein unbeschwertes Leben voller Freude auf jeden neuen Tag. Hans hatte sich unsterblich in diese junge Frau verliebt, die ihn mit ihrem Charme und ihrer Mischung aus Unbekümmertheit und gleichzeitig tiefgründigen Gedanken immer wieder aufs Neue faszinierte. Dass ihm in seinem Alter noch einmal jemand derartig den Kopf verdrehen konnte! Dankbar war er gewesen für dieses Geschenk des Himmels, noch einmal solche Gefühle intensiv erleben zu dürfen. Und auch Elena schien glücklich zu sein. Wie oft hatte sie ihm gesagt, wie sehr sie das Leben auf Sylt liebe. Gut, es gab Zeiten, in denen sie die Großstadt vermisste. Auch wäre sie gerne einmal mit ihm tanzen gegangen. Aber sie hatte sich nie beklagt! Sie war immer liebevoll und anschmiegsam gewesen, hatte seine Opern mit gehört, obwohl er wusste, dass sie Klaviermusik von Chopin bevorzugte und in ihrem Auto Popmusik zu hören pflegte. Sie waren sich doch immer genug gewesen und hatten ihre harmonische Zweisamkeit zu schätzen gewusst. Wie konnte es nur so weit kommen, dass sie dieses Gefühl verloren?

Hans wischt sich eine Träne aus den Augenwinkeln und richtet sich auf.

Wie üblich hat das Meer eine heilende Wirkung auf ihn. Hans schwimmt zügig hinaus und legt sich dann auf den Rücken. Ganz ruhig lässt er sich von den Wellen treiben. Über ihm zieht eine weiße Möwe ihre Runden. Die Sonne scheint hell auf sein Gesicht. Auf einmal wird er ganz ruhig. Er schließt die Augen. Der ganze Ärger fällt von ihm ab. Vielleicht sollte er doch noch einmal auf Elenas Versuche, mit ihm zu reden, eingehen. Eigentlich möchte er sie nicht verlieren. Er kann sich beim besten Willen nicht vorstellen, dass er nie wieder ihr fröhliches »Guten Morgen, Liebling« hören und er stattdessen alleine auf der Terrasse frühstücken wird. Nein, eine Britt oder irgendeine andere Frau wird ihm niemals das geben können, was er bei Elena empfunden hat. Dass sie ihn betrogen hat, steht fest und ist für ihn unverzeihbar. Allerdings ist er selbst vielleicht nicht so ganz unschuldig daran gewesen, muss er sich nun eingestehen. Schließlich hat er sie jahrelang nicht angerührt. Wie konnte er glauben, dass eine junge und heißblütige Frau wie Elena auf körperliche Liebe verzichten kann! Richtige Liebe scheint es jedenfalls mit diesem Typen nicht zu sein. Sonst hätte sie nicht immer wieder versucht, sich mit Hans zu versöhnen. Vielleicht war sie ja einfach nur unausgelastet und würde diese Spinnerei aufgeben, sobald sie eine neue Aufgabe hatte? Er hatte ihre Idee mit dem Laden als Hirngespinst abgetan, aber vielleicht brauchte Elena einfach eine sinnvolle Aufgabe. Den Termin, den Hans mit Dr. Janssen in Hamburg in der nächsten Woche ausgemacht hat, wird Hans auf jeden Fall wahrnehmen. Gar nicht sicher dagegen ist, dass Hans sich wirklich scheiden lassen will.

»Es muss bald sein!« spricht Elena in ihr Geheimhandy, das sie extra angeschafft hat, um mit Gunnar gefahrlos telefonieren zu können. Glücklicherweise hatte sie bei einem ihrer letzten Hamburg-Besuche Igor, einen alten Bekannten, getroffen. Igor, der durch zahllose Tätowierungen und mehrere Narben im Gesicht, die er bei einer Messerstecherei erworben hat, ein furchteinflößendes Aussehen und deshalb den Beinamen »Igor, der Schreckliche« hat, kommt wie sie aus Russland und schlägt sich seit Jahren mit allerlei zwielichtigen Geschäften in Hamburg durch. Igor hatte ihr zwei nagelneue, vermutlich gestohlene Smartphones verkauft, gegen Bargeld und ohne Quittung versteht sich. Beim Gedanken an Igor muss Elena lächeln. Er war ein treuer Verehrer von ihr gewesen, aber natürlich als Mann und Lover für sie komplett indiskutabel. Seine Intelligenz reichte gerade von seinem Kampfsportstudio bis zur »Red Rose«-Bar, in der er Stammgast war. Er hatte sie jedoch nachts öfter nach Hause begleitet, was sich das eine oder andere Mal durchaus als hilfreich erwiesen hatte, wenn ein allzu aufdringlicher Gast draußen vor der Tür bereits auf sie gewartet hatte. Hätte auch nur einmal einer von ihnen Elena belästigt, wäre Igor mit Sicherheit nicht zimperlich mit ihm umgesprungen. Igor war Einzelkämpfer beim russischen Militär gewesen, ihm graute vor nichts. Was Elena anging, so hatte er immer gewusst, dass sie ihn nur als ihren Beschützer sah und ihm dafür nicht mehr als ein wenig Aufmerksamkeit und ein freundliches Gespräch zu geben bereit war.

Natürlich hatte er sich neulich riesig gefreut, sie nach all den Jahren wiederzusehen, und ihr deshalb nur zu gerne mit den Handys für sich und Gunnar einen Gefallen erwiesen.

»Was? Elena, ich verstehe dich nicht. Ich bin auf dem Poloplatz in Keitum. Die Fallschirmspringer landen gerade zur Eröffnung, und hier ist so viel los … sprich bitte etwas lauter!«

»Ich kann nicht. Gunnar, ich habe zufällig in Hans' Terminkalender einen Termin für nächste Woche bei seinem Anwalt entdeckt! Es ist also wahr, er will die Scheidung! Wenn er diesen Termin wahrnimmt und danach plötzlich einen Badeunfall hat, wird doch jeder wissen, dass ich dahinterstecke!«

Ihre Stimme klingt ängstlich und verzweifelt, sie weint.

»Gut, Liebling. Keine Sorge. Ich kümmere mich darum. Komm heute Nachmittag nach Hörnum, dann besprechen wir alles in Ruhe.«

Irgendwie hat Elena das Gefühl, dass diese komische Alte ihr bis auf den Grund ihrer Seele schauen kann. Ihre hellblauen Augen sehen sie durchdringend an, als sie ihr den Zimmerschlüssel überreicht und ohne zu lächeln sagt: »Sie kennen sich ja aus.«

So, als wüsste sie Bescheid. Herrgott, was geht die denn ihr Liebesleben an? Niemanden geht ihr Leben etwas an! Wortlos nimmt Elena den Schlüssel entgegen und stöckelt nach oben.

Sie ist viel zu aufgeregt, um einen klaren Gedanken zu fassen. Doch sie muss zur Ruhe kommen! Vielleicht wird der Sex mit Gunnar ja dabei helfen, sich zu entspannen. In dem Moment, in dem sie den Termin mit Dr. Janssen in Hans' Kalender entdeckt hat, war ihr klar, dass etwas geschehen muss.

»Gunnar … endlich!«

Weinend sinkt sie in die Arme des Geliebten. Das Weinen fällt ihr überhaupt nicht schwer. Schließlich hat sie Angst um ihre Existenz, da kann man schon einmal ein paar Tränchen vergießen.

»Schschsch … alles wird gut«, tröstet Gunnar sie und streichelt behutsam über ihren Rücken.

Eigentlich schade, dass Elena auch ihn nicht lieben kann. Er hätte es verdient.

»Was sollen wir nur tun?«, schluchzt sie leise an seiner Schulter.

»Nun, am einfachsten wäre natürlich, du wartest erst einmal den Termin ab. Wer weiß, was dabei herauskommt«, sagt Gunnar.

»So ein Blödsinn! Es ist doch klar, was dabei rauskommt! Hans weiß Bescheid. Dieser Detektiv hat ihm sicher irgendeinen Quatsch erzählt, ganz zu schweigen von den blöden Nachbarinnen. Nein, Hans wird nicht lange fackeln. Er lässt sich bei Dr. Janssen beraten, wie er am besten aus unserer Ehe herauskommt. Und das war es dann. Dann ist unser schönes Leben vorbei, Dorogoj. Ich muss dann hier fort. Aber wer weiß, vielleicht sehen wir uns ja irgendwann einmal wieder …«, sagt sie bedeutungsvoll und wischt sich eine Träne von der Wange.

»Nein, Elena! So weit darf es nicht kommen. Dann müssen wir eben in Gottes Namen Plan B ausführen. Meine Güte, nicht, dass ich es je zum Äußersten kommen lassen wollte …«

»Ich doch auch nicht!«, antwortet Elena und sieht ihn traurig an. »Aber er zwingt uns dazu!«

»Er ist ein alter Mann, Elena. Wahrscheinlich stirbt er sowieso bald. Nur, dass du dann nichts mehr davon haben wirst.«

Gunnar steht auf und steckt sich eine Zigarette am Fenster an.

»Natürlich nicht. Ich werde als geschiedene Frau komplett leer ausgehen. Während es sich Britt oder sonst eine von seinen alten Freundinnen in dem traumhaften Haus gemütlich macht. In dem Haus, in dem wir beide zusammen leben könnten.«

Sie sieht an Gunnars Gesicht, wie es in ihm arbeitet. Seine Gesichtsmuskeln zucken.

»Wir könnten zusammen auf die Shetlandinseln reisen … oder nach Italien … oder gleich eine Weltreise machen. Überhaupt könnten wir es uns mit dem vielen Geld so richtig schön machen! Wir müssten nicht arbeiten, könnten reiten, wann immer wir wollen … oder uns lieben …«

Elenas Worte verfehlen ihre Wirkung auf Gunnar nicht.

»Also gut«, sagt er und atmet tief durch. »Ich habe dir ja gesagt, ich weiß eine Lösung.«

»Wie soll diese Lösung denn aussehen?«, fragt Elena und lächelt.

»Nun, es gibt gewisse Personen, die bereit sind, ›gewisse Dienstleistungen‹ zu erbringen. Auch Dinge, die man normalerweise nicht tut.«

Gunnar macht eine Pause.

»Und woher kennst du so jemanden, Dorogoj?«

Elena streichelt zärtlich über seinen Rücken und spürt, dass er zittert.

»Na, woher wohl? Liebste, heutzutage kannst du alles im Internet bestellen: Essen, Klamotten, Bücher … und sogar einen Mörder.«

»Was? Das habe ich ja noch nie gehört!«

»Es gibt da eine Plattform. Das sogenannte ›Darknet‹, da bekommst du alles, was du willst. Wir müssen nur wissen, wie wir es haben wollen.«

Elena schenkt ihm einen ungläubigen Blick, doch sie denkt nach.

»Es muss auf jeden Fall wie ein Unfall aussehen! Hans sollte einfach wie jeden Tag schwimmen gehen und nicht wiederkehren. Er wäre nicht der Erste, dem das Meer das Leben nimmt! Das kommt schließlich jedes Jahr vor. Es darf nur niemand auf die Idee kommen, dass ich etwas damit zu tun habe. Sonst lande ich im Gefängnis und unser Traum wird nie wahr werden«, sagt sie laut.

»Psssst, sei doch leise, Liebes! Oder willst du, dass dieser komische Vogel da unten uns hört?«

»Der ›Vogel da unten‹ ist doch alt. Die braucht wahrscheinlich schon ein Hörgerät«, antwortet Elena, doch sie hat die Stimme gesenkt. »Und es gibt wirklich jemanden, der diese – *Arbeit* übernehmen würde?«

»Oh ja. Für Geld natürlich«, nickt Gunnar.

»Wie viel Geld?«

Elena ist bewusst, dass sie so schnell keine größere Summe aufbringen kann. Und Gunnar schon gar nicht.

»Das muss ich erst herausfinden. Ich habe mich noch nicht darum gekümmert, weil ich nicht wusste, wie ernst es dir ist«, antwortet er nun.

»Sehr ernst«, gibt Elena zur Antwort und küsst ihn.

»Ich wünschte, es wäre nicht so. Aber ich weiß einfach keine andere Lösung.«

Sanft streicht er über ihr Haar. Sein Blick ist ernst und voller Liebe. Er würde alles für sie tun, das sieht Elena in seinem Blick.

»Aber es müsste bald sein, Gunnar! Noch vor dem Anwaltstermin. Sonst weiß wie gesagt jeder, dass ich dahinterstecke, wenn Hans sich von mir scheiden lassen will und ihm plötzlich etwas zustößt.«

Gunnar nickt.

»Ich kümmere mich darum und werde alles organisieren. Ich werde dir genau sagen, wann die Aktion stattfinden soll. Sorge dafür, dass du ein paar Tage nicht zu Hause bist. Fahr zu Irina nach Hamburg oder sonst wohin, sodass du auf jeden Fall ein todsicheres Alibi hast. Alles Weitere besprechen wir noch.«

Elena zieht Gunnar an sich. Doch sie spürt, dass er heute nicht richtig bei der Sache ist. Er wird doch nicht etwa kalte Füße bekommen und es sich anders überlegen?

»Alles in Ordnung bei euch?«, fragt Lisa.

»Du kannst dich freuen, der Laden läuft gut!«, antwortet Alma am anderen Ende der Leitung.

Trotz dieser positiven Nachricht hört sich ihre Stimme müde an.

Lisa hat ein schlechtes Gewissen, dass sie Alma so lange mit dem Geschäft alleine lässt.

»Bald bin ich wieder da. Dann kannst du wieder zurück zu Johann ins ›Heidehüs‹«, sagt sie zu Alma.

»Bring du erst einmal deine Dinge in Ordnung. Wie läuft es überhaupt? Hast du Andreas einmal gesehen?«

»Ja, neulich Abend war ich kurz in meinem ehemaligen Zuhause. Es hat sich komisch angefühlt. So viele Jahre war das Haus meine Heimat, und nun kommt es mir auf einmal so fremd vor. Das liegt auch daran, dass Andreas all meine persönlichen Dinge entfernt hat.«

Es war ein merkwürdiges Gefühl gewesen, zum ersten Mal seit einem Jahr das Haus wieder zu betreten und verändert wiederzufinden. So war zum Beispiel der Sessel vor dem Fenster, in dem sie so gerne gesessen und gelesen hatte, ebenso von Andreas entfernt worden wie einige Bilder, an denen ihr Herz hing. Sie wurden offensichtlich ersetzt durch neue Kunstdrucke, die mehr dem Geschmack von Andreas oder vielleicht sogar seiner Freundin entsprechen.

»Hat es sehr wehgetan?«, fragt Alma besorgt.

»Schon ein bisschen. Besonders, weil Andreas nur kühl gesagt hat, er habe viel in den Keller gebracht und ich könne mir heraussuchen, was ich davon haben will. Ansonsten würde er alles verschenken oder an die Straße stellen. All die Dinge, die wir im Laufe unserer Ehe angeschafft haben! Auf einmal sind sie nichts mehr wert.«

»Möchtest du sie denn haben? Du kannst doch sicher noch das eine oder andere in deiner Wohnung gebrauchen«, fragt Alma mitfühlend.

»Ich weiß nicht, Alma. Ich glaube, es hängen zu viele Erinnerungen daran. Vielleicht sollte ich das Ganze hinter mir lassen.«

»Ich denke, es wird Andreas genauso gehen, Lisa. Deswegen hat er die Sachen auch aus seinem Umfeld entfernt. Weil sie ihn zu sehr an eure gemeinsame Zeit erinnern! Ihr müsst beide neu anfangen – mit neuen Menschen und mit neuen Dingen, die euch von nun an begleiten werden.«

»Ich glaube, dass ihm das sehr viel besser gelingt als mir. Ich war schon immer viel anhänglicher und tue mich schwer damit, Menschen und Dinge loszulassen. Er dagegen scheint damit überhaupt kein Problem zu haben«, seufzt Lisa.

»Das täuscht vielleicht. Männer tun immer so, als würde ihnen dieser ›emotionale Kram‹ nichts ausmachen. Aber du weißt nicht, wie es in ihm wirklich aussieht.«

»Vielleicht hast du ja recht. Ich bin so froh, wenn ich diesen blöden Scheidungstermin hinter mir haben werde!«

»Und du bist dir wirklich sicher, dass es die richtige Entscheidung ist? Noch kannst du einen Rückzieher machen«, gibt Alma zu bedenken.

»Nein, es ist richtig, das fühle ich. Trotz der ganzen sentimentalen Erinnerungen und der gewissen Traurigkeit über den bevorstehenden Abschied spüre ich doch, dass ich hier nicht mehr zu Hause bin. Bei Ann-Sophie natürlich schon, aber diese Herzensheimat werde ich auch behalten, ganz egal, wo ich oder sie leben werden.

Ich bin so froh, dass sie mit ihrer kleinen Familie ihr Glück gefunden hat. Und weißt du was, Alma? Ich habe jetzt schon wieder Heimweh nach Sylt!«

»Dann scheinst du tatsächlich hier auf der Insel angekommen zu sein!«, lacht Alma.

»Ich freue mich schon darauf, wieder mit dir auf der schönen Terrasse im ›Heidehüs‹ zu sitzen und auf das Watt und die Heide zu schauen«, antwortet Lisa.

»… und dabei ein Stück Butterkuchen zu essen und Schlehenlikör zu trinken?«, lacht Alma.

»Genau! Ich kann es kaum erwarten. Eigentlich freue ich mich sogar schon auf die Herbststürme, die ums Haus wehen … und das Kaminfeuer … und den Blick aus meinem Fenster, wenn das Licht des Leuchtturms hineinscheint.«

»Meiner Meinung nach muss es nicht so schnell Herbst werden«, antwortet Alma lachend und setzt hinzu: »Hat Sven sich gemeldet?«

»Er ruft jeden Tag an und sagt, er vermisst mich. Ich glaube, er hat ein schlechtes Gewissen, weil er nicht mit an den Bodensee gekommen ist.«

»Na siehst du! Du schaffst das auch alleine, mien Deern. Und dann kommst du zurück, und ihr könnt gemeinsam wieder Sylt genießen.«

»… und das Kaminfeuer!«, antwortet Lisa lachend. »Gibt es sonst etwas Neues?«

»Nö. Johann tüddelt nach wie vor in seinem Kiosk herum und unterhält die Gäste. Ach ja, deine Zimmer habe ich auch ein paarmal vermietet. Es gibt ja schon seltsame Gäste.«

»Das bedeutet, du hast das geheime Liebespärchen kennengelernt?«, fragt Lisa und schmunzelt in sich hinein.

»Na klar! Also wenn du mich fragst, ist diese ›Frau Müller‹ eine ganz seltsame Person«, sagt Alma.

»Findest du? Sie ist doch sehr schön. Jedenfalls scheinen die Männer das zu finden«, antwortet Lisa.

»Ich finde sie sehr merkwürdig. Und schön finde ich sie eigentlich auch nicht. Ich finde nur Menschen schön, die das von innen her ausstrahlen. Das tut sie nicht. Sie kommt mir irgendwie – kaputt vor.«

»Kaputt? Aber Alma, ich kenne keine Frau, die sorgfältiger zurechtgemacht ist als Frau Müller!«

»Äußerlich schon. Ich spreche von ihrem Inneren, von ihrer Seele. Die kann man an den Augen erkennen, Lisa. Wenn ich deine Seele beschreiben müsste, so würde ich sagen: himmelblau, obwohl deine Augen eher grau sind. Die Seele von Frau Müller dagegen ist nicht hellgrün wie ihre Augen. Sondern tiefschwarz.«

11. KAPITEL
TÖDLICHES WASSER

Unruhig geht Gunnar auf dem Platz des Poloturniers auf und ab. Auch heute haben sich wieder viele Menschen eingefunden, um bei dem aufregenden Spiel des Teams »König Pilsener« gegen das Team »Lanson« dabei zu sein und mitzufiebern, wenn sich die Reiter mit waghalsigen Aktionen aus dem Sattel lehnen und in rasanter Geschwindigkeit um den Ball kämpfen.

In ein paar Tagen wird der »Sylter Horse Day« mit einem großen Showprogramm, das Voltigieren, Dressur und eine Einführung in die Polowelt beinhaltet, stattfinden. Doch Gunnars Gedanken sind ganz woanders. Seine Recherche im Darknet hat nicht zu dem gewünschten Ergebnis geführt. Natürlich würde es jemanden geben, der ihren Plan in die Tat umsetzen würde, doch derjenige will viel Geld dafür. Viel zu viel Geld. Um genau zu sein: 100.000 Euro in sogenannten Bitcoins, was die Sache noch unsicherer und komplizierter macht. Weder Elena noch er verfügen über diese Mittel, und nun sucht Gunnar nach Worten, um Elena begreiflich zu machen, dass ihr Plan nicht verwirklicht werden kann.

Müde lässt Gunnar sich auf den Boden sinken und stützt den Kopf in die Hände. Er steckt sich eine Zigarette an und inhaliert tief den Rauch.

Sein Handy klingelt. Gunnar zieht das Gerät aus der Tasche, das Elena ihm besorgt hat, um sicherzugehen, dass ihre Gespräche geheim bleiben. Doch er nimmt das Gespräch nicht an. Er kann jetzt nicht mit ihr sprechen. Er muss sich erst überlegen, wie er ihr die Nachricht, dass aus ihrem Plan nichts werden kann, schonend beibringen kann.

»Alles in Ordnung?«

Es ist sein Kollege und Freund Karsten, der mit einem Bier vor ihm steht und zweifelnd auf ihn herunterschaut.

»Klar. Was soll denn nicht in Ordnung sein?«, antwortet er gereizt.

»Na, hör mal. Da vorne sitzen die geilsten Weiber, trinken Champagner und warten nur darauf, dass zwei so coole Typen wie wir sie anquatschen. Und was machst du? Sitzt hinter dem Zelt und schaust nicht einmal beim Polo-Spiel zu. Außerdem klingelt dein Handy wie verrückt, und du gehst einfach nicht ran. Also wenn du mich fragst, ist da einiges nicht in Ordnung«, sagt Karsten grinsend.

»Ach, das ist nur eine aufdringliche Schülerin von mir. Die will nicht nur Reitstunden nehmen, wenn du weißt, was ich meine.«

»Soso … eine Schülerin? Ich hoffe doch, sie sieht wenigstens gut aus«, antwortet Karsten.

»Das ist es ja gerade, ganz im Gegenteil. Was meinst du, warum ich nicht rangehe?«, grinst Gunnar.

»Hast du auch ein Bier für mich?«

Eine Stunde und zwei Bier später fühlt sich Gunnar endlich in der Lage, Elena zurückzurufen.

Wie er es vorausgesehen hat, ist sie nicht begeistert von seinen Neuigkeiten.

»Du hast gesagt, da gebe es jemanden! Und jetzt? Ich

hätte wissen müssen, dass es wieder nur eine Schnapsidee von dir war!«, entfährt es ihr.

»Ich konnte ja nicht ahnen, dass die so viel Geld dafür wollen!«, verteidigt Gunnar sich.

»Und nun? Blasen wir die ganze Sache ab?«, fragt Elena entrüstet.

»Hast du vielleicht 100.000 Euro? Dann ziehen wir es durch. Ich habe sie jedenfalls nicht«, sagt Gunnar mit fester Stimme.

Elena geht darauf nicht ein.

»Ich habe mich auf dich verlassen. Was soll ich denn jetzt Irina sagen? Ich habe mit ihr ausgemacht, dass ich übermorgen nach Hamburg komme und wir gemeinsam zu einer großen Modenschau gehen.«

»Das kannst du doch trotzdem machen. Elena, ich … es tut mir wirklich leid …«, stammelt Gunnar.

»Es tut dir leid? Ja, Gunnar. Das tut es mir auch. Nun, dann ist es eben so.«

Elena ist mehr als verärgert, das spürt Gunnar. Und sie gibt ihm die Schuld dafür, was noch schlimmer ist.

»Liebes, ich möchte dich sehen! Wir besprechen das alles noch einmal. Irgendwie wird es doch weitergehen«, versucht er mit sanften Worten, ihre Stimmung zu ändern.

»Nein, Gunnar. Das tut es nicht. Und *irgendwie* schon gar nicht. Du hast recht, ich werde trotzdem nach Hamburg fahren. Vielleicht habe ich ja Glück und lerne dort einen anderen netten Mann kennen, der mich auffangen wird, wenn Hans mich verlässt.«

»Aber Liebling, du weißt doch genau, dass ich dich auch auffangen werde!«, antwortet Gunnar.

»Ach, Gunnar. Das sagst du jetzt. Da wird doch auch nichts draus. Genauso wenig wie aus allem anderen, was du schon auf die Beine stellen wolltest. Das beste Beispiel ist doch jetzt unser Plan. Ich hätte wissen müssen, dass daraus nichts wird und ich mich nicht auf dich verlassen kann. Am besten, wir vergessen das Ganze. Also dann, leb wohl.«

»Elena, das kannst du doch nicht machen! Komm nach Hörnum, und wir reden noch einmal über alles. Ich will dich nicht verlieren!«

Gunnars Stimme klingt verzweifelt, und Elenas Wut über seine Unfähigkeit beginnt ein ganz klein wenig zu verrauchen.

»Gut. Wir treffen uns. In einer Stunde. In Hörnum.« Sie atmet tief durch und legt auf.

Sie ist schon da, als Gunnar kommt. Doch im Gegensatz zu sonst brennt keine Kerze, und kein Champagner steht bereit. Als er Elena in die Arme nehmen will, schiebt sie ihn zurück. Unruhig geht sie auf und ab.

»Elena, es muss eine andere Lösung geben!«, sagt Gunnar ernst.

»Ach ja, und welche? Dass wir abwarten, bis Hans von alleine stirbt? Bis dahin sind wir längst geschieden und ich dank des ausgeklügelten Ehevertrages arm wie eine Kirchenmaus. Das habe ich dir doch schon alles erklärt. Nein, es gibt keine andere Lösung. Sobald Hans beim Anwalt war, ist mein Schicksal besiegelt. Am besten, ich gehe gleich von hier fort. Zurück nach Hamburg. Es gibt ja auch noch andere Männer … aber es war schön mit dir, Gunnar!«

Mit trauriger Miene wendet sich Elena zum Gehen.

»Warte, Elena. Bitte geh nicht!«

Er hält ihre Hand fest, so, als könne er sie auf diese Weise für immer an sich ketten. Doch sie entzieht sie ihm und geht zur Tür.

»Ich will dich nicht verlieren!«

Gunnars flehender Blick erreicht Elenas Augen, und sie bleibt stehen.

»Du willst mich nicht verlieren?«, fragt sie mit leiser Stimme.

»Natürlich nicht, ich liebe dich doch.«

Gunnar macht einen Schritt auf sie zu.

Elena atmet tief durch und sieht ihn durchdringend an.

Gunnars Herz schlägt wie verrückt.

»Gut. Wenn du mich wirklich liebst, dann …«

»Was dann?«, fragt Gunnar vorsichtig.

»… dann tu es selbst!«, sagt sie leise.

»Was? Was meinst du damit, Elena?«

»Du hast mich sehr genau verstanden, Gunnar«, spricht Elena mit immer noch leiser Stimme weiter.

»Elena, du kannst doch nicht von mir erwarten, dass ich … Ich kann das nicht! Ganz davon abgesehen, dass ich kein Mörder bin. Selbst wenn ich wollte, könnte ich den Plan mit der Nordsee auch gar nicht umsetzen. Ich bin Reiter, Elena. Kein Schwimmer. Das ist Hans' Terrain, da kennt er sich aus. Eher würde ich in der kalten Nordsee ertrinken als er.«

»Dann ertrinkt er eben in der Badewanne«, sagt Elena kalt.

»Was? Wie soll das denn gehen?«

»Es muss dort geschehen. In der Badewanne. Er wird einfach ertrinken. Man kann ja ein wenig dabei nachhelfen.« Elena macht eine bedeutungsvolle Pause.

»Das kann ich nicht«, antwortet Gunnar schwach.

Elena geht auf ihn zu und nimmt seine Hände.

»Es geht ganz schnell. Und dann sind wir für immer zusammen!«

Gunnar weiß nicht, was er antworten soll. Er will Elena auf keinen Fall verlieren. Aber er will auch keinen Menschen töten. Wie weit darf man für die Liebe gehen? Darf man eine solche Schuld auf sich laden? Oder wird sie beide der Gedanke daran für den Rest ihres Lebens unglücklich machen? Andererseits kann Gunnar sich beim besten Willen auch nicht vorstellen, dass er ohne Elena jemals wieder glücklich werden kann. Was soll er nur tun?

Elena spürt sein Zögern. Sie weiß, dass sie ihn bald so weit hat. Am besten wäre natürlich die Sache mit dem Darknet-Typen gewesen, aber so viel Geld haben sie nicht. Und die Zeit drängt.

»Dorogoj, Liebling, ich weiß keine andere Lösung. Ich würde so gerne mit dir zusammen sein! Tag und Nacht habe ich davon geträumt, mit dir statt mit Hans leben zu dürfen. Wir sind so kurz davor! Bald könnten wir das Leben zusammen führen, von dem wir beide immer geträumt haben. Das willst du doch auch, das spüre ich.«

Gunnar nickt und nimmt Elena fest in die Arme.

»Du weißt, wie sehr ich dich liebe. Ich möchte nur bei dir sein!«, sagt er.

Allein die Vorstellung, mit Elena ein sorgenfreies Leben führen zu können, ist für Gunnar eine riesengroße Verlockung. Sein Leben lang hat er immer nur den Dienstboten für andere gespielt. Wie oft musste er für ein paar Kröten die Launen der reichen Tussis ertragen, die sich aus Langeweile, nicht aus Tierliebe, ein Pferd gekauft hatten, aber sich natürlich zu fein waren, selbst dessen Dreck wegzumachen. Wie oft hatte er diese und andere beneidet, die das schöne Leben auf Sylt genossen, es sich in den teuren

Restaurants gut gehen ließen oder einfach in den Tag hinein lebten. Dieses Dasein ist auf einmal auch für Gunnar zum Greifen nah. Elena und er könnten ein wahrhaft gutes Leben führen, wenn nicht ein einziger Mensch im Wege stünde. Ein Mensch, der ohnehin alt ist und wahrscheinlich nicht mehr so lange zu leben hat.

»Wir schaffen das gemeinsam! Auf dich wird niemand kommen, Gunnar. Alle werden denken, der alte Hans ist einfach ertrunken. Wir müssen ihn nur an den Strand bringen! Als wäre er an Land gespült worden.«

Einen Moment lang schweigen beide und halten sich in den Armen.

»Und wie soll der Tote aus der Wanne an den Strand kommen? Man kann ja wohl kaum unbemerkt eine Leiche aus dem Haus tragen, klitschnass ins Auto legen und zum Strand transportieren«, sagt Gunnar plötzlich.

Elena nickt und überlegt eine Weile.

Dann fällt ihr ein: »Das ist in der Tat sehr schwierig. Aber … es gibt eine Möglichkeit: Wir haben einen großen Surfwagen mit dicken Gummireifen, den Hans und sein Sohn früher oft genutzt haben, um ihre Surfboards an den Strand zu bringen. Er steht seit Jahren ungenutzt in der Garage. Man könnte die …«, es fällt Elena schwer, dieses Wort auszusprechen, »… Leiche in den Surfsack einpacken, in die Garage tragen, dort auf den Surfwagen legen und damit an den Strand transportieren!«

Beim Gedanken daran bekommt Gunnar eine Gänsehaut.

»Der Weg von eurem Haus im Hobokenweg bis zum Strand ist zu weit. Die Gefahr, mit einem Surfwagen gesehen zu werden, ist zu groß!«, gibt Gunnar zu bedenken.

»Aber nicht, wenn es dunkel ist und sogar die Leute aus den Kneipen in der ›Whisky-Meile‹ längst zu Hause sind und tief schlafen. Du glaubst gar nicht, wie menschenleer Kampen mitten in der Nacht ist!«, sagt Elena.

»Ich weiß nicht. Irgendjemand kann immer nicht schlafen und steht am Fenster und sieht hinaus. Dann sieht er am späten Abend einen Mann mit einem Surfwagen durch den Ort laufen. Nein, es muss anders gehen … Grundsätzlich ist die Idee mit dem Surfwagen nicht schlecht, um Hans aus dem Haus zu bringen. Aber es müsste ein Wagen in der Nähe unauffällig geparkt werden. Dorthin muss Hans gebracht werden. Das Risiko, auf diesen paar Metern gesehen zu werden, noch dazu spät in der Nacht, ist nicht allzu groß. Von dort aus kann man in die Nähe des Strandes fahren und Hans dort ausladen und mithilfe des Surfwagens am Strand ablegen«, überlegt Gunnar laut.

»Du musst dein Auto in der Nähe parken und den Surfwagen dorthin bringen. Falls dich jemand auf diesen paar Metern sieht, wird er glauben, du seist einer, der gerade vom Surfen kommt«, überlegt Elena.

»Spät am Abend? So verrückt ist doch keiner!«, gibt Gunnar zu bedenken.

»Hast du eine Ahnung! Hier gibt es echte Surffreaks. Die gehen raus, sobald der richtige Wind weht, und richten sich nicht nach der Tageszeit. Du solltest auf jeden Fall Surfklamotten und eine Haube tragen. Dann wird jeder denken, du wärst ein verrückter Surfer, und mit der Haube auf dem Kopf wird dich auch niemand wiedererkennen. Möglicherweise könnte man sogar denken, es sei Hans selbst, der gerade vom Surfen kommt. Die Leute haben Hans in den letzten Wochen öfter einmal abends alleine herumlaufen, schwimmen oder mit dem Rad fahren sehen. Vielleicht denken sie ja, er wird auf seine alten Tage ein wenig wunderlich. Was außerdem gar nicht so abwegig ist.«

»Was meinst du damit?«

»Nun, Hans hat nicht nur ein schwaches Herz. Er ist seit dem Tod seiner ersten Frau auch stark depressiv und muss entsprechende Medikamente nehmen.«

»Das wusste ich ja gar nicht«, sagt Gunnar ungläubig. Diese Depression will so gar nicht zu dem Bild des sportlichen und erfolgreichen Unternehmers Hans passen.

»Das erzählt man ja auch nicht jedem. Aber es ist wahr. Hans leidet schon seit Jahren unter depressiven Verstimmungen und nimmt starke Tabletten dagegen ein. Ich habe sogar zeitweise wirklich geglaubt, er könne selbstmordgefährdet sein. Aber irgendwie gelang es ihm immer, aus seinem dunklen Loch wieder herauszukommen.«

»Dann könnten wir ja auch seine Tabletten einfach gegen Placebos austauschen und in Ruhe abwarten, ob er seinem Leben nicht selbst ein Ende bereitet.«

Der Gedanke daran erleichtert Gunnar ungemein. Damit wären doch all ihre Probleme gelöst!

»Gunnar, denk doch bitte einmal nach. Wir haben nicht die Zeit, um darauf zu warten. Es könnte schon sein, dass dieser Fall tatsächlich eintreten würde. Aber die Zeit, es abzuwarten, haben wir nicht!«

Elena verdreht die Augen.

Schade. Das wäre doch die beste Lösung für alle gewesen! Gunnar fährt sich durch die Haare.

»Du hast recht, Liebes. Vielleicht ist diese Depression trotzdem nicht so schlecht. Für den Fall, dass die Polizei irgendwelche Zweifel am Ertrinken von Hans hat. Sie könnte möglicherweise glauben, er hätte sich selbst getötet«, denkt Gunnar laut nach.

»Ganz genau, Gunnar. Selbstmord oder ein bedauerlicher Unfall! Die Nebenwirkungen seiner Tabletten können nämlich schwere Herzrhythmusstörungen sein. Wir müssen nur die entsprechenden Tablettenschachteln zu Hause offen herumliegen lassen. Sie befinden sich in seiner Nachttischschublade. Sie heißen ›Citadura‹.«

Elena spürt das Zögern von Gunnar. Er macht sich nicht nur Gedanken, ob er dem Ganzen nervlich gewachsen ist, sondern auch darüber, ob er keine Fehler machen wird.

»Wie soll ich überhaupt ins Haus kommen?«, fragt er nun.

»Über den Garten durch die Klönschnacktür in der Küche. Sie ist eigentlich immer offen.«

»Durch den Garten? Da kann mich doch jeder sehen!«

»Nicht am Abend, wenn es bereits dunkel wird. Außer Hans wird niemand im Haus sein, und Britt kann von ihrem Haus aus eigentlich nur einen Blick in unseren Vorgarten und auf die Seitenterrasse werfen. Auf der anderen Seite des Hauses wohnen die Schmieds aus München. Die kommen aber immer nur im Juli, also steht das Haus leer. Ich werde trotzdem dafür sorgen, dass die Bewegungsmelder im Garten nicht angehen. Hans fühlt sich selber oft durch das Licht gestört, weil ständig Katzen oder Hasen durch unseren Garten hoppeln und dadurch dauernd das Licht angeht. Ich werde dir einen genauen Plan des Hauses und Gartens aufzeichnen. Den merkst du dir bitte und wirfst ihn hinterher weg. Natürlich werde ich dir auch die Badewanne im Badezimmer einzeichnen. Es ist eine große runde Wanne, die in die Ecke des Bads eingebaut ist. Hans liegt immer mit dem Rücken zur Tür. So laut, wie er dabei seine Opern hört, wird er nicht bemerken, wenn du dich leise anschleichst.«

Gunnar ist nicht überzeugt.

»Und wenn er sich wehrt?«

Elena verdreht die Augen.

»Mein Gott, Hans ist doppelt so alt wie du!«

Gunnar starrt aus dem Fenster und raucht schon wieder eine Zigarette.

»Hör zu, Dorogoj. Auf dich wird niemand kommen! Und ich werde ein Alibi haben. Ich bleibe drei Tage in Hamburg und komme erst wieder, wenn alles vorbei ist. Doch auch dann dürfen wir uns ein paar Wochen nicht sehen.«

»Ein paar Wochen?«

»Ist doch klar. Ich muss die trauernde Witwe spielen, und du musst so tun, als sei ich nur deine Reitschülerin gewesen.«

»Ich denke, die kommen gar nicht auf mich?«

»Niemand wird überhaupt annehmen, dass es sich um etwas anderes als einen Unfall handeln könnte. Du darfst nur keinen Fehler machen, hast du verstanden?«

Eine Stunde später sitzen sie noch immer in der gleichen Position auf dem Bett. Keiner von beiden verspürt heute Lust auf Sex. Stattdessen hat Elena Gunnar eine genaue Beschreibung des Hauses, des Gartens, über den er das Haus betreten soll, und natürlich des Badezimmers sowie der Garage, in der sich der Surfwagen befindet, aufgezeichnet.

Doch Gunnar schwankt noch immer. Seine Liebe zu Elena ist groß. Doch er fühlt sich nicht bereit, dafür einen anderen Menschen zu töten.

»Ich muss gehen«, sagt Elena und diesmal hält Gunnar sie nicht zurück.

»Es ist falsch, was wir tun«, sagt er und sieht sie an.

»Was ist denn richtig?« Elena hebt fragend die Augenbrauen. »Glaubst du, ich würde mir nicht auch eine andere Möglichkeit wünschen? Aber es gibt keine!«, sagt sie mit flehender Stimme.

Gunnar nickt verzweifelt.

Dann ändert sich plötzlich Elenas Tonlage: »Ich habe dir alles genau erklärt, Gunnar. Das Haus, Hans' Badegewohnheiten, den Surfwagen … Wenn du kein Geld hast, um jemanden dafür zu bezahlen, dann musst du es selbst tun! Vielleicht ist es sogar besser, wenn es keine Mitwisser gibt.«

Elenas Stimme ist auf einmal bestimmt, kalt und schneidend wie ein Messer. Gunnar kann nicht antworten. Es ist, als hätte ihm jemand die Luft zum Atmen genommen.

Bevor Elena die Tür, durch die sie gleich treten wird, öffnet, sagt sie: »Überlege es dir. Du hast die Wahl: Entweder wirst du bald auch das Leben der Schönen und Reichen teilen, für die du jetzt als Reitlehrer nur der kleine Büddel bist. Oder du wirst für den Rest deines Lebens der kleine Büddel bleiben.«

12. KAPITEL
DER SURFWAGEN

Der Mensch ist immer geneigt, die Dinge zu sehen, die er sehen möchte. Er bastelt sich seine Wirklichkeit aufgrund seiner eigenen Wahrnehmung und seiner eigenen Sichtweise zurecht. Dabei können die Dinge ganz anders liegen, und die Tatsachen oder das, was wir dafür halten, in Wirklichkeit genau andersherum sein.

Elena sitzt im Zug nach Hamburg und sieht aus dem Fenster. Große weiße Wolken ziehen über das Wattenmeer und versprechen einen zwar windigen, jedoch trockenen und warmen Spätsommertag. Viele Urlauber werden sich auch heute über das Geschenk eines weiteren Strandtags freuen, in den kleinen Cafés am Meer sitzen, in den zahlreichen Geschäften einkaufen oder in gemütlichem Tempo durch die unwirklich anmutende Dünenlandschaft über die Insel radeln. Es ist ein Tag wie jeder andere im Spätsommer, und doch ist heute alles ganz anders. Der frühe Morgen ist noch kühl, und Elena kuschelt sich in ihren neuen Kaschmirponcho. In ihrem Magen rumort es, und sie weiß nicht, ob es daran liegt, dass sie noch nicht gefrühstückt hat, oder daran, dass sie Hans heute Morgen schon begegnet ist.

Er hatte seine Sportklamotten an, und Elena hatte ihn gefragt, ob er so früh schon schwimmen gehen wolle.

Hans hatte genickt und sie nur angesehen, wie sie mit ihrem Köfferchen vor ihm stand. Natürlich hatte sie ihm gesagt, dass sie nach Hamburg zu Irina fahren wollte. Doch nach all dem, was in der letzten Zeit geschehen ist, wird ihr Hans das nicht geglaubt haben. Welche Ironie des Schicksals, dass es diesmal die Wahrheit ist, denkt Elena.

Als sie sich verabschiedeten, hatte Hans ihr die Hand gegeben und einen Augenblick länger als nötig festgehalten. Sein Blick war ernst, seine Haltung gerade. Doch irgendetwas lag in diesem Blick, das Elena nicht richtig deuten konnte und worüber sie nachdenken muss, seitdem sie in den Zug eingestiegen ist.

War es am Ende Bedauern? Oder vielleicht sogar noch ein Fünkchen Liebe?

Dafür ist es nun zu spät. Sie hatte seinen Händedruck erwidert und ihm sogar einen kleinen Kuss auf die Wange gehaucht. Den Kuss des Todes …

Elena muss versuchen, seinen Blick zu vergessen. Und den Kuss. Sie sieht aus dem Fenster und beobachtet die Möwen, die über dem Watt ihre Kreise ziehen, immer auf der Suche nach Nahrung. So ist es im Leben: Nur die Starken gewinnen und überleben! Wer zu viel Gefühle und Angst hat, geht unter. Nicht nur in der Tierwelt. Von dem Moment an, als sie gestern Abend Gunnars Anruf erhielt, wusste sie, dass sie alle Gefühle und Sentimentalitäten hinter sich lassen musste. Elena kann negative Gedanken sehr gut ausblenden. Das ist etwas, das die harte Schule des Lebens, durch die sie gehen musste, sie nun wirklich gelehrt hat. Manchmal muss man die Zähne zusammenbeißen und auch etwas Unangenehmes durchstehen, damit alles gut werden kann.

Elena hat keine Angst. Was kann ihr schon passieren? Natürlich kann etwas schiefgehen, und damit muss man, da

Gunnar diese heikle Aufgabe übernommen hat, durchaus rechnen. Es wäre Elena wirklich viel lieber gewesen, wenn diese Sache mit dem Darknet geklappt hätte! Ein Profi hätte das Ganze ohne Ressentiments eiskalt durchgezogen. Gunnar ist weich, und Elena muss damit rechnen, dass er umfallen wird. Natürlich würde er alles für sie tun. Er weiß, dass sie ihn auf jeden Fall verlassen würde, wenn er jetzt nicht an ihrer Seite ist. Das wird er auf jeden Fall zu verhindern suchen. Schließlich will er sich voller Hoffnung ein neues Leben in finanzieller Sorglosigkeit mit ihr aufbauen. Was er nicht weiß, ist, dass sie auf keinen Fall die Absicht hat, ihm diesen Wunsch zu erfüllen! Warum sollte sie auch? Sicher wird er – zumindest für eine Weile – ihr Liebhaber bleiben. Aber Elena hat keinesfalls die Absicht, ihr Leben oder gar den neu errungenen Reichtum mit ihm zu teilen. Doch natürlich ist es gut, dass er davon ausgeht, und darum lässt Elena ihn auch in dem Glauben. Sonst würde er wohl kaum diese Aktion durchziehen! Dann würde Hans seinen Anwaltstermin wahrnehmen, sich von Elena scheiden lassen, und sie müsste noch einmal ganz von vorne anfangen. Nein, es ist gut, dass sie diesen Plan geschmiedet haben. Vielleicht ist es ja auch gut, dass Gunnar es ist, der ihn durchziehen wird. Auf diese Weise gibt es keine fremden Mitwisser! Elena lehnt sich zurück und schließt die Augen. Ihr kann nichts geschehen. Sollte der Polizei wirklich Zweifel an der Todesursache von Hans kommen, wird sie möglicherweise aufgrund der im Haus verteilten Antidepressiva einen Selbstmord in Betracht ziehen. Sie hat Gunnar extra einige Schachteln davon übergeben und ihm mehrfach gesagt, wo er sie hinlegen soll. Und selbst wenn die Polizei aus irgendwelchen unerfindlichen Gründen auf Gunnar kommen sollte, könnte sie sich immer noch damit herausreden, dass dieser Hans aus Eifersucht getötet hat. Sie selbst hat ja ein Alibi, und warum sollte sie die Kuh töten, die ihr täglich Milch gibt?

Trotzdem ist Elena heute auf seltsame Weise verwirrt. Irgendwie kann sie den Blick von Hans nicht vergessen. Aber vielleicht ist es ja nur deshalb, weil sie weiß, dass sie Hans heute zum letzten Mal gesehen hat …

»Bist du verrückt geworden? Warum um Herrgotts willen rufst du mich an?«, zischt Elena ins Telefon, als Gunnar anruft. Eigentlich wollte sie gar nicht an das Geheimhandy gehen, doch sie hatte ja schon geahnt, dass etwas schiefgehen würde, und nimmt deshalb notgedrungen und ungehalten ab.

Elena und Gunnar haben verabredet, dass sie auf gar keinen Fall in den nächsten Tagen Kontakt haben dürfen, auch nicht über das Geheimhandy. Dass Gunnar sich nicht an diese Abmachung gehalten hat, sagt ihr, dass etwas passiert sein muss!

Schon seit Stunden hat Gunnar vor der Villa im Hobookenweg im Schatten des großen Ginsterbusches im Garten gewartet und ist dabei immer nervöser geworden. In der letzten Nacht hatte er keine Ruhe finden können, sondern war stundenlang mit Magenkrämpfen auf der Toilette gesessen. Am Morgen hätte er das Ganze am liebsten abgeblasen. Er hatte sogar schon mehrmals Elenas Nummer auf dem Geheimhandy gewählt, doch nie auf »Anrufen« gedrückt. Er weiß genau, wie sie reagieren würde, wenn er die Sache nicht durchzieht. Obwohl ihm immer noch hundeelend ist, ist er wie verabredet losgefahren, hat eine Kinokarte gekauft und sich dabei recht auffällig verhalten und nach dem Inhalt des Films gefragt. Für den Fall, dass sein Alibi überprüft werden wird, wird sich hoffentlich die Kartenverkäuferin an ihn erinnern. Welcher Mann geht schon alleine in einen Liebesfilm?

Wie geplant hat er sein Auto auf dem Parkplatz vor der Heide abgestellt und ist langsam über den Wattweg Richtung Hobookenweg geschlendert. Natürlich hat Elena Gunnar das Haus und den Weg dorthin genau beschrieben, doch das wäre gar nicht nötig gewesen. Gunnar hat das Gefühl, dass das Haus der Ewers das protzigste Haus in der ganzen Straße ist, obwohl hier nur große Anwesen herumstehen. Er ist mit dunklen Surfsachen bekleidet und hat eine schwarze Wollmütze tief ins Gesicht gezogen. Elena war der Meinung, man könne ihn auf diese Weise von Weitem und im Dunkeln fast für Hans halten, da sie annähernd gleich groß sind. Dies könne ihnen nützlich sein, falls doch jemand eine Gestalt mit dem Surfwagen sehen würde. Glücklicherweise sind heute Abend nicht viele Menschen unterwegs, denn das Wetter hatte sich bereits am Nachmittag verändert und noch mehr Wind und dunkle Wolken gebracht. Über den mit Rosen bewachsenen Friesenwall ist Gunnar unbemerkt in den hinteren Bereich des unfassbar großen und unglaublich gepflegten Gartens gelangt. Wahrscheinlich gibt der Alte mehr für den Gärtner in der Woche aus, als er, Gunnar, im ganzen Monat verdient! Das allein ist schon ein Grund, ihm den Hals umzudrehen, denkt Gunnar. Ganz zu schweigen davon, dass er es nicht ertragen kann, dass Elena sich mit ihrem wundervollen Körper auf einer dieser teuren Teakholz-Liegen hier im Garten geräkelt hat und Hans ihr dabei zusehen durfte! Nun, damit wird es ja bald vorbei sein. Der Einzige, der Elena dann noch leicht bekleidet zu Gesicht bekommen wird, wird er, Gunnar, sein! Das große Reetdach vor ihm liegt dunkel wie eine riesengroße Mütze auf dem fantastischen Klinker-Anwesen. Dass es ein Traumhaus ist, wusste Gunnar ja schon. Schließlich war er oft genug heimlich und ohne Elenas Wissen hier vorbeigefahren, wenn er Sehnsucht nach ihr hatte. Dann hatte er Hans immer beneidet, der mit seiner Geliebten jetzt in diesem wundervollen Haus vor dem Kamin sitzen durfte. Der Gedanke, dass sie nur wenige Meter von ihm entfernt an der Seite eines anderen Mannes, vielleicht sogar in dessen Armen lag, hatte ihn fast um den Verstand gebracht. Wie edel und vollkommen dieser Bau jedoch ist, erkennt Gunnar erst jetzt so richtig. Das Haus muss Millionen wert sein, denkt er. Bald werde ich mit Elena darin wohnen!

Im Inneren des Hauses brennt Licht, und deshalb kann Gunnar problemlos von seiner Position hinter dem Ginsterbusch hineinsehen. Seine Knie sind weich, und er fühlt sich hundeelend. In der Hand hält er die Motorradhaube, die er gleich aufsetzen wird, um nicht erkannt zu werden. Sein Herz klopft zum Zerspringen. Wenn nur der Alte endlich nach oben in das Badezimmer gehen würde! Aber es sieht ganz und gar nicht so aus, als ob dieser die Absicht hätte, ein Bad zu nehmen! Fluchend steckt Gunnar sich eine Zigarette an. Eigentlich hatte er sich ja vorgenommen, heute Abend nicht rauchen, um zu vermeiden, dass Rauch oder die Glut der glimmenden Kippe entdeckt werden könnten. Aber mit irgendetwas muss er seine Nerven ja beruhigen. Schützend hält er die Hand über die Zigarette, um das Glimmen zu verstecken. Das Nachbarhaus ist zwar zu weit entfernt, um solche Kleinigkeiten zu bemerken, doch man kann ja nicht vorsichtig genug sein. Zum Glück hat Elena daran gedacht, den Schalter für die Bewegungsmelder im

Garten auf »Off« zu stellen, sonst wäre der eine oder andere inzwischen garantiert angegangen und hätte den Garten und somit vermutlich auch ihn in helles Licht getaucht.

Laut Elenas Information sollte Hans wie jeden Abend in der Nordsee schwimmen oder spazieren gehen, gegen 20 Uhr zurückkehren, die Tagesschau ansehen und sich nebenbei ein Bad einlassen. Doch heute ist natürlich alles anders! Erst einmal hat Hans das Haus gar nicht verlassen, weder um schwimmen noch um sonst irgendwohin zu gehen. Wie Gunnar beobachten konnte, hat Hans sich in der Küche ein paar Brote gemacht und dazu eine Flasche Wein geöffnet und sich damit vor den Fernseher gesetzt, um eine Sportsendung und die Nachrichten anzusehen. Doch auch nachdem diese zu Ende waren, hat er keinerlei Anstalten gemacht, sich ein Bad einzulassen, auch wenn er – so wie von Elena angekündigt – irgendeine grässliche Klassik-CD aufgelegt hat. Gunnar ist immer nervöser geworden, besonders, als Hans sich nicht wie erwartet ins Badezimmer begeben, sondern die Schuhe ausgezogen und auf sein Sofa gelegt hat. Und nun liegt er immer noch dort und telefoniert. Schon seit einer Stunde.

»Ich habe die Aktion abgebrochen, Liebling«, flüstert Gunnar leise ins Telefon, als er den Garten schon wieder verlassen hat.

»Was sagst du da?«, fragt Elena mit genervter Stimme.

»Hör zu, das wird heute nichts mehr mit Baden. Dein Mann liegt seit Stunden auf dem Sofa und telefoniert. Mir reicht es jetzt hier draußen. Es hat angefangen zu regnen. Ich gehe nach Hause und verschiebe die Aktion auf morgen.«

»Kann es vielleicht sein, dass du nur Schiss hast?«, fragt Elena verärgert.

Doch da hat Gunnar bereits aufgelegt und sich auf den Weg zu seinem Wagen gemacht.

Es war ja klar, dass Gunnar kalte Füße bekommen würde, denkt Elena, als sie zurück zu Irina an die Champagnerbar geht. Dabei wäre das Alibi mit der Modenschau heute Abend perfekt gewesen, ärgert sie sich. Sie hat extra die beiden Eintrittskarten für die große Show des Alsterhauses aufbewahrt. Nun muss sie sich etwas Neues ausdenken und Irina am nächsten Abend noch einmal irgendwohin entführen. Dabei hat diese den morgigen Abend bereits fest verplant, da sie zu Hause auf ihren Mann warten möchte, welcher von einer Geschäftsreise aus Italien zurückkommt.

Doch der nächste Abend bringt eine unerwartete Wendung. Die Maschine, in der Irinas Mann sitzt, hat Verspätung und wird erst nachts in Hamburg eintreffen.

Erfreut darüber, dass die alte Freundin noch in Hamburg ist und sie den Abend nicht wieder einmal alleine wartend auf ihren Ehemann verbringen muss, lässt sich Irina von Elena zu einer Vernissage in einer neu eröffneten Galerie überreden. Sie ist zwar ein wenig verwundert, dass Elena unbedingt dorthin möchte, da es sich um eine Ausstellung von moderner Kunst handelt, die Elena sonst eigentlich gar nicht zusagt. Irina wäre genauso gern auch nur essen oder in eine chice Bar gegangen, aber Elena hatte auf der Vernissage bestanden. Auch hier werden jede Menge Menschen sein, die mich wiedererkennen können, denkt Elena. Falls sie überhaupt ein Alibi brauchen wird. Nach dem gestrigen Abend ist sie sich nicht mehr sicher, dass Gunnar die Sache überhaupt durchziehen wird. Doch der teuflische Plan hat bereits seinen Anfang genommen …

Ein untrügliches Zeichen dafür, dass der Sommer zu Ende geht, sind die Abende. Man kann nicht mehr lange draußen sitzen, selbst wenn die Tage an sich noch warm und sonnig sind. In den ganzen letzten Wochen konnte man noch immer das typische Sommergefühl spüren, auch wenn der Wind bereits kühl war und der eine oder andere Regenschauer herunterkam. Für einen nordischen Sommer ist so etwas eigentlich ziemlich normal. Doch gestern hat sich etwas verändert. Der Wind hat nicht nur Regen, sondern kalte Temperaturen mit sich gebracht. Fast kommt es Hans so vor, als habe Elena den Sommer mitgenommen, als sie gestern nach Hamburg abgereist ist. Was natürlich völliger Blödsinn ist! Das Haus ist seltsam leer, und hat Hans sich auch in den ganzen quälenden letzten Wochen gewünscht, seine Ruhe wiederzufinden, so fällt ihm jetzt das Alleinsein auf einmal unsagbar schwer. Plötzlich vermisst er Elenas Anwesenheit, auch wenn diese ihm in der letzten Zeit sehr wehgetan hat, weil er immer an ihre Affäre denken musste. Wie wird es dann erst sein, wenn sie sich wirklich trennen sollten, wenn er sie jetzt schon vermisst? Es fehlt ihm ihre geliebte Musik von Chopin, ihr Gerede über Fantaisie oder den Pelzladen … auch wenn sie in den letzten Wochen ja nicht wirklich viel miteinander gesprochen haben. An ihr lag es nicht, wie er sich jetzt selbst eingesteht. Sie hat es oft genug versucht, doch Hans war zu sehr verletzt. Er weiß auch jetzt nicht, ob Elena wirklich zu Irina gefahren ist. Er will es auch gar nicht so genau wissen. Am liebsten würde er die Augen vor dem Offensichtlichen, der Tatsache, dass sie ihn nicht mehr liebt, sondern schamlos betrügt, einfach verschließen. Warum können sie nicht einfach so weitermachen wie bisher? Weil du ein alter Narr bist, denkt er. Weil schon bald alle Leute über dich lachen werden. Doch was ist die Alternative? Ganz alleine für den Rest seines Lebens in diesem großen Haus zu sitzen? Oder soll er sich mit einer Frau wie Britt zusammentun, als eine Art Zweckgemeinschaft, damit beide nicht mehr alleine sind? Britt sucht täglich den Kontakt zu ihm, und obwohl Hans sie als Nachbarin, ja sogar als Freundin zu schätzen weiß, kommt sie doch als Lebenspartnerin für ihn nicht infrage. Es stört ihn sogar, dass sie immer komische Fragen über Elena stellt. Wie zum Beispiel die, wo Hans und Elena sich denn kennengelernt hätten. Als ob Hans es nötig gehabt hätte, sich eine russische Frau im Internet zu bestellen! Natürlich hatte er ihr erzählt, dass Elena Journalistin war und einen Artikel über Trauer geschrieben und ihn deshalb aufgesucht hatte, um ihn zu interviewen. Britt hatte misstrauische Fragen gestellt, als ob sie Elena nicht glauben würde, dass sie überhaupt schreiben würde. Sie hatte sogar nach dem Artikel gefragt, den Elena verfasst hatte, und gesagt, sie würde sich ja aus persönlichen Gründen auch für dieses Thema interessieren!

Natürlich hatte Hans den Artikel Britt nicht gegeben, auch wenn er ihn selbstverständlich aufbewahrt hatte.

Er war nicht unbedingt ein stilistisches Highlight, doch er zeugte von klugen Gedanken und vielen Gesprächen mit Trauernden, die Elena geführt haben musste. Für Britt war es sicher abwegig, auf diese Weise jemanden kennengelernt zu haben. In Wirklichkeit war sie vermutlich nur eifersüchtig, weil sie selbst seit dem Tod von Manfred noch keinen neuen Mann an ihrer Seite hatte.

Vielleicht sollte ich mir einen Hund kaufen, denkt Hans, als er seine Badehose anzieht. So ein Hund ist ein treuer Gefährte. Treuer als jede Frau!

Trotz des kalten Wetters will er heute eine Runde schwimmen gehen. Er kann ja nicht schon wieder wie gestern den ganzen Abend mit irgendwelchen Leuten telefonieren, nur um sich nicht einsam zu fühlen. Das Gute ist, dass er sich endlich mit Inken, wenn auch nur telefonisch, ausgesprochen hat. Auch sie schien erleichtert zu sein, dass ihr Vater den Zwist bereinigen möchte, und will deshalb heute nach Sylt kommen. Bestimmt lässt sich der Familienfrieden wiederherstellen. Und vielleicht – wenn Hans bereit wäre, über seinen Schatten zu springen und seinen männlichen Stolz einmal zu vergessen – ließe sich ja auch noch seine Ehe retten.

Erleichtert beobachtet Gunnar, wie Hans nach oben geht, um das Badewasser einzulassen. Zuvor hat er wieder diese grauenvolle Opern-CD eingelegt und sich ein Glas Whisky eingegossen. Während er dieses genossen hat, hatte er versonnen die Sammlung seiner Schiffsmodelle betrachtet. Gunnar hatte schon befürchtet, dass Hans auch diesen Abend wieder nicht im Badezimmer verbringen würde!

Dabei hatte alles so gut begonnen. Gunnar hatte wie gestern in Westerland eine Kino-Eintrittskarte gekauft. Bei der gleichen Verkäuferin, nur diesmal für einen Trickfilm. Ein Mann, der erst in einen Liebesfilm und einen Tag später in einen Trickfilm geht, an so jemanden wird man sich doch erinnern! Allerdings bezweifelt Gunnar, dass sich die Verkäuferin, ein junges Ding von vielleicht gerade einmal 18 Jahren, überhaupt an irgendeinen Gast erinnern wird. Einen besonders aufmerksamen Eindruck hatte sie jedenfalls nicht auf ihn gemacht. Anschließend war Gunnar wieder nach Kampen gefahren und hatte seinen Wagen an fast der gleichen Stelle geparkt. Den dunkel gekleideten Mann, der auf dem Fahrrad in Richtung Strand an ihm vorbeiradelte, hätte er fast nicht erkannt. Doch das Fahrrad war genau das, was Elena ihm beschrieben hatte. Sehr gut! Vielleicht haben noch andere Leute Hans Ewers gesehen und werden sich später daran erinnern, dass er an diesem Abend zum Strand geradelt ist. Etwas Besseres kann ihnen doch gar nicht passieren! Äußerlich vollkommen ruhig war Gunnar wieder zur Villa im Hobookenweg geschlendert und hatte erneut seinen Platz hinter dem Ginsterbusch eingenommen. Doch innerlich ist er mindestens ebenso aufgewühlt wie gestern. Heute hat er zwar drei Baldriantabletten eingenommen, um nicht wieder so schrecklich nervös wie gestern zu sein. Ein aussichtsloses Unterfangen, wie er jetzt feststellen muss! Sein Magen tut weh, als ob jemand hineingeboxt hätte. Gunnar fühlt sich schrecklich und würde am liebsten umkehren. Es kommt ja nicht jeden Tag vor, dass man jemanden in der Badewanne umbringen soll, denkt er für sich.

Die ganze Nacht hatte er wieder mit Grübeln verbracht und sich die Frage gestellt, ob es nicht eine andere Lösung für ihr Problem gäbe. Wie weit darf man gehen für den Menschen, den man liebt?, hat Gunnar immer wieder gedacht. Es ist ja nicht neu, dass Männer um eine Frau kämpfen. In Frankreich war es früher doch sogar Mode, sich um eine Frau zu duellieren. Doch Gunnar weiß natürlich, dass das hier kein Duell ist. Hans hat keine gerechte Chance. Er hat überhaupt keine Chance. Wenn Hans sich von Elena scheiden lässt, werden sie beide diese Frau verlieren. Aber Hans wird seinen Reichtum behalten. Wenn Gunnar das heute durchzieht, wird er Elena behalten. Und den Reichtum dazubekommen. Es gibt nur einen Verlierer: Hans. Er wird sein Leben verlieren. Aber hat Elena nicht gesagt, er sei sowieso krank? Und depressiv? Wahrscheinlich würde er ohnehin nicht mehr lange leben. Gunnar fühlt einen stechenden Schmerz in der Magengrube und würde sich am liebsten übergeben. Er weiß, dass es nicht richtig ist, was sie vorhaben! Doch es ist zu spät, um umzukehren.

Als Hans den Weg die Treppe nach oben einschlägt, huscht Gunnar ums Haus und öffnet so geräuschlos wie möglich die Klönschnacktür, die von der Küche in den Garten führt. Welcher Leichtsinn, dass diese offen ist! Elena hatte gesagt, dass viele Leute in Kampen diese Tür nie abschließen. Ein Wunder, dass nicht häufiger eingebrochen wird! Aber wahrscheinlich haben die Reichen alle einen großen Hund oder eine Alarmanlage. Natürlich verfügt auch das Haus der Ewers über eine solche, doch ist sie nach Elenas Informationen ausgeschaltet, wenn Hans im Haus ist.

Der Anblick der Küche raubt Gunnar für einen kurzen Moment den Atem. Eine solche Einbauküche hat er noch nie gesehen! Sie sieht aus, als sei sie von einem Tischler in Maßarbeit in den Raum hineinkomponiert worden. Der Tresen in der Mitte ist in Form eines Schiffes gestaltet, an dessen Ende sich das Kochfeld befindet. Leise pfeift Gunnar durch die Zähne. Auch der Rest des Hauses ist unglaublich teuer und hochwertig eingerichtet und gestaltet. Wohin man sieht, nur Marmor, teure Teppiche auf dem Parkett sowie viele wertvolle Bilder und antike Möbel. Kein Wunder, dass Elena dieses prachtvolle Zuhause nicht aufgeben möchte! Sie muss sich wie eine Prinzessin darin vorkommen. Das wird sie auch weiterhin sein, seine Prinzessin. Nur mit dem Unterschied, dass er, Gunnar, es sich dann mit ihr zusammen in der teuren Wanne gemütlich machen wird!

Auf leisen Sohlen schleicht Gunnar nach oben. Er hört, wie Hans den Wasserhahn abdreht, offensichtlich ist die

Wanne voll. Die Tür ist nur leicht angelehnt, das wird es ihm einfach machen, diese geräuschlos zu öffnen. Sein Herz klopft zum Zerspringen, und die Übelkeit macht ihm nach wie vor zu schaffen. Ständig hat er das Gefühl, sich übergeben zu müssen. Spätestens in einer Stunde ist alles vorbei, denkt er. Dann kann er sich auf den Heimweg machen und von einer Zukunft mit seiner geliebten Elena in diesem schönen Heim träumen. Trotz der lauten Opernmusik hört Gunnar, wie Hans in die Wanne steigt. Seine Hände, die in dünnen Latexhandschuhen stecken, sind schweißnass. Er versucht, sich auf seinen Atem zu konzentrieren, und macht einen Schritt auf die Badezimmertür zu. Leise zieht er seine Motorradmaske aus seiner Hosentasche und zieht sie sich über.

Hans lässt den Kopf nach hinten auf den Rand der Wanne sinken. Er hört die Arie des Tamino und schließt genießerisch die Augen.

Dies Bildnis ist bezaubernd schön,
wie noch kein Auge je gesehn.
Ich fühl' es, wie dies Götterbild
mein Herz mit neuer Regung füllt.
Dies Etwas kann ich zwar nicht nennen,
doch fühl' ich's hier wie Feuer brennen;
soll die Empfindung Liebe sein?
Ja, ja, die Liebe ist's allein.
O wenn ich sie nur finden könnte!
O wenn sie doch schon vor mir stünde!
ich würde, würde, warm und rein –
Was würde ich? Ich würde sie voll Entzücken
an diesen heißen Busen drücken,
und ewig wäre sie dann mein.

Elena und Hans haben die »Zauberflöte« in Hamburg gesehen. Wie sehr sie sich über die gekonnte Inszenierung gefreut hat! Sie selbst hatte auch zauberhaft an diesem Abend ausgesehen. Er versucht, sich an das Kleid zu erinnern, das sie getragen hat, kann sich jedoch nur das Strahlen ihres glücklichen Gesichts ins Gedächtnis rufen. Es ist das Letzte, an das er denkt, als sich plötzlich die Hände um seinen Nacken legen und seinen Kopf mit einem kräftigen Ruck unter Wasser drücken.

Das Klingeln des Telefons will einfach nicht aufhören. Endlich springt der Anrufbeantworter an, und Gunnar kann die Stimme im Flur hören: »Hallo, Vati, ich bin's, Inken. Nach unserem Gespräch gestern habe ich mir gedacht: Warum nicht schon ein bisschen eher zur dir fahren, wo du doch alleine zu Hause bist? Also habe ich mich schon am späten Nachmittag auf den Weg gemacht. Ich bin jetzt schon auf dem Autozug! Bin spätestens in einer halben Stunde bei dir … stell schon mal den Pinot grigio kalt. Bis gleich!«

Auch das noch! Gunnar bricht wieder der Schweiß aus. Warum zum Teufel muss die heute kommen? Elena hatte doch gesagt, Hans sei immer alleine! Und jetzt kommt diese Tochter auf einmal. Das heißt, er muss sich beeilen, und wie! Als ob ihm nicht sowieso schon schlecht genug wäre. Er ist schweißgebadet. Nachdem er Hans unter Wasser gedrückt hatte, wurde ihm plötzlich derart heiß und gleichzeitig so übel, dass er sich die Maske vom Kopf reißen und sich in die Kloschlüssel übergeben musste. Vorsichtig wirft er einen Blick auf den leblosen Hans in der Badewanne. Es scheint tatsächlich geklappt zu haben. Er braucht seinen Puls nicht zu fühlen, es ist offensichtlich, dass Hans tot ist. Seltsamerweise war es ganz einfach gewesen. Gunnar hatte seine zitternden Hände um den Hals von Hans gelegt und ihn ruckartig unter Wasser gedrückt. Er hatte keinen Widerstand gespürt. Der Körper von Hans war in die Wanne eingetaucht, die Füße nach oben gerutscht … dann stiegen kleine Luftblasen auf … und es war Ruhe! Warum hatte Hans sich nicht gewehrt? Es hatte nicht einmal die kleinste Spur von einem Kampf gegeben, womit Gunnar eigentlich gerechnet hätte.

Gunnar lässt kaltes Wasser über seine Hände laufen und spritzt sich auch noch etwas davon ins Gesicht. Dabei betrachtet er sich im Spiegel. Du bist ein Mörder, denkt er und wendet sich angewidert ab, damit es ihm nicht wieder hochkommt. Vor dem Spiegel stehen Elenas filigrane Parfumflakons. Ein goldener Lippenstift liegt daneben. Gunnar atmet tief durch. Dafür habe ich es getan, denkt er. Für dich, Geliebte.

Dieser Gedanke gibt ihm kurzfristig Kraft. Aber er darf nicht länger nachdenken, sondern muss handeln. Eile ist geboten, sonst wird noch diese blöde Tochter eintreffen, bevor er die Leiche eingepackt hat. Er läuft nach unten in die Garage und holt den Surfsack. Elena hat alles so gut beschrieben, dass er ihn sofort findet. Zurück im Bad, fasst er dem Toten von hinten durch die Achseln, packt ihn an den Armen und beginnt, ihn aus dem Wasser zu ziehen. Zunächst kommt es ihm leicht vor, doch je mehr er versucht, den leblosen Körper aus der Wanne zu ziehen, desto schwerer wird er. Jedes Mal, wenn er glaubt, dass es jetzt endlich klappt, rutscht Hans ihm wieder unter den Händen weg wie ein glitschiger Fisch! Gunnar gerät in Panik, er hat einfach nicht genug Zeit. Er nimmt alle Kräfte zusammen und zieht den Toten noch einmal fest hoch. Ein letzter Ruck – Gunnar taumelt nach hinten und verliert beinahe das Gleichgewicht – dann ist es geschafft, und der tote Hans liegt vor ihm auf dem teuren Badezimmerteppich. Schwer atmend beginnt Gunnar, ihn mit den Handtüchern, die auf dem Handtuchtrockner hängen, so gut es geht, trocken zu reiben. Er rollt den Toten in den Surfsack und zieht den Reißverschluss zu. Gott sei Dank muss er die Leiche jetzt wenigstens nicht mehr sehen. Das ganze Bad ist nach der Aktion, den Toten aus der Wanne zu ziehen, voller Wasser. Hektisch wischt Gunnar mit den ohnehin schon nassen Handtüchern den Boden auf. Dann versucht er, das Badewasser abzulassen. Doch welche der vielen verschiedenen Armaturen ist dafür vorgesehen? Er dreht und schraubt … nichts passiert. Verflucht, früher hat man einfach einen Stöpsel gezogen! Diese modernen Hightech-Wannen mit ihren geschätzten 145 verschiedenen Funktionen benötigen wahrscheinlich eine Fernbedienung oder eine Bedienungsanleitung. Gunnar hat keine Ahnung, wie er das verdammte Wasser aus der Wanne bekommen soll. Doch noch weniger als Ahnung hat er Zeit. Diese Inken wird gleich hier sein. Hans muss aus dem Haus.

Panisch zieht er den Sack, der verteufelt schwer ist, hinter sich die Treppe herunter. Nur gut, dass er sowieso schon schweißgebadet ist! Das Poltern des Surfsackes mit dem toten Inhalt auf der Treppe verursacht ein gespenstisches Geräusch. Er lässt den Sack einen Moment im Flur vor der Tür, die zur Garage führt, liegen und geht ins Wohnzimmer. Noch immer erfüllt Opernmusik den ganzen Raum. Hans hätte sie vermutlich ausgeschaltet, bevor er schwimmen gegangen wäre. Also muss auch Gunnar sie ausmachen. Doch wo? Auch hier kommt er an die Grenzen seines technischen Verständnisses. Was ist das nur alles für ein Hightech-Blödsinn! Ich kann weder bei einer Badewanne das Wasser ablassen noch eine moderne Stereoanlage bedienen, denkt er. Warum haben Elena und er diese Punkte nicht besprochen? Doch das größte Problem erwartet ihn in der Garage. Gerade hat er es geschafft, den Surfsack mit Surfbrett als Unterlage auf dem Surfwagen zu positionieren und festzuschnallen, da entdeckt er die nächste böse Überraschung. Der rechte Reifen des Wagens hat einen Platten! Damit wird er nicht einmal zur Garagentür herauskommen, geschweige denn zu seinem Auto, das er mehrere Straßen weit entfernt geparkt hat.

Ermattet lässt er sich neben den Wagen sinken. Was nun? Wohin soll er jetzt mit der Leiche? Soll er seinen Wagen holen und den Surfsack aus dem Haus tragen? Aber was, wenn ihn jemand dabei beobachtet?

Gunnar ist völlig verzweifelt. Diese Inken wird gleich vor der Tür stehen und natürlich sofort die Polizei rufen.

»Gunnar! Bist du völlig verrückt geworden? Warum rufst du schon wieder an?«

Entnervt hat Elena das Gespräch über moderne Kunst unterbrochen und ist nach draußen gegangen, um zu telefonieren. Vermutlich hat Gunnar wieder einmal der Mut verlassen, und er wird ihr jetzt irgendeinen vorgeschobenen Grund nennen, warum die Aktion auch heute Abend gescheitert ist.

»Elena … es gibt Probleme … diese Inken steht gleich vor der Tür … und der Surfwagen …«, stammelt Gunnar ins Telefon.

»Was? Inken? Was will die denn in Kampen?«

»Keine Ahnung. Sie hat auf den Anrufbeantworter gesprochen, dass sie gleich hier ist. Was soll ich denn jetzt tun?« Gunnars Stimme klingt völlig verzweifelt.

»Was soll das heißen, was soll ich jetzt tun?«

Elena kann mit seinem zusammenhanglosen Gestammel nichts anfangen.

»Wohin soll ich jetzt mit der Leiche, Elena?«

Gunnars Stimme hat einen schrillen Klang angenommen.

Für einen winzigen Moment verschlägt es Elena die Sprache.

Heißt das etwa, dass er es tatsächlich getan hat?

»Was sagst du da? Was meinst du damit? Soll das heißen, Hans ist …«

»Er ist tot, ja. Elena, sag mir doch bitte, was ich jetzt machen soll!« fleht Gunnar.

»Na, was wohl? Du legst ihn in den Surfsack und diesen auf den Surfwagen. Gunnar, das haben wir doch alles besprochen!«

»Der Surfwagen hat einen Platten, Elena! Ich kann ihn ja wohl schlecht aus dem Haus tragen.«

»Oh, blin! Mist!«

Warum hatte sie nicht daran gedacht, den Surfwagen zu überprüfen? Sie hat doch auch die Bewegungsmelder im Garten ausgeschaltet. Da hätte sie einmal einen Blick auf das alte Ding, das seit Jahren ungenutzt in der Garage steht, werfen können! Nein, nicht können, müssen!

Elena atmet tief durch. Sie kann es nicht fassen, dass Gunnar es offenbar tatsächlich getan hat! Irgendwie hatte sie nicht nur befürchtet, sondern sogar geglaubt, Gunnar würde in der letzten Minute noch umfallen. Dass er es tatsächlich durchgezogen hat, ist eine Überraschung für sie.

Hans ist tot … doch sie kann sich nicht erlauben, diesen Gedanken weiterzuverfolgen.

Es scheint jetzt ernste Probleme zu geben, die sie so schnell wie möglich lösen müssen. Gunnar scheint damit total überfordert zu sein.

»Das Wasser bekomme ich auch nicht aus der Wanne und der CD Player ist noch an. Aber das größte Problem ist Hans. Beziehungsweise diese Inken, die gleich vor der Tür stehen wird.«

»Hör zu, Gunnar«, versucht Elena, ihn zu beruhigen.

»Bewahre ruhig Blut. Konzentriere dich. Das Wichtigste ist, Hans jetzt erst einmal im Haus zu verstecken, damit Inken ihn nicht findet, wenn sie gleich kommt. Du kannst ihn jetzt nicht aus dem Haus bringen, das ist viel zu gefährlich. Du musst ihn verstecken und alles Weitere wie geplant durchziehen. Inken wird nicht lange bleiben, wenn ihr Vati nicht da ist. Wir werden den Surfwagen in den nächsten Tagen reparieren und Hans damit wie geplant nachts an den Strand bringen. Hast du verstanden?«

»Ach ja? Und wo soll ich bitte schön eine Leiche, die noch nicht einmal richtig trocken ist, im Haus verstecken? Unter dem Bett vielleicht?«

Gunnars vor lauter Aufregung hohe Stimme überschlägt sich fast.

»In der Gefriertruhe«, antwortet Elena scheinbar ruhig und gelassen.

»Wie bitte?«

»Neben der Küche befindet sich ein großer Hauswirtschaftsraum, in dem eine riesengroße Gefriertruhe steht. Darin befinden sich eine Menge Lebensmittel.«

Hans war es immer wichtig gewesen, genug im Hause zu haben, falls »die Kinder einmal überraschend zu Besuch kommen«, was jedoch nie der Fall gewesen war. Und wenn, dann sind sie immer essen gegangen.

»Du hast mich schon verstanden, Gunnar. Kein Mensch wird Hans dort suchen! Du nimmst einen Teil der Lebensmittel heraus, legst Hans hinein und den Rest der Speisen wieder obendrauf!«

»Und wie bitte schön soll ich einen 1,80 Meter großen, leblosen Körper in eine Truhe legen? Hast du da auch eine Idee?«

Gunnars Stimme klingt weinerlich. Er ist völlig mit den Nerven am Ende.

»Keine Ahnung. Dir wird schon was einfallen. Falte ihn irgendwie zusammen. Ich muss Schluss machen, Gunnar. Du machst das schon!«

Mit diesen Worten beendet Elena das Gespräch.

»Du machst das schon!«, wiederholt er verzweifelt ihre Worte. Sie geht jetzt zurück zu ihrem Champagnerglas, und er hat diesen Mist hier an der Backe.

Aber sie hat recht, er darf jetzt nicht die Nerven verlieren, sonst ist alles aus und er landet im Gefängnis.

Seufzend nimmt er den Surfsack vom kaputten Wagen und zieht ihn zurück ins Haus.

Neben der Küche scheint der Hauswirtschaftsraum, eine Art Speisekammer, zu sein. Regale biegen sich unter Konservendosen und Gläsern mit Marmelade. Daneben stehen Kisten mit Wasser und Bier sowie mehrere Weinregale.

In der Ecke steht die große Truhe, von der Elena gesprochen hat.

Gunnar öffnet sie und ist erstaunt. Sie ist bis zum Rand gefüllt mit zahlreichen Lebensmitteln. Gunnar nimmt einen Teil davon heraus und wirft alles erst einmal auf den Boden.

Er muss jetzt seinen Verstand einschalten und genau überlegen, was zu tun ist. Sofort, als er die Leiche ausgepackt hat, wird ihm klar, dass er sie so niemals in die Truhe bekommen wird. Die Truhe ist höchstens 1,60 Meter lang, Hans aber über 1,80 Meter groß.

Es sei denn …

Vor Kurzem hat Gunnar eine Reportage über Bestattungsmethoden in der Steinzeit gesehen. Soll noch mal einer sagen, dass Fernsehen nicht bildet! Damals haben die Menschen die Toten mit angewinkelten Armen und Beinen niedergelegt, ähnlich der Embryonalstellung. Da Hans sich dazu selbst nicht mehr bereit erklären kann, muss Gunnar ihn irgendwie in diese Stellung bringen! Hektisch rennt er noch einmal in die Garage und kehrt kurz darauf mit mehreren Spanngurten in den Hauswirtschaftsraum zurück. Glücklicherweise hat er auch noch ein paar andere Dinge in der Garage entdeckt, die ihm bei seinem Vorhaben helfen könnten. So hat er zum Beispiel eine silberne Autoabdeckung dabei, einen großen Müllsack für Gartenabfälle sowie eine riesengroße blaue IKEA-Plastik-Einkaufstasche, die sich für die Entsorgung der Lebensmittel sicher als sehr hilfreich erweisen wird.

Der Anblick des toten Hans im Surfsack inmitten von tiefgefrorenem Gemüse und Hähnchenkeulen, die jetzt auf dem Boden liegen, hat etwas seltsam Bizarres. Doch Gunnar darf keine Minute Zeit mehr verlieren. Er rollt den toten Hans auf die Seite und bringt ihn in die Embryonalstellung. Es wird nicht so einfach sein, den leblosen Körper so zusammenzuklappen, dass er in die Truhe passt. Er winkelt Hans' Beine an und bindet sie mithilfe der Spanngurte ebenso wie die Arme zusammen. Auf diese Weise ist der tote Hans schon viel kleiner und lässt sich in den mitgebrachten Gartenmüllsack packen. Mit offenen Augen starrt ihn der Tote an, und sein Kopf wackelt hin und her. Ein kalter Schauer läuft über Gunnars Rücken. Er zwingt sich zur Ruhe. Nur nicht die Nerven verlieren! Gunnar atmet tief durch. Nun muss er Hans nur noch in die Truhe bekommen! Hans ist viel zu schwer, um ihn dort hineinzuheben. Gunnar tropft der Schweiß herunter. Wie zum Teufel soll er es schaffen, dieses leblose Paket vor ihm in die Truhe zu hieven? Er hat zwar in seiner Jugendzeit hin und wieder aushilfsweise bei einem Umzugsunternehmen gearbeitet und musste dort schwere Dinge transportieren, aber das momentane Problem überfordert ihn total. Er müsste einen Hebel haben, damit er nicht das komplette Gewicht heben muss. Moment mal – Gunnar kommt ein Gedanke. Er ist ein bisschen abwegig, aber es könnte doch funktionieren! Er hastet in die Garage und kehrt nur einen kurzen Augenblick später mit dem Surfbrett in den Hauswirtschaftsraum zurück. Mit wenigen Handgriffen hat er den leblosen Hans auf das Surfbrett gerollt und befestigt ihn dort mit einem weiteren Spanngurt. Er stellt die Spitze des Brettes auf und lehnt es gegen die Truhe. Nun braucht er es nur noch hinten anzuheben und nach oben zu schieben. Als das Brett waagrecht auf der Truhe liegt, öffnet Gunnar die Spanngurte, mit denen Hans auf dem Brett befestigt war, dreht das Brett um, und der Müllsack poltert etwas unsanft in die Truhe hinein. Gunnar verändert noch ein wenig seine Position, dann legt er die silberne Abdeckplane auf den Müllsack und verteilt einen Teil der Lebensmittel auf dieser. Der Müllsack mitsamt seinem gruseligen Inhalt ist nicht mehr zu sehen. Dann schließt Gunnar die Truhe. Trotz der schrecklichen Umstände ist Gunnar fast ein wenig stolz auf sich. Es ist ihm gelungen, den toten Hans in der Truhe zu verstauen, was er anfangs nicht für möglich gehalten hätte. Den Rest der Lebensmittel, die noch auf dem Boden liegen, packt er hektisch in die große blaue IKEA-Tasche und trägt sie in die Garage. Hier stehen einige Mülleimer, und Gunnar wirft das übrige Fleisch und Gemüse sowie mehrere Pizzakartons einfach hinein. Nun nur noch das Surfbrett und den Surfsack zurück in die Garage bringen, den Boden im Hauswirtschaftsraum notdürftig aufwischen, und dann muss er sehen, dass er endlich aus dem Haus kommt, bevor diese Inken da ist! Um das Wasser in der Badewanne kann er sich nicht mehr kümmern, dazu ist beim besten Willen keine Zeit mehr. Na und? Dann hat Hans eben ein Bad genommen und vergessen, das Wasser auszulassen. Er eilt in Elenas Schlafzimmer und entnimmt der von ihr beschriebenen Kommode die Tabletten. Elenas Schlafzimmer ist ein Traum in Weiß und Gold, mit wertvollen Einbauschränken und hellen, luftigen Gardinen. Ein schneeweißes Himmelbett steht in der Mitte des Raumes. Hier also schläft seine Geliebte! Sanft streicht Gunnar über die seidene Bettwäsche. Der Gedanke, irgendwann mit Elena in diesem Traumbett zu schlafen, beflügelt ihn und lässt ihn den schrecklichen Anblick des Toten in seinem Kopf verdrängen. Schnell verteilt Gunnar die Tabletten im Bad und in der Küche. Hastig sieht er sich noch einmal um. Hat er auch wirklich nichts vergessen? Nein, es sieht nicht so aus. Gunnar läuft noch einmal in die Garage, setzt seine Mütze auf und zieht sie weit in die Stirn. Dann öffnet er die Tür im doppelten Garagentor und fährt mit Hans' Fahrrad in die dunkle Nacht hinaus. Es ist 20.50 Uhr. Wenn jemand einen dunkel gekleideten Mann Richtung Strand radeln sieht, wird er ihn bestimmt für Hans Ewers halten, der wie jeden Abend schwimmen geht.

13. KAPITEL
WO IST HANS EWERS?

Irgendetwas stimmt hier nicht. Auf ihr lautes Rufen »Hallo, Vati!« kommt keine Antwort, obwohl laute Musik zu hören ist. Inken geht ins Wohnzimmer, doch hier ist ihr Vater nicht. Opernmusik erklingt aus der Stereoanlage, ansonsten ist alles still. Komisch, sie hat doch extra angerufen, um ihm mitzuteilen, dass sie früher kommt! Normalerweise wartet er dann auf sie und öffnet die Haustür, sobald er ihren Wagen in der Auffahrt hört. Ob er ihre Nachricht auf dem Anrufbeantworter gar nicht abgehört hat? Inken geht durch den Flur in die Küche, doch auch hier ist niemand. Seltsam. Selbst wenn ihr Vater den Anrufbeantworter nicht abgehört hat, auf den sie ihm die Nachricht gesprochen hat, dass sie ein wenig früher kommt, so waren sie doch auf jeden Fall für den heutigen Abend verabredet. Das hatten sie gestern Abend am Telefon fest ausgemacht! Daher kann es doch nicht sein, dass er ausgegangen ist! Sie geht nach oben, ruft noch mal: »Vater? Bist du hier oben?« Doch sie bekommt keine Antwort. Hans ist weder in seinem noch in Elenas Schlafzimmer, und auch die beiden Gästezimmer, in denen Björn und Inken wohnen, wenn sie hier sind, sind verwaist.

Nur die Tür zum Badezimmer steht offen. Hier ertönt ebenfalls die Opernmusik aus den eingebauten Lautsprechern. Inken geht hinein und wundert sich. Auch hier ist niemand. Doch es sieht so aus, als wäre noch bis eben jemand hier gewesen. Die Badewanne ist bis über die Hälfte gefüllt. Inken hält einen Finger ins Wasser, es ist nicht mehr richtig heiß, aber noch immer warm. Hat ihr Vater gerade eben noch gebadet? Aber wo ist er dann? Es kann doch nicht sein, dass er sich angezogen und das Haus verlassen hat. Er wusste doch, dass sie kommen würde! Außerdem würde er doch nicht aus dem Haus gehen, ohne das Badewasser abzulassen. Es sei denn, etwas Unvorhergesehenes wäre passiert und Hans hätte überstürzt das Haus verlassen. Aber dann hätte er sie doch sicher angerufen und informiert. Irgendwie passt das alles gar nicht zu ihrem Vater.

Inken geht wieder nach unten und setzt sich mit einem Glas Wein auf die Terrasse. Sie zwingt sich zur Ruhe, vielleicht ist ihr Vater ja nur kurz auf einen Sprung zu den Nachbarn hinübergegangen. Möglicherweise hatte Britt ja irgendein Problem im Haus, und er musste ihr helfen. Er wird sicher gleich wiederkommen!

Inken ist froh, dass sie nach Kampen gekommen ist. Die Auseinandersetzung mit ihrem Vater hat ihr in den letzten Wochen sehr zu schaffen gemacht. Besonders, dass er geglaubt hatte, Björn und sie hätten nur Angst um ihr Erbe. Natürlich haben die beiden Geschwister sich seit dem Tag, als Hans ihnen erklärte, er wolle Elena heiraten, so ihre Gedanken gemacht. Inken hatte Elena von Anfang an misstraut. Sie hatte etwas seltsam Undurchsichtiges an sich und war trotz ihrer aufgesetzten Freundlichkeit meist sehr verschlossen. Außerdem konnte Elena ihr nie richtig in die Augen sehen. Aber vielleicht bildete sich Inken das ja auch ein und war nur eifersüchtig auf diese Frau, die kaum älter war als sie selbst und von der keiner so richtig wusste, wo sie überhaupt herkam. Natürlich hatten Björn und auch

Inken selbst ganz selbstverständlich angenommen, dass es Elena gar nicht um Hans, sondern um sein Vermögen ging. Aber ob es tatsächlich so war, konnten sie natürlich nicht wissen. In den letzten Tagen hatte Inken nachgedacht. Nach dem Tod ihrer Mutter hing sie ganz besonders an ihrem Vater und wollte sich nicht mit ihm überwerfen. Schließlich hatten sie ja auch gar kein Recht, sich in das Leben ihres Vaters einzumischen! Hauptsache, er ist glücklich und kann seine letzten Jahre in Ruhe und Frieden verbringen, denkt sie. Und wenn Elena ihn glücklich macht, dann soll es uns recht sein! In den letzten Jahren schien ihr Vater an der Seite der jungen Frau doch regelrecht aufzublühen. Inken hatte sich gestern sehr über den Anruf ihres Vaters gefreut. Offenbar war auch ihm daran gelegen, den Familienfrieden wiederherzustellen. Inken ist fest entschlossen, auch ihren Beitrag dazu zu leisten. Sie wird ihrem Vater sagen, dass es *sein* Leben ist und sie nur möchte, dass er glücklich ist!

Zwei Stunden später ist Hans jedoch immer noch nicht da, und Inken beginnt sich Sorgen zu machen. Als sie auf seinem Handy anruft, klingelt dieses im Wohnzimmer. Inken wird unruhig. Was soll sie tun? Sie weiß ja durch das gestrige Telefonat mit ihrem Vater, dass Elena in Hamburg ist. Ob er vielleicht zu ihr gefahren ist? Aber das macht doch keinen Sinn, das hätte er ihr sicher gesagt! In der Hamburger Wohnung nimmt niemand ab, also ruft Inken auf Elenas Handy an und fragt, ob sie vielleicht weiß, wo ihr Vater sein könnte.

»Leider nein, Inken! Als ich gestern nach Hamburg gefahren bin, hat er nichts davon gesagt, dass er heute Abend ausgehen wollte. Ich bin hier bei einer Vernissage und habe leider heute den ganzen Tag noch nichts von ihm gehört. Vielleicht ist er schwimmen gegangen, so wie jeden

Abend? Oder er hat sich spontan entschlossen, Britt oder die Friedrichsens zu besuchen? Tut mir leid, Liebes, dass ich dir nicht weiterhelfen kann. Bitte sagt mir Bescheid, wenn Hans wieder zu Hause ist, ja?«, antwortet Elena.

Dies wird wohl kaum geschehen. Dennoch fällt es Elena nicht allzu schwer, diese Worte zu sagen. Nun ist sie froh, dass Gunnar sie bereits vor Stunden über den bevorstehenden Besuch von Inken informiert hat. Ansonsten wäre sie jetzt vermutlich über Inkens Besuch in Kampen in Panik geraten. So aber konnte sie sich auf den unvermeidlichen Anruf ihrer Stieftochter vorbereiten.

Inken kann sich beim besten Willen nicht vorstellen, dass ihr Vater Britt oder die Friedrichsens besucht, obwohl er weiß, dass sie heute Abend kommt. Trotzdem geht sie schnell zu Britt hinüber, doch da ist Hans nicht. Britt berichtet, sie habe ihn am frühen Abend mit dem Rad wegfahren sehen, und bittet Inken auf ein Glas Wein oder einen Tee herein. Doch Inken ist zu unruhig, um die Einladung anzunehmen, und verabschiedet sich. Auch wenn es seltsam ist, dass Hans schwimmen gegangen sein soll, nachdem er ein Bad genommen hat, könnte es doch immerhin möglich sein. Inken geht zur Garage. Hans' Porsche Cayenne steht wie immer an seinem Platz, nur Elenas Cabrio fehlt. Es stehen nur drei Fahrräder in der Garage. Ullas altes Damenrad, Inkens und Björns Räder. Ein Fahrrad fehlt: das von Hans. Es ist inzwischen nach 23.00 Uhr und stockdunkel draußen. Selbst wenn Hans mit dem Rad weggefahren ist, kann er doch unmöglich immer noch am Strand sein!

Kurz entschlossen setzt sich Inken in ihr Auto und fährt zum Parkplatz an der »Sturmhaube«. Sie steigt aus, der Wind hier oben am roten Kliff erfasst ihre Haare und weht sie ihr ins Gesicht. Sie zieht ihre Jacke fester zu und geht zu den Fahrradständern am Strandaufgang. Um diese Uhrzeit stehen nicht mehr viele Räder hier, und so fällt es ihr sofort auf. Kein Zweifel, es ist das Fahrrad ihres Vaters. Ob er in der »Sturmhaube« ist? Aber dann hätte er doch das Rad dort angeschlossen! Es sei denn, er wäre direkt vom Strand in das Restaurant, um sich dort mit einem heißen Getränk aufzuwärmen. In der »Sturmhaube« sitzen noch einige Nachtschwärmer mit einem Cocktail oder guten Glas Wein an der Bar, die Inken neugierig betrachten. Doch ihr Vater ist nicht unter den Gästen. Sie geht zum Strandaufgang und blickt auf den dunklen menschenleeren Strand hinunter. Der Wind ist so stark, dass sie sich am Geländer festhalten muss. Bei dieser frischen Brise sind selbst die Liebespärchen in den Strandkörben längst nach Hause gegangen. So langsam bekommt es Inken mit der Angst zu tun. Sie geht zurück zu Hans' verwaistem Fahrrad und bleibt einen Moment unschlüssig davor stehen. Dann nimmt sie ihr Handy aus der Tasche und ruft die Polizei.

»Hmmm … dieser Milchreis ist wirklich verführerisch!«

Genießerisch leckt sich Charlotte über die roten Lippen. Smarty nimmt ihre Hand und zieht sie an seine Lippen. Schon seit zwei Wochen hat er diese Traumfrau angebaggert, und heute ist ihr letzter Abend! Morgen wird Charlotte von Bernhard, genannt Charlie, wieder zurück nach Köln reisen. Smarty hat für diesen besonderen Abend einen Tisch im Restaurant »Seepferdchen Samoa« reserviert und für dieses Abendessen richtig viel Geld ausgegeben. Gut investiertes Geld! Denn als er Charlie fragt, ob sie vielleicht noch einen Kaffee bei ihm zu Hause trinken möchte, sieht sie ihm tief in die Augen und antwortet: »Nichts lieber als das. Muss ja auch kein Kaffee sein …«

Er hilft ihr in ihre teure Jacke. Mann, diese Frau ist wie ein Sechser im Lotto! Sie sieht nicht nur fantastisch aus, sondern stammt auch noch aus einem alten Adelsgeschlecht. Dass sie morgen früh schon um sechs Uhr abreisen will, ist zwar hart. Aber Köln ist schließlich nicht aus der Welt, und Smarty ist gewillt, heute Nacht alles zu geben, damit sie sich ein baldiges Wiedersehen wünscht!

Gerade als sie zum Parkplatz gehen, klingelt sein Handy. Mist, die Wache! Es wird doch nicht ausgerechnet jetzt etwas passiert sein! Gerade jetzt, wo er mit Charlie Abschied feiern und richtig zur Sache kommen wollte!

Smarty überlegt, ob er rangehen soll. Er muss, denn er hat Rufbereitschaft. Hoffentlich ist es nicht irgendein dämlicher Einsatz, der seine Pläne durchkreuzt. In der Hoffnung, dass es nur eine kurze Nachfrage ist, nimmt er den Anruf an.

»Moin, Kollege Espersen, fahren Sie bitte sofort nach Kampen zum Parkplatz der ›Sturmhaube‹. Dort wird ein Mann vermisst, und man hat sein Fahrrad am Strand gefunden, er selbst ist jedoch nirgends auffindbar. Die Schutzpolizei und die Tochter des Vermissten sind vor Ort, aber es ist alles sehr merkwürdig. Bitte kümmern Sie sich darum.«

Das hört sich nicht gut an!

Smarty verdreht die Augen, antwortet jedoch: »Alles klar. Bin schon unterwegs.«

Ganz mieses Timing! Wer weiß, wie lange das dauern wird. Die Liebesnacht kann er jetzt vergessen. Und morgen wird Charlie nicht mehr da sein. Dann kann er von vorne anfangen und eine neue Urlauberin anbaggern.

Seufzend nimmt er Charlie in die Arme.

»Die Pflicht ruft. Das mit dem Kaffee müssen wir verschieben, meine Schöne. Werden wir uns wiedersehen?«

»Klar!« sagt sie leichthin, doch es ist ihr anzusehen, dass sie verstimmt ist.

Mit einem schmalen Lächeln steckt ihm Charlie ihre Handynummer zu und gibt ihm noch ein Abschiedsküsschen. Dann steigt sie in ihr Beetle Cabrio und braust davon.

Als Smarty in Kampen bei der »Sturmhaube«, die bei dem windigen Wetter heute Abend ihrem Namen alle Ehre macht, eintrifft, sind bereits mehrere Kollegen von der Schutzpolizei vor Ort und berichten in kurzen Worten, was geschehen ist.

»Moin, Kollege Espersen.«

»Moin, Petersen«, sagt Smarty und gibt dem Kollegen die Hand.

»Also diese Dame hier ist Inken Ewers. Sie war heute Abend mit ihrem Vater in seinem Haus in Kampen verabredet. Er war jedoch nicht zu Hause, als sie eintraf. Seltsamerweise sah es so aus, als hätte er noch gebadet und anschließend das Haus verlassen. Als er nach Stunden nicht zurückkehrte, machte sie sich auf die Suche nach ihm, fand jedoch nur das Fahrrad hier.«

Und deswegen haben sie Smarty von seinem geplanten Schäferstündchen hierhergeholt? Jede Wette, dass der Alte nur an irgendeiner Bar versackt ist!

Er wendet sich an Inken, die ziemlich nervös zu sein scheint und fragt: »Guten Abend, Frau Ewers. Ich bin Kriminalkommissar Lasse Espersen. Wann waren Sie denn mit Ihrem Vater verabredet?«

»Guten Abend, Herr Espersen. Ich wollte eigentlich so gegen 22.00 Uhr auf Sylt eintreffen, bin aber bereits um 17.30 Uhr in Hamburg losgefahren, sodass ich schon gegen 20.00 Uhr am Autozug in Niebüll war. Von dort aus habe ich meinen Vater angerufen und ihm mitgeteilt, dass ich schon eine Stunde früher da sein würde. Als ich gegen 21.00 Uhr in Kampen eintraf, war mein Vater nicht zu Hause. Das Komische war, dass Licht brannte, der CD-Player noch an war und die Badewanne voll mit Wasser. Das Wasser war auch noch warm. Als habe er gerade eben noch gebadet! Er war aber weder im Haus noch im Garten oder bei der Nachbarin. Ich habe zuerst überall nach ihm gesucht und dann einfach gewartet. Ich habe mir zunächst gedacht, er sei vielleicht noch irgendwo ein Bierchen trinken gegangen, bevor ich komme.«

Das hat Smarty sich ja auch schon gedacht.

Er wendet sich an die Kollegen der Schutzpolizei: »Habt ihr schon in der ›Sturmhaube‹, im ›La Plage‹ und in den Kneipen im Strönwei nach Herrn Ewers gefragt?«

»Klar!«, antworten diese. »Wir haben auch bereits den ganzen Strandabschnitt abgesucht. Jedenfalls soweit uns das im Dunkeln mit Taschenlampen möglich war. Aber keine Spur von Herrn Ewers! Wir haben auch keine Kleidungsstücke oder Badesachen gefunden.«

»Seit wann vermissen Sie Ihren Vater denn genau?«, fragt Smarty, und Inken erzählt weiter: »Als er gegen 23.00 Uhr noch nicht zu Hause war, habe ich mir Sorgen gemacht. Er wusste doch, dass ich heute Abend komme!«

»Ist es schon einmal vorgekommen, dass Ihr Vater nicht zu Hause war, obwohl Sie verabredet waren?«, hakt Smarty nach.

»Nein, nie. Er hat sich immer sehr auf unseren Besuch gefreut und entweder einen Tisch in einem schönen Lokal reserviert oder selbst etwas Leckeres gekocht.«

»Auf *unseren* Besuch?«, fragt Smarty.

»Mein Bruder Björn und ich leben in Hamburg. Björn hat die Firma unserer Eltern, das Verlagshaus Ewers, übernommen und immer sehr viel zu tun. Er kommt selten nach Sylt, besonders seit …«

Smarty sieht sie fragend an.

»… seit mein Vater vor ein paar Jahren wieder geheiratet hat.«

»Mag Ihr Bruder seine Stiefmutter nicht besonders?«

»Das kann man so nicht sagen«, antwortet Inken vorsichtig. »Es ist nur … wir haben nicht allzu viel gemeinsam mit ihr.«

»War denn Ihre Stiefmutter heute Abend auch nicht zu Hause?«, fragt Smarty und setzt hinzu: »Vielleicht sind die beiden ja ausgegangen?«

»Nein, meine Stiefmutter – bitte entschuldigen Sie, aber es fällt mir etwas schwer, diesen Ausdruck zu benutzen. Elena ist ja kaum älter als ich«, klärt Inken Smarty auf, »also Elena ist seit gestern in Hamburg. Meinem Vater gehört noch eine Wohnung in Blankenese, in der sie hin und wieder ein paar Tage verbringen. Elena fährt aber manchmal auch alleine dorthin, um ihre Freundin Irina zu treffen, die ebenfalls in Hamburg lebt. Soviel ich weiß, wollten Irina und Elena gestern eine Modenschau besuchen und heute zu einer Vernissage.«

»Weiß Ihre Stiefmu…, weiß Elena denn, dass Sie Ihren Vater vermissen?«

»Ja, ich habe kurz vor 23.00 Uhr mit ihr telefoniert. Aber Elena hatte auch keine Ahnung, wo er stecken könnte. Daraufhin habe ich erst bei der Nachbarin Britt Hansen gefragt, ob er vielleicht bei ihr ist. Dort war er nicht, aber Britt meinte, sie habe ihn am frühen Abend mit dem Fahrrad wegfahren sehen. Ich sah in der Garage nach und bemerkte, dass sein Fahrrad fehlt. Daraufhin bin ich hierhergefahren, weil ich ja wusste, dass er abends gerne in der Nordsee schwimmen geht.«

»Immer an diesem Strandabschnitt?«

»Ja, meistens. Hier kann man gut das Rad abstellen und ist schnell am Strand und muss nicht erst den ganzen Weg durch die Dünen laufen wie zum Beispiel bei der ›Buhne 16‹.«

Smarty kommt das alles sehr merkwürdig vor.

Auf einmal sieht er etwas Dunkles im Meer treiben.

»Da hinten! Seht ihr ... da schwimmt doch etwas im Wasser!«

Es ist zwar schon dunkel, aber Smarty sieht deutlich einen Körper immer wieder auf- und untertauchen.

»Ähem ...«, räuspert sich der Kollege Petersen, »... mit Verlaub, Herr Espersen, das ist ein Schweinswal!«

»Ein Schweinswal?«, wundert sich Smarty.

»Die kann man manchmal bei ruhigem Wetter vor Sylts Küste beobachten!«, klärt Petersen Smarty auf.

»Ach so, ja dann. Petersen, ich glaube, wir können hier im Moment nichts mehr machen. Wir fahren jetzt zusammen mit Frau Ewers zurück in das Wohnhaus. Vielleicht ist Herr Ewers ja inzwischen nach Hause zurückgekehrt. Das Fahrrad nehmen wir mit, es ist ja nicht abgeschlossen. Wir transportieren es im Kombi.«

Natürlich ist auch Smarty schon einmal im Hobookenweg gewesen und hat die wunderschönen Reetdachhäuser, die hier stehen, bewundert. Doch das Anwesen der Ewers, das mit seinem tiefen Reetdach inmitten eines gepflegten und komplett mit Eiben und Kiefern eingewachsenen Gartens steht, beeindruckt ihn schon von außen zutiefst. Ein breiter, mit Rosen bewachsener Friesenwall umsäumt das mindestens 3.000 Quadratmeter große Grundstück, und das große, weiße Eingangstor öffnet sich auf Knopfdruck von Inken automatisch. Donnerwetter! Obwohl es fast nicht möglich ist, erscheint das Innere des Gebäudes noch edler und beeindruckender. Weiße bis zum Boden reichende Sprossenfenster lassen den Blick aus dem Wohnzimmer frei in den großen Garten. Von der Terrasse aus hat man einen fantastischen Blick auf das nahe Wattenmeer. Wertvolle Antiquitäten, ein Kamin und alte Gemälde erzeugen ebenso wie alte Teppiche und Kunstgegenstände ein überaus geschmackvolles Ambiente. Tischlerarbeiten der Spitzenklasse finden sich nicht nur in der großen Einbauküche, die mit ihrem Tresen in der Mitte wie ein Schiff aussieht, sondern im gesamten Gebäude. Anerkennend pfeift Smarty durch die Zähne.

»Sieht nicht so aus, als ob mein Vater zu Hause wäre!«, sagt Inken enttäuscht und lässt den Kopf hängen. »Wo kann er nur sein?«

»Nun regen Sie sich mal nicht auf«, versucht Smarty, sie zu trösten.

»Wir können natürlich eine Vermisstenanzeige aufnehmen. Aber meist tauchen die vermissten Personen nach ein paar Tagen von alleine wieder auf. Wir werden selbstverständlich unser Bestes tun und weitersuchen. Ich bin überzeugt, es gibt eine ganz harmlose Erklärung dafür, dass Ihr Vater nicht zu Hause ist.«

So ganz überzeugt ist Smarty allerdings nicht, dass es eine harmlose Erklärung gibt. Und Inken schon gar nicht. Sie geht in die Küche, um Tee zu kochen, während die Beamten weiter das ganze Haus und den Garten absuchen.

»Sagen Sie mal, haben Sie kein Licht im Garten?«, fragt Petersen, der gerade über die Terrasse hereinkommt.

»Doch, natürlich«, antwortet Inken. »Wir haben Bewegungsmelder, die das Licht automatisch einschalten. Sind die denn nicht an?«

Normalerweise tauchen diese den Garten doch immer in helles Licht, sobald nur eine Katze durchläuft.

Petersen schüttelt den Kopf.

»Kann man das Licht irgendwo einschalten?«, fragt er

»Ja, hier im Wohnraum sind die Schalter und auch der komplette Schaltkasten.«

Inken geht voraus und zeigt den Beamten die entsprechenden Schalter. Sie betätigt diese mehrere Male, aber das Licht geht nicht an.

»Vielleicht ist die Sicherung rausgesprungen. Der Sicherungskasten ist im Hauswirtschaftsraum.«

Sie geht den Beamten voraus und zeigt ihnen den entsprechenden Kasten.

»Die Sicherung für die Lampen im Garten ist draußen«, stellt Smarty fest. »Haben Sie die ausgeschaltet?«

»Nein, warum sollte ich denn?«

»Seltsam. Meinen Sie, Ihr Vater oder ihre Stiefmu…, Elena hätte das getan?«

»Ich kann mir zwar nicht denken, warum, aber es muss wohl so gewesen sein. Sonst ist ja niemand hier. Ich weiß nur, dass mein Vater oft genervt war, wenn wieder eine Katze oder ein Häschen durch den Garten spaziert ist und das Licht dauernd anging. Gerade im Winter, wenn die beiden am Kaminfeuer saßen, fühlten sie sich oft davon gestört. Das haben sie mir jedenfalls so erzählt. Vielleicht haben sie die Sicherung deshalb ausgeschaltet.«

»Möglich«, sagt Smarty, denkt sich aber: In diesem Fall

macht ein Bewegungsmelder doch keinen Sinn! Die Reichen haben Sorgen! Fühlen sich gestört, nur weil ein hoppelndes Häschen das Licht im Garten auslöst. Bei dem Gedanken an das Häschen fallen ihm die hübsche Charlie wieder ein und die verpasste Gelegenheit auf eine heiße Liebesnacht. Stattdessen muss er hier nach einem Mann suchen, der vermutlich schon morgen wieder von selber auftauchen wird.

Seine Kollegen suchen nicht nur im Haus, sondern auch im Garten weiter nach Hans Ewers.

»Was ich wirklich sehr seltsam finde, ist, dass mein Vater offenbar noch ein Bad genommen hat, bevor er schwimmen gegangen ist!«, sagt Inken plötzlich. »Normalerweise hat er das immer umgekehrt gemacht.«

»Wie kommen Sie denn darauf, dass er diesmal erst gebadet hat?«

»Kommen Sie mit, dann zeige ich es Ihnen!«

Inken geht Smarty voraus in das Badezimmer im ersten Stock. Wieder bleibt ihm die Spucke weg angesichts der wertvollen Ausstattung, der goldenen Wasserhähne und der High-Tech-Badewanne, die noch bis über die Hälfte mit Wasser gefüllt ist.

»Sehen Sie? Die Wanne ist noch halb voll.«

»Vielleicht hat er sie ja schon eingelassen, damit er sich nach seinem Bad in der Nordsee darin aufwärmen kann«, überlegt Smarty. Obwohl das für ihn auch irgendwie keinen Sinn macht.

Aber das hat die Sache mit den Bewegungsmeldern ja auch nicht.

»Nein, sehen Sie doch. Das Badewasser sieht doch irgendwie gebraucht aus. Außerdem liegen hier nasse Handtücher herum. Mein Vater muss gebadet haben! Die Frage ist nur, warum hat er das Wasser stehen und nicht ablaufen lassen? Soll ich das jetzt tun?«

Smarty schüttelt den Kopf.

»Nein, lassen Sie es bitte noch drin. Was ist eigentlich mit dem angekündigten Tee?«

»Oh, den habe ich ja ganz vergessen!« Inken geht zurück in die Küche und lässt Smarty ratlos zurück.

Das Ganze ist wirklich äußerst seltsam. Auch wenn er eben noch gedacht hatte, dass dieser Hans Ewers vielleicht nur in einer Kneipe oder bei einer Frau versackt ist, gibt ihm die Sache mit der Badewanne ein großes Rätsel auf.

Warum sollte jemand baden, bevor er in der Nordsee schwimmen geht?

Warum sollte jemand überhaupt in der Nordsee schwimmen gehen, wenn er Besuch erwartet?

Warum hat er das Badewasser nicht abgelassen und auch die Stereoanlage nicht ausgemacht, als er das Haus verlassen hat?

Hat er das Haus überhaupt verlassen?

Das muss er wohl, denn schließlich steht das Fahrrad ja am Strandaufgang an der »Sturmhaube«.

Smarty ist total überfordert mit der Situation. Die Kollegen von der Schutzpolizei fragen, ob sie noch gebraucht werden. Sie haben alles abgesucht, aber niemanden gefunden.

»Gut, Kollegen, wir machen morgen früh weiter und suchen bei Tageslicht den Strand ab. Zunächst einmal vielen Dank und noch einen ruhigen Dienst.«

Uwe! Uns Uwe wüsste, was zu tun ist! Sein alter Lehrer von der Polizeischule in Eutin.

Ohne lange nachzudenken, wählt Smarty die Nummer, die er erst vor ein paar Tagen von seinem alten Lehrer bekommen hat.

»Moin, Uwe, tut mir leid, dass ich so spät noch störe. Aber ich habe hier einen ganz merkwürdigen Fall. Und da dachte ich, vielleicht kannst du mir helfen. Du kennst doch hier alle Leute auf der Insel. Sagt dir der Name Hans Ewers etwas?«

»Na klar«, sagt Uwe und gähnt. Er ist gerade erst nach Hause gekommen, war noch lange bei Johann am Kiosk und hat mit ihm und dem Bayern Sepp geklönt.

Hans Ewers, das ist doch der mit der Russenfrau. Erst neulich kam er auch an Johanns »Heidekiosk« vorbei.

»Was ist mit Hans Ewers?«

»Seine Tochter hat ihn vermisst gemeldet. Das ist alles sehr merkwürdig hier.«

»Was heißt ›hier‹?«

»Im Hobookenweg 16.«

»Gut. Warte auf mich. Ich bin gleich da.«

»Das ist 'n Haus, was?«, begrüßt Smarty schon kurz darauf den alten Lehrer.

»Die ist doch sicher mindestens eine Million wert.«

»Da kannst du wohl noch 'ne Null dranhängen, Smarty«, lacht Uwe.

»Echt? Oha!«, staunt Smarty.

In wenigen Worten berichtet er Uwe, was geschehen ist, und vor allem, was ihm merkwürdig vorkommt.

»Das ist Kriminalhauptkommissar a. D. Uwe Boysen. Und das ist Inken Ewers«, stellt Smarty die beiden einander vor.

»Uwe, ich meine natürlich Herr Boysen kennt Ihren Vater sehr gut«, versucht Smarty, Uwes Anwesenheit zu erklären. Dabei ist es Inken vermutlich ganz egal, ob Uwe noch bei der Polizei oder bereits pensioniert ist. Hauptsache, irgendjemand bringt Licht ins Dunkel.

»Na ja, sehr gut ist vielleicht zu viel gesagt. Man kennt sich eben auf der Insel, wenn man hier lebt. Obwohl wir ja nicht allzu viele Berührungspunkte haben. Wir waren einige Zeit zusammen im Shanty-Chor. Das war, als Ihr Vater in den Ruhestand ging und sich entschloss, für immer auf Sylt zu bleiben. Vermutlich wollte er ein paar neue Kontakte auf der Insel knüpfen. Leider blieb er nicht lange. Er hat ja noch einmal geheiratet, da hatte er natürlich nicht mehr so viel Zeit für uns alte Männer!«, grinst Uwe. »Allerdings haben wir uns erst vor Kurzem bei einem Freund von mir im ›Heidekiosk‹ getroffen.«

»Oh, im ›Heidekiosk‹«, antwortet Inken erstaunt. »Das ist doch diese kleine Bude in der Heide? Ich wusste gar nicht, dass mein Vater dort verkehrt.«

Arrogante Zicke, denkt Uwe. Nur, weil dein alter Herr über mehr Kohle als die meisten von uns verfügt, heißt das doch nicht, dass er nicht auch einmal ein Bierchen mit den »normalen Menschen« zischen kann. Uwe hat Hans jedenfalls als sehr netten und umgänglichen Mann kennengelernt, der – obwohl er weiß Gott stolz auf sein Unternehmen sein kann – niemals arrogant oder eingebildet war.

Er betrachtet Inken verstohlen von der Seite. Man sieht ihr an, dass sie an eine Umgebung wie diese hier gewöhnt ist. Mit ihrer großen Nase, den kühlen grauen Augen und den schmalen Lippen hat sie viel Ähnlichkeit mit ihrem Vater, was ihr nicht gerade zu einem hübschen und weiblichen, sondern eher spröden Aussehen verhilft.

Noch einmal erzählt sie, wie der heutige Abend verlaufen ist. Uwe sieht sich inzwischen in Ruhe um.

»Das ist Ihre Stiefmutter?« Es ist mehr eine Feststellung

als eine Frage, denn natürlich hat Uwe Hans Ewers einige Male mit der rotblonden Schönheit gesehen. Er nimmt das Bild vom Sideboard und betrachtet es sorgfältig.

»Ja, das sind mein Vater Hans und Elena am Tag ihrer Hochzeit.«

Uwe kann verstehen, dass Hans auf diesem Bild sehr glücklich aussieht. So eine späte Liebe ist doch ein echtes Geschenk. Allerdings entgeht ihm nicht der verächtliche Blick von Inken. Man kann ihr deutlich ansehen, dass sie ihrer »Stiefmutter«, die auf dem Foto viel jünger und hübscher wirkt als sie selbst, nicht allzu wohlgesonnen ist.

»Ihre Stiefmutter ist auch nicht zu Hause?«, fragt Uwe.

»Das habe ich doch schon alles Ihrem Kollegen erzählt. Nein, Elena ist in Hamburg, seit gestern schon. Sie hat keine Ahnung, wo mein Vater sein könnte«, antwortet Inken mit leicht genervtem Unterton.

Uwe wendet sich an Smarty: »Habt ihr schon mit Elena Ewers gesprochen?«

Smarty schüttelt den Kopf.

»Ich schon«, sagt Inken. »Gegen 23.00 Uhr, als mein Vater noch nicht zurück war.«

»Können Sie uns bitte die Telefonnummer geben?«, fragt Uwe, und Inken schreibt sowohl die Festnetznummer der Hamburger Wohnung als auch Elenas Handynummer auf.

»Wie gesagt, mir kam das alles so komisch vor«, sagt Inken noch einmal, diesmal zu Uwe.

»Was genau meinen Sie damit?«, fragt dieser sie.

»Mein Vater wusste, dass ich heute Abend komme. Niemals wäre er weggegangen! Außerdem war das Badewasser noch in der Wanne. Und die Musik ist ja immer noch an.«

Hans hat seine Stereoanlage so eingestellt, dass die CD, sobald sie zu Ende ist, automatisch von vorne beginnt, damit er nicht immer von oben nach unten laufen muss, um sie zu starten. Auch im Bad und selbstverständlich in seinem Schlafzimmer finden sich Lautsprecher, aus denen er seine Lieblingsmusik hören kann.

»Dies Bildnis ist bezaubernd schön …«, singt Uwe mit.

»Was?«, fragt Smarty verständnislos.

»Mozart. Die ›Zauberflöte‹. Kennst du nicht, oder?«

Schade eigentlich, dass die Jugend von heute nur noch diesen neumodischen Kram hört. Das ist doch keine Musik, wie Mozart sie geschrieben hat!

»Kann es sein, dass Ihr Vater depressiv ist?«, fragt Uwe plötzlich unvermittelt und betrachtet die Tablettenschachtel genauer, die auf dem Küchentresen liegt.

»Mein Vater? Auf keinen Fall! Wie kommen Sie darauf?«

»Nun, diese Tabletten ›Citadura‹ sind ein schweres Antidepressivum«, erklärt er ihr.

Bei einem seiner letzten Fälle hatte sich eine ältere Frau selbst getötet. Sie war schwer depressiv gewesen und man hatte bei ihr ebenfalls »Citadura« gefunden.

»Nein, mein Vater ist nicht depressiv. Er ist das absolute Gegenteil davon: lebensfroh und optimistisch, dazu supersportlich. Ich glaube nicht, dass er Tabletten gegen Depressionen nehmen muss«, sagt Inken bestimmt.

»Ist das das Handy Ihres Vaters?«, fragt Smarty und betrachtet das Smartphone auf dem Tisch.

»Ich denke schon.«

»Na, dann wollen wir doch mal sehen, ob er vielleicht einen Anruf bekommen hat, der ihn überraschend aus dem Haus gelockt hat!«

Smarty hält das Display seitlich gegen das Licht und erkennt damit das Symbol, mit dem man das Handy starten kann.

Smarty malt mit dem Finger ein »Z« auf das Display und schon können sie die Anrufe, die Hans zuletzt getätigt hat und die hereingekommen sind, nachverfolgen.

»Also technisch hast du es ja drauf!«, staunt Uwe.

»Heute Abend sind nur drei Anrufe hereingekommen. Um 20.30 Uhr und um 22.55 Uhr wurde von der gleichen Nummer angerufen und dann noch einmal um 23.10 Uhr von einer anderen Nummer.«

»Die erste ist meine.«, klärt Inken auf. »Nachdem ich vergeblich versucht hatte, von unterwegs meinen Vater auf dem Festnetz zu erreichen, habe ich es auf dem Handy probiert. Aber er ging auch da nicht ran. Als ich ihn zu Hause nicht antraf und er auch zwei Stunden später noch nicht da war, habe ich um 22.55 Uhr noch einmal versucht, ihn auf dem Handy zu erreichen. Leider wieder vergeblich, denn es klingelte im Wohnzimmer! Die zweite Nummer gehört zu Elenas Handy. Ich habe sie Ihnen eben gegeben.«

»Stimmt!«, sagt Uwe, nachdem er die beiden Nummern miteinander verglichen hat.

»Ich vermute, dass Elena gleich nachdem ich sie angerufen habe, ebenfalls versucht hat, meinen Vater zu erreichen. Das habe ich aber nicht mitbekommen«, sagt Inken.

Uwe nickt. Dann sagt er: »Wir ziehen uns jetzt mal lieber Latexhandschuhe an, um nicht mögliche Spuren zu vernichten oder selbst welche zu setzen. Wer weiß, wie die Sache hier ausgeht.«

Smarty holt sein Köfferchen, das er vorhin mit einigen Utensilien und einer Kamera mit in das Haus genommen hat. Beide ziehen sich Handschuhe an.

Zunächst gehen die beiden Beamten noch einmal durch alle Räume der unteren Etage. Uwe sieht sich die Küche und das Wohnzimmer genauer an, Smarty nimmt die Garage und den Hauswirtschaftsraum unter die Lupe.

Beide Räume sind ordentlich aufgeräumt, doch nirgends gibt es eine Spur von Hans Ewers.

»Mein Gott, was ist denn das? Warum liegen hier Lebensmittel in der Mülltonne? Die sind ja noch gar nicht angebrochen … ist da vielleicht das Verfallsdatum abgelaufen? Trotzdem: Woanders verhungern Menschen, und hier werden Lebensmittel vernichtet, die ein Vermögen kosten. Welch eine Verschwendung und was für eine ungerechte Welt!«, denkt Smarty, als er einen Blick in die Mülltonne in der Garage geworfen hat.

»Also hier unten ist niemand«, sagt Uwe, als er aus der Küche kommt und auch Smarty schüttelt den Kopf.

Die beiden gehen gemeinsam in die obere Etage. Zunächst werfen sie einen Blick in alle Schlafzimmer.

»Schau mal, hier liegen die gleichen Tabletten: ›Citadura‹«, sagt Smarty und nimmt die Schachtel von Hans' Nachttisch. Nachdem sie einen Blick in die anderen Schlafzimmer geworfen haben, gehen die beiden Richtung Badezimmer.

»Das nenn ich mal ein Ankleidezimmer, was?«, sagt Smarty und zeigt auf die vielen Schränke voll teurer Kleider und Schuhe. Sogar mehrere Pelze hängen in den Schränken. Dabei fällt Uwe ein, dass Hans noch vor Kurzem an Johanns Kiosk erzählt hatte, seine Frau wolle sich mit einer Boutique für Pelzaccessoires selbstständig machen, um nicht immer von allen für eine verwöhnte Prinzessin gehalten zu werden.

»Wohnt hier etwa die Frau vom Papst?«, sagt Smarty

und nimmt ein paar hochhackige Schuhe mit roten Sohlen aus dem Regal.

»Mensch, das sind ›Louboutins‹. Du weißt aber auch gar nix!«, antwortet Uwe.

»Lubu was?«

»Louboutins. Sagt meine Berta jedenfalls.«

»Deine Berta hat solche Schuhe?«, fragt Smarty beeindruckt.

»Quatsch. Meine Berta trägt Birkenstock. Ist doch auch vollkommen egal.«

Berta hatte Uwe solche Schuhe gezeigt, als sie zur Weihnachtszeit in Hamburg auf dem Weihnachtsmarkt waren und anschließend im Alsterhaus nach Geschenken für die Kinder gesucht hatten. Als er sich über die roten Sohlen gewundert hatte, hatte ihm Berta erklärt, das seien Louboutins, solche habe Julia Roberts auch, das habe sie in der »Gala« gelesen.

Uwe hatte sich den Namen gemerkt, weil er so ungewöhnlich war.

Smarty dagegen kann sich den Namen nicht merken und fragt: »Was kosten denn diese Papstschuhe?«

»Mindestens 600 Euro, schätze ich einmal«, sagt Uwe.

»Das ist ja komplett irre! Schau mal, die scheinen getrennte Schlafzimmer zu haben«, entdeckt Smarty. »Das Zimmer der Hausherrin ist auf jeden Fall ein einziger Prinzessinnentraum.«

»Vielleicht schnarcht Hans ja«, antwortet Uwe und denkt: Somit wird ihm wenigstens der Boxhieb seiner Frau erspart, den Uwe immer von seiner Berta bekommt, wenn er schnarcht.

»Aber jetzt kommt das Tollste: das Bad! Ist das nicht der Hammer?«, schwärmt Smarty auf einmal neben ihm.

Doch Uwe hat keinen Blick für den kostbaren Marmor und die goldenen Armaturen. Er geht zielstrebig auf die riesige Badewanne mit Whirlpoolfunktion zu, die die gesamte rechte Ecke des Badezimmers einnimmt.

»Geh mal runter und hol ein Thermometer. Wir müssen auch Wasserproben nehmen. Hast du im Auto sterile Fläschchen? Außerdem müssen wir den Wasserstand genau messen. Das sind alles nur vorsorgliche Maßnahmen. Wer weiß, was hier noch rauskommt. Denke nur an den Fall Barschel, bei dem fast alles falsch gemacht wurde«, befiehlt Uwe.

»Ja, aber der lag wenigstens bekleidet in der Badewanne. Hier ist aber nichts, nicht einmal ein Quietsche-Entchen«, sagt Smarty grinsend und setzt hinzu: »Was du alles haben willst, übertreibst du nicht ein bisschen?«

Auch auf dem Bord im Badezimmer liegt eine Schachtel mit ›Citadura‹.

»Ist Hans etwa so depressiv, dass er ständig und überall diese Pillen in seiner Nähe haben muss? Wenn ich depressiv wäre, würde ich wollen, dass das niemand bemerkt. Schon gar nicht meine Tochter. Und Hans hat doch seine Tochter für heute Abend erwartet. Warum hat er dann überall, auch in der Küche, eine Schachtel des Antidepressivums herumliegen lassen?«, überlegt Smarty.

Smarty hat recht, denkt Uwe. Irgendetwas stimmt hier ganz und gar nicht. Das alles ist sehr merkwürdig. Zum einen der dunkle Garten – warum waren die Bewegungsmelder ausgeschaltet? Und dann die Sache mit der Wanne: Niemand würde in seiner Badewanne zu Hause baden, um dann mit dem Fahrrad zum Strand zu radeln und dort im Meer schwimmen zu gehen. Ob das Badewasser vielleicht von gestern ist? Womöglich funktioniert der Abfluss nicht. Allerdings wäre dann doch sicher inzwischen ein Handwerker hier gewesen! Menschen, die in einem solchen Haus leben, lösen derartige Probleme nicht selbst, sondern lassen sie lösen. Doch das tun sie meistens sofort. Etwas ist hier faul, denkt Uwe. Ich werde schon herausfinden, was es ist!

Kurze Zeit später hat Smarty alles zusammen. Zunächst wird das ganze Badezimmer mehrere Male fotografiert, und Smarty spricht die Auffindesituation in sein Diktiergerät. Dann nimmt Uwe zwei Wasserproben, markiert den Wasserstand am Wannenrand und misst die Wassertemperatur, die 32 Grad Celsius beträgt. Das bedeutet, dass das Badewasser nicht gestern, sondern vermutlich vor ein paar Stunden eingelassen wurde. Den genauen Zeitpunkt können die Experten klären. Das Wasser macht einen relativ klaren Eindruck. Badezusätze wurden augenscheinlich nicht benutzt. Mit einem sterilen Stab wird die Wasserhöhe gemessen. Sie beträgt 45 Zentimeter. Uwe schätzt, dass die Wasserhöhe bei dieser großen Badewanne bestimmt circa 50 Zentimeter betragen hat, als jemand darin gelegen hat.

»Irgendetwas stimmt hier nicht«, sagt er zu Smarty.

»Was meinst du?«, antwortet dieser.

»Denk mal an den Fall Barschel, der in der Badewanne gestorben ist.«

»Aber da gab es doch eine Leiche!«

»Richtig. Die fehlt hier. Aber woher wollen wir wissen, dass es nicht eine gab?«

Smarty wundert sich ein wenig über seinen alten Lehrer Uwe. Gut, es ist seltsam, dass dieser Hans erst gebadet und dann zum Schwimmen in der Nordsee aufgebrochen sein soll. Aber die reichen Leute haben doch oft einen Knall und kommen auf die verrücktesten Sachen. Er fühlt sich mit der ganzen Sache total überfordert, und offenbar kann auch Uwe ihm nicht richtig helfen.

»Ich bin auf Einbrüche spezialisiert«, sagt er, »nicht auf so dubiose Fälle. Ein Einbruch hat hier aber offensichtlich nicht stattgefunden. Es fehlt nichts, und es gibt keine Anzeichen dafür, dass jemand gewaltsam eingedrungen ist.«

»Aber ich bleibe dabei: das alles ist extrem merkwürdig«, sagt Uwe.

»Na gut. Dann rufe ich die Kollegen von der Mordkommission an«, antwortet Smarty und zückt sein Handy.

»Du glaubst doch selber nicht, dass die heute Abend noch kommen!«, sagt Uwe.

»Vielleicht doch. Ich kenne den Kollegen, Hauptkommissar Olaf Sörensen, sehr gut. Wir waren zusammen auf einem Lehrgang. Olaf war der totale Streber, aber er hat mich trotzdem immer abschreiben lassen«, grinst Smarty.

»Soso, ein Streber. Deshalb ist er jetzt wohl im Gegensatz zu dir auch Hauptkommissar!«, sagt Uwe und kneift ein Auge zu. Smarty ignoriert ihn und wählt die Nummer des alten Schulfreundes.

Doch Olaf Sörensen wimmelt Smarty, nachdem ihm dieser den Fall geschildert hat, rüde ab.

»Also hör mal, Smarty! Warum sollen wir kommen, wenn es nicht einmal eine Leiche gibt? Weißt du, was wir hier zu tun haben? Wir haben gerade viel Ärger im Asylantenheim. Wenn wir wegen jedem Mann, der abends nicht nach Hause kommt, antanzen würden, würden wir gar nicht mehr fertig werden. Das hört sich zwar komisch an mit der Wanne, aber solange es keinen Toten gibt, machen wir uns ganz bestimmt nicht auf den Weg. Wie lange wird dieser Herr Ewers schon vermisst – ein paar Stunden? Nun mach dir mal nicht gleich ins Hemd. Der wird schon wieder auftauchen. Gute Nacht.«

Arroganter Armleuchter, denkt Smarty, nachdem er aufgelegt hat.

Aber vielleicht hat er ja recht, und Hans Ewers steht morgen plötzlich vor der Tür, als ob nichts gewesen wäre.

Alles schon vorgekommen!

»Meinst du, das Wasser ist deshalb noch drin, weil es nicht ablaufen kann?«, fragt er Uwe.

»Auf jeden Fall sollten wir, bevor wir es ablassen, auch noch einen Filter einsetzen, um mögliche feine Gewebereste oder andere Spuren damit aufzufangen. Wenn das Wasser abgelassen ist, ist alles zu spät.«

»Mensch, Uwe, nun übertreib mal nicht. Hier gibt es keinerlei Hinweise auf einen Kampf. Hier ist einfach nur eine volle Badewanne.«

»Trotzdem, man weiß nie, wie sich die Sache entwickelt. Sicher ist sicher«, sagt Uwe.

»Aber wir haben hier gar keine Spezialfilter. Wenn die Armleuchter der Mordkommission nicht kommen, können wir auch nichts machen, oder willst du etwa Teefilter aus der Küche einsetzen? Die sind doch wahrscheinlich dem Wasserdruck gar nicht gewachsen und zerreißen!«, antwortet Smarty.

»Dann müssen wir eben improvisieren und uns was anderes ausdenken. Hier, wir können doch zum Beispiel diese Kosmetikpads nehmen, die sind stabil. Smarty, hol doch bitte noch einmal eine saubere Mülltüte!«

»Was soll denn das nun werden?«, fragt Smarty missmutig und trottet los.

Als er wiederkommt, zieht Uwe die Mülltüte über seinen rechten Arm, nimmt das Kosmetikpad und legt es auf den Abfluss. »Das mache ich, damit keine Spuren von mir das Wasser kontaminieren.«

Jetzt dreht Smarty an einem einzigen Hebel, und das Wasser setzt sich in Bewegung – was Gunnar vorher nicht schaffte. Beide beobachten, wie es ganz langsam die Wanne durch den Ablauf, auf dem das Kosmetikpad liegt, verlässt.

14. KAPITEL
DAS NERVENBÜNDEL

Elena hat sich schon früh am Morgen auf den Heimweg nach Sylt gemacht. Nachdem dieser Kommissar sie gestern Abend noch angerufen und ihr einige anstrengende Fragen zu Hans' Gewohnheiten gestellt hatte, war sie sehr spät und sehr aufgewühlt eingeschlafen und hatte auch furchtbar geträumt. Das Gute war, dass die Polizei in ihrer Wohnung in Hamburg angerufen hatte, und somit war ihr Alibi felsenfest. Natürlich hatte auch Gunnar noch einmal versucht, auf dem Geheimhandy anzurufen, doch sie hatte es abgeschaltet. Sie hatten alles besprochen, nun musste er einmal allein zurechtkommen. Wenn er alles so gemacht hatte, wie sie es ihm gesagt hatte, dürfte es keine weiteren Probleme gegeben haben. Ganz offensichtlich hatte die Polizei gestern Abend bereits begonnen, nach Hans zu suchen, und dabei wohl das ganze Haus unter die Lupe genommen. Das ganze Haus nicht! Elena denkt an die Gefriertruhe, in der der tote Hans liegt. Je näher sie Kampen kommt, desto unwohler fühlt sie sich. Mit Elena zusammen fahren Dutzende von Autos vom Autozug herunter. Sie alle freuen sich auf ihren bevorstehenden Urlaub und hoffen darauf, dass der Wettergott ihnen wohlgesonnen sein und ein paar Strandtage schenken wird.

Elena hat keine Angst vor Inken, doch es wird natürlich kein allzu schönes Wiedersehen werden.

»Warum kommst du erst heute?«, wird sie auch gleich eher unfreundlich von ihrer Stieftochter empfangen.

»Hallo, Inken. Du weißt doch, dass ich gestern auf einer Vernissage war.«

»Ja und? Also wenn mein Mann spurlos verschwunden wäre und ich annehmen müsste, dass ihm etwas zugestoßen ist, hätte ich ganz sicher nicht weiter lustig irgendwelche Bildchen betrachtet!«, entfährt es Inken.

Bis jetzt hast du es ja noch nicht einmal zu einem Mann gebracht, denkt Elena. Und das wirst du wohl auch nicht, wenn du weiter so eine verwöhnte Zicke bleibst. Ganz ruhig antwortet sie: »Inken, bis jetzt wissen wir doch gar nicht, ob Hans etwas zugestoßen ist. Vielleicht gibt es ja eine ganz harmlose Erklärung für das alles.«

»Dir scheint es ja gar nichts auszumachen, dass mein Vater nicht hier ist! Wie kannst du so ruhig und gelassen sein?« Abschätzig, fast angewidert betrachtet Inken die äußerlich völlig coole Elena, die sorgfältig gekleidet und zurechtgemacht vor ihr steht, als sei überhaupt nichts passiert!

»Weil ich nicht immer von dem Schlimmsten ausgehe. Natürlich bin ich auch in Sorge um Hans. Aber ich versuche, positiv zu denken. Er ist ein guter Schwimmer und topfit. Ich glaube einfach nicht, dass ihm etwas passiert ist!«, sagt sie nun auch noch mit einem leichten Lächeln.

»Dass du in Sorge um Vater bist, glaube ich dir nicht«, antwortet Inken schneidend. »Dann wärst du doch wohl gestern Abend schon nach Hause gekommen! Nein, ich glaube eher, es ist dir vollkommen egal, ob er hier ist oder nicht. Vielleicht ist es dir ja sogar lieber, dass er gar nicht da ist? Und am allerliebsten wäre dir wohl, er würde überhaupt nicht wiederkommen!«

»Ich glaube, jetzt gehst du zu weit, Inken!«, antwortet Elena scharf. Wie kann sie in diesem Ton mit ihr sprechen!

Am liebsten würde Elena Inken eine Ohrfeige verpassen. Aber natürlich muss sie sehr vorsichtig sein. Sie darf kein Aufsehen erregen, sondern sollte vielleicht wirklich mehr die liebende und sorgende Ehefrau spielen.

Daher ändert sie die Tonlage und sagt versöhnlich: »Ich möchte mich nicht mit dir streiten, Inken. Wir beide lieben deinen Vater und haben natürlich Angst um ihn. Vielleicht tun wir das auf unterschiedliche Weise. Lass uns doch gemeinsam beratschlagen, was wir tun können.«

»Nein danke«, antwortet Inken mit hochrotem Kopf. Seitdem diese Russin hier ist, fühlt sie sich nicht mehr wohl in ihrem Elternhaus.

Sie dreht sich auf dem Absatz um und geht zu ihrem Zimmer, um ihre Tasche, die sie gestern Abend Gott sei Dank noch nicht ausgepackt hatte, zu holen, und verabschiedet sich mit den Worten: »Ich bin im ›Hotel Stadt Hamburg‹ in Westerland, falls es etwas Neues gibt.«

Mit lautem Knall fällt die Haustür ins Schloss.

Inken kann es auf einmal nicht mehr ertragen, mit dieser Frau unter einem Dach zu sein!

»Gibt es was Neues? Haben Sie meinen Mann gefunden?«, fragt Elena nervös, als die beiden Kriminalbeamten schon wieder vor der Tür stehen.

»Leider nein. Wir haben Aufrufe in Funk und Presse gestartet und auch Handzettel verteilt. Es haben sich viele Menschen gemeldet, die Ihren Mann angeblich gesehen haben wollen, aber leider war keine einzige Spur erfolgreich. Dürfen wir uns noch einmal in Ihrem Hause umsehen? Vielleicht entdecken wir ja doch noch einen Hinweis darauf, wo er sich aufhalten könnte.«

»Selbstverständlich. Sehen Sie sich nur gründlich um.«

Elena zwingt sich zur Ruhe. Sie hofft inständig, dass sich diese beiden Landpomeranzen nicht allzu lange bei ihr aufhalten werden. Ihre Nerven sind zum Zerreißen gespannt.

Glücklicherweise war Elena so schlau gewesen, gleich heute Morgen ihre Putzfrau Frau Schulze anzurufen und diese das ganze Bad putzen zu lassen. Die beiden Beamten wundern sich zwar darüber, aber Elena erklärt ihnen, dass ihre Putzfrau jeden Tag komme, weil ihr und ihrem Mann ein sauberes Zuhause einfach wichtig sei.

Die beiden machen nicht gerade einen superintelligenten Eindruck auf sie. Aber das muss ja nichts heißen! Sie stellen ihr viele Fragen – nach ihrer Ehe, den Kindern von Hans, seinen Lebensgewohnheiten. Ob es möglich sei, dass er bei einer anderen Frau ist? Elena zieht die Augenbrauen hoch und schüttelt den Kopf. Also wirklich! Haben die keine Augen im Kopf? Warum sollte Hans Elena mit einer anderen Frau betrügen?

Nachdem die beiden Beamten mit ihren Fragen fertig sind, gehen sie noch einmal durch alle Räume, sehen in alle Schränke und durchforsten sogar den Keller.

Als sie den Hauswirtschaftsraum betreten, bleibt Elena fast das Herz stehen. Sie atmet tief durch. Wenn sie jetzt die Truhe öffnen und Hans entdecken …

Der ältere der beiden Beamten betrachtet die Regale, als würde er vermuten, dass er Hans zwischen den Konservendosen entdecken wird. Der Jüngere sieht sich im ganzen Raum um, dann wirft er einen Blick auf die Truhe und öffnet sie.

Elena hat das Gefühl, ihr Herz bleibt gleich stehen.

Die Truhe ist fast bis zum Rand gefüllt. Lebensmittel bedecken vollständig die Silberfolie. Von Hans ist nichts zu sehen.

Mit zitternder Stimme fragt Elena: »Verzeihung, ich möchte Sie nicht stören, aber ich habe mir gerade Kaffee gemacht. Darf ich Ihnen vielleicht auch ein Tässchen anbieten?«

»Oh, bei Kaffee sage ich nie Nein!«, antwortet Smarty und schließt die Truhe.

Elena geht voraus in die Küche und hofft, dass man den Stein nicht hören kann, der ihr gerade vom Herzen gefallen ist.

»Komische Geschichte«, sagt Uwe zu Smarty.

»Das kannst du laut sagen! Wir haben noch einmal den ganzen Strand abgesucht, aber es gibt weit und breit keine Spur von Hans Ewers«, antwortet dieser.

»Wenn er tatsächlich schwimmen gegangen und dabei ertrunken ist, müsste er bei der Wassertemperatur von 18 Grad in ein paar Tagen wieder auftauchen«, spekuliert Uwe.

»Mir wäre lieber, er taucht lebend wieder auf und ich kann in Ruhe weiter dem normalen Bäderdienst nachgehen!«, antwortet Smarty grinsend.

Nach dem Kaffee verabschieden sich die beiden Beamten recht bald.

»Wir tun unser Bestes, um Ihren Mann zu finden!«, sagt Smarty, dem die leichenblasse Frau auf einmal sehr leidtut.

Lieber nicht, denkt Elena. Schließlich war er gerade kurz davor!

Nachdem die Beamten fort sind, legt sich Elena völlig erschöpft auf ihr Sofa und hört ihre Lieblingsmusik von Chopin, um ihre Nerven zu beruhigen. Sie denkt daran, wie dicht dieser Espersen gerade dran war, den toten Hans in der Gefriertruhe zu entdecken. Das war gerade noch mal gut gegangen! Aber wer weiß, ob sie beim nächsten Mal, wenn die Polizei das Haus unter die Lupe nimmt, so viel Glück haben würde! Elena atmet tief durch und versucht, wenigstens für einen Moment zur Ruhe zu kommen.

Gerade, als sie kurz die Augen schließt, hört sie ein Geräusch.

Was war das? Ob die Polizei noch einmal zurückgekommen ist? Angestrengt blickt sie in den Garten hinaus. Doch außer den Büschen und Bäumen, die sich leise im Wind bewegen, ist nichts zu erkennen.

Wahrscheinlich spielen mir meine Nerven einen Streich!, denkt Elena.

Doch da … wieder dieses Geräusch. Es kommt ganz eindeutig aus dem Garten! Elena steht auf und sieht angestrengt hinaus.

Als die dunkel gekleidete Gestalt mit der Mütze direkt vor ihr an der Glasscheibe auftaucht, erschrickt Elena zu Tode. Mit einem ebenfalls dunklen Handschuh klopft die Gestalt leise an die Scheibe.

»Gunnar! Bist du verrückt geworden? Was willst du hier?«, zischt Elena erschrocken und öffnet die Terrassentür.

»Wie kannst du es wagen, am helllichten Tage hier aufzukreuzen? Wenn dich nun jemand gesehen hat?«

Ungeduldig zieht sie ihn ins Wohnzimmer und sieht noch einmal nach draußen, ob sein Kommen wirklich unbemerkt geblieben ist.

»Mich hat aber niemand gesehen! Ich bin den gleichen Weg gekommen wie gestern…«, entschuldigt sich Gunnar.

»Aber nicht zu dieser Uhrzeit!«, antwortet Elena verärgert.

»Ich habe versucht, dich zu erreichen, Elena!«, sagt er jetzt weinerlich. »Hast du dein Handy etwa abgeschaltet?«.

Er versucht, ihre Hand zu nehmen, doch Elena schüttelt sie ab.

»Natürlich … denk doch mal nach, Gunnar! Schließlich haben wir eine Abmachung. Wir *dürfen* im Moment keinen Kontakt haben!«, zischt sie. »Wir dürfen uns weder sehen noch miteinander sprechen!«

»Aber wir müssen doch beratschlagen, wie es weitergehen soll!« Gunnar fährt sich nervös durch die Haare und setzt hinzu: »Elena, mir geht es gar nicht gut. Mein Magen spielt total verrückt. Dabei ist doch heute der ›Sylter Horse Day‹ und ich muss den ganzen Tag auf dem Poloplatz aktiv sein und die Pferdeliebhaber unterhalten.«

»Das wird dir gut tun und dich ablenken«, antwortet sie mürrisch.

»Ich musste dich einfach sehen, Elena! Ich habe meine Pause genutzt, um zu dir zu kommen.«

»Es war ein Fehler, hierherzukommen! Was, wenn Inken wieder hier auftaucht … oder … noch schlimmer … die Polizei?«, fragt Elena unwirsch.

Das Schlimmste wäre, wenn man sie jetzt zusammen sehen würde! Dann würde doch jeder wissen, dass sie beide etwas mit dem Verschwinden von Hans zu tun haben.

»Die Polizei? Du liebe Güte! Was ist mit Hans? Ich meine, die Polizei wird doch nach ihm suchen, oder etwa nicht? Was, wenn sie das ganze Haus auf den Kopf stellen und ihn in der Gefriertruhe entdecken?« Gunnar reagiert auf einmal total panisch.

»Sie war schon hier«, sagt Elena ernst.

»Was? Du liebe Güte, was hast du ihnen erzählt?«, fragt Gunnar aufgeregt.

»Was wohl? Dass ich nicht weiß, wo mein Mann ist! Und dass er öfter abends schwimmen geht. Aber sie haben sich überall umgesehen …«

»Oh Gott, Elena! Was machen wir nur?«, fragt Gunnar erneut mit weinerlicher Stimme.

»Die Polizei wird wiederkommen, das ist sicher! Hans muss sobald wie möglich aus dem Haus und an den Strand. Komm heute gegen Mitternacht wieder und wir regeln das«, antwortet Elena mit ruhiger Stimme, um Gunnar nicht noch mehr aufzuregen. Ganz bewusst hat sie ihm nicht erzählt, dass dieser Polizist Espersen einen Blick in die Gefriertruhe geworfen hat.

»Und wenn uns jemand dabei sieht? Elena, ich hab solche Angst …«

Gunnars Hände zittern, als er wieder ihre Hand nimmt.

Mein Gott, was für ein Weichei, denkt Elena. Sie hatte ja geahnt, dass Gunnar im Grunde ein schwacher Mensch ist, und sich gewundert, dass er die ganze Sache überhaupt durchgezogen hat. Aber dass er nun, da alles vorbei ist, derart Schiss haben würde, hätte sie nicht gedacht.

»Es bleibt dabei. Heute gegen Mitternacht. Wir sehen im Tidenkalender nach, wann die beste Zeit ist, Hans an den Strand zu legen. Komm bitte durch die Garagentür. Sollte sich etwas ändern, melde ich mich. Aber nur dann! Und jetzt geh bitte! Pass auf, dass dich niemand sieht …«

Elena schiebt den ratlosen und völlig fertigen Gunnar zurück in den Garten.

Sie lehnt sich für einen Moment an die Terrassentür und atmet tief durch, während sie Gunnar nachsieht, der mit hängenden Schultern an den Büschen entlang aus dem Garten schleicht.

Ermattet legt sie sich zurück auf das teure Sofa. Nicht nur die Polizei, sondern vor allem Gunnars Besuch hat sie viel Kraft gekostet. Auf einmal fühlt sie sich schrecklich allein. Vielleicht sollte sie sich wieder ein kleines Kätzchen zulegen. Wie ihre Murka. Hans hatte keine Katzen gemocht und behauptet, er sei allergisch dagegen. Aber jetzt kann Elena doch endlich tun und lassen, was sie will! Sie sieht sich in ihrem mehr als nur eleganten Zuhause um und denkt: Das alles gehört jetzt mir!

Gläserklirren. Lachen. Fröhlichkeit. An Gunnar zieht alles vorbei wie ein unwirklicher Film. Er holt sich ein Bier und setzt sich damit hinter den Stall in die milde Spätnachmittagssonne. Er braucht noch einen Moment, bevor er nach vorne gehen und all den pferdebegeisterten Mädchen etwas über das Reiten an sich und den Reitstall in Keitum im Besonderen näherbringen kann.

»Hier bist du!«, ertönt eine laute Stimme.

Gunnar zuckt zusammen, doch es ist nur Karsten, der vor ihm steht und ihn fragend ansieht.

»Mensch, es geht gleich los. Da vorne stehen jede Menge Leute und warten schon. Wo bleibst du denn?«, fragt er vorwurfsvoll. »Sind auch ein paar hübsche Püppis dabei!«

»Ich komme gleich«, antwortet Gunnar abwesend.

»Alles in Ordnung mit dir?«

Besorgt setzt sich Karsten neben den Freund.

Gunnar, der sonst immer für einen Spaß oder einen Flirt mit ein paar Reitschülerinnen zu haben war, kommt ihm in der letzten Zeit sehr grüblerisch und in sich gekehrt vor.

»Alles gut. Hab nicht gut geschlafen, das ist alles. Waren gestern wohl ein paar Bier zu viel.«

»Und dann musst du jetzt schon wieder eines trinken, um den Kater loszuwerden? Verstehe«, grinst Karsten.

Vielleicht hat Gunnar ja Liebeskummer? Natürlich ist ihm nicht entgangen, dass Gunnar scharf auf diese Russin im Reitstall ist. Vielleicht hat sie ihn abblitzen lassen. Dabei hätte er das doch wissen müssen. Eine Frau solchen Kalibers umgibt sich nun einmal nicht mit dem gewöhnlichen Pöbel, denkt Karsten. Die ist zu Höherem geboren und braucht einen Mann mit richtig viel Kohle und keinen einfachen Reitlehrer wie Gunnar. Trotzdem tut er ihm leid. Vielleicht hat es ihn richtig erwischt, und sie lässt ihn einfach nicht ran.

»Komm, lass uns anfangen!«, bittet er den Freund.

Wenn Gunnar auch womöglich nicht das richtige Händchen für Frauen hat, für Pferde hat er es auf jeden Fall.

Die heutigen Vorführungen werden ihn mit Sicherheit auf andere Gedanken bringen. Vielleicht können sie ja hinterher mit der einen oder anderen hübschen Biene noch ein Gläschen trinken.

»Sag mal, Karsten«, wechselt Gunnar plötzlich das Thema, während er sich erhebt, »du bist doch früher öfter einmal mit deinem Vater jagen gegangen. Was habt ihr mit dem erlegten Wild gemacht?«

Karsten wundert sich zwar über die seltsame Frage, antwortet jedoch bereitwillig: »Das haben wir entweder an

Gasthöfe verkauft oder selbst eingefroren für Festtage! Warum fragst du?«

»Nur so. Ich habe von einem Kumpel ein Reh geschenkt bekommen, habe aber noch keine Verwendung dafür. Als Weihnachtsbraten wäre es natürlich super. Also habe ich es in die Gefriertruhe gepackt. Wollte von dir nur wissen, ob das so in Ordnung ist und wie lange es dauert, bis das Tier durchgefroren ist.«

»Du stellst ja Fragen! Also ein Reh wiegt circa 20 Kilogramm. Da kann das Durchfrieren schon mindestens einen Tag dauern. Bei einem großen Wildschwein dauert es noch länger, vielleicht drei Tage.«

Karsten wundert sich noch immer über Gunnars Frage. Gunnar redet, als hätte er noch nie Fleisch eingefroren!

»Aber das Reh ist ziemlich groß. Ich hatte keinen Gefrierbeutel, der gepasst hat. Also habe ich eine Mülltüte genommen. Das macht doch nix, oder?«

»Besser wäre es, wenn du es richtig in Kunststofffolie eingeschweißt hättest, damit keine Luft rankommt, sonst gibt es Gefrierbrand.«

»Ach ja? Was ist das denn?«, fragt Gunnar neugierig.

»Na, wenn Luft an das Gefriergut kommt, dann entstehen nach ein paar Tagen so hässliche Flecken. Und geschmacklich ist es dann auch nicht mehr so gut«, erklärt Karsten.

Doch Gunnar hört dem Freund schon gar nicht mehr richtig zu. Er hat die Information, die er haben wollte.

Nach ein paar Tagen entstehen »hässliche Flecken« durch Gefrierbrand. Das heißt, Hans muss so schnell wie möglich aus der Truhe! Wenn er auch diese Flecken bekommt, wird kein Mensch mehr glauben, er sei in der Nordsee ertrunken!

Bereits eine halbe Stunde vor Mitternacht steht Gunnar plötzlich wieder vor der geschlossenen Terrassentür. Elena erschrickt so heftig, dass sie vom Sofa aufspringt und ihr Knie am Tisch anschlägt.

»Du solltest doch über die Garage hereinkommen. Ich habe extra die Tür aufgelassen!«, empfängt sie ihn vorwurfsvoll.

»Hab ich ganz vergessen. Ach, Elena …«, entschuldigt sich Gunnar und reißt die Geliebte stürmisch in seine Arme. Er schließt die Augen und atmet den Duft ihres Haares ein, »… endlich bist du frei! Jetzt gehörst du mir ganz allein. Für immer!«

»Noch nicht«, antwortet Elena ausweichend. »Erst muss Hans gefunden und für tot erklärt werden. Und selbst dann müssen wir aufpassen und dürfen eine ganze Weile noch nicht als Liebespaar auftreten.«

Elena schiebt Gunnar beiseite. Obwohl kein Licht im Wohnzimmer brennt, ist sie nicht sicher, ob man sie von draußen sehen kann.

Gunnar rauft sich die Haare.

»Du kannst dir nicht vorstellen, wie furchtbar das alles für mich ist.«

Müde lässt er die Schultern hängen.

»Doch, Dorogoj.«

Elena nimmt seine Hand. Sie weiß, wie sehr es ihn mitnimmt. Außerdem hat er das alles für sie auf sich genommen.

»Wir müssen noch ein wenig Geduld haben, Ljubimyi. Schon bald werden wir beide hier zusammen glücklich sein! Aber erst einmal müssen wir Ruhe bewahren und dürfen nicht die Nerven verlieren. Ich weiß, dass es schwer für dich ist, aber es ist auch für mich nicht leicht. Wir müssen jetzt Schritt für Schritt ganz kühl und überlegt unseren Plan verfolgen, ja?«

Gunnar steckt sich eine Zigarette an. In den letzten Tagen hat er so viel geraucht wie noch nie zuvor. Das alles macht ihn völlig fertig.

»Also, wir werden jetzt in den Hauswirtschaftsraum gehen und Hans aus der Truhe holen, ja?«, fragt Elena.

Gunnar ist nicht sicher, ob er diesem Anblick gewachsen sein wird.

Doch sie können die Leiche schlecht in der Truhe lassen.

Es wird höchste Zeit, dass sie sie an den Strand legen. Sie muss einfach aus dem Haus, bevor sie diese Gefrierbrandflecken bekommt.

Als Erstes pumpt Gunnar mit einer mitgebrachten Pumpe den Reifen des Surfwagens auf. Schließlich werden sie ihn heute brauchen. Er kann ja wohl kaum die Leiche den ganzen Weg bis zum Strand tragen!

»Warum hast du das eigentlich nicht gestern schon getan? Dann hätten wir heute unsere Ruhe!«, schimpft Elena plötzlich mit ihm.

»Weil ich keine Luftpumpe dabeihatte, du Herzchen«, antwortet Gunnar gereizt.

»In der Garage müsste doch eine gewesen sein!«, antwortet Elena.

»Stell dir mal vor: Ich hatte keine Zeit, danach zu suchen!«, giftet Gunnar zurück. »Diese Inken war doch schon im Anflug.«

»Schon gut.« Elena schenkt ihm ein versöhnliches Lächeln.

Gunnar nimmt den Surfsack vom Wagen. Bei der Erinnerung an den gestrigen Abend wird ihm schon wieder schlecht. Wenn das nur alles schon vorüber wäre! Gemeinsam gehen sie in den Hauswirtschaftsraum. Gunnar öffnet die Truhe, obwohl er sich vor dem Anblick, der sie gleich erwarten wird, fürchtet.

»Wie sollen wir ihn da herausbekommen?«, fragt Elena leise.

Gunnar zuckt die Schultern. Schließlich war es ja auch gar nicht so einfach, den toten Hans da überhaupt hineinzubekommen! Welch grandiose Idee er mit dem Surfbrett hatte, lobt er sich selbst im Stillen. Umgekehrt wird das allerdings nicht funktionieren. Er denkt kurz nach, dann hat er plötzlich eine neue Idee.

»Fass mal mit an auf der anderen Seite! Auf ›drei‹ kippen wir die Truhe einfach um, okay? Auf diese Weise kann …«

»Halt, warte!«

Elena breitet eine große Wolldecke auf dem Boden aus.

»Wir wollen doch nicht, dass er sich blaue Flecken holt! Außerdem sollten wir erst die Lebensmittel herausnehmen.«

Gunnar läuft in die Garage und kehrt mit der großen, blauen IKEA-Tasche zurück, in die sie alle Lebensmittel packen. Nun liegt nur noch die silberne Folie vor ihnen.

»Eins … zwei … drei …« Die Truhe kippt und liegt nun auf der Seite.

Langsam entfernen sie die Silberfolie und ziehen die Mülltüte mit dem toten, mittlerweile gefrorenen Hans heraus.

»Oh Gott!«, entfährt es Gunnar, nachdem sie die Mülltüte entfernt haben.

Beim Anblick der gruseligen gefrorenen Leiche wird ihm schon wieder übel. Er muss sich übergeben. Sofort.

Während Gunnar die Toilette aufsucht, bleibt Elena für einen Moment neben dem toten Hans sitzen.

Er hat so gar keine Ähnlichkeit mehr mit dem Mann, der sie mit seinem seidenen dunklen Anzug vor den Traualtar geführt hat. Oder mit dem Mann, mit dem sie zumindest am Anfang das Bett und später ihr ganzes Leben geteilt hat.

Dieser Mensch hier vor ihr sieht nicht aus wie Hans. Er sieht aus wie ein Fremder. Und darum kann sie auch keine Trauer empfinden. Elena löst den Spanngurt, mit dem Hans in die Hockestellung gebracht wurde, doch natürlich verändert sich Hans' Position nicht. Er scheint so festgefroren, dass er noch immer in der Embryonalstellung vor Elena auf der Wolldecke liegt. In einem plötzlichen Anflug von Mitgefühl umfasst sie seine eiskalte Hand.

»Warum wolltest du dich von mir trennen?«, fragt sie leise. »Wir hatten doch ein gutes Leben zusammen, Hans. Wir haben uns gegenseitig viel gegeben. Warum hat dir das nicht gereicht?«

»Mit wem sprichst du?«, fragt Gunnar, der zurückkommt und fast noch blasser als die Leiche vor ihnen ist.

»Mit mir selbst, Dorogoj«, antwortet Elena und setzt hinzu: »Wir haben ein neues Problem.«

»Schon wieder? Sag, dass das nicht wahr ist!«

»Gunnar, sieh dir Hans doch einmal an. Er ist gefroren. So können wir ihn weder in den Surfsack noch an den Strand legen. Wir müssen ihn erst auftauen!«

»Ich habe von einem Jäger gehört, dass zum Beispiel große Wildschweine erst nach drei Tagen durchgefroren sind. Wie kann das sein, dass er schon so kalt und steif ist?«

»Das ist jetzt ja auch egal, wir müssen schnell was unternehmen und ihn auftauen.«

»Mein Gott, das kann ja ewig dauern! So lange können wir nicht warten. Er muss aus dem Haus!« Gunnar läuft hektisch hin und her, dann geht er plötzlich nach oben.

»Was hast du vor?«, ruft Elena ihm nach.

»Na was schon? Ich hole einen Fön.«

»Das wird doch nichts«, sagt Elena, nachdem sie eine Viertelstunde abwechselnd die Kniegelenke und die Armbeugen geföhnt haben, um die Leiche wieder in die normale Position zu bringen, und der Föhn bereits heiß gelaufen, Hans jedoch noch immer steif ist.

»Hat dein Freund nicht behauptet, ein Wildschwein ist erst nach drei Tagen durchgefroren?«, herrscht Elena Gunnar an.

»Das hat er. Keine Ahnung, warum hier mit dem Auftauen nichts vorangeht!«, antwortet Gunnar unsicher.

»Vielleicht hast du bei dem Jäger nicht richtig zugehört?«, fragt sie verärgert.

Das Klingeln der Tür unterbricht ihr Gespräch und die beiden zucken heftig zusammen.

»Was war das?«, flüstert Gunnar und schaltet den Föhn aus.

»Die Türklingel!«, sagt Elena leise.

»Mach einfach nicht auf!«, wispert Gunnar.

»Das geht doch nicht. Es brennt Licht, außerdem haben wir gerade einen Höllenlärm mit dem Fön veranstaltet!«, flüstert Elena zurück.

»Und wenn es wieder die Polizei ist?«, fragt Gunnar nervös.

»Damit werde ich schon fertig. Hauptsache, du verhältst dich ruhig!«

Elena atmet tief durch und steht auf. An der Tür dreht sie sich noch einmal um, legt einen Finger an die Lippen und verlässt den Hauswirtschaftsraum.

Gunnar traut sich fast nicht zu atmen. Doch er versucht, wenigstens notdürftig den gefrorenen Hans mit der Wolldecke zuzudecken, für den Fall, dass eventuell gleich jemand hereinkommen wird. Dann versteckt er sich selbst hinter dem Regal mit den vielen Konserven.

»Guten Abend, Elena. Bitte entschuldige, dass ich so spät noch störe. Aber ich habe Licht gesehen und Geräusche gehört.«

Vor der Tür steht Britt. Sie trägt einen weißen Hosenanzug, in dem sie sehr elegant aussieht. Was um Himmels willen will sie so spät noch hier? Fragend sieht Elena sie an.

»Es ist mir furchtbar peinlich. Weißt du, ich war heute Abend mit ein paar Frauen aus dem Yogakurs in Rantum beim Meerkabarett, und wir haben anschließend noch ein Gläschen in der ›Sansibar‹ getrunken. Na, du weißt ja, wie das so geht … auf einmal ist es zwölf …«

Britt lacht, doch sie sieht Elena prüfend an. Sicher wundert sie sich, dass Elena zu dieser späten Stunde auch noch auf ist. Elena hat hektische rote Flecken im Gesicht und kann Britt nicht in die Augen sehen.

»Ja, natürlich weiß ich das.« Elena versucht ein freundliches Lächeln.

»Hauptsache, ihr habt einen schönen Abend gehabt«, fügt sie hinzu, da sie noch immer nicht weiß, was Britt eigentlich von ihr will.

»Das haben wir! Bis jetzt jedenfalls. Denn als ich gerade nach Hause komme, muss ich feststellen, dass ich meinen Schlüssel vergessen habe. Das ist mir wirklich noch nie passiert! Ich habe ihn sicher vergessen, weil ich es vorhin so schrecklich eilig hatte. Schließlich wollte ich auf keinen Fall zu spät zu der Vorstellung kommen. Also so etwas! Nun komme ich nicht in mein Haus.«

Elena sieht Britt immer noch an, unschlüssig, was sie jetzt tun soll. Erwartet Britt etwa, dass ich sie hereinbitte und ihr ein Bett für die Nacht anbiete?, denkt sie.

Doch da erklärt Britt schon: »Plötzlich fiel mir ein, dass Hans ja einen Ersatzschlüssel für unser Haus haben müsste.

Ulla und er haben doch immer die Blumen gegossen und nach dem Rechten gesehen, wenn Manfred und ich verreist waren. Gott sei Dank! Was für ein Glück. Sonst müsste ich jetzt den Schlüssel-Notdienst rufen, und man weiß ja, wie teuer der ist.«

»Ehrlich gesagt, habe ich keine Ahnung, wo dieser Schlüssel sein soll, Britt. Ich würde dir ja gerne helfen, aber ich weiß einfach nicht …«

»Aber ich weiß es! Darf ich kurz reinkommen?« Schon hat Britt den Fuß in der Tür.

Gunnars Nerven im Hauswirtschaftsraum sind zum Zerreißen gespannt.

»Natürlich, bitte«, hört er Elena sagen, und schon ist die laute Stimme von Britt im Flur zu hören.

»Ihr habt hier doch diese wunderschöne Louis-Seize-Kommode im Flur stehen. Und da drin, in der obersten Schublade müsste der Schlüssel sein. Es hängt ein kleines Fischlein als Anhänger daran.«

Ein Fischlein! Elena verdreht hinter Britts Rücken die Augen, öffnet jedoch die Schublade und findet auch den Schlüssel mit dem »Fischlein« sofort.

»Das muss er wohl sein, bitte schön.« Elena übergibt ihr den Schlüssel und wendet sich zurück zur Tür.

Nun wird Britt hoffentlich endlich gehen!

»Ach Elena, du hast mich gerettet! Wenn du wüsstest, wie dankbar ich dir bin!«, sagt Britt mit ungewohnter Freundlichkeit. Ob sie betrunken ist? Beim reichhaltigen Weinkeller der »Sansibar« wäre das ja durchaus denkbar.

»Gern geschehen. Es war ja keine Mühe«, sagt Elena nun. Plötzlich ertönt ein lautes Geräusch aus dem Hauswirtschaftsraum.

»Was war das denn?«, fragt Britt neugierig.

»Oh, bestimmt ist nur etwas heruntergefallen. Ich habe gerade die Vorräte ein wenig sortiert und ein paar Dinge ausgemistet. Als du geklingelt hast, habe ich das, was ich in der Hand hatte, nur schnell am Rand des Regalbretts abgestellt. Wahrscheinlich ist es heruntergekippt.«

»Dann hoffen wir mal, dass es kein Marmeladenglas war! Sonst kannst du jetzt auch noch den Boden putzen!«, antwortet Britt mit einem Lächeln.

Als Elena nicht antwortet, sagt sie: »Na dann gute Nacht!«

Endlich wendet sie sich zum Gehen. An der Tür dreht sie sich noch einmal um: »Ist Hans denn inzwischen zurück? Inken war ja gestern total durcheinander!«

»Nein, leider noch nicht«, antwortet Elena.

»Was? Immer noch nicht? Aber wo kann er denn sein?«, fragt Britt nun neugierig.

»Ich hoffe ... wir hoffen ... dass nichts passiert ist. Aber bitte entschuldige, Britt, ich bin ein wenig müde«, antwortet Elena matt.

»Oh ja, natürlich. Bitte entschuldige noch einmal die späte Störung. Nochmals vielen Dank, und wenn etwas ist oder du meine Hilfe brauchst, weißt du ja, wo du mich findest!«

Endlich ist Britt draußen, und Elena lehnt sich für einen Moment mit dem Rücken von innen gegen die Tür.

»Warum zum Teufel hast du so einen Lärm gemacht, du Idiot?«, herrscht sie Gunnar an, als sie zu ihm in den Hauswirtschaftsraum zurückkehrt.

»Mir ist eine Dose heruntergefallen!«, antwortet Gunnar zerknirscht. Er sieht erbärmlich aus.

»Konntest du nicht aufpassen? Beinahe wären wir entdeckt worden!«

Elena atmet tief durch. Nein, noch ist es nicht ausgestanden!

Strahlend hell leuchtet die Sonne am nächsten Tag vom spätsommerlichen Himmel über Sylt. Das Wetter verspricht gute Laune, und viele Menschen freuen sich auf einen wundervollen Ferientag auf der Insel. Doch nicht in der Villa im Hobookenweg, wo eine völlig übernächtigte Elena auf dem Sofa liegt und ins Leere starrt. Seitdem sie Gunnar letzte Nacht weggeschickt hat, liegt Elena hier. Er hatte natürlich bleiben und bei ihr in ihrem Himmelbett schlafen wollen. Doch das wäre viel zu gefährlich gewesen! Allerdings hatte Elena sich schon gleich nach seinem Abschied gewünscht, ihn nicht fortgeschickt zu haben. Die Nacht, die sie alleine mit der Leiche im Haus verbracht hatte, war die schlimmste ihres Lebens gewesen. Sie war nicht imstande gewesen, nach oben zu gehen, sondern war im Wohnzimmer geblieben und hatte vor lauter Angst kein Auge zugetan.

Dabei hat sie beobachtet, wie es immer heller wurde und aus der dunklen, furchtbaren Nacht ein strahlend schöner Tag wurde. Doch Elena hat die Vorhänge und Rollläden nur einen Spalt aufgezogen, sie kann weder die Sonne noch das Leben draußen ertragen. Außerdem hat sie Angst. Angst, dass wieder Britt oder einer der Polizisten vor der Tür stehen und das Haus unter die Lupe nehmen könnten. Denn diesmal würden sie ihn finden … den Mann, der kalt und starr im Hauswirtschaftsraum liegt und darauf wartet, dass er am Strand abgelegt wird wie ein Stück Müll. Elena ist übel. Die Gewissheit, dass der Tote noch immer im Haus ist und frühestens heute Abend, wenn es dunkel sein wird, weggebracht werden kann, lässt sie erschauern.

Stundenlang liegt sie bewegungslos da und traut sich nicht, auch nur das kleinste Geräusch zu machen. Wenn es klingelt, mache ich einfach nicht auf!, denkt sie. Bei jedem Laut zuckt sie zusammen, sogar, als der Postbote die Post in den Briefkasten einwirft. Endlich steht sie auf und betrachtet sich im Spiegel im Flur. Ihre Haare sind wirr, die Schatten unter den Augen nach den vergangenen schlaflosen Nächten tief. Mit langsamen Schritten geht Elena zum Hauswirtschaftsraum. Hans liegt noch genauso da wie am Vorabend. Kann es sein, dass er immer noch nicht aufgetaut ist? Vorsichtig berührt sie seine kalte Hand. Die Hand, die ihr immer zärtlich über die Haare strich oder sich beschützend um ihre Schulter legte, wenn sie zusammen unter Leute gingen. Elenas Herz verkrampft sich und sie bekommt eine Gänsehaut. Sie muss den Gedanken beiseiteschieben!

Am liebsten würde sie jetzt sofort dieses Haus verlassen und einfach weglaufen. Zu Fantaisie … und mit ihr am Watt entlangreiten und alles vergessen. Aber sie muss hierbleiben und diesen Tag irgendwie überstehen! Das Haus, das sie immer so sehr geliebt hat, kommt ihr heute trotz der Wärme eiskalt vor. Unruhig läuft sie umher. Warum ist Hans noch immer nicht aufgetaut? Nachdem sie ein wenig im Internet recherchiert hat, kann es eigentlich nur einen Grund dafür geben: Es ist nicht nur die Kälte, sondern die bereits eingesetzte Leichenstarre, die Hans so steif und unbeweglich macht! Auf jeden Fall wird es höchste Zeit, ihn an den Strand zu bringen.

Am Nachmittag ist Elena gerade in der Küche, um sich zur Beruhigung eine Tasse Tee zu machen, als es klingelt.

Schnell schaltet sie den Wasserkocher aus und versteckt sich hinter dem breiten Küchentresen.

Sie darf nicht zu Hause sein! Wenn es nun die Polizei ist? Auf keinen Fall darf sie die Tür öffnen! Darf die Polizei einfach in das Haus gehen, wenn sie nicht öffnet? Doch nur, wenn sie einen Durchsuchungsbeschluss hat … so sieht man es doch immer im Fernsehen. Und warum sollten sie diesen haben? Hans wird doch lediglich vermisst!

Vielleicht ist es auch nur Britt, die nach Hans fragen, aber in Wirklichkeit nur herumschnüffeln will.

In geduckter Haltung schleicht Elena nach oben und späht hinter der Gardine aus dem Fenster im Gästezimmer nach draußen.

Ihr Herz klopft so laut, dass sie glaubt, dass es die beiden Männer, die vor der Eingangstür stehen, hören könnten.

Die Polizei! Was will die schon wieder hier? Sie hat den Beamten doch alles gesagt! Sie werden ja wohl kaum die gute Nachricht überbringen können, man habe ihren Mann gefunden! Fast wünscht sich Elena, es wäre so. In diesem Moment würde sie am liebsten alles ungeschehen machen! Doch sie darf jetzt nicht die Nerven verlieren. Die beiden Beamten klingeln noch einmal, dann sehen sie sich suchend im Garten um. Schließlich verlassen sie das Grundstück und gehen zurück zur Straße.

Elenas Hände zittern, als sie die Gardine ein wenig zur Seite schiebt. In diesem Moment sieht sich einer der beiden, der Ältere, um. Hat er gesehen, wie sich die Gardine bewegt hat?

Doch da kommt Britt aus dem Haus verwickelt die beiden in ein Gespräch. Was erzählt sie ihnen so lange? Etwa von gestern Abend? Oder spricht sie gar über Eheprobleme von Elena und Hans? Vielleicht erzählt sie ihnen ja, dass ich sie über die weißen Zelte beim Poloturnier vor ein paar Wochen belogen habe und an diesem Abend wahrscheinlich ein Treffen mit meinem Liebhaber hatte! Britt ist gefährlich, denkt Elena nicht zum ersten Mal.

Es kommt Elena wie eine Ewigkeit vor, bis die beiden Polizisten endlich wieder in ihr Auto steigen und davonfahren. Britt bleibt an der Straße stehen und sieht dem Wagen nach. Plötzlich dreht sie sich um und blickt genau in ihre Richtung, auf das Haus der Ewers! Blitzschnell geht Elena vom Fenster weg, auch wenn Britt sie garantiert nicht sehen kann. Wenn Elena nur wüsste, was Britt der Polizei erzählt hat!

Der Tag vergeht wie in Zeitlupe … doch endlich senkt sich die Dämmerung über das Haus. Auch wenn Elena noch immer ängstlich ist, schafft sie es, endlich zu duschen und sich dunkle Sachen anzuziehen.

Als Gunnar über die Klönschnacktür in das Haus schleicht, findet er die Geliebte still auf dem Sofa sitzend. Er nimmt Elena wortlos in die Arme, und sie spürt, dass Gunnar noch mehr zittert als sie selbst. Sie muss ihm Kraft geben und nimmt die ganze Stärke zusammen, die sie zur Verfügung hat.

Schweigend ziehen sie Hans, der nicht mehr ganz so starr und steif ist wie noch heute Morgen, die Badehose an. Dann legen sie ihn in den Surfsack und laden diesen gemeinsam mit dem Surfwagen in den Geländewagen. Als Elena beobachtet, dass Britt mit ihrem kleinen Alfa davonfährt, verlässt auch sie das Haus. Britt ist die Einzige, die Elena ständig beobachtet und der Polizei nur zu gerne berichten würde, dass sie am Abend mit dem Porsche Cayenne von Hans weggefahren ist!

Auch Gunnar schleicht aus dem Haus, auf demselben Weg, auf dem er gekommen ist. An der Tür verabreden sie, sich um zwei Uhr nachts auf dem Parkplatz der »Sturmhaube« zu treffen. Gunnar zieht die Mütze in die Stirn und verschwindet Richtung Watt, Elena steuert den Geländewagen Richtung »Sturmhaube«. Dort lässt sie den Wagen in der hintersten Ecke des Parkplatzes stehen und macht sich zu Fuß auf den Weg nach Hause. Endlich wird es auch draußen so dunkel wie in ihrem Herzen.

Die Nacht ist sternenklar und fast windstill. Sanft scheint das Mondlicht auf den hellen Strand. Dabei wäre Elena heute eine stürmische Nacht so viel lieber gewesen! Dann hätten sie sicher sein können, dass garantiert niemand das Haus verlässt. Doch auch jetzt, weit nach Mitternacht, ist niemand zu sehen.

Elenas Aufregung hat sich ein kleines bisschen gelegt. Sie hofft nur, dass Britt nicht gesehen hat, wie sie vorhin zu Fuß nach Hause gekommen ist! Oder – noch schlimmer – wie sie das Haus mitten in der Nacht wieder verlassen hat! Wütend kickt Elena einen Stein auf den Weg, der zum »Sturmhauben«-Parkplatz führt.

Doch Britt ist weiß Gott nicht die Einzige, auf die Elena wütend ist. Auch auf Gunnar ist sie ganz und gar nicht gut zu sprechen. Er scheint völlig die Nerven zu verlieren und spricht ständig davon, dass die Polizei alles herausfinden wird und sie beide ins Gefängnis kommen werden. Elena ist nicht sicher, ob Gunnar stark genug ist, die Sache bis zum Ende durchzustehen. Er zittert und weint ständig und ist ein einziges Nervenbündel. Nur deshalb ist Elena jetzt hier, mitten in der Nacht. Sie hat Angst, dass Gunnar es alleine nicht schaffen wird. Erst vorhin hat er zu ihr gesagt, dass es das Beste sei, den toten Hans einfach irgendwo mit schweren Steinen zu versenken, damit er niemals gefunden werden könne.

»Keine Leiche, kein Mord, kein Verdacht auf uns!«, hatte er gesagt.

»Mein Gott, Gunnar, du bist ja wohl total bescheuert?«, hatte Elena heftiger als beabsichtigt reagiert.

»Keine Leiche, keine Witwe, kein Erbe! Wie sollen wir dann an das Geld kommen, du Schlaumeier?«

Gunnar hatte, offensichtlich beleidigt, weil sie ihn als »bescheuert« bezeichnet hat, nicht geantwortet.

Nein, Elena kann wirklich nicht sicher sein, dass er sein Vorhaben, Hans aus Furcht vor Entdeckung zu versenken, nicht doch wahrmachen wird.

Um genau zwei Uhr in der Nacht treffen sie sich bei dem Geländewagen auf dem Parkplatz der »Sturmhaube«. Beide sind ganz in Schwarz gekleidet und tragen Jacken mit Kapuzen, die weit in ihr Gesicht reichen.

»Halt, warte! Da vorne ist jemand!«, sagt Elena, als Gunnar schon den Surfwagen mit dem Surfsack und seinem schrecklichen Inhalt aus dem Wagen laden will.

Ein Liebespärchen wandert eng umschlungen und leicht schwankend an der Kliffkante entlang. Schnell verbergen sich Elena und Gunnar hinter dem Auto, doch die beiden Liebenden sind so sehr mit sich selbst beschäftigt, dass sie nichts um sich herum wahrnehmen.

Gunnars Herz klopft zum Zerspringen. Ihm wäre nach wie vor am liebsten, sie würden die Leiche mit Steinen beschweren und für immer im Meer versenken! Er betrachtet Elena von der Seite und bemerkt, dass auch sie sehr angespannt und ängstlich ist. Das Liebespärchen trödelt herum und bleibt immer wieder stehen, um sich zu küssen. Endlich schlagen sie den Weg Richtung »Whiskymeile«

ein und entschwinden ihrem Blickfeld. Elena nickt Gunnar kurz zu, darauf lädt dieser endlich den Surfwagen aus. Nun muss alles schnell gehen! Zu groß ist die Gefahr, dass noch jemand auftauchen und das seltsame Treiben der beiden dunkel gekleideten Gestalten bemerken könnte.

Hell scheint das Mondlicht auf den Strand. Elena zittert noch immer vor Angst, dass irgendjemand Gunnar und sie, die mit einem Surfwagen vom Parkplatz der »Sturmhaube« Richtung Strandaufgang bei »La Grande Plage« laufen, beobachten könnte. Schweigend gehen sie hintereinander her mit dem Surfwagen Richtung Meer.

Im Tidenkalender haben sie nachgesehen, dass die Flut ihren Höchststand um kurz vor zwei Uhr erreicht, also vor einigen Minuten. Wenn Sie die Leiche rechtzeitig an die Treibgutkante legen, wird das Wasser später nicht höher steigen und die Leiche nicht wieder mit zurück ins Meer nehmen. Es wird zurückweichen und Hans am Strand liegen lassen. So, als sei er vom Meer angespült worden.

Nur noch wenige Meter und sie haben ihr Ziel erreicht.

Gunnar öffnet den Sack und lässt den Toten auf den weichen Sand gleiten. Elena füllt einen mitgebrachten kleinen Eimer mit etwas Meereswasser und übergießt Hans damit. Dann nimmt sie die mitgebrachten Kleidungsstücke von Hans und läuft einige Meter weiter nach links. In der Nähe eines Strandkorbs legt sie sie ordentlich zusammen in den Sand.

Gemeinsam versuchen sie mit den Füßen, die Spuren des Surfwagens zumindest auf den letzten Metern einigermaßen zu verwischen. Den Rest wird der Wind erledigen, der sicher schon bald wieder einsetzen wird.

Geschafft!

Gunnar zieht Elena in seine Arme, und sie kann spüren, wie er zittert.

Doch sie schiebt ihn von sich und sagt: »Solange wir nicht sicher sein können, dass niemand an einem natürlichen Tod von Hans zweifelt, dürfen wir nicht zusammen gesehen werden!«

Gunnar sieht sie panisch an.

»Solange wir nicht sicher sein können? Du glaubst also auch, sie könnten es herausfinden? Elena, was sollen wir dann tun?« fragt er ängstlich.

»Sie werden nichts herausfinden! Hans hat im Meer gebadet und ist dabei ertrunken. Fertig. Bitte bleib ganz ruhig. Bald sind wir zusammen, Dorogoj. Für immer!«

Gemeinsam laden sie den Surfwagen wieder in den Geländewagen ein.

Elena lächelt Gunnar aufmunternd zu und schenkt ihm einen Luftkuss, dann trennen sich ihre Wege. Gunnar geht mit hängenden Schultern zu Fuß Richtung »Strönwei«, und Elena fährt mit dem Wagen zurück nach Hause.

Sie wirft noch einmal einen letzten Blick aufs Meer.

Das Wasser rollt in sanften Wellen auf den Strand zu. Der dunkle Sternenhimmel scheint am Horizont direkt ins Meer überzugehen. Es sieht so glatt, ruhig und schön aus … gar nicht gefährlich … und doch muss Elena ab morgen allen begreiflich machen, dass es das Meer war, das ihren Mann getötet hat.

15. KAPITEL
TOD AM STRAND

Der See glitzert wie 1.000 Diamanten von Tiffany in der Sonne. Lisa hat ganz vergessen, wie schön es hier am Bodensee im September ist. Nein, natürlich hat sie es nicht vergessen. Sie hat nur lange nicht mehr daran gedacht. Wie oft ist sie hier mit den Kindern am Ufer spazieren gegangen oder hat mit ihnen am »Hörnle« gebadet. Ann-Sophie war schon damals sehr verantwortungsbewusst und hatte immer bei ihrem kleinen Bruder Tim darauf geachtet, dass ihm die Schwimmflügelchen nicht von den dünnen Ärmchen rutschten. Sie hatten auf einer Picknickdecke gesessen, die mitgebrachten frischen Erdbeeren und Butterbrezeln gegessen und dabei die vielen Schiffe beobachtet, die mit ihren weißen Segeln über den blauen See zogen. Dann waren sie auf ihre Räder gestiegen und gemeinsam nach Hause geradelt. Andreas hatte oft den Grill im Garten angemacht, und während er Würstchen und Steaks grillte, hatte Lisa mit Ann-Sophie in der Küche ein paar leckere Salate zubereitet. Die Erinnerung an das damalige Familienglück erzeugt großen Schmerz in Lisas Herzen. Außerdem hat sie Magenschmerzen. Nun wünscht sie sich, sie hätte ihre Freundin Tina gestern Abend nicht auf das Weinfest nach Meersburg begleitet. Doch der Gedanke, wieder einmal die ausgelassene Stimmung auf dem Meersburger Schlossplatz zu genießen, ein paar Gläschen Wein der zahlreichen Bodensee-Weingüter zu verkosten und etwas Leckeres dazu zu essen, vielleicht ein wenig zu tanzen, war einfach zu verführerisch gewesen. Außerdem kommt es so selten vor, dass ich mich einmal mit einer Freundin treffe, denkt Lisa. Sie vermisst Tina und ihre unfassbar positive Lebenseinstellung sehr häufig, denn natürlich können sie sich jetzt nur noch wenige Male im Jahr sehen. Die Entfernung ist einfach zu groß! So jemand wie Tina fehlt mir auf Sylt, denkt Lisa weiter. Jemand, mit dem man abends einfach mal ein bisschen zusammensitzen und klönen kann.

Natürlich hat sie Alma und Johann. Doch der Altersunterschied ist nicht gerade gering. Manchmal wäre es einfach gut, eine Freundin in ihrem Alter zu haben, mit der sie bummeln, aber auch einmal ein Gläschen Wein trinken gehen kann. Umso mehr hat Lisa den gestrigen Abend genossen.

Je mehr sie gestern von dem leckeren Spätburgunder getrunken hat, desto kleiner wurde die Angst vor dem bevorstehenden Scheidungstermin. Doch nun ist sie wieder da. Und ein dicker Kater noch dazu.

Ausgerechnet heute muss ich mich auch noch körperlich so schlecht fühlen, denkt Lisa, als sie den Weg zum Familiengericht einschlägt. Gleich wird sie Andreas gegenüberstehen, dem Mann, mit dem sie 25 Jahre ihr Leben geteilt hat. Es ist das eine, die Entscheidung zu treffen, eine eingefahrene, lieblos gewordene Ehe zu verlassen, aber etwas völlig anderes, diese offiziell vor Gericht zu beenden! Nun gibt es kein Zurück mehr, denkt Lisa weiter. Abschied ist ein bisschen wie sterben, so heißt es doch in diesem Lied. Und so fühlt sich Lisa gerade. Sterbenselend. Seufzend schiebt sie den Ärmel ihres Blazers hoch und blinzelt in die heiße

Septembersonne. Sie wollte es doch so! Was sollen nun all diese traurigen und sentimentalen Gedanken? Vielleicht ist es ja nur die Angst vor diesem ungewissen Weg, der vor ihr liegt und den sie von nun an alleine gehen muss. Bei allen Unstimmigkeiten mit Andreas hatte sie sich doch sicher und aufgehoben gefühlt durch das starke Band einer langen Ehe. Dass sie selbst dieses gelöst hat und sich damit in eine nicht nur in finanzieller Hinsicht ungewisse Richtung bewegt hat, verursacht ihr heute Magenschmerzen.

Die Alternative wäre natürlich gewesen, zu bleiben. Die Tatsache, dass sie sich nichts mehr zu sagen hatten, und Andreas' Fremdgehen zu akzeptieren und dabei immer unglücklicher zu werden. Nein, es hatte keinen Sinn mehr. Bringen wir es hinter uns!, denkt Lisa, strafft die Schultern und geht in das Gebäude hinein.

Wie schrecklich: Andreas sieht heute besonders gut aus. Er trägt einen hellgrauen, vermutlich maßgeschneiderten Anzug, der ganz hervorragend zu seinen grauen Schläfen und der gesunden, vermutlich auf dem Tennisplatz oder auf dem See erworbenen Bräune passt. Er sieht fast noch besser aus als an dem Tag, an dem wir geheiratet haben, denkt Lisa. Bei dem Gedanken daran, wie jung und wie glücklich sie damals waren, steigen in Lisa Tränen auf. Sie schluckt sie herunter, doch sie fühlt sich schrecklich und sieht vermutlich auch so aus. Die schlaflose Nacht, die sie nach dem weinseligen Abend in Meersburg verbracht hat, hat ihre Spuren hinterlassen. Der schlichte blaue Hosenanzug lässt sie ebenso wie der hastig gebundene Zopf vermutlich sehr bieder wirken. Doch Andreas kommt strahlend auf sie zu, umarmt sie und gibt ihr ein Küsschen auf die Wange.

»Lisa! Ich dachte schon, du hättest es dir anders überlegt und würdest nicht kommen«, sagt er lächelnd.

»Hier bin ich«, antwortet Lisa, ohne das Lächeln zu erwidern, und denkt: Was hättest du dann wohl getan? Wie hättest du das deiner jungen Freundin beigebracht? Svenja hat doch sicher schon einen Tisch heute Abend im »Riva« reserviert, um deine neue Freiheit angemessen zu feiern!

Doch natürlich sagt Lisa nichts dergleichen, sondern schluckt tapfer die Tränen hinunter.

Kurze Zeit später ist alles vorbei. Lisa und Andreas sind kein Ehepaar mehr, sondern »geschiedene Leute«. Sie stehen sich draußen in der spätsommerlichen Nachmittagshitze gegenüber: traurig, nachdenklich und ratlos, wie es so weit kommen konnte. Wie anders das milde Bodenseeklima doch ist!, denkt Lisa wieder. Auf Sylt müsste sie jetzt wahrscheinlich über die Jacke noch einen Schal ziehen, hier ist es so warm, dass sie den Blazer ausziehen kann.

»Darf ich dich noch auf ein Glas Wein einladen?«, fragt Andreas.

»Nein danke.« Lisa schüttelt den Kopf.

Nicht nur, dass sie gestern Abend bereits mehr als genug Wein getrunken hat.

Ihr ist auch alles andere als zum Feiern zumute. Sie kann Andreas nicht gegenübersitzen, als wären sie nur alte Bekannte. Noch nicht. Vielleicht, nein, hoffentlich wird das eines Tages so sein. Schließlich haben sie immer noch den wichtigsten Berührungspunkt: die Kinder. Doch im Moment ist es einfach noch zu frisch.

»Möchtest du auf deine neue Freiheit anstoßen?«, kann sie es nun doch nicht lassen zu sagen.

Andreas grinst.

»Ich war es nicht, der unbedingt seine Freiheit wollte«, antwortet er plötzlich ernst.

Er sieht ihr in die Augen. Lisas Hand, in der sie das Scheidungspapier hält, beginnt zu zittern. Das ist es, was nach 25 Jahren Gemeinsamkeit übrig bleibt – ein Stück Papier. Vor Lisas geistigem Auge läuft ein Film ab: ihre Hochzeit, die Geburt ihrer Kinder, Weihnachten, Geburtstage und andere Feierlichkeiten in ihrem schönen Zuhause, viele Urlaube am Meer oder beim Skifahren in den Bergen ... Ihr ganzes gemeinsames Leben zieht in Sekundenschnelle im Geiste an ihr vorbei.

»Na dann ...«

Andreas nimmt ihre Hand und hält sie einen Augenblick lang fest.

»Alles Gute, Lisa.«

Er nimmt sie noch einmal fest in die Arme, dann geht er davon. Ein silbergrauer Maßanzug verschwindet in der Menge, ein Mann wie alle anderen, nicht mehr länger ihr Mann. Lisa sieht ihm nach, und endlich lässt sie den Tränen ihren Lauf.

Ein leichter Nebelhauch liegt über dem Meer, das noch immer in sanften Wellen Richtung Land rollt.

Nur wenige Menschen sind zu dieser frühen Stunde am Strand. Ein einsamer Jogger läuft am Wasserrand und genießt die Natur, die ihm allein zu gehören scheint. Nein, nicht allein ... in ungefähr 100 Meter Entfernung liegt ein Mann im Sand. Sicher ist er weit geschwommen und lässt sich jetzt von dem leichten Wind trocknen. Je näher der Jogger kommt, desto mehr fällt ihm der Mann ins Auge. Er scheint wirklich fertig zu sein, denn er liegt auf dem Bauch und bewegt sich kein bisschen. Selbst als er dicht vor ihm ist, rührt er sich kein Stück. Der Jogger verlangsamt seinen Schritt. Über ihm kreisen Möwen, und mit ihrem höhnischen Gelächter scheinen sie die beiden Männer am Strand zu verspotten. Der leichte Nebelhauch zieht über das Meer hinauf an den Strand und streicht sanft über den leblosen Mann. Der Jogger beugt sich über den Mann, dann nimmt er sein Handy aus der Tasche und ruft die Polizei.

Smarty hat das Gefühl, er ist gerade erst eingeschlafen. Nachdem die letzten Tage sehr anstrengend waren, hat er sich gestern Abend im Irish-Pub in Westerland ein paar Bierchen mit Freunden gegönnt. Jetzt klingelt sein Handy wie verrückt. Es hilft nichts, er muss aufstehen. Ein Jogger hat eine männliche Leiche in Kampen am Strand gefunden, ganz in der Nähe der Stelle, an der das Fahrrad von Hans Ewers gefunden wurde. Die Beschreibung des Toten passt haargenau auf den Vermissten, wie die Schutzpolizei, die bereits vor Ort ist, mitteilt.

Müde schlüpft Smarty in seine Jeans. Was für ein Sommer! Dabei hatte er gedacht, hier im Bäderdienst ginge es ruhig zu, und er könnte nebenbei noch ein paar heiße Weiber klarmachen. Bis jetzt war das allerdings ein Schuss in den Ofen. Die meisten Urlauberinnen waren schon wieder weg, bevor er sie richtig kennenlernen konnte. Und wenn sich dann mal eine für ihn zu interessieren schien, hatte er hundertpro einen Einsatz. So wie jetzt. Seufzend fährt Smarty von Westerland nach Kampen. Dass es heute schon so neblig ist! Es ist doch gerade mal Anfang September, denkt er. Aber das ist wohl die Nähe des Wassers. In ein paar Stunden wird es wieder klar und sonnig sein. Die Leiche in Kampen ist bestimmt dieser Ewers, denkt Smarty. Hoffentlich vergesse ich diesmal nichts! Ob Uwe wohl auch schon auf ist? Bevor er noch lange darüber nachdenken kann, hat er schon die Nummer von »Uns Uwe« gewählt. Dieser scheint im Gegensatz zu ihm auch schon richtig ausgeschlafen zu sein. Fast als habe er bereits auf eine solche Nachricht gewartet! Umso besser. Uwe kann ihm bestimmt wieder ein wenig helfen.

»Moin, Kollege Espersen!«, wird Smarty von seinem Kollegen Petersen von der Schutzpolizei begrüßt. Diese hat zwar den Tatort großräumig abgesperrt, dennoch versuchen einige Schaulustige herauszufinden, was geschehen ist.

»Moin, Petersen. Tja, das scheint wohl Hans Ewers zu sein, den wir die ganze Zeit gesucht haben. Also ist er doch ertrunken, was?«, fragt Smarty und gähnt.

»Sieht wohl so aus«, antwortet Petersen.

Der Jogger berichtet, wie und wann er den toten Mann am Strand entdeckt hat. Kurze Zeit später trifft der Arzt Dr. Lüders fast gleichzeitig mit Uwe ein.

Uwe nimmt seine Elbseglermütze ab, als er den toten Ewers sieht.

»So 'n Schiet aber auch.«

Vor Kurzem haben er und Johann ihn noch um seine junge hübsche Ehefrau beneidet. Und jetzt ist er tot.

»Ist das Hans Ewers?«, fragt Smarty Uwe.

»Das war Hans Ewers«, nickt Uwe traurig.

»Irgendwie ist das komisch«, sagt Dr. Lüders, nachdem er den Toten untersucht hat.

»Was meinen Sie?«, fragt Smarty neugierig,

»Na, ich habe ja schon viele gesehen, die in der Nordsee ertrunken sind. Kommt ja leider jedes Jahr vor. Meiner Meinung nach hat der hier aber nicht lange im Wasser gelegen.«

Auch Uwe wiegt nachdenklich den Kopf.

»Er hat weder Schaum vor dem Mund noch Waschhautbildung an Händen oder Füßen, wie das normalerweise vorkommt, wenn jemand eine Weile im Wasser liegt, noch haben offenbar die Tiere, also die Möwen und die Krebse, an ihm herumgeknabbert, wie sie es in solchen Fällen tun. Also ich weiß nicht …«

Der Arzt macht eine kurze Pause, dann sagt er: »Der Mann ist definitiv tot. Aber ich kann nicht mit Bestimmtheit sagen, dass er ertrunken ist. Ich schreibe jetzt auf den Totenschein ›Todesursache ungeklärt‹. Den Rest müsst ihr herauskriegen! Schönen Tag, die Herren.«

Smarty verdreht die Augen.

»Ich dachte, der Fall ist jetzt endlich geklärt. Wir haben Hans Ewers gefunden, er liegt tot am Strand, und es sieht aus, als ob das Meer ihn angespült hat. Wie soll er sonst gestorben sein, wenn er nicht ertrunken ist?«

»Ach, Smarty, hast du denn alles vergessen, was ich dir beigebracht habe?«, fragt Uwe mit einem Kopfschütteln. »Nur, weil jemand vor dem Wasser liegt, heißt es doch noch lange nicht, dass er da auch drin war, oder nicht?«

»Wo soll er denn sonst in den letzten zwei Tagen gewesen sein? In der Badehose?«, antwortet Smarty genervt.

»Mensch, Junge! Nun mach doch mal die Augen auf und sieh genauer hin! Zum einen betrachte den Fundort. Wie liegt die Leiche da? Senkrecht zum Meer! Wenn die Wellen sie an den Strand geworfen hätten, würde sie leicht waagrecht zu der Brandung liegen. Und außerdem nicht direkt an der Treibgutkante. Dort liegt das ganze leichte Strandgut wie Muscheln, Steine, kleine Holzteile, Kunststoffflaschen und so weiter. Doch wenn etwas Schwereres angetrieben wird, liegt es immer weiter unterhalb davon. Ich habe früher selbst Strandgut gesammelt, ich kenne mich aus. Außerdem hast du sicher gehört, was Dr. Lüders gesagt hat. Der Tote hat keine Waschhautbildung, es gibt keinen Tierfraß … Und dann sieh dir einmal seine Hautfarbe an! Ich habe schon viele Wasserleichen gesehen – leider. Die waren immer kreidebleich! Ist er das? Nein! Die Totenflecken sind nur auf einer Seite teilweise ausgeprägt. Und dann das hier … sieh doch mal, Smarty.«

Uwe zeigt auf Striemen an Teilen der Handgelenke, unterhalb der Knie und am Rücken des Toten.

»Es sieht so aus, als sei er gefesselt gewesen. Das ist alles mehr als ungewöhnlich.«

Uwe macht eine kurze Pause und sieht Smarty ernst an.

»Wenn du mich fragst, dann sollen wir nur glauben, dass Hans Ewers in der Nordsee ertrunken ist. Smarty, ich denke, es wird Zeit, dass du deinen Schulfreund Olaf Sörensen und sein Team von der Mordkommission nach Sylt bittest!«

Seufzend zieht Smarty sein Handy aus der Tasche. Eben hatte er noch gedacht, er könnte den Fall »Hans Ewers« als Badeunfall abhaken. In Ruhe einen Bericht schreiben und zu den Akten legen. So viel zum Thema ruhiger Bäderdienst!

Olaf Sörensen trifft schon kurze Zeit später zusammen mit der Spurensicherung ein. In seiner Begleitung befindet sich ein anderer Kriminalhauptkommissar, der sich als Erich Fischer vorstellt.

»Moin, Jungs! Also hat es doch einen Toten gegeben. Ist das der Vermisste?«, begrüßt Olaf launig Smarty und die Kollegen der Schutzpolizei, die inzwischen den Tatort weiträumig abgesperrt haben. Smarty bejaht.

Ganz in der Nähe des Fundorts der Leiche haben seine Kollegen einige Kleidungsstücke hinter einem Strandkorb gefunden.

»Da hat er sich wohl ausgezogen, bevor er ins Wasser gegangen ist«, mutmaßt Smarty.

»Gehören die überhaupt dem Toten?«, fragt Olaf.

»Wem denn sonst? In dem Strandkorb sitzt doch niemand!«, sagt Smarty.

»Und die habt ihr vorher nicht bemerkt? Habt ihr denn den Strand nicht ordentlich abgesucht?«, fragt Olaf.

»Na, hör mal! Was denkst du denn? Seit vorgestern Abend, als Hans Ewers verschwunden ist und wir sein Fahrrad am Strandaufgang gefunden haben, haben wir nichts anderes gemacht!«

Muss der immer so arrogant sein!, denkt Smarty.

»Das glaube ich dir ja. Die Kleidungsstücke müssten aber doch irgendjemandem aufgefallen sein«, antwortet Olaf.

»Vor allem bei dem super Badewetter. Der Strand und somit alle Strandkörbe waren doch proppenvoll. Das hätten doch die Badegäste bemerkt, wenn da Klamotten einfach so rumliegen«, sagt Uwe.

»Wer sind Sie denn?«, dreht sich Olaf zu Uwe um.

»Das ist Kriminalhauptkommissar a. D. Uwe Boysen. Mein ehemaliger Lehrer an der Polizeischule in Eutin«, stellt Smarty Uwe vor.

»Aha. Und was machen Sie hier, Herr Boysen?«

Smarty sieht Uwe hilflos an.

»Schön, Sie kennenzulernen, Kollege Sörensen. Ich habe meinen morgendlichen Spaziergang unternommen. Man kann ja nicht immer nur zu Hause sitzen! Dabei habe ich zufällig meinen alten Schüler Lasse Espersen getroffen.«

»So 'n Zufall aber auch«, antwortet Olaf, beachtet Uwe aber nicht weiter, sondern wendet sich der Spurensicherung zu. Diese hat nicht nur den Tatort, sondern auch den Toten inzwischen gründlich untersucht.

»Komische Sache«, sagt Martin Tiedjen von der Spurensicherung und zählt noch einmal dieselben Fakten auf, die auch schon Uwe und Dr. Lüders festgestellt haben.

»Der Tote hat eine Körpertemperatur von acht Grad. Normalerweise müsste er mindestens zehn Grad wärmer sein, wenn er in der Nordsee ertrunken wäre. Es sei denn, er ist mal eben nach Grönland rübergeschwommen.«

Olaf nickt.

»Und dann das hier – sehen Sie mal hier.« Tiedjen geht einige Meter vom Wasser weg.

»Hier vorne sind Reifenspuren, die bis zum Strandaufgang führen. Umgekehrt enden sie allerdings im Nichts! Wo ist dieser Wagen – egal ob Rollstuhl oder Bollerwagen oder was auch immer – hingefahren? Wenn man ein wenig genauer hinsieht, dann stellt man fest, dass es noch weitere Spuren gibt, die zum Toten führen. Die wurden zwar weggewischt, sind aber noch teilweise erkennbar! Also wie gesagt, das ist alles sehr, sehr merkwürdig!«

»Wo habt ihr die Klamotten gefunden – bei Strandkorb 122? Das ist ja gleich da drüben! Also, wenn ihr mich fragt: Wenn Hans Ewers unterhalb dieser Stelle ins Wasser gegangen wäre, um zu schwimmen, müsste er bei der Strömung doch eigentlich weiter östlich an Land getrieben worden sein«, sagt Uwe.

»Aha. Sie fragt aber keiner! Trotzdem danke für den Hinweis. Wir werden die Wasserschutzpolizei nach der Strömung fragen.«

Olaf wendet sich wieder der Spurensicherung zu.

»Wenn ihr hier fertig seid, dann lassen wir den Toten abtransportieren. Ich werde den Staatsanwalt informieren und auf jeden Fall einen Antrag auf Obduktion stellen. Dann werden wir weitersehen. Espersen, hinterlässt der

Tote irgendwelche Angehörigen? Wenn ja, sind die schon informiert?«

Smarty antwortet: »Wir haben versucht, seine Frau Elena zu erreichen, leider vergeblich. Sie scheint nicht zu Hause zu sein und geht auch nicht ans Telefon.«

»Kennst du ein Bestattungsinstitut auf Sylt?«

»Hagedorn-Krüger«, wirft Uwe ein.

»Dann ruf den bitte an, Espersen. Er soll einen Leichenwagen schicken und die Leiche bei sich im Kühlhaus zwischenlagern, bis wir die Genehmigung zur Obduktion haben und sie ins Gerichtsmedizinische Institut nach Kiel abtransportiert wird. Es dauert bloß noch einige Stunden, bis die hier eintreffen. So lange können wir die Leiche bei der Außentemperatur hier nicht liegen lassen. Ich bin gespannt, was der Gerichtsmediziner zu diesem ungewöhnlichen Fall sagt. Danach kann seine Frau immer noch entscheiden, ob sie diesen Bestatter oder einen anderen bevorzugt.«

Nach dem Abtransport der Leiche gehen Smarty und Uwe gemeinsam mit den Beamten der Mordkommission zur Dienststelle, berichten alles in Ruhe und übergeben auch die ersten schriftlichen Tätigkeitsberichte. Es wird vereinbart, dass Smarty und auch Uwe – wegen seiner Ortskenntnis – der Mordkommission eine Weile behilflich sind.

Der Nebel hat sich verzogen, und in Kampen auf Sylt beginnt ein weiterer Badetag. Nur für Hans Ewers nicht mehr. Ein schwarzer Leichenwagen wird ihn auf seine letzte Reise mitnehmen.

16. KAPITEL
BADEWANNENGEHEIMNISSE

Es ist schon später Abend, als Lisa am Bahnhof in Westerland eintrifft. Ein scharfer Wind zwingt sie dazu, ihre Daunenjacke überzuziehen. Lächelnd denkt sie daran, wie sie heute Vormittag noch in Konstanz geschwitzt hat. Nach dem Scheidungstermin war sie zu Ann-Sophie gefahren, um etwas Trost bei ihrer Tochter und Enkelin zu finden. Doch die kleine Familie war gerade beim Kofferpacken. Sie wollten ein paar Tage ins Montafon in Österreich fahren und sich in der guten Bergluft erholen. Lisa hatte sich in dieser Aufbruchstimmung nur überflüssig gefühlt und sich darum hastig verabschiedet. Es gab für sie nur einen Ort der Welt, an dem sie jetzt sein wollte. Nicht bei ihrer Freundin Tina, nicht bei ihrem Sohn Tim, dem sie in Weimar auch nur in seinem Studentenleben im Weg wäre, selbst nicht einmal bei Sven. Lisa wollte nach Hause und hatte sich darum gleich in den Zug nach Sylt gesetzt.

Obwohl es schon spät ist, möchte Lisa unbedingt noch bei Alma vorbeischauen. Sie hat das Gefühl, dass sie dringend eine Schulter zum Ausweinen braucht. Doch als sie in Kampen ankommt, sitzt Johann alleine in dem gemütlichen Wohnzimmer der beiden.

»Schön, dass du wieder da bist, mien Deern«, sagt Johann, sieht jedoch gar nicht so glücklich aus.

»Was ist los?«, fragt Lisa neugierig.

»Alma ist im Krankenhaus«, antwortet Johann leise.

»Was?«, fragt Lisa bestürzt.

»Sie ist heute umgekippt. Einfach so«, erklärt Johann. »Beim Kartoffelschälen wurde ihr auf einmal schwindelig, dann ist sie einfach umgefallen. Zum Glück war ich heute früher zu Hause. Uwe war nicht am Kiosk. Der sitzt schon den ganzen Tag bei diesem Smarty herum, weil man doch die Leiche von Hans Ewers gefunden hat.«

»Hans Ewers ist tot? Wie ist das denn passiert?«

Lisa schlägt die Hand vor den Mund. Sie denkt an den traurigen Mann, der noch vor Kurzem mit hängenden Schultern vor ihnen durch die Heide spazierte. Alma hatte sich noch darüber gewundert. Ob er sich umgebracht hat?

»Wahrscheinlich ertrunken. Aber es gibt Ungereimtheiten«, sagt Johann und setzt hinzu: »Deshalb ermittelt jetzt die Mordkommission, sagt Uwe.«

»Wie schrecklich.«

Was mag da nur geschehen sein? Ein Mord im beschaulichen Kampen? Oder vielleicht doch eher Selbstmord? Alma hatte ja angedeutet, dieser Hans Ewers käme ihr irgendwie unglücklich vor.

Aber viel mehr als um den fremden Mann sorgt sich Lisa jetzt um Alma.

»Du hast sicher gleich einen Arzt gerufen, als du Alma gefunden hast?«

»Na klar. Ich war ja, wie gesagt, zu Hause. Ich habe in der Wohnstube Nachrichten geschaut und mich gefragt, wo Alma mit dem Tee bleibt. Als ich in die Küche kam, lag sie auf dem Boden vor der Spüle und war gerade im Begriff, sich wieder aufzurappeln. Natürlich wollte sie nicht, dass ich einen Arzt rufe! Du kennst sie ja. Sie meinte, ihr sei nur ein bisschen schwindlig gewesen. Aber ich habe es natürlich trotzdem getan, und der Notarzt war in wenigen Minuten hier.«

»Und was hat er gesagt?«, fragt Lisa.

»Du weißt ja, wie die Ärzte sind. Die wissen doch erstmal nix Genaues und haben Alma deshalb mit ins Krankenhaus genommen. Es war wohl eine Art Schwächeanfall. Sie müssen sie jetzt gründlich untersuchen und so weiter. Irgendetwas stimmt mit dem Blutdruck nicht, er schwankt viel zu sehr. Vielleicht hat sie sich ja auch über etwas aufgeregt, was in der Zeitung stand. Die hatte sie nämlich gerade vorher gelesen und ständig mit dem Kopf geschüttelt. Aber was kann das in unserem Käseblatt schon gewesen sein? Die neue Supermarkteröffnung in Westerland hat sie doch ganz sicher nicht so aufgeregt, dass sie deswegen umkippt!«

»Kann ich sie im Krankenhaus besuchen?«, frag Lisa verzweifelt.

Sie fühlt sich schlecht, denn sie hat die ganze Zeit nur an sich und die blöde Scheidung gedacht. Ganz bestimmt war das alles zu viel für Alma. Die Gute hat schon genug mit Johann und dem großen »Heidehüs« zu tun und ist ständig für alle da. Und nun hat Lisa sie auch noch eingespannt! Warum nur hat sie Alma die viele Arbeit mit dem »Strandgut-Laden« überhaupt aufgehalst? Sie wusste doch, dass sie nicht mehr die Jüngste ist!

»Heute nicht mehr, mien Deern«, sagt Johann. »Geh du man nach Hus. Morgen sehen wir weiter!«

Lisa drückt seine Hand.

»Ungern. Bitte sag mir Bescheid, wenn es etwas Neues gibt, ja?« Besorgt setzt sie hinzu: »Kann ich noch irgendetwas für dich tun, Johann?«

»Nein. Ich will nur meine Alma. Lisa – ich will nicht noch eine Frau verlieren!«

»Mensch, Honni, nun schimpf doch nicht so! Das ist doch wirklich traumhaft schön hier«, sagt Olaf zu seinem Kollegen Erich Fischer, den aber alle nicht nur wegen seines Vornamens »Honni« nennen. Honni, der aus Stralsund stammt und in der DDR groß geworden ist, hat immer einen Vergleich zu früher parat. Und »früher« war es immer besser!

»Das schon. Aber nun sieh dir doch diese Hütten an! Da stecken doch Millionen drin! Und dann wohnt da ein einzelnes Pärchen. Wahrscheinlich sind die Häuser nur zwei Wochen im Jahr bewohnt, wenn überhaupt.«

»Diese ›Hütten‹, wie du sie nennst, sind aber doch wirklich fantastisch, das musst du schon zugeben«, grinst Olaf.

»Das mag wohl sein. Aber glaubst du, dass man so viel Reichtum braucht, um einen schönen Urlaub zu verbringen? Wir hatten früher auch unser ›Sylt‹. Das war nämlich Rügen, und wer einen Ferienplatz im FDGB Heim bekam, war der König. Was meinst du, was wir für einen Spaß hatten? Gefeiert wurde am Strand oder in der Kneipe ›Stranddistel‹ und nicht in einer Bar mit einem Überseenamen.«

»Klar, Honni. Das war sicher alles super. Aber glaub mir, es gibt auf Sylt auch genug Leute, die nicht in so einer Hütte wohnen oder ihren Urlaub verbringen, sondern auf dem Campingplatz oder in einer stinknormalen Ferienwohnung. Und die haben auch ihren Spaß, Honni. So wie du früher! Aber man kann doch trotzdem diese wundervollen Häuser toll finden. Also, ich gönne jedem seinen Spaß, egal ob teures Auto, Haus oder was auch immer.«

»Na hör mal, so hab ich das doch gar nicht gemeint. Ich wollte nur sagen, dass …«

»Ich weiß schon, was du sagen wolltest, Honni. Lass uns jetzt reingehen.«

Die beiden Kommissare stehen vor dem herrlichen Reetdachanwesen der Ewers im Hobookenweg.

Diesmal ist Elena zu Hause, und Honni verschlägt es erneut die Sprache, was sicher nicht nur an dem exquisiten Interieur des Hauses, sondern hauptsächlich an der Hausherrin selbst, die in knappen Shorts und engem Top vor ihnen steht, liegt.

»Frau Ewers? Mein Name ist Kriminalhauptkommissar Olaf Sörensen, und das ist mein Kollege Erich Fischer. Dürfen wir kurz hereinkommen?«

Elena reißt weit die Augen auf.

»Natürlich, bitte … aber ich verstehe nicht … von der Kriminalpolizei waren doch schon ein paar Beamte hier. Herr Espersen, wenn ich mich nicht irre?«

»Sie irren sich nicht. Aber Herr Fischer und ich sind von der Mordkommission. Ich fürchte, wir müssen Ihnen eine traurige Nachricht überbringen. Eine männliche Leiche wurde heute Morgen am Strand gefunden, unweit der Stelle, an der Ihr Mann vorgestern sein Fahrrad abgestellt hat. Wir müssen leider davon ausgehen, dass es sich bei dem Toten um Ihren Mann handelt, Frau Ewers. Wir haben Sie heute Nachmittag telefonisch nicht erreicht, doch Frau Inken Ewers hat den Toten ganz eindeutig als ihren Vater identifiziert.«

Elena schlägt eine Hand vor den Mund.

»Oh nein! Das kann nicht sein!«

Sie sinkt auf den Stuhl im Flur und schlägt die Hände vors Gesicht. Auf diese Szene hat sie sich lange und gut vorbereitet.

Sie bricht in Tränen aus und sagt immer wieder: »Das kann doch nicht sein! Sie müssen sich irren …«

Die Beamten stehen betreten herum und betrachten Elena, wie sie sich die Tränen abwischt. Mit wackeligen Knien steht sie auf.

»Wir möchten Sie zum Bestattungsinstitut begleiten und Sie bitten, dort ebenfalls Ihren Mann zu identifizieren«, sagt Olaf.

»Natürlich. Ich komme mit Ihnen. Ich muss mich davon überzeugen, dass es wirklich wahr ist! Es kann einfach nicht sein … Bitte warten Sie einen Moment.« Elena scheint vollkommen durcheinander zu sein und ringt um Fassung.

Schniefend holt sie ihre Jacke vom Haken und begleitet die beiden Männer nach draußen. Erst als sie im Auto sitzt, werden ihr die Worte des Kommissars bewusst: »Wir sind von der Mordkommission.«

»Mensch, Alma, was machst du denn für Sachen?«, fragt Lisa und nimmt Alma fest in die Arme.

»Ach, das war doch überhaupt nix. Ich weiß gar nicht, warum Johann überhaupt den Arzt gerufen hat. Mir geht es doch schon wieder gut!«, antwortet diese und lächelt Lisa freundlich an.

»Er macht sich eben Sorgen um dich. Und zwar völlig berechtigterweise, wenn du mich fragst. Das mit deinem schwankenden Blutdruck ist nicht normal. Das muss genau untersucht werden!«, sagt Lisa besorgt.

»Nun fang du auch noch an! Ich war erst kürzlich bei Dr. Andresen. Er hat mir stärkere Tabletten gegen den Bluthochdruck verschrieben. Wahrscheinlich sind diese jetzt zu stark, hauen den Kreislauf runter, und ich bin deshalb umgekippt.«

»Wahrscheinlich? Vielleicht aber auch nicht, Alma. Auf jeden Fall muss das gut untersucht werden, und da bist du jetzt genau an der richtigen Stelle.«

»Ach Quatsch! Ich will nach Hause, zu Johann ins ›Heidehüs‹. Er kommt doch ohne mich gar nicht klar.«

Alma verdreht die Augen. »Aber sie wollen mich erst gehen lassen, wenn der Blutdruck einigermaßen stabile Werte hat.«

»Richtig so! Ich habe ein furchtbar schlechtes Gewissen, weil ich dir die ganze Arbeit im Laden aufgehalst habe. Vielleicht war das ja alles zu viel für dich, und du bist deshalb umgekippt!«, sagt Lisa betroffen.

»So ein Blödsinn! Mir hat das alles sehr viel Spaß gemacht«, widerspricht Alma vehement, obwohl sie sich manchmal schon ein wenig überfordert fühlte. Aber Alma will Lisa auf gar keinen Fall ein schlechtes Gewissen bereiten, schließlich war der Scheidungstermin schon schwer genug für sie! Deshalb lächelt sie freundlich und sagt: »Schön, dass du wieder da bist, mien Deern. Wie war es denn am Bodensee? Hast du alles gut hinter dich gebracht?«

»Ich habe es hinter mich gebracht, ja. Aber es hat mir doch sehr viel mehr zugesetzt, als ich geglaubt hatte. Nun ist es also vorbei mit unserer Ehe.«

Alma nimmt Lisas Hand und drückt sie fest.

»Es ist ganz normal, dass du traurig bist. Es wird eine Zeit dauern, bis du darüber hinweg bist. Aber glaub mir, du wirst schon bald wieder glücklich sein!«

»Danke, liebe Alma. Das hoffe ich wirklich. Also auf zu neuen Ufern!«

Dann fällt Lisa plötzlich etwas ein: »Hör mal, Johann hat mir erzählt, dass du an dem Tag, an dem du umgekippt bist, dich über irgendetwas, das du in der Zeitung gelesen hattest, ganz furchtbar aufgeregt hast. Weißt du noch, was das war?«

»In der Zeitung? Was war das nur? Ich erinnere mich nicht …« Alma sieht gedankenverloren aus dem Fenster. »Irgendwie habe ich diesen blöden Tag schon wieder vergessen!«

»Na, dann wird es sicher nicht so wichtig gewesen sein!« Aufmunternd lächelt Lisa Alma zu.

Die Tür geht auf, und zuerst kann man den Mann hinter dem riesen Blumenstrauß gar nicht erkennen.

»Johann!«, ruft Alma erfreut.

»Was für ein Strauß! Da werde ich wohl eine Vase suchen müssen!«, grinst Lisa und verlässt den Raum.

Als sie kurze Zeit später mit der Blumenvase wieder hereinkommt, hört sie gerade noch, wie Alma sagt: »Johann, du hast mich doch vor Kurzem etwas gefragt. Also … ich wollte dir sagen … die Antwort ist Ja!«

Die zarte Frau muss sich an Olaf Sörensens Arm festhalten, als sie die Antwort haucht: »Ja, das ist mein Mann.«

Elenas Knie werden beim Anblick von Hans auf einmal weich. Die ganze Anspannung der letzten Tage scheint sich zu entladen, und sie bricht in Tränen aus.

»Ich kann es immer noch nicht glauben. Er war doch so ein guter Schwimmer!«

Fast die gleichen Worte hatte Inken am Nachmittag gebraucht, als sie den Toten eindeutig als ihren Vater identifiziert hat. Inken Ewers hatte im Gegensatz zu Elena Ewers sehr gefasst gewirkt. Äußerlich vollkommen ruhig, konnte man jedoch an ihrem blassen Gesicht und ihrer versteinerten Miene erkennen, wie geschockt sie war. Natürlich hatte Olaf Sörensen Inken zurück ins »Hotel Stadt Hamburg« gebracht.

»Sie waren mit Ihrem Vater vorgestern Abend verabredet?«, hatte er sie gefragt, worauf sie nur genickt hatte.

Olaf hatte gespürt, dass es noch zu früh war, um Fragen zu stellen. Außerdem weiß er ja bereits von Smarty, dass Inken ihren Vater vorgestern nicht zu Hause angetroffen und am späten Abend nur sein Fahrrad am Strand gefunden hat.

»Kann ich noch etwas für Sie tun?«, hatte er sie beim Aussteigen gefragt.

»Nein, ich möchte jetzt alleine sein. Wahrscheinlich fahre ich heute Nachmittag nach Hamburg zurück, um mit meinem Bruder zu sprechen.«

Sie hatte ihm die Hand gegeben, dann hatte sie ihn zwar gefasst, doch sehr ernst angesehen und gesagt: »Mein Vater hätte niemals das Haus verlassen, wenn er wusste, dass ich zu Besuch komme! Ich glaube nicht, dass er ertrunken ist. Er war ein exzellenter Schwimmer und früher sogar bei der DLRG.«

Was hatte sie ihm damit sagen wollen?

Im Gegensatz zu Inken ist Elena überhaupt nicht gefasst. Sie hält sich an Olafs Ärmel fest, als würde sie sonst umfallen.

»Kommen Sie, wir fahren Sie nach Hause.«

Im Wagen wirkt Elena wie erstarrt.

»Sind Sie sicher, dass Sie alleine bleiben können, Frau Ewers?«, fragt Olaf, als sie in Kampen im Hobookenweg eintreffen.

»Es geht schon. Ich brauche nur etwas Ruhe. Am besten, ich nehme ein wenig Baldrian. Ich muss das jetzt erst einmal alles verdauen. Das alles ist so furchtbar! Es kann einfach nicht sein, dass Hans nicht mehr da ist … dass er nie wieder nach Hause kommt!«

Sie fängt wieder an zu weinen.

»Ich habe Hans immer gewarnt und gesagt, dass er nicht alleine schwimmen gehen soll! Das Meer ist einfach viel zu gefährlich. Wie viele Menschen sind schon ertrunken! Aber er wollte einfach nicht auf mich hören. Er sagte immer: ›Ich muss doch für dich fit bleiben, mein Schatz!‹«

Lautes Schluchzen kommt aus Elenas Kehle.

»Sollen wir vielleicht einen Arzt holen? Oder jemanden anrufen, der sich um Sie kümmern kann?«

»Nein, nein … ich möchte jetzt alleine sein.« Elena atmet tief durch. »Wie geht es denn jetzt weiter? Ich meine, Hans wollte doch keine normale Bestattung. Er hat immer von einem Seemannsgrab gesprochen.«

Wieder wird Elena von Tränen geschüttelt. Zum Glück ist ihr gerade dieser Gedanke gekommen. Bei einer Seebestattung wird der Tote vorher verbrannt, es kann also keine Spuren mehr geben! »Soviel ich weiß, macht das doch das Beerdigungsinstitut nicht, bei dem er gerade ist.«

»Frau Ewers, Ihr Mann ist dort nur für ein paar Stunden untergebracht. Natürlich können Sie selbst entscheiden, auf welche Weise Ihr Mann die ewige Ruhe finden soll. Wir müssen vorher lediglich noch ein paar Untersuchungen veranlassen«, klärt Olaf sie auf.

»Untersuchungen? Was denn für Untersuchungen?« Unter Tränen sieht sie die beiden Beamten an. Mordkommission? Sie werden doch keinen Verdacht haben? Elena läuft es kalt den Rücken herunter.

»Keine Sorge, Frau Ewers. Bei Todesfällen wie diesem ist es völlig normal, dass der oder die Tote noch einmal untersucht wird, besonders wenn der herbeigerufene Arzt keine eindeutige Todesursache feststellen kann. Anschließend können Sie selbstverständlich die Beerdigung auf die gewünschte Weise in die Wege leiten.«

Elena haucht ein leises »Vielen Dank« und geht mit hängendem Kopf alleine in das große Haus zurück.

Olaf und Honni sehen sich an.

»Die scheint ja richtig fertig zu sein, diese Frau Ewers.«

Damit haben die Beamten mehr als nur recht. Erschöpft zieht Elena die Haustür hinter sich zu. Sie hätte nicht gedacht, dass es so schwer werden würde! Hatte sie auch in den letzten Tagen die Nerven behalten, so ist sie jetzt doch am Ende ihrer Kräfte. Bisher hatte sie es vermieden, das obere Stockwerk zu betreten, damit sie nicht mehr als nötig an den schrecklichen Tod von Hans erinnert werden würde. Sie hatte deshalb mehr schlecht als recht auf dem Sofa im Wohnzimmer geschlafen, war jedoch – von Albträumen gequält – ständig aufgewacht.

Auf einmal ist sie furchtbar müde. Sie muss sich ein Weilchen hinlegen … in ihrem eigenen Bett. Elena atmet tief durch. Sie nimmt ein paar Baldriantabletten und geht nach oben. Im Badezimmer hält sie einen Moment inne. Beim Anblick der Badewanne bekommt sie eine Gänsehaut. Sie kann es nicht ertragen, in diesem Raum zu sein, und geht in ihr Schlafzimmer. Nur für einen Moment hinlegen und die Augen zumachen. Mamachkas Trick benutzen und an etwas Schönes denken … doch etwas Hartes liegt unter ihrem Kopf und verhindert, dass sie sich gemütlich in die Kissen kuscheln kann. Elena schiebt ihr Kopfkissen zur Seite und findet … eine kleine Schachtel. Mit zitternden

Fingern öffnet sie sie. In dunkelblauen Samt eingebettet liegt eine weißgoldene Kette, die ein wunderschöner filigraner Pferdeanhänger ziert. Unter dem Samt befindet sich ein kleiner Brief, der nur zwei Sätze enthält:

Ich liebe dich. Du bist mein Leben.
Hans

»Lasst uns den Fall noch einmal in Ruhe durchsprechen«, sagt Olaf Sörensen. Im Polizeirevier Westerland hat er eine Sonderermittlungsgruppe eingerichtet, in der er selbst, Honni, Smarty und weitere Ermittlungsbeamte die neuesten Erkenntnisse durchgehen.

»Inken Ewers macht sich vorgestern Abend auf den Weg zu ihrem Vater, um diesen zu besuchen. Sie wollte gegen 22.00 Uhr bei ihm sein. Ihren Angaben nach hatte es vor Kurzem einen Streit zwischen ihnen gegeben, und sie wollten sich an diesem Abend aussprechen. Sie hat diesen Termin ausgewählt, weil seine Ehefrau Elena eine Vernissage in Hamburg besuchen wollte. Als Inken gegen 19.30 Uhr von Niebüll aus anruft, um ihrem Vater mitzuteilen, dass sie schon früher losgefahren ist und bereits in ungefähr einer Stunde bei ihm sein wird, nimmt er weder auf dem Handy noch auf dem Festnetz ab. Sie spricht daher auf seinen Anrufbeantworter. Ist Hans da bereits zum Strand geradelt, um schwimmen zu gehen? Als Inken gegen 21 Uhr im Hobookenweg eintrifft, findet sie keine Spur von ihrem Vater, was ihr höchst ungewöhnlich erscheint, da er angeblich nie das Haus verlässt, wenn er auf ihren Besuch wartet. Weiter kommt ihr komisch vor, dass zum einen die Stereoanlage noch an ist und laute Opernmusik ertönt, zum anderen die Badewanne gefüllt und das Wasser noch warm ist. Hat ihr Vater gerade eben noch gebadet? Warum hat er das Wasser nicht abgelassen und wohin ist er nach dem Bad gegangen? Inken wartet zunächst eine Weile, dann macht sie sich auf die Suche und findet nur das verwaiste Fahrrad ihres Vaters am Fahrradständer der ›Sturmhaube‹.«

»Vielleicht hat Inken ja selbst etwas mit dem Verschwinden zu tun?«, mutmaßt Honni. »Sie kam mir jedenfalls irgendwie seltsam vor. Sie gibt zu, vor Kurzem einen heftigen Streit mit ihrem Vater gehabt zu haben. Und das Verhältnis zu ihrer Stiefmutter, die ja kaum älter ist als sie selbst, scheint auch nicht das Beste zu sein. Als wir sie nach dem Beerdigungsinstitut zu Elena nach Kampen fahren wollten, hat sie jedenfalls heftig protestiert. So, als wollte sie um jeden Preis ein Zusammentreffen mit Elena vermeiden.«

»Vielleicht wollte sie aber auch nur alleine sein. Schließlich hat sie gerade ihren Vater verloren und steht unter Schock«, sagt Olaf. »Und warum sollte sie uns von dem Streit mit ihrem Vater erzählen? Damit würde sie sich doch selbst verdächtig machen. Außerdem hat sie ja angedeutet, dass sie nicht glaube, dass ihr Vater ertrunken sei. Immerhin war er ja einmal Rettungsschwimmer. Ist dir vielleicht noch etwas Ungewöhnliches vorgestern Abend in der Villa im Hobookenweg aufgefallen, Smarty?«

»Außer den erwähnten Dingen eigentlich nichts. Nur, dass das alles wirklich sehr seltsam war. Ich meine, welcher Depp geht denn schwimmen, nachdem er in der Badewanne war?«, sagt Smarty heftig.

»Apropos Badewanne. Es war natürlich super clever, keine Probe des Badewassers zu nehmen, sondern das Wasser direkt abzulassen!«, sagt Olaf vorwurfsvoll.

»Nun, nachdem du am Telefon gesagt hast, es gebe ja keine Leiche und auch keine konkreten Anhaltespunkte für ein Tötungsdelikt, sah sich die Mordkommission nicht in der Pflicht, sich mit diesem Fall befassen zu müssen. Du meintest doch, Hans Ewers würde sicher von selber wieder auftauchen«, wehrt sich Smarty.

»Ist er aber nicht! Oder doch. Zwei Tage später wird er ganz in der Nähe des Fundorts seines Fahrrads von einem Jogger tot am Strand aufgefunden. Der erste Eindruck deutet auf Tod durch Ertrinken hin, doch verschiedene Indizien weisen darauf hin, dass wir das vielleicht nur glauben sollen.«

»Außerdem: Wer sagt denn eigentlich, dass ich keine Wasserprobe entnommen habe, von der Badewanne meine ich«, fällt Smarty plötzlich ein.

»Hast du etwa? Mensch, Smarty, sag das doch gleich!«, sagt Olaf.

Smarty steht auf und holt die Probe und den Wattepad in Zellophan aus dem Kühlschrank.

»Hat mich ja keiner gefragt!«

»Mensch, das hätte ich dir ja gar nicht zugetraut, dass du so clever bist!«, sagt Olaf und grinst.

»Genau genommen war ich es auch nicht«, gibt Smarty zerknirscht zu.

»Wer dann?«

»Uns Uwe …«

»Was? Dieser Kripopensionär? Was hat der denn da verloren? Smarty, wir machen hier doch keinen Krimitourismus!«, schimpft Olaf.

»Uwe war gerade zufällig in der Gegend. Er ist öfter bei Johann Johannsen im ›Heidekiosk‹ und kannte Hans Ewers sehr gut. Die haben wohl alle mal zusammen im Sylter Shanty Chor gesungen.«

»Das ist doch noch lange kein Grund, sich in die polizeilichen Ermittlungen einzumischen!«

»Nun hört doch mal auf zu streiten. Olaf, vielleicht ist der Alte ja gar nicht so schlecht und kann uns helfen«, gibt Honni zu bedenken.

»Erst mal scheint er den Toten gekannt zu haben. Dann kennt er sich hier auf der Insel sicher bestens aus. Außerdem scheint er ja im Gegensatz zu Herrn Espersen ein paar ganz gute Ideen gehabt zu haben. Lassen wir die Probe des Badewassers erst einmal untersuchen. Vielleicht gibt sie uns ja neue Erkenntnisse!«

Honni hat recht, muss Olaf zugeben.

Dieser Uwe Boysen scheint tatsächlich gar nicht so dumm zu sein. Und er verfügt über gute Kenntnisse, nicht nur über den Toten, sondern auch über die Insel. Warum sollten sie sich die nicht zunutze machen?

Nur wenige Stunden später erhält Olaf einen Anruf vom Gerichtsmediziner Herrn Dr. Kübler, der ihm das Obduktionsergebnis des Toten vorab bereits telefonisch mitteilen will.

»Die ganze Sache ist äußerst ungewöhnlich«, beginnt Herr Dr. Kübler das Gespräch.

»Es ist auf jeden Fall kein Ertrinkungsfall in der Nordsee! Der Tote hat kein Meerwasser in der Lunge. Er ist mit Sicherheit nicht ertrunken. Außerdem lag er gar nicht im Meer beziehungsweise überhaupt nicht lange im Wasser. Er hat keinerlei Anzeichen von Waschhaut an den Händen und Füßen. Stattdessen haben wir Süßwasser in der Lunge gefunden. Allerdings nicht allzu viel. Der Tote ist auf keinen Fall ertrunken, sondern sehr wahrscheinlich an einem plötzlichen Kreislaufversagen beziehungsweise

Reflextod gestorben. Das Seltsame ist seine Körpertemperatur. Sie ist stark unterkühlt. Sie war sogar teilweise gefroren. Einige Körperzellen sind dadurch bereits geplatzt. Die Leiche war aber noch nicht ganz durchgefroren. Sie muss irgendwo tiefgekühlt worden sein. Auch die Leichenflecken deuten darauf hin. Die Leiche zeigt daher auch noch keine Fäulniserscheinungen. Ich schätze, dass die Leiche circa 24 Stunden lang gekühlt wurde. Auffällig sind an der Leiche dann noch diese Striemen unterhalb der Knie, am Oberschenkel, am Rücken und an den Handgelenken, die darauf hindeuten, dass sie mit 200 Millimeter breiten Riemen gefesselt beziehungsweise gebunden wurden. Diese Fesselung scheint allerdings postmortal vorgenommen worden zu sein. Der Tote hat keine weiteren Verletzungen.«

»Irgendwelche Spuren von Medikamenten, Rauschmitteln oder K.-o.-Tropfen im Blut? Antidepressiva oder etwas in der Art?«

»Nein, nichts. Nur von einem Präparat, das den Blutdruck senkt.«

»Hatte der Tote Alkohol im Blut?«

»Ja, aber nur 0,2 Promille.«

»Was denken Sie: Könnte es sein, dass der Tote vielleicht in der Badewanne ertrunken ist?«

»Er ist nicht ertrunken, Herr Hauptkommissar! Aber um die Frage mit der Badewanne zu beantworten: Es sieht in der Tat so aus, als ob er dort diesen Reflextod durch plötzlichen Blutdruckabfall erlitt.«

»Was glauben Sie, Herr Dr. Kübler, ist dieser Reflextod natürlich eingetreten oder hat jemand nachgeholfen?«

»Diese Frage ist schwer zu beantworten. Die ganzen Umstände sind wirklich mehr als ungewöhnlich! Man müsste sich noch einmal die Badewanne genau anschauen. Wichtig wäre auch zu wissen, wie viel Wasser in der Wanne war beziehungsweise wie hoch das Wasser stand. Wir haben an der Leiche keine Verletzungen festgestellt, die auf eine Gewalteinwirkung hindeuten. Ich schreibe Ihnen natürlich noch einen ausführlichen Bericht.«

»Danke, Herr Dr. Kübler.«

Nachdenklich beendet Olaf das Gespräch.

Wenn Hans Ewers tatsächlich an einem Herzstillstand starb, möglicherweise in seiner eigenen Badewanne, wie kam er dann an den Strand? Warum sollte man glauben, er sei in der Nordsee ertrunken? Das macht doch alles keinen Sinn!

»Das Labor der Kriminaltechnik hat den Bericht über die Wasserprobe und den Wattepad geschickt«, sagt Smarty und drückt Olaf diesen in die Hand. »Interessant, sehr interessant!«

»Was ist interessant? Nun sag doch schon!«, sagt Honni.

»Nun, natürlich wurden in der Wasserprobe Hautschuppen und Haare von Hans Ewers gefunden, aber nicht nur von ihm! Es befinden sich auch Hautschuppen, die nicht vom Toten stammen, im Badewasser. Und zwei dunkelblonde männliche Haare. Die Haare von Hans waren aber hell, silberfarben.«

»Also hat noch eine zweite Person dort herumgeplanscht. Das alles ist wirklich sehr ungewöhnlich«, sagt Honni.

»Ich denke, es kommt noch sehr viel Arbeit auf uns zu. Davon können wir jetzt mit ziemlicher Sicherheit ausgehen. Es ist doch nicht normal, dass jemand eine Leiche kühlt, um sie anschließend an den Strand zu legen und einen Ertrinkungstod vorzutäuschen. Da muss etwas anderes dahinterstecken. Möglicherweise war es doch irgendwie ein Tötungsdelikt. Wir wissen bloß noch nicht, wie das angestellt wurde. Das müssen wir jetzt klären. Dazu sind natürlich auch die Wassertemperatur in der Wanne und der Wasserstand wichtig. Außerdem werde ich beim Staatsanwalt eine Funkzellenermittlung beantragen. Vielleicht hat ja außer Inken noch jemand anders an dem bewussten Abend von der Villa aus telefoniert … Auf jeden Fall wird es Zeit, der trauernden Witwe einmal auf den Zahn zu fühlen.«

»Vielleicht … Mord?« Johann zieht an seiner Pfeife. »Oh, haua haua ha. Das is' ja 'n Ding!«

Eigentlich hatte er vorgehabt, Uwe von seinen Heiratsplänen mit Alma zu berichten. Aber dann war dieser Smarty vorbeigekommen und hatte Uwe stolz erzählt, dass seine Wasserprobe ausgewertet wurde und zusammen mit dem Obduktionsergebnis keine andere Schlussfolgerung als Mord zulassen würde. Gemeinsam sitzen sie auf der Bank vor dem »Heidekiosk« und trinken gemütlich ihr Feierabendbier.

»Oh Mann, ich sage euch: Seit dieser Sache komme ich gar nicht mehr zur Ruhe. Dabei habe ich gedacht, hier auf der Insel geht alles gemütlich zu, und ich habe es höchstens einmal mit einer Kneipenprügelei oder einem Handtaschendiebstahl zu tun!«

»Der arme Hans. Hat sein Leben lang gearbeitet und wollte es sich im Ruhestand auf seine alten Tage ein bisschen schön machen. Erst stirbt ihm die eine Frau weg, dann sucht er sich so ein junges Huhn und hat wieder keine Ruhe. Und zu guter Letzt ist er plötzlich tot! Wenn die da mal nicht dahintersteckt!«, sagt Johann grimmig.

»Quatsch. Seine Frau Elena war an dem Abend, als Hans zu Tode gekommen ist, in Hamburg. Die kann es schon mal nicht gewesen sein!«, sagt Smarty.

»Sie muss es ja nicht selbst gemacht haben«, rätselt Uwe.

»Hans hat also einen Herzstillstand in der Wanne gehabt?«, fragt er Smarty.

»Herzversagen durch plötzlichen Blutdruckabfall«, sagt Smarty.

Johann wird auf einmal ganz seltsam zumute. Er denkt an seine Alma, die gerade auch große Probleme mit ihrem Blutdruck hat.

»Man könnte also meinen, es sei ein harmloser Unfall gewesen. Aber die fremden Hautschuppen und die dunkelblonden Haare, die dank deiner Wasserprobe entdeckt wurden, lassen etwas anderes vermuten. Und natürlich die Tatsache, dass Hans nicht in der Badewanne, sondern am Strand aufgefunden wurde«, erklärt Smarty.

»Irgendjemand muss ihn dort aus irgendwelchen Gründen abgelegt haben. Warum?«

»Eigentlich unlogisch. Wenn Inken ihren Vater tot in der Badewanne aufgefunden und den Arzt gerufen hätte, hätte dieser Tod durch Herzversagen festgestellt …«, denkt Uwe laut.

»… und Olaf hätte zu Hause bleiben können, denn niemandem wäre etwas aufgefallen. Ein älterer Herr erleidet einen Herzstillstand in der Wanne. Keiner hätte ein Verbrechen vermutet«, sagt Smarty.

»Doch der Tote wurde weggebracht und an den Strand gelegt, um einen Badeunfall vorzutäuschen«, sagt Uwe und ergänzt: »Zum Glück haben wir eine Probe des Badewassers genommen!«

Er ist stolz auf sich, dass er an jenem Abend diesen Einfall hatte. Sonst könnte die Polizei jetzt wohl kaum die beiden männlichen Haare, die nicht von Hans stammen, untersuchen.

»Ich frage mich nur, wie könnte ein Fremdverschulden aussehen?«, fragt Smarty.

»Wer auch immer Hans Ewers auf dem Gewissen hat, wie hat er es getan? Er kann ihn ja wohl kaum zu Tode erschreckt haben, sodass er einen Herzstillstand erlitt. Es muss aber jemand bei ihm gewesen sein. Ein Mann. Das beweisen die Hautschuppen und die Haare eines fremden Mannes«, überlegt Smarty.

»Warte, es gab da mal einen spektakulären Fall in London«, fällt Uwe plötzlich ein.

»Es war vor langer, langer Zeit, irgendwann Anfang des vergangenen Jahrhunderts. Da hat ein Serienmörder drei Ehefrauen in der Badewanne umgebracht! Ich muss das noch einmal genau nachlesen. Ich weiß aber noch, dass er seine Opfer jedes Mal ruckartig an den Füßen gezogen hat, sodass sie unter Wasser rutschten und vor Schreck einen Reflextod erlitten.«

»Was ist denn das genau – ein Reflextod?«, fragt Smarty.

»Das ist ein tödlicher Herzstillstand, der durch einen Schock ausgelöst wird.«

»Und da hat ein Mörder gleich drei Frauen auf diese Weise getötet?«

»Das war damals ein sehr spektakulärer Fall. Man konnte dem Mörder zunächst nichts nachweisen. Es war nur mehr als ungewöhnlich, dass gleich drei Frauen in der Badewanne ertrunken sein sollten. Der Gerichtsmediziner konnte nur anhand von Versuchen die Taten rekonstruieren.«

»Wie hat er das gemacht?«, erkundigt sich Smarty neugierig.

»Wenn ich mich richtig erinnere, machte er während der Hauptverhandlung ein gewagtes Experiment. Er ließ eine trainierte Schwimmerin in eine mit Wasser gefüllte Badewanne steigen und zog vom Fußende der Wanne aus ihre Füße in die Höhe, sodass der Kopf unter Wasser gelangte. Die Frau verlor augenblicklich das Bewusstsein ohne Möglichkeit der Gegenwehr. Und das, obwohl sie auf den Angriff vorbereitet war! Das plötzlich über die Nase und den Mund eingedrungene Wasser hatte durch einen Blutdruckabfall zur Bewusstlosigkeit geführt. Bei den drei Ehefrauen führte dieser plötzliche Blutdruckabfall sogar zum Tode …«

»So kann es aber diesmal nicht gewesen sein!«, sagt Johann.

»Überleg doch mal! Die Frauen hatten Vertrauen zu ihrem Mann und ahnten seine böse Absicht nicht. Hans hätte jedoch den Täter kommen sehen und sofort versucht, aus der Wanne zu steigen, noch bevor dieser ihn hätte an den Füßen ziehen können. Es wäre mit Sicherheit zu einem Kampf gekommen.«

»Nein, er kann sich nur von hinten angeschlichen haben«, sagt Smarty.

»Du hast recht. Hätte Hans Ewers seinen Mörder kommen sehen, wäre er keinesfalls ruhig sitzen geblieben und hätte gewartet, bis derjenige ihn an den Füßen unter Wasser zieht. Das Badezimmer der Ewers ist so groß wie ein Tanzsaal. Hans muss mit dem Rücken zur Tür in der Wanne gelegen haben. Er hat seinen Mörder nicht kommen sehen. Hören konnte er ihn nicht, weil die Musik so laut war. Der Täter hat sich von hinten angeschlichen und Hans unter Wasser gedrückt. Der Schock hat zu einem Reflextod geführt. So muss es gewesen sein!«, überlegt Uwe.

»Und wie kam Hans aus der Wanne an den Strand?«, fragt Johann.

»Auch das werden wir noch herausfinden!«, sagt Smarty und grinst.

Er freut sich, dass er bei der morgigen Besprechung eine neue Theorie zum Besten geben kann. Gut, sie ist nicht so ganz auf seinem Mist gewachsen. Doch was zählt, ist schließlich das Ergebnis!

Der Wind hat merklich aufgefrischt und treibt dunkle Regenwolken über die Insel. Aus den bedrohlich tief über den Dünen hängenden Wolken fällt starker Regen, alle Strände und Wege sind verwaist. »Sieht so aus, als wäre der Sommer vorbei«, sagt Honni zu Olaf.

»Nun sieh doch nicht immer alles so schwarz! Nur weil es heute ausnahmsweise mal regnet, ist doch der Sommer noch nicht vorbei!«, entgegnet Olaf.

»Denk an meine Worte. Das wird nicht mehr richtig warm«, antwortet Honni grimmig.

Sie fahren durch den seltsam verlassen wirkenden Hobookenweg zum Anwesen der Ewers.

»Was hab ich dir gesagt? Die Leute, die hier wohnen, sind nur ein paar Wochen im Jahr hier!« ergänzt Honni.

»Die kommen doch wieder. Spätestens Weihnachten ist die Insel wieder voll«, antwortet Olaf ruhig.

»Weihnachten? Du liebe Zeit! Da muss es doch hundekalt hier sein!«

»Aber auch schön. Klare kalte Nordseeluft.«

Olaf hält vor dem Haus der Ewers und wartet einen Moment, bevor er aussteigt.

»Tja, dann wollen wir mal ein paar Worte mit der Witwe reden.«

»Glaubst du, dass sie etwas mit der Sache zu tun hat?«, fragt Honni.

»Wie du weißt, müssen wir uns bei jedem Mord die Frage stellen: Wem nützt er? Meistens geht es bei Mord doch um diese drei Dinge: Liebe, Habgier oder Rache. Was könnte hier das Motiv sein? Hans Ewers hatte sich auf seine alten Tage verliebt und sogar noch einmal geheiratet. Es gibt keine verlassene Ehefrau oder eine sonstige Nebenbuhlerin. Also scheidet das Rachemotiv von dieser Seite schon einmal aus. Auch nicht im Geschäftsleben: Hans hatte die Firma an seinen Sohn übertragen und, wie alle beteuern, keinerlei Ärger, weder mit dem Sohn noch mit ehemaligen Geschäftspartnern. Also alles Friede, Freude, Eierkuchen. Ob es einen Nebenbuhler gab, dem Hans im Weg gewesen sein könnte, wissen wir nicht. Möglich wäre es. Was wir sicher wissen, ist: Finanzielle Probleme gab es in dieser Familie keine. Hiermit hätten wir ein Motiv: Hans Ewers war ein sehr vermögender Mann. Wer wird von seinem Tod profitieren? Seine Kinder haben sicher ein großes Erbe zu erwarten – und natürlich seine Ehefrau.«

Beide betrachten das riesengroße Grundstück, das in der teuersten Straße von ganz Deutschland steht.

In diesem Moment tritt die Nachbarin Britt Hansen aus der Tür und kommt auf die Beamten zu.

»Hallo, Frau Hansen!«, begrüßen sie die sympathische Frau freundlich.

»Moin, die Herren. Sie wollen zu Elena, nehme ich an?«

»Ja, wir haben noch ein paar Fragen im Zusammenhang mit dem Tode von Hans Ewers.«

»Das ist alles so schrecklich. Dabei haben Hans und ich doch neulich erst zusammen ein Glas Chianti getrunken!«

In Britts Augen schimmern Tränen.

»Sie haben sich also gut verstanden als Nachbarn?«, fragt Olaf.

»Sogar sehr gut. Wir waren eng befreundet. Früher, als wir noch berufstätig waren, haben wir ja mit unseren Familien nur den Sommer hier verbracht. Es war eine wundervolle Zeit: Wir haben ganze Tage mit den Kindern am Strand und wir Erwachsenen ganze Nächte in der ›Whiskymeile‹ zusammen verlebt!«

Britt lächelt bei der Erinnerung daran.

»Nein, dass Hans ein solches Ende nehmen musste! Ich komme einfach nicht darüber hinweg. Ein Glück, dass seine Ulla das nicht mehr erleben muss!«

»Ulla war seine erste Frau, ja?«, fragt Honni.

»Und meine Freundin«, setzt Britt traurig hinzu.

»Sind Sie denn mit seiner jetzigen Frau auch befreundet?«

»Befreundet ist vielleicht zu viel gesagt. Elena ist sehr nett … aber doch deutlich jünger. Da hat man ja nicht so die Berührungspunkte«, antwortet Britt ausweichend.

»Würden Sie sagen, dass die Ehe von Hans und Elena in Ordnung war?«, fragt Olaf unvermittelt.

Britt zögert einen Moment. Einen Moment zu lange für Olafs Geschmack.

»Ja, doch … sicher.«

»Das klingt nicht sehr überzeugt. Gab es Probleme bei den Ewers?«, hakt er nach.

»Oh nein! Das will ich nicht gesagt haben! Ich möchte mich wirklich nicht zu der Ehe der Ewers äußern.«

»Man kann auch viel sagen, wenn man nichts sagt«, sinniert Olaf.

Britt überlegt kurz, dann sagt sie: »Wissen Sie, wir haben uns natürlich schon gefragt, wie die beiden überhaupt zusammengekommen sind. Eigentlich haben sie ja gar nicht zusammengepasst. Und damit meine ich nicht nur das Alter …«

»Wissen Sie denn, wie sie sich kennengelernt haben?«

»Hans hat es mir einmal erzählt, Elena sei Journalistin und wäre nach dem Tod von Ulla bei ihm vorbeigekommen, um ihn zu interviewen. Irgendwie fand ich diese Geschichte ein wenig merkwürdig, aber es kommen ja die unglaublichsten Dinge vor, nicht wahr? Es wird schon so gewesen sein. Alles andere war nur Gerede«, gibt Britt nun doch zu.

»Was für Gerede denn?«

»Ach, es ging einmal das Gerücht herum, Elena habe einen anderen Mann geküsst. Aber wie gesagt, ich habe das nur gehört und will das nicht bewerten. Was ist schon ein Kuss?«

Als hätte sie es gehört, tritt Elena aus der Haustür. Sie trägt schwarze Kleidung und ist kaum geschminkt, was sie jünger wirken lässt.

»Ich muss dann auch weiter«, verabschiedet sich Britt und winkt Elena kurz zu.

Die beiden Polizeibeamten treten näher und bemerken, dass tiefe Schatten unter Elenas Augen liegen. Sie sieht aus, als habe sie schon wieder geweint. Die beiden Beamten sind geneigt, Mitleid zu empfinden, doch sie sind Profis genug, um zu wissen, dass nicht alles so sein muss, wie es auf den ersten Blick erscheint.

»Dürfen wir einen Augenblick hereinkommen, Frau Ewers? Wir haben da ein paar Fragen an Sie.«

»Selbstverständlich, kommen Sie bitte.«

Elena begleitet die beiden Herren ins Wohnzimmer und lässt sich selbst kraftlos auf einen großen Sessel fallen.

Honni lässt seinen Blick wieder einmal über die exquisite Einrichtung, die wertvollen Bilder und Möbel schweifen und denkt: Was für ein Luxus, was für eine Dekadenz, was für eine Ungleichheit … so etwas hat es im Osten nicht gegeben! Und wenn, dann nur bei den Bonzen. Die nahmen sich zwar auch viele Privilegien, hatten aber keinen Geschmack im Gegensatz zu diesen Leuten hier.

Indessen beobachtet Olaf die Mimik der Witwe und sagt: »Frau Ewers, wir haben leider Grund zu der Annahme, dass Ihr Mann keines natürlichen Todes gestorben ist.«

»Was sagen Sie da? Was meinen Sie damit?«, fragt Elena mit weit aufgerissenen Augen.

»Es besteht der Verdacht auf Fremdverschulden«, klärt Olaf sie auf.

»Wir müssen Ihnen in diesem Zusammenhang ein paar Fragen stellen. Sie brauchen keine Fragen zu beantworten, die Sie selbst in irgendeiner Form belasten könnten. Wir haben einen richterlichen Beschluss zur Durchsuchung und Überprüfung des Hauses und des Grundstücks vorliegen.«

Olaf übergibt ihr den Beschluss: »Es werden gleich noch einige Kollegen kommen und sich das Haus näher anschauen.«

»Sie können mich gerne alles fragen und sich hier in Ruhe umsehen. Ich habe nichts zu verbergen!«

Obwohl Elenas Stimme äußerlich abgesehen von einem leichten Zittern recht ruhig klingt, ist sie innerlich total aufgewühlt. Sie springt aus dem Sessel auf und geht unruhig im Zimmer hin und her.

»Sie haben doch gesagt, mein Mann sei ertrunken! Wie soll denn da ein Fremdverschulden vorliegen?«, fragt sie Olaf nun nervös.

Auf einmal laufen Tränen ihre Wangen herunter. Keine Tränen der Trauer, sondern Tränen der Angst. Kann es sein, dass die Polizei tatsächlich hinter ihren teuflischen Plan gekommen ist? Wie kann sie das herausgefunden haben? Durch Gunnar vielleicht? Bis jetzt hat er sich an ihre Abmachung gehalten und keinen Kontakt zu ihr gesucht. Elena weiß also nicht, ob er nicht inzwischen die Nerven verloren und etwas der Polizei erzählt hat. Andererseits: Wie sollte die Polizei überhaupt auf Gunnar gekommen sein? Selbst wenn Britt oder sonst jemand etwas über ihn erzählt haben sollte, kann Elena immer noch behaupten, dass er nur ihr Reitlehrer war. Sie zwingt sich zur Ruhe. Sie darf jetzt unter gar keinen Umständen die Nerven verlieren, sondern muss alles genau durchdenken.

»Wir gehen zum gegenwärtigen Zeitpunkt davon aus, dass Ihr Mann nicht in der Nordsee ertrunken ist, sondern dort abgelegt wurde, um uns genau das glauben zu machen. Ihr Mann, Frau Ewers, ist sehr wahrscheinlich in seiner eigenen Badewanne ums Leben gekommen, und sein angeblicher Tod in der Nordsee wurde bewusst vorgetäuscht. Wir gehen davon aus, dass sich zum Zeitpunkt noch ein anderer Mann hier im Haus aufgehalten hat. Wir müssen jetzt herausfinden, wer das war. Da es in diesem Haus allerdings keinerlei Einbruchspuren gibt und offensichtlich auch nichts fehlt, müssen wir ermitteln, was tatsächlich vorgestern Abend geschehen ist. Wir hoffen, Sie können uns dabei helfen!«, klärt Olaf Elena auf.

Sie sieht ihn erschrocken an. Was hat der Kommissar da gerade gesagt? Die Polizei geht davon aus, dass Hans in seiner Badewanne gestorben ist und sich ein anderer Mann im Haus aufgehalten hat! Wie haben sie das herausgefunden? Elena ist völlig verwirrt, zwingt sich jedoch selbst zur Ruhe. Sie darf jetzt keinen Fehler machen!

»Frau Ewers, sagen Sie uns doch bitte noch einmal, was Sie vorgestern Abend gemacht haben«, fragt Olaf.

Elena atmet tief durch und sagt leise: »Ich war mit meiner Freundin Irina Olsen zusammen auf einer Vernissage in der Galerie ›Feinkunst Krüger‹ in Hamburg. Ich bin schon einen Tag zuvor in Hamburg gewesen, um mit Irina zu einer Modenschau im Alsterhaus zu gehen. Vorgestern Abend haben Irina und ich uns zuerst um 18 Uhr in der ›eatery‹ getroffen und dort zu Abend gegessen. Dann sind wir gegen 20 Uhr gemeinsam mit dem Taxi zu der Vernissage bei ›Feinkunst Krüger‹ gefahren. Dort haben wir den ganzen Abend verbracht. Anschließend ist Irina nach Hause, und ich bin wieder in unsere Wohnung in Blankenese gefahren, wo mich meine Stieftochter Inken gegen 23 Uhr auf dem Handy angerufen und darüber informiert hat, dass sie ihren Vater vermisst. Ich habe natürlich sofort Hans auf dem Handy angerufen, aber er ging nicht ran. Wenig später hat mich ihr Kollege Herr Espersen auf dem Festnetz angerufen und mich ebenfalls gefragt, ob ich wüsste, wo Hans ist. Leider konnte ich auch ihm keine Auskunft geben!«

»Und da haben Sie sich keine Sorgen gemacht?«, fragt Olaf erstaunt.

»Doch natürlich!«, entrüstet sich Elena.

»Haben Sie etwas dagegen, wenn wir uns Ihr Handy einmal genauer ansehen?«

»Aber nein, hier ist es.« Elena steht auf und gibt den Beamten ihr Handy. Dass sie darüber hinaus noch über ein Geheimhandy verfügt, wissen sie ja glücklicherweise nicht! Und das werden sie auch nicht erfahren. Elena atmet tief durch.

»Warum sind Sie dann nicht gleich nach Hause gefahren, um bei Ihrer Stieftochter Inken zu sein und gemeinsam mit ihr nach Ihrem Mann zu suchen?«

»Es war doch schon sehr spät! Und ich gebe zu: Ich hatte etwas viel Champagner getrunken und konnte nicht mehr fahren. Aber natürlich hatte ich Angst um Hans. Ich wusste doch, dass er abends immer schwimmen geht! So oft habe ich zu ihm gesagt: ›Schwimm bitte nicht alleine hinaus, Hans!‹ Aber er hat nie auf mich gehört.«

Elena fängt wieder an zu weinen, dann sagt sie: »Ich konnte doch nicht wissen, dass etwas so Furchtbares geschehen würde! Am nächsten Morgen bin ich natürlich gleich nach Sylt gefahren. Den Rest kennen Sie.«

»Können Sie uns etwas über die Lebensgewohnheiten Ihres Mannes erzählen?«, fragt Honni.

»Seitdem Hans sich aus der Firma verabschiedet hat, lebten wir sehr zurückgezogen auf Sylt. Natürlich besuchten wir hin und wieder seine Kinder in Hamburg und nutzten die Gelegenheit, in der Großstadt bummeln oder ins Theater zu gehen.«

»Wie war denn das Verhältnis zu seinen Kindern?«, will Olaf wissen.

»Sehr gut! Björn hat doch seine Firma übernommen und Inken war sowieso Vatis Augenstern.«

Wenn er sich nicht irrt, hört Olaf eine ordentliche Portion Eifersucht heraus.

»Gab es vielleicht Probleme mit der Übergabe der Firma an Björn Ewers?«

»Nein, gar nicht. Björn führte die Firma ganz im Sinne des Vaters. Er war immer sehr beschäftigt und aus diesem Grund auch nicht so häufig hier auf Sylt wie Inken. Aber die beiden telefonierten sehr viel.«

»Hatte Ihr Mann vielleicht finanzielle oder andere Probleme?«, fragt Honni.

»Finanzielle Probleme? Nein, bestimmt nicht. Wenn, dann hätte er mir doch bestimmt davon erzählt.«

»Würden Sie sagen, dass Sie eine gute Ehe führten?«

Elena reißt weit die Augen auf.

»Wir haben uns geliebt, wenn Sie das meinen. Von der ersten Sekunde an, in der wir uns trafen.«

Honnis Blick, der eben noch über verschiedene Kunstgegenstände geschweift ist, spricht Bände.

Elena geht aus dem Zimmer und holt den Brief, den sie unter ihrem Kopfkissen gefunden hat.

»Diese Botschaft hat mir mein Mann unter das Kopfkissen gelegt, als ich in Hamburg war. Zusammen mit einer wunderschönen Kette, die ich bei meiner Heimkehr finden sollte. Ich nehme an, das sagt alles aus!«

Nachdenklich betrachtet Olaf die handgeschriebene Nachricht. Es sieht tatsächlich so aus, als hätte Hans Ewers seine Frau sehr geliebt.

»Wie gesagt, wir lebten hier recht zurückgezogen. Das gesellschaftliche Leben, wenn man von so etwas überhaupt sprechen kann, zog an uns vorbei. Es hat uns auch nichts bedeutet! Natürlich wurden wir hie und da einmal von Hans' Freunden oder der Nachbarin eingeladen.«

»Können Sie uns die Namen und Adressen nennen?«

Elena steht auf, notiert die Adresse der Friedrichsens und zeigt auf das Nachbarhaus, in dem Britt lebt. »Manchmal gingen wir am Abend essen oder gemeinsam zu einem Vortrag, so wie erst vor Kurzem im ›Kaamp-Hüs‹. Aber ansonsten waren wir viel zu Hause. Wir brauchten nicht viele Zerstreuungen, wir waren uns selbst genug!«

Wieder wischt Elena sich eine Träne aus dem Augenwinkel.

»Hatte Ihr Mann irgendwelche Feinde? Hatte er mit irgendjemandem Streit in letzter Zeit?«, fragt Olaf.

»Nein, nicht, dass ich wüsste.«

»Ist Ihnen sonst etwas Ungewöhnliches aufgefallen? An seinem Verhalten zum Beispiel?«

»Nun, er war in letzter Zeit sehr niedergeschlagen. Ich weiß nicht, womit das zusammenhing ... ich glaube, er hatte Depressionen. Vielleicht hatte er ja Angst, dass er langsam alt wird. Obwohl mich sein Alter gar nicht gestört hat. Aber er war oft so in sich gekehrt. Ich glaube, er hat auch Tabletten dagegen genommen. Manchmal war es ganz schlimm, da hat er sich stundenlang in sein Schlafzimmer zurückgezogen und nur an die Decke gestarrt.«

Elena atmet tief durch, dann sagt sie: »Ich habe sogar zeitweise wirklich geglaubt, er könne selbstmordgefährdet sein. Aber irgendwie gelang es ihm immer, aus seinem dunklen Loch wieder herauszukommen.«

»Wie heißt denn Ihr Hausarzt?«

»Das ist Dr. Andresen hier in Kampen.«

»Sie sagen, Ihr Mann war oft in sich gekehrt und deprimiert?«

»Ja, dann hat er sich, wie gesagt, entweder in sein Schlaf- oder in sein Arbeitszimmer eingeschlossen. Manchmal kamen auch komische Anrufe ...«

»Was denn für Anrufe?«

»Das weiß ich leider nicht! Wenn ich ranging, wurde aufgelegt. Wenn Hans sich meldete, verschwand er mit dem Telefon in sein Arbeitszimmer. So, als ob ich nicht mitbekommen sollte, mit wem er telefoniert und was gesprochen wird.«

»Und diese Anrufe? Wann kamen die immer?«

»Meist am Abend. Erst letzte Woche dreimal! Meist so gegen 22 Uhr.«

»Auf dem Festnetz oder seinem Handy?«

Elena überlegt kurz. Eben hat sie den Beamten erzählt, dass aufgelegt wurde, wenn sie ranging. Also antwortet sie: »Auf dem Festnetz.«

Elena ist fast ein bisschen stolz auf sich. Auf diese Weise wird die Polizei vielleicht eine falsche Spur verfolgen und jemanden suchen, mit dem Hans möglicherweise Ärger hatte.

»Sie haben doch sicher nichts dagegen, wenn wir uns das Arbeitszimmer Ihres Mannes einmal genauer ansehen?«

»Aber nein, bitte. Sie kennen sich ja bei uns im Hause bereits aus.«

»Wir müssen auch sein Handy und natürlich seinen Computer mitnehmen. Vielleicht finden wir hier ja einen Hinweis, wer etwas mit der Sache zu tun gehabt haben könnte.«

Inzwischen sind die Kollegen von der Spurensicherung eingetroffen und nehmen das ganze Haus, die Garage und den Garten unter die Lupe.

Auch wenn die Witwe einen ruhigen und traurigen Eindruck macht, ist sich Kriminalhauptkommissar Olaf Sörensen ziemlich sicher, dass die Lösung des Falls in diesem Haus zu finden ist!

17. KAPITEL
DIE SPUR

Es ist kalt an diesem frühen Morgen. Kein Zweifel, die Tage des Sommers sind gezählt. Der Herbst steht vor der Tür. Elena streicht sanft über den Hals von Fantaisie. Die Stute schmiegt ihren Kopf an Elena, als würde sie spüren, wie es ihr geht. Elena hat diesen Ausritt gebraucht, um wieder einen klaren Kopf zu bekommen. Der Besuch der Kriminalpolizei hat sie doch sehr durcheinandergebracht. Ich brauche mir keine Sorgen zu machen, denkt sie. Schließlich war nicht ich es, die Hans getötet hat! Sollte die Polizei allerdings auf Gunnar kommen, wird es schwer sein, aus dieser Sache wieder herauszukommen.

»Elena, endlich!« Es ist mehr ein Flüstern als eine richtige Begrüßung.

»Gunnar! Bist du verrückt geworden? Wir haben eine Abmachung!«, entfährt es Elena, als Gunnar sie hinter den Stall zieht.

»Ich musste dich einfach sehen!«

»Woher wusstest du, dass ich hier bin?«

»Ich weiß doch, wann du immer mit Fantaisie ausreitest. Oh Elena, Liebling, ich halte es einfach nicht mehr aus!«

Gunnar nimmt sie in die Arme und atmet tief den Duft ihrer Haut ein. Er muss einfach spüren, warum er diese Schuld auf sich geladen hat.

»Schschsch …«

Um diese Uhrzeit am frühen Morgen ist zwar niemand im Stall, dennoch können sie es sich einfach nicht erlauben, miteinander gesehen zu werden.

»Warum bist du nicht beim Poloturnier?«, fragt sie leise.

»Morgen ist der letzte Tag. Elena, ich kann einfach nicht mehr. Ich habe das Gefühl, ich werde verrückt!«, jammert Gunnar.

»Gestern war die Polizei hier im Stall. Die glauben nicht an einen Badeunfall von Hans! Ein Kommissar hat allen Leuten hier ganz komische Fragen gestellt: welches dein Pferd ist, wie lange du schon hier reitest, mit wem du befreundet bist und solche Sachen!«

»Hast du mit ihnen gesprochen?« Elena kann kaum atmen vor Schreck.

Sie weiß, wie labil und nervös Gunnar gerade ist. Das wird auch der Polizei nicht entgangen sein. Er wird nicht derjenige sein, der die Nerven behält, wenn sie ihn in die Enge treiben, so viel ist sicher.

»Nein, ich bin doch jeden Tag beim Poloturnier. Die Polizei hat mit ein paar Leuten gesprochen, unter anderem mit Karsten. Die haben ihnen natürlich schon erzählt, dass ich dein Reitlehrer bin und sie uns auch hin und wieder haben zusammen ausreiten oder im ›Reiterstübchen‹ sitzen sehen.«

»Na und? Was ist da schon dabei? Du bist hier mit fast jedem und fast jeder befreundet!«

»Trotzdem. Es ist nur eine Frage der Zeit, bis sie herausfinden, dass wir beide …«

»Was denn? Gunnar, jetzt reiß dich doch mal zusammen! Sonst sehen sie dir garantiert bei der ersten Frage schon an, was du getan hast.«

»Ich weiß nicht, wie ich das alles durchstehen soll. Ich

kann nicht mehr.« Gunnar zittert am ganzen Körper. Er ist leichenblass und hat tiefe Ringe unter den Augen.

»Kannst du nicht ein paar Tage wegfahren, Dorogoj?«

Es wäre wirklich das Beste, Gunnar wäre eine Zeit lang nicht auf der Insel. Solange er hier ist, besteht täglich die Gefahr, dass er den Befragungen der Polizei nicht standhalten wird.

»Das bringt doch nix. Die werden irgendwie auf mich kommen und mich überall finden! Außerdem muss ich morgen bei der Abschlussveranstaltung vom Poloturnier dabei sein. Alles andere würde doch auffallen.«

»Bleib ganz ruhig, Geliebter. Bald haben wir es geschafft und sind für immer zusammen. Die Polizei kann uns nichts anhaben! Sie haben keine Beweise.«

Es ist Elena gelungen, Gunnar wenigstens ein bisschen zu beruhigen. Ganz überzeugt ist sie allerdings von ihren eigenen Worten nicht.

»Und du bist ganz sicher, dass du mit Uwe und den anderen nach Hause fahren kannst?«, fragt Lisa.

Johann fährt nicht mehr gerne Auto, und da Alma noch immer im Krankenhaus ist, hat sich Lisa spontan angeboten, Johann nach List zum Dünenfriedhof zu fahren. Sie hat ihren Motorroller bei Johann abgestellt, und nun sind die beiden in Johanns uraltem Mercedes auf dem Weg nach List. Dort will sich der gesamte Shantychor treffen, um für Hans am Grab »The Last Farewell« zu singen.

»Wir werden sicher hinterher noch ein Gläschen auf den alten Hans trinken. Ich komme dann mit Uwe nach Hause«, sagt Johann.

»Uwe hat erzählt, dass wohl die Witwe von Hans eigentlich eine Seebestattung wollte. Diesen Wunsch habe Hans ihr gegenüber geäußert. Aber seine Kinder haben darauf bestanden, dass Hans neben ihrer Mutter auf dem Dünenfriedhof in List begraben wird! Sie konnten einen entsprechenden Letzten Willen vorlegen, aus dem das wohl hervorging«, berichtet Johann.

»Also gibt es jetzt schon Streit, obwohl der Mann noch nicht einmal unter der Erde ist. Wie traurig«, sagt Lisa.

»Das kann man wohl sagen! Zumal die Polizei ja immer noch wegen Mordes ermittelt.«

»Gibt es denn schon etwas Neues?«, fragt Lisa.

»Nicht, dass ich wüsste. Laut Uwe werden jetzt erst einmal Hans' Computer und Handy ausgewertet und natürlich sein gesamtes Umfeld befragt.«

»Hmmm …«

Betrübt beobachtet Lisa, wie ein Sonnenstrahl durch die dunklen Wolken bricht und einen goldenen Schein auf die Dünenlandschaft hinter der Westerheide wirft. Auch Lisa ist heute nicht allzu guter Stimmung. Sie hat sich mit Sven am Telefon gestritten, weil dieser am Wochenende schon wieder keine Zeit für sie hat. Dabei haben sie sich doch jetzt schon fast drei Wochen nicht gesehen!

»Am besten, wir lassen es ganz!«, hatte sie zu ihm am Telefon gesagt.

Was soll sie denn mit einem solchen Freund, der sie immer wieder alleine lässt? Wenn er mit diesem Projekt in Hamburg fertig ist, wird er mit einem neuen beginnen. Sie muss sich daran gewöhnen, dass sie für ihn immer nur die zweite Geige spielen wird. Eine nette kleine Abwechslung zu seinem Alltag, mehr nicht. Ist es das, was sie möchte? Nein, eigentlich möchte sie wieder aufgehoben sein. Einen

Mann haben, der abends nach Hause kommt, in dessen Armen sie einschlafen kann, und der am nächsten Morgen mit der Zeitung am Frühstückstisch sitzt. Lisa spürt die aufsteigenden Tränen. Vielleicht war ich einfach zu lange verheiratet, denkt sie. Vielleicht sind das nur die Nachwehen der Scheidung. Ich muss mich erst an das Leben als geschiedene Frau gewöhnen!

In List angekommen, biegt Lisa in die Mövenbergstraße ein und folgt dem Hinweisschild in Richtung Dünenfriedhof.

Auf dem Parkplatz hält sie kurz an und steigt mit Johann aus. Viele Menschen, die Hans Ewers die letzte Ehre erweisen wollen, strömen auf den kleinen, in den Dünen versteckten Friedhof, auf dem es viele alte und historische Ruhestätten in einer parkähnlichen Landschaft gibt.

»Ich würde dich ja gern begleiten, aber ich muss leider um halb drei den Laden wieder aufmachen!«, sagt Lisa zu Johann.

»Weiß ich doch, mien Deern! Danke, dass du mich hergebracht hast. Nun fahr du ruhig zurück. Wie gesagt, ich komme mit Uwe nach Hause.«

Während Johann aussteigt und sein Akkordeon aus dem Kofferraum lädt, lehnt sich Lisa kurz gegen die Autotür und atmet einen Moment tief durch. Noch immer scheint die Sonne zwischen den dunklen Wolken hindurch, und das, nachdem es bis jetzt unaufhörlich geregnet hat. Es kommt Lisa fast so vor, als wolle der Himmel Hans noch ein letztes Geschenk zu seiner Trauerfeier machen. Sie hält ihr Gesicht für einen Augenblick der Sonne entgegen und schließt die Augen. Wie gut die Wärme auf der Haut tut! Man sagt, sobald man die Augen schließt, können unsere anderen Sinne ihre Wahrnehmung viel besser entfalten. Lisa hat zwar die Augen geschlossen, doch sie nimmt plötzlich einen besonderen Geruch wahr. Genauer gesagt einen ganz besonderen Duft. Nach Vanille, Jasmin und Moschus. Sie hat diesen angenehmen Duft noch nicht oft gerochen, aber wenn, dann immer in dem kleinen Stübchen über dem »Strandgut«-Laden, und stets nachdem das geheime Liebespaar »Müller« dort zu Gast war.

Sie öffnet die Augen und betrachtet die Dame, die gerade an ihr vorbeischreitet.

Über ihrem langen, glänzenden rotblonden Haar trägt sie einen überdimensional großen Hut, der ebenso schwarz ist wie das offenbar maßgeschneiderte schwarze Kostüm.

Obwohl Haarfarbe und -länge komplett anders sind, könnte Lisa doch schwören, dass es sich hier um Frau »Müller« handelt. Dieser Duft ist einfach unverwechselbar. Als würde sie Lisas Blick spüren, dreht sich die Fremde mit dem Hut plötzlich am Eingang um und sieht Lisa direkt in die Augen.

Diese grünen Augen ... undurchdringlich und rätselhaft wie die einer Katze. Es gibt keinen Zweifel, das ist ihr Gast »Erna Müller«.

»Johann, weißt du, wer die Frau da drüben ist?«, fragt sie leise.

»Welche Frau?«

»Na, die da drüben am Eingang. Die mit dem Riesenhut!«

»Klar weiß ich, wer das ist. Das ist Elena Ewers. Die Witwe des bedauernswerten Hans Ewers, zu dessen Beerdigung wir heute hier sind.«

Elena hat sich die große Sonnenbrille aufgesetzt, als ob sie sich dahinter verstecken könnte. Dabei weiß sie auch so, dass jeder, der heute zu Hans' Beerdigung gekommen ist, sie beobachtet. Natürlich haben die Gerüchte, dass Hans Ewers wahrscheinlich gar nicht in der Nordsee ertrunken, sondern möglicherweise Opfer eines gewaltsamen Todes geworden ist, inzwischen die Runde gemacht. Solche Neuigkeiten verbreiten sich auf der Insel schnell. Und natürlich rückt seine junge Witwe ins Zentrum der Überlegungen. Wer weiß, ob nicht vielleicht sie dahintersteckt? »Haben wir es nicht immer gewusst, dass diese Russin viel zu jung für Hans war? Wer sollte sonst ein Interesse daran haben, den guten Hans umzubringen?« Elena kann die Stimmen förmlich hören.

Hans war sehr beliebt, und so haben sich heute nicht nur zahlreiche Freunde, Verwandte, Bekannte und Nachbarn, sondern auch einige Geschäftsfreunde, die extra aus Hamburg angereist sind, eingefunden.

Sogar die beiden Kriminalbeamten, dieser Uwe Boysen und Lasse Espersen, sind heute hier.

Elena spürt die Blicke der Trauergemeinde im Rücken. Und sie hat die Worte von Inken im Kopf, die ihr eben zur Begrüßung ins Ohr geraunt hat: »Es war kein Unfall. Wenn sich herausstellt, dass du etwas mit dem Tod meines Vaters zu tun hast, gnade dir Gott!« Natürlich haben sich die Kinder durchgesetzt und die heutige Beerdigung auf dem Dünenfriedhof veranlasst. Elena wäre es lieber gewesen, wenn Hans verbrannt worden wäre und man seine Asche im Meer verstreut hätte. Hans hätte dieser Gedanke sicher gefallen, so sehr, wie er das Meer liebte! Doch seine Kinder hatten ein altes Papier herausgekramt, aus dem hervorging, dass er neben seiner geliebten Ulla zur letzten Ruhe auf dem Dünenfriedhof gebettet werden wollte.

Am allerschlimmsten aber war der Blick dieser Lisa Wendler aus der Pension in Hörnum. Sie hat sie erkannt, trotz anderer Haarfarbe, großem Hut und Sonnenbrille, da ist sich Elena ganz sicher. Es wird nur eine Frage der Zeit sein, bis die Polizei herausfindet, dass sie sich mit Gunnar in dem kleinen Stübchen in Hörnum getroffen hat. Sie muss Gunnar warnen! Aber wie soll sie das tun? Sie dürfen ja keinen Kontakt haben. Die Polizei wird Gunnar ganz sicher befragen, und dann wird er vermutlich die Nerven verlieren. Eigentlich müssten sie jetzt einen Plan entwickeln, wie sie sich verhalten sollen alle beide.

Der Wind treibt dicke Wolken über die Trauergemeinde, doch es fällt kein Tropfen Regen.

Gerade, als der Shanty-Chor zu seinem Lied »The Last Farewell« ansetzt, reißt der Himmel plötzlich wieder auf, und ein goldener Sonnenstrahl fällt vom Himmel und bricht durch die Zweige der vor ihnen stehenden Birke.

Ich liebe dich. Du bist mein Leben. Die Zeilen, die Hans ihr zusammen mit der Kette mit dem Pferdeanhänger, die sie heute trägt, hinterlassen hat, gehen Elena nicht mehr aus dem Kopf. In den vergangen Tagen hat sie immer daran gedacht.

Ihr kommen die Tränen. Diesmal sind sie nicht gespielt. Sie steht hier am Grabe des Mannes, der es als Einziger wirklich gut mit ihr gemeint hat! Außer Juri natürlich. Aber Juri ist schon so lange tot. Und die Männer, die sie dazwischen hatte, haben sie doch alle nur benutzt. Oder schlecht behandelt. Oder beides zusammen. Der Einzige, der ihr Liebe, Achtung und Wertschätzung entgegengebracht hat, war Hans. Und sie hat ihn hintergangen und betrogen. Und nun ist er auch noch ihretwegen tot! Warum wollte er sich nur von ihr trennen? Sie hätten zusammenbleiben und das Leben genießen können! Elena wischt sich die Tränen ab. Dann schiebt sie den Gedanken der Reue beiseite. Sie muss nach vorne sehen. Und es gibt ja auch noch Gunnar. Auch er behandelt sie gut. Und wenn er es jemals nicht mehr tun wird, dann kann sie ihn immer noch abservieren. Schließlich braucht sie ihn nicht. Sie hat noch nie irgendjemanden in ihrem Leben gebraucht!

Nach der Trauerfeier und der Beerdigung verabschiedet sich Elena unter Tränen mit der Ausrede, dass sie immer noch unter Schock stehe und deshalb den Leichenschmaus im »Alten Gasthof« nervlich nicht durchstehen könne. Die Leute sprechen ihr Beileid und Verständnis aus, doch Elena spürt das Misstrauen, das man ihr entgegenbringt. Gerade, als sie sich zum Gehen wendet, kommt ein großer, korpulenter Mann im dunklen Anzug auf sie zu: »Mein Beileid, teuerste Elena«, sagt er mit sonorer Stimme und küsst ihre Hand.

Konsul Wagenbach!

»Danke, Herr Konsul.«

Er ist der Erste am heutigen Tage, der sie in die Arme nimmt und dessen tröstende Worte nicht geheuchelt auf Elena wirken.

»Schwerer Tag für Sie heute, was?«, sagt er mitfühlend.

Sein offenbar ehrlich gemeintes Mitgefühl rührt Elena zu Tränen.

»Das kann man wohl sagen«, schnieft sie.

»Ich weiß, was sie empfinden. Auch ich habe vor nicht allzu langer Zeit meine geliebte Frau verloren. Aus eigener Erfahrung kann ich sagen: Wenn Sie den heutigen Tag hinter sich haben, werden Sie sich ein klein wenig leichter fühlen. Schlimmer als heute wird es nicht werden! Und wenn doch einmal ganz dunkle Stunden kommen sollten oder Sie sonst in irgendeiner Form Hilfe benötigen …«, Konsul Wagenbach zieht eine Visitenkarte aus der Tasche seines Anzugs, »… rufen Sie mich einfach an. Ich bin jederzeit für Sie da!«

Mit einem ganz schwachen Lächeln und einem gehauchten »Danke schön« verabschiedet sich Elena.

Sie spürt den Blick des Konsuls auf ihrem Rücken, betrachtet die Visitenkarte und denkt: Wer weiß, ob ich die nicht einmal brauchen kann!

»Hat die Witwe nicht gesagt, Hans Ewers hätte in letzter Zeit öfter seltsame Anrufe bekommen und sich mit dem Telefon in sein Arbeitszimmer verkrümelt, damit sie nicht mithören kann?«, fragt Honni.

Olaf Sörensen und sein Team haben sich erneut zu einem kurzen Meeting verabredet, um die neuesten Ermittlungskenntnisse auszutauschen.

»Hat sie. Allerdings lassen sich, besonders zu der Zeit, die sie angegeben hat, nämlich gegen 22 Uhr, keine Anrufe ermitteln. Weder auf dem Handy noch auf dem Festnetz.«

»Aber sie hat doch gesagt, erst letzte Woche wären es sogar drei Anrufe gewesen!«

»Das hat sie gesagt. Die Frage ist nur: Warum hat sie das gesagt, wenn es gar keine derartigen Anrufe gab?«, wundert sich Honni.

»Vielleicht wollte sie Trugspuren setzen. Vielleicht sollten wir glauben, dass Hans Ewers Feinde hatte. Aber warum wollte sie uns das glauben machen? Wollte sie vielleicht von jemand anderem ablenken? Vielleicht sogar von sich selbst? Sein Hausarzt Dr. Andresen hat übrigens ausgesagt, dass Hans Ewers keine Depressionen hatte. Das erklärt auch, warum wir keine Fingerabdrücke von Hans auf den Tablettenpackungen entdeckt haben, sondern nur von seiner Frau. Laut Dr. Andresen hat er Elena Ewers die Tabletten gegen ihre eigenen Depressionen verschrieben.«

»Interessant. Warum sollten wir glauben, dass Hans Ewers depressiv ist?«

»Vielleicht weil diese Tabletten als Nebenwirkungen Herzrhythmusstörungen hervorrufen können. Somit wäre natürlich ein Herzinfarkt, ob nun in der Nordsee oder wo auch immer, sehr viel glaubhafter. Es gibt aber noch mehr Ungereimtheiten. Von der Nachbarin Britt Hansen wissen wir, dass Elena Hans nach dem Tod seiner Frau aufgesucht hat, weil sie einen Artikel über Trauerarbeit schreiben wollte. Elena war jedoch nie Journalistin, das haben wir überprüft.«

»Sondern?«

»Kellnerin. Serviererin. Servicekraft oder wie auch immer man diesen Beruf heute bezeichnet. Nachdem sie aus Russland nach Deutschland gekommen war, arbeitete sie zunächst einige Zeit in einer Bar in St. Pauli, dem ›Red Rose‹. Zu dieser Zeit war Elena übrigens schon einmal verheiratet. Mit einem gewissen Georg Schmitt. Zu diesem hat sie jedoch schon seit vielen Jahren keinen Kontakt mehr. Offenbar war er nur die Eintrittskarte für das Leben in Deutschland. Dieser Herr Schmitt lebt jetzt in Thailand. Nach ihrer Scheidung hat Elena ihren Arbeitsplatz gewechselt und in dem seriösen ›Café Paris‹ angefangen. Offenbar wollte sie ein ganz neues Leben anfangen. Die Frage ist, wie sie an Hans Ewers gekommen ist? Wie gesagt, die

Nachbarin hat erzählt, dass sie Hans Ewers aufgesucht hat, um ein Interview mit ihm zu führen.«

»Keine schlechte Idee, an einen reichen Mann heranzukommen, wenn man normalerweise nicht in diesen Kreisen verkehrt!«, sagt Smarty.

»Es könnte in der Tat ein Indiz dafür sein, dass sich Elena Hans Ewers gezielt als ›fette Beute‹ ausgesucht hat. Das ist aber nur Spekulation. Vielleicht haben die beiden sich aber auch wirklich geliebt. Der Brief, den er ihr geschrieben hat, spricht jedenfalls für sich.«

»Kann sie den nicht selbst geschrieben haben?«

»Nein, es ist eindeutig die Handschrift von Hans Ewers, das haben wir überprüft.«

Olaf blickt in die Runde.

»Lasst uns noch mal den Tatabend rekapitulieren: Elena Ewers befindet sich schon seit Dienstagnachmittag in Hamburg, wo sie mit ihrer Freundin Irina eine Modeschau besucht. Am Mittwoch suchen die beiden Damen zuerst ein bekanntes Lokal und später eine Kunstgalerie zu einer Vernissage auf. Dafür gibt es mehrere verlässliche Zeugen. Die Nachbarin Britt Hansen hat ausgesagt, dass sie Hans am Mittwoch gegen 18 Uhr mit dem Fahrrad hat wegfahren sehen. Auch wenn sie es nicht beobachtet hat, muss er doch später wieder nach Hause gekommen sein, denn laut Dr. Kübler ist der Tod von Hans Ewers vermutlich gegen ca 20.30 Uhr in seiner eigenen Badewanne eingetreten. Ganz genau kann er den Todeszeitpunkt nicht bestimmen, weil die Leiche stark unterkühlt war. Die Frage ist: Warum war sie unterkühlt? Sein Badewasser war mindestens 36 Grad warm, denn die nur wenige Zeit später von Uwe Boysen gemessene Temperatur lag immer noch bei 32 Grad. Das Badewasser in der Lunge sowie die Hautschuppen, die nicht nur von ihm und seiner Tochter Inken, die ihre Hand in das Badewasser gehalten hatte, sondern von einem bisher Unbekannten stammen, lassen darauf schließen, dass Hans Ewers in der Badewanne umgebracht werden sollte. Die DNA-Untersuchung der beiden dunkelblonden Haare hat übrigens noch nichts ergeben. Der Täter scheint polizeilich nicht bekannt zu sein. Dank Smarty beziehungsweise seinem Freund Uwe Boysen, der sich dankenswerterweise an den alten Fall des Badewannenmörders in London erinnerte, gehen wir davon aus, dass Hans Evers vom Täter vermutlich unter Wasser gedrückt wurde und hierbei einem sogenannten Reflextod erlag. Dies hat auch der Gerichtsmediziner Dr. Kübler bestätigt. Hans Ewers ist nicht ertrunken, sondern vermutlich einem Herzversagen erlegen, das durch einen Schock hervorgerufen wurde. Warum hat der Täter Hans Ewers nicht einfach in der Badewanne liegen lassen? Ewers Tochter Inken hätte ihren Vater tot in der Wanne aufgefunden, die Polizei und den Arzt gerufen, und man wäre von einem natürlichen Tod in der Badewanne ausgegangen. Ich frage noch einmal: Warum hat er das nicht einfach so gemacht?«, fragt Olaf in die Runde.

»Weil er davon ausging, dass er ihn ertränkt hatte! Von dem Reflextod wusste der Mörder doch nichts!«, sagt Smarty.

»Hat er sich nicht gewundert, dass Hans sich überhaupt nicht gewehrt hat? Also, wenn mich jemand in der Badewanne hinterrücks überfallen und unter Wasser drücken würde, da würde ich ganz schön zappeln und versuchen, den Typen selbst ins Wasser zu schmeißen!«, sagt Honni.

»Ich glaube, wir dürfen davon ausgehen, dass es sich bei dem Mörder nicht um einen Profi handelt. Er war vermutlich froh, dass es so schnell ging«, überlegt Smarty.

»Der Todeszeitpunkt liegt dicht bei dem Anruf von Inken«, sagt Olaf.

»Was passiert also als Nächstes? Hans Ewers liegt tot in der Wanne. Seine Tochter ruft an. Weil niemand abnimmt, springt der Anrufbeantworter an. Wir haben diesen natürlich abgehört und vernommen, dass sie darauf ihren bevorstehenden Besuch ankündigt. Der Mörder hat das sicher auch gehört. Was geht in ihm vor?«

»Er gerät in Panik. Da er, wie wir vermuten, nicht weiß, dass Hans Ewers an einem Reflextod gestorben ist, sondern glauben muss, er habe ihn ertränkt ...«, denkt Honni laut.

»... muss er ihn verschwinden lassen!«, sagt Smarty, stolz auf seine Schlussfolgerung.

»Aber wohin mit der Leiche? Er kann sie wohl kaum unter das Bett oder in den Schrank legen. Im Haus ist die Gefahr, dass sie gefunden wird, zu groß. Er muss davon ausgehen, dass Inken die Polizei rufen wird, sobald sie ihren Vater vermisst. Diese wird intensiv, vielleicht sogar mit Hunden, noch am selben Abend nach Hans suchen. Was tut er also, wo lässt er den Toten verschwinden?«

»Wenn wir die geringe Körpertemperatur berücksichtigen, würde ich sagen, im Gefrierschrank!«, sagt Honni.

»In dem Bericht der Spurensicherung steht, die Gefriertruhe war halb leer.«, gibt Olaf bekannt.

»Halb leer? Mensch! Da ist doch was oberfaul!«, entfährt es Smarty.

»Was ist daran oberfaul?« fragt Olaf erstaunt.

»Na, als wir am Abend nach dem Verschwinden von Hans das ganze Haus unter die Lupe genommen haben, habe ich natürlich auch einen Blick in die Gefriertruhe geworfen. Die war bis zum Rand proppenvoll! In der Mülltonne lagen auch jede Menge Lebensmittel. Wo kamen die her? Das habe ich damals nicht bedacht! Ich habe mir keinen Reim darauf gemacht und dachte nur, welche Verschwendung! Haben die neue Lebensmittel gekauft und die alten einfach weggeworfen? Wenn jetzt aber die Spurensicherung sagt, die Truhe war halb leer …« Smarty denkt einen Moment lang nach.

»Die Trauergäste können doch beim Leichenschmaus nicht so viel gefuttert haben? Ich habe gestern noch einmal in die Mülltonne in der Garage gesehen. Da lagen immer noch die Lebensmittel drin! Das heißt, es hat jemand allerhand Lebensmittel aus der Truhe genommen, um Platz zu schaffen für die Leiche! Wenn die Spurensicherung sagt, dass die Truhe halb leer war, muss sie wohl inzwischen da drin gewesen sein …«

»Hast du Frau Ewers nicht gefragt, was das mit den Lebensmitteln in der Mülltonne soll?« fragt Olaf.

»Doch, natürlich! Aber sie hat geantwortet, sie habe neulich den Hauswirtschaftsraum und einige Dinge, die nicht mehr frisch waren, ausgemistet. Aber dann hätte die Truhe doch schon beim ersten Mal, als ich hineingesehen habe, halb leer und nicht vollgepackt sein müssen.«

»Du hast natürlich von ihr gedacht, sie ist eine ordentliche Hausfrau und hast dir weiter keinen Reim darauf gemacht?«, sagt Olaf.

»Also die Truhe müssen wir uns auf jeden Fall noch einmal ansehen und auf Spuren untersuchen«, sagt Honni.

»Aber genauso könnte es gewesen sein: Der Mörder gerät in Panik, weil Inken vor der Tür steht, deshalb packt er die Leiche in die Gefriertruhe und …«

»Moment mal! Wie soll die denn da Platz gehabt haben? Hans Ewers war 1,82 Meter groß!«, sagt Smarty.

»Erinnert ihr euch an die Striemen an seinen Knien, am Rücken und an den Armgelenken?«, sagt Olaf.

»Der Mörder hat die Leiche einfach zusammengebunden …«, denkt Honni laut.

»… und in die Truhe gehoben? Das halte ich für unwahrscheinlich!«, sagt Smarty.

»Nun, er wird eine Möglichkeit gefunden haben. Vielleicht waren es ja auch zwei Täter. Auf jeden Fall muss Hans in der Truhe gewesen sein! Dadurch kommt die tiefe Körpertemperatur zustande.«

»Was für ein Aufwand!«, sagt Smarty. »Warum hat er die Leiche nicht gleich an den Strand gebracht?«

»Das ist in der Tat noch ein großes Rätsel. Aber auch das werden wir noch herausfinden! Die Auswertung der Funkzellenermittlung hat übrigens ergeben, dass kurz nach Inkens Anruf, also auch kurz nach der Tat um 20.36 Uhr mit einem Handy irgendwo im oder um das Haus der Ewers 20 Sekunden lang telefoniert worden ist. Dieser Anruf ging an eine Handynummer in Hamburg Kohlhöfen.«

»Mensch, das ist doch eine heiße Spur! Dann haben wir ja vielleicht schon unseren Täter!«, freut sich Smarty. »Wem gehört das Handy?«

»Das ist das Problem. Das Handy, das gleich nach dem Todeszeitpunkt gefunkt hat, hat keinen offiziellen Besitzer mehr. Es wurde vor einem halben Jahr in Hamburg als gestohlen gemeldet. Genauso wie das Handy, an dessen Nummer der Anruf ging!«

»Wäre ja auch zu schön gewesen, wenn wir dadurch so schnell an den Täter gekommen wären!«, sagt Honni.

»Nun, wir werden schon herausfinden, wer dieses Handy an diesem Abend benutzt hat und vor allem, warum.

Wir haben eine sogenannte ›stille SMS‹ an beide Handynummern geschickt und können sie ab sofort orten«, sagt Olaf.

»Im Übrigen haben wir natürlich auch Elenas Handy überprüft, die an diesem Abend nur mit Inken telefoniert und daraufhin versucht hat, ihren Mann auf dem Handy zu erreichen.«

»Sonst irgendwelche auffällige Nummern auf ihrem Handy?«

Olaf schüttelt den Kopf.

»Elena hat in letzter Zeit mit wenigen Menschen telefoniert. Mit ihrem Mann natürlich, ihrer Freundin Irina in Hamburg sowie mehrere Male mit dem Reitstall in Keitum, in dem wohl ihr Pferd eingestellt ist.«

»Und was hat die Auswertung von Hans' Handy ergeben?«

»Das ist schon interessanter. Neben den üblichen Nummern wie die seiner Kinder hat Hans Ewers auch hin und wieder mit verschiedenen Leuten im Verlag telefoniert und auch mit seinem Anwalt Dr. Janssen in Hamburg, bei dem er diese Woche einen Termin gehabt hätte. Honni, du fährst da gleich einmal mit Smarty hin und fragst, worum es bei diesem Termin ging. Außerdem redet bitte noch einmal mit der Freundin von Elena, dieser Irina. Ich werde mich in der Zwischenzeit mit der anderen interessanten Nummer beschäftigen, die auf Hans Ewers' Handy war.«

Alle sehen ihn fragend an.

»Ein Detektivbüro in Westerland! Wird doch sicher spannend sein, was dieser Hans Ewers zu berichten hatte!«

18. KAPITEL
TOD IN DER HEIDE

Meine geliebte Elena,

ich weiß, dass wir keinen Kontakt haben dürfen! Aber wenn ich dich schon nicht sehen oder sprechen kann, so muss ich dir wenigstens schreiben. Vielleicht kann ich dir dadurch ein wenig nahe sein. Elena, ich kann nicht mehr. Die Schuld, die wir auf uns geladen haben, vergiftet mein Leben. Ich lebe in ständiger Angst, dass man herausfinden könnte, dass ich es war, der Hans getötet hat. Ich habe versucht, mir einzureden, dass er ein alter Mann war, der depressiv war und sowieso bald sterben würde. Glaub mir, ich habe wirklich versucht, diese schreckliche und abscheuliche Tat irgendwie vor mir selbst zu rechtfertigen. Aber es gelingt mir nicht. Ich kann den gruseligen Anblick einfach nicht vergessen. Wir haben einen Menschen getötet, und ich komme einfach nicht darüber hinweg! Ich fühle mich furchtbar, kann nicht schlafen und habe Magen- und Darmprobleme. Das Schlimmste ist, dass wir beide uns nicht sehen können. Das macht mir am meisten zu schaffen. Ich sehne mich so entsetzlich nach dir! Wenn ich dich nur einmal wieder spüren dürfte, dann wüsste ich, wofür ich das alles getan habe. Wir wollten doch zusammen sein! Ich wünschte, ich könnte unsere Tat rückgängig machen. Auch wenn ich dich über alles liebe, so gab es uns doch nicht das Recht, Hans das

Leben zu nehmen. Liebste, ich möchte das alles so schnell hinter mir lassen und mit dir leben und glücklich sein. Ich weiß nicht, ob wir jemals ein normales Leben führen können nach dem, was geschehen ist. Aber ich möchte es versuchen. Nur dafür lebe ich! Hauptsache, die Polizei kommt uns nicht auf die Spur. Ich muss unbedingt mit dir sprechen! Keine Sorge, ich rufe dich nicht an. Aber ich lasse Tag und Nacht unser Handy an in der Hoffnung auf eine Botschaft oder einen Anruf von dir. Ich habe solche Angst.

In ewiger Liebe, dein Gunnar.

Dieser Narr! Wie konnte er es wagen, Elena diese Mail zu schreiben! Wütend drückt sie auf die »Löschen«-Taste und entfernt die Nachricht anschließend auch aus dem Papierkorb. Natürlich wird sie ihm nicht antworten. Was sollte sie auch schreiben? Es gibt nichts, was sie für ihn tun kann. Gunnar musste ihr nicht schreiben, sie weiß auch so, dass es ihm schlecht geht. Aber davon wird Hans jetzt auch nicht mehr lebendig! Was glaubt er denn? Ihr geht es auch nicht gut. Auch sie hat Schuldgefühle, doch sie können die ganze Sache jetzt nicht mehr rückgängig machen. Dazu ist es zu spät! Wenn sie jetzt die Nerven verlieren, dann ist alles aus.

»Das Handy, das als gestohlen gemeldet wurde und von dem aus am Tatort telefoniert wurde, scheint offenbar noch auf der Insel zu sein. Es wurde zwar nicht damit telefoniert, jedoch hat die Funkzellenermittlung es sowohl auf dem Festland in Niebüll als auch in Keitum in der Nähe des Reitstalls geortet«, gibt Smarty bekannt.

»Das wundert mich gar nicht«, antwortet Olaf.

Sein Besuch bei der Detektei Hartmann in Westerland war überaus erfolgreich. Offenbar hatte Hans Ewers Zweifel an der Treue seiner Frau und einen Detektiv mit ihrer Observierung beauftragt. Dieser hat nur wenige Tage vor dem Mord Fotos von Elena Ewers gemacht, die sie zusammen mit einem dunkelblonden Mann in einem grauen Kombi zeigen.

Natürlich hat Olaf die Fotos mitgenommen. Der Detektiv hat ganze Arbeit geleistet: Er hatte Elena bereits in Kampen beschattet und dabei beobachtet, wie sie in Wenningstedt beim Kurhaus anhielt, die Toilette aufsuchte und diese, plötzlich mit einer schwarzen Perücke über den rotblonden Haaren, wieder verließ, um sich dann in Westerland zu dem anderen Mann in dessen Wagen zu setzen.

»Ihr Liebhaber?«, fragt Smarty amüsiert.

»Davon gehe ich aus. Allerdings sind die Fotos ja nicht ganz eindeutig und beweisen nur, dass Elena Ewers sich mit einem anderen Mann getroffen hat. Das muss nicht zwingend bedeuten, dass sie ein Verhältnis mit ihm hat«, antwortet Olaf.

»Aber warum sollte sie denn sonst eine Perücke aufsetzen?«, wirft Honni ein. »So etwas macht man doch nur, wenn man nicht erkannt werden will!«

»Deswegen sage ich ja auch, dass ich davon ausgehe, dass dieser Typ ihr Liebhaber war oder ist. Aber es ist natürlich kein eindeutiger Beweis!«

»Was haben die beiden Hübschen denn gemacht? Wohin ging die Fahrt?«, fragt Honni.

»Der Detektiv geht davon aus, dass sie bemerkt haben, dass sie verfolgt wurden. In der Andreas-Dirks-Straße hielten sie an, parkten den Wagen und gingen durch den Hintereingang in das Restaurant ›Luzifer‹ hinein und vermutlich auf der Hinterseite zum Strand wieder hinaus. Bis der Detektiv selbst sein Auto abgestellt hatte, waren sie bereits über alle Berge.«

»So ein Stümper! Er hätte nur eine Weile warten müssen, bis sie wiederkommen. Das Auto stand doch noch dort!«, entfährt es Smarty.

»Hat er gemacht. Ist nämlich absolut kein Stümper, dieser Hartmann. Er hat bis 22 Uhr gewartet, da kehrte jedoch nur der Mann alleine zurück. Keine Spur von Elena«, sagt Olaf.

»Haben wir das Kennzeichen von diesem Kombi?«

»Na klar, bereits ermittelt. Der Wagen gehört einem gewissen Gunnar Möllmann, wohnhaft in Niebüll. Von Beruf Reitlehrer. Und nun ratet mal, in welchem Stall er tätig ist?«

»In dem Stall in Keitum, in dem Elenas Pferdchen steht?«

»In dem Stall in Keitum, in dem Elenas Pferdchen steht!«

»Da werden wir doch gleich einmal hinfahren!«, sagt Honni.

»Was hat denn dein Besuch bei Irina ergeben?«, fragt Olaf auf dem Weg zum Auto.

»Sie ist auch so ein hübsches Zuckerpüppchen, das von Beruf Ehefrau ist und das Geld ihres Mannes beim Frisör, im Nagelstudio und in teuren Boutiquen ausgibt. An der ist alles künstlich, wenn du mich fragst. Auch ihr Getue. Sie hat ausgesagt, dass Elena und sie eigentlich nur zu der Modenschau am Dienstag verabredet waren. Auf einmal sei Elena dann mit der Idee angekommen, noch eine Nacht länger zu bleiben. Sie wollte unbedingt mit Irina zu einer Vernissage und hat sie förmlich dazu überredet, denn diese wollte eigentlich lieber zu Hause auf ihren Mann warten, der sich auf einer Geschäftsreise befand. Welch fürsorgliche Ehefrauen!«

Es ist Honni deutlich anzumerken, was er von dieser Art Ehe hält.

Er verdreht die Augen und fährt fort: »Elena und Irina erinnern mich an die Russenbräute, die die Trasniks damals in die DDR mitgebracht haben.«

»Was denn für Trasniks?

»Na, dass du das nicht weißt?« Ungläubig schüttelt Honni den Kopf. »Noch in den 80er-Jahren war das *der* Job für viele Leute in der DDR. Der Wirtschaftspakt der sozialistischen Länder hatte eine Erdgaspipeline vom Ural bis in die Ukraine beschlossen, damit die sozialistischen Länder unabhängig vom Westmarkt waren. Die DDR baute mit an dem Prestigeobjekt und wurde dafür mit Gas bezahlt. Die berühmteste Erdgasleitung war die ›Druschba-Trasse‹ also ›Freundschafts-Trasse‹, und es gab unzählige Bewerbungen für die Stellen dafür … obwohl der Job wirklich hart war. Aber er wurde eben belohnt. Man brauchte nicht 18, sondern nur zwei Jahre auf einen Trabi zu warten, bekam schneller eine Wohnung, 25 Mark Auslösung pro Tag und ein Gemex-Konto, das heißt Zugang zu Westwaren. Man war damit der King und bekam natürlich auch eines der tollen Russenweiber! Die nämlich wollten so schnell wie möglich aus Russland heraus und kamen in Scharen mit den Trasniks mit in die DDR. Bis zur Wende. Danach standen ihnen noch ganz andere Möglichkeiten offen.« Honni grinst. »Jedenfalls hat sich Irina gewundert, dass Elena unbedingt in diese Galerie wollte, da es sich bei der Vernissage um einen Künstler handelt, der sehr abstrakt malt, was Elena eigentlich überhaupt nicht gefällt.«

»Interessant«, sagt Olaf. »Warum sagt sie das? Sie muss doch damit rechnen, dass wir nicht umsonst Fragen über Elena stellen. Warum belastet sie ihre Freundin unnötig?«

»Weil sie vielleicht gar keine Freundin ist. Du weißt doch, wie das bei Frauen dieser Art oft läuft. Da sind immer Neid und Eifersucht im Spiel. Es könnte ja eine noch hübscher und reicher sein!«

Honni verdreht die Augen.

»Und was hast du bei diesem Rechtsanwalt Dr. Janssen erfahren?«, fragt Olaf.

»Hans Ewers hatte in der Tat einen Termin in seiner Kanzlei für diese Woche. Den konnte er ja nun nicht mehr wahrnehmen.«

»Nun mach es doch nicht so spannend! Worum ging es denn bei diesem Termin? Lass mich raten: Scheidung?«

»Nein, mein Lieber. Es wird dich überraschen. Offenbar hatte Hans Ewers vor zwei Wochen schon einmal einen Termin bei Dr. Janssen und hat an diesem Tag, also vor zwei Wochen schon, sein Testament geändert.«

»Interessant. Und inwiefern hat er es geändert?«

»Nun, ich möchte es einmal so ausdrücken: Bei der Testamentseröffnung wird jemand eine Überraschung erleben.«

»Die Witwe?«

Honni nickt.

»Aber wie gesagt: Bei dem Termin in dieser Woche wollte Hans Ewers sein Testament – wie gesagt – noch einmal ändern. Dr. Janssen war allerdings vorab nicht informiert, in welcher Form das geschehen sollte.«

»Möglicherweise hat Hans Ewers geglaubt, dass seine Frau einen Liebhaber hat. Deshalb hat er sein Testament vor Kurzem geändert und einen Detektiv beauftragt. Nachdem der Detektiv allerdings keinen eindeutigen Beweis für ihre Untreue geliefert hat, beschloss er, Elena zu verzeihen und das Testament wieder zu ändern.«

»Kommt mir komisch vor. Hans Ewers war doch ein knallharter Geschäftsmann und kein Volldepp«, sagt Honni.

»Das mag wohl sein. Aber er wäre nicht der Erste und vor allem nicht der Letzte, der sich der Liebe wegen zum Volldeppen macht!«, grinst Olaf.

Nur ein paar Strandläufer stehen an diesem frühen Morgen im flachen Wasser des Watts. Die rötliche Morgensonne taucht die Heidelandschaft in ein warmes, weiches Licht.

Der junge Mann, der von einer Party in Kampen auf dem Weg zu seiner Ferienwohnung in Braderup ist, traut seinen Augen kaum.

Ist das da vorne am Wasser ein Pferd? Oder hat er etwa immer noch zu viel Wodka intus? Mann, war das eine heiße Fete letzte Nacht! Dass er heute früh neben einem Mädchen aufgewacht ist, an dessen Namen er sich nicht erinnern kann und die er in nüchternem Zustand wohl eher nicht angesprochen hätte, ändert nichts an der Tatsache, dass die Party wirklich super war. Es war zwar nicht die feine englische Art gewesen, sich einfach zu verdrücken, aber er muss unbedingt nach Hause. Er braucht ganz dringend eine Dusche, um den Kopf wieder klar zu bekommen. Sein Auto kann er später holen, wenn ihm einfällt, wo er es abgestellt hat! Aus diesem Grund hat er sich zu Fuß auf den Weg von Kampen durch die Heide nach Braderup gemacht. Die frische Luft tut ihm gut und lässt seinen Kopf ein klein wenig freier werden. Der Morgen ist so schön, dass es kein Wunder ist, dass er zum Ausreiten genutzt wird. Es ist tatsächlich ein Pferd, das nur wenige 100 Meter entfernt von ihm gemütlich auf der Wiese grast. Seltsam, es scheint alleine hier zu sein. Von einem Reiter oder eine Reiterin ist jedenfalls nichts zu sehen. Der junge Mann geht weiter und plant seinen Tag. Das Wetter scheint zwar ganz schön zu werden, aber ob es ein richtiger Strandtag wird, ist momentan noch nicht zu beurteilen. Er wird erst einmal ganz in Ruhe den Tag in der Ferienwohnung beginnen, ein kurzes Schläfchen halten, duschen und in Ruhe frühstücken, sobald sein Magen wieder feste Nahrung zu sich nehmen kann. Dann kann er sich ja noch einmal auf den Weg nach Kampen machen und sein Auto holen. Entweder wird er dann damit nach List an den Hafen düsen oder sich vielleicht noch einmal die junge Unbekannte, mit der er im Bett gelandet ist, bei Tageslicht ansehen. Womöglich ist sie ja gar nicht so übel, und sie können den Rest des Tages zusammen verbringen. Wenn sie nicht allzu sauer auf ihn ist, weil er einfach so abgehauen ist!

Moment mal … was ist das denn? Ein Stück entfernt von dem Pferd, das auf der Wiese grast, scheint etwas im Sand vor dem Watt zu liegen. So besoffen kann ich doch gar nicht mehr sein, oder? Der junge Mann reibt sich verwundert die Augen. Er zieht seine Schuhe aus und geht durch den Sand. Kein Zweifel, da liegt jemand. Vermutlich der Reiter, den das Pferd abgeworfen hat! Dabei sah das Pferdchen doch eben so friedlich aus. Der junge Mann fühlt seinen Puls. Das hat er im Erste-Hilfe-Kurs bei der Führerscheinprüfung gelernt. Dann nimmt er sein Handy aus der Tasche und ruft die Polizei. Denn der Mann, der vor ihm im Sand liegt, ist tot.

Gerade als Olaf und Honni in Keitum einbiegen und zum Reitstall fahren, kommt über Funk eine Meldung herein: »Unbekannter Toter und herrenloses Pferd in der Braderuper Heide entdeckt.«

Olaf wendet sofort den Wagen und fährt in Richtung Kampen zurück.

»Kleine Planänderung. Wir fahren auf dem Rückweg nach Keitum«, sagt er zu seinem Kollegen.

Am Parkplatz der Braderuper Heide werden sie von der Schutzpolizei sowie Smarty und Uwe Boysen begrüßt.

»Der junge Mann da drüben hat den Toten entdeckt und sofort die Polizei gerufen«, erklärt Smarty.

»Der hat ein bisschen heftig gefeiert und war gerade auf dem Heimweg, als er plötzlich zuerst das Pferd und ein paar 100 Meter weiter den Toten entdeckte. Willst du mit ihm sprechen?«

»Später. Erst möchte ich vom Arzt wissen, was die Todesursache war«, antwortet Olaf und wendet sich dem Doktor zu.

»Genickbruch. Das Pferd muss ihn abgeworfen haben!«, teilt ihm dieser mit. »Ist ja auch kein Wunder, so wie die Reiter die Pferde hier manchmal durch die Gegend hetzen!«

»Habt ihr schon herausgefunden, wo ein Pferd vermisst wird?«, fragt Olaf.

»In einem Reitstall in Keitum. Dort soll heute früh gegen 7.30 Uhr ein Reiter zu einem morgendlichen Ritt aufgebrochen sein. Er hatte gesagt, er müsse früh zurück sein, weil er heute noch einmal Einsatz beim Poloturnier hätte.«

»Ein Polo-Spieler?«

»Nein, ein Pferde-Betreuer.«

»Weiß man auch den Namen von diesem Pferde-Betreuer?«, fragt Olaf.

»Gunnar Möllmann, wohnhaft in Niebüll. Wir haben bei dem Toten im Geldbeutel einen Ausweis gefunden, der auf diesen Namen ausgestellt ist«, sagt Smarty.

»Na, so was! Gunnar Möllmann«, sagt Olaf verblüfft und sieht sich den Toten genauer an.

»Sehr, sehr seltsam, dieser ›Reitunfall‹ ...«, spricht er mehr zu sich selbst als zu den anderen.

»Der Tote hat Punktblutungen, die auf Sauerstoffmangel hinweisen, in den Augen. Die treten normalerweise bei Erwürgen oder Erdrosseln auf, es sind aber keine Würgemale oder Drosselmarken erkennbar! Honni, lass sofort die Spurensicherung kommen. Wir brauchen unbedingt Fingerabdrücke und DNA-Material von dem Toten, die wir mit den Spuren im Haus von Hans Ewers vergleichen. Dann fährst du mit ein paar Leuten nach Niebüll in die Wohnung von Gunnar Möllmann. Schließlich wurde das Handy ja auch in Niebüll geortet! Smarty, du kommst mit mir nach Keitum in den Reitstall. Wir müssen unbedingt die persönlichen Dinge des Toten sicherstellen und mit ein paar Leuten dort reden. Aber zuerst stelle ich einen Antrag auf Obduktion der Leiche.« Olaf atmet tief durch und sieht die anderen ernst an: »Ich sag euch was: Wenn das hier ein Reitunfall war, fress ich einen Besen!«

Karsten kann es nicht fassen. Gunnar soll tot sein?

Heute ist der letzte Tag des Poloturniers, und der Poloplatz in Keitum ist voll mit Menschen, die beim Silver Cup und Gold Cup dabei sein möchten. Am Abend wird die große Siegerehrung mit anschließender Party stattfinden, und Karsten hatte sich schon gewundert, dass Gunnar noch immer nicht da ist. Normalerweise ist Gunnar pünktlich auf die Minute, doch in letzter Zeit hatte er sich wirklich mehr als seltsam verhalten.

Er war schrecklich zerstreut und nervös und wirkte ständig unausgeschlafen und hektisch. Dazu rauchte er wie ein Schlot und trank am Abend deutlich mehr, als ihm guttat.

Und nun stehen diese Kriminalbeamten vor Karsten und erzählen, dass Gunnar einen Reitunfall gehabt und sich dabei das Genick gebrochen habe.

Karsten ist versucht zu lachen.

»Was sagen Sie da? Abacco soll Gunnar abgeworfen haben? Es gibt keinen besseren Reiter als Gunnar Möllmann! Davon abgesehen ist sein Pferd Abacco das friedlichste, das sie je gesehen haben«, erklärt Karsten.

»Sie kannten sich wohl gut?«, fragt der Beamte, der sich als Olaf Sörensen vorgestellt hat.

»Vielleicht sollten wir einmal in eine etwas ruhigere Ecke gehen. Das ist ja wahnsinnig laut hier!«, sagt der andere Beamte.

»Ja, wir kannten uns gut. Gunnar und ich sind – waren befreundet.«

Karsten ist immer noch geschockt. Er kann es nicht fassen, dass Gunnar nie wieder fröhlich pfeifend den Stall ausmisten oder mit Karsten ausreiten oder ein Bierchen trinken wird.

»Haben Sie auch gemeinsam gearbeitet?«

»Ja, wir waren Kollegen. Mehr als das, wie gesagt, wir waren befreundet«, antwortet Karsten.

»Dann wussten Sie, dass Gunnar Möllmann heute früh ausreiten wollte?«, fragt Olaf.

»Nein. Allerdings machte er das recht häufig. Tagsüber

kommen wir selbst ja nicht so viel zum Reiten. Momentan wegen des Poloturniers sowieso nicht.«

Olaf betrachtet Karsten aufmerksam. Irgendwie macht dieser Typ, der sich als Karsten Sander vorgestellt hat, einen allzu selbstgefälligen Eindruck auf ihn. Allerdings wirkt er im Moment tief betroffen über den Tod seines Freundes. Sie sollten ihn trotzdem im Auge behalten.

»Waren Sie beide bei dem Poloturnier beschäftigt?«

»Ja, während des ganzen Turniers.«

»Sagen Sie, Herr Sander, dort sind ja immer sehr viele teure Pferde, nicht wahr?«

»Das kann man wohl sagen. Teuer ist gar kein Ausdruck!«

»Und um die hat Gunnar Möllmann sich gekümmert? Oder sie beide?«

»Wir beide. Aber ich verstehe nicht, was das mit Gunnars Unfall zu tun hat?«

Irritiert sieht Karsten den Kriminalbeamten an.

Olaf denkt nach. Wer weiß, vielleicht gibt es ja einen ganz anderen Grund für diesen plötzlichen Reitunfall?

Vielleicht hat Gunnar ja eines der teuren Pferde oder seinen Besitzer nicht gut behandelt?

Blödsinn, schimpft Olaf mit sich selbst.

Aber sie müssen natürlich in alle Richtungen ermitteln!

»Dann gab es keinen Ärger während des Poloturniers?«, fragt er Karsten.

»Ich weiß nicht, was Sie meinen! Wir machen seit Jahren diesen Job. Und Gunnar hatte sowieso mit niemandem Ärger. Er war der netteste Mensch, den sie sich vorstellen können!«

Karsten wendet sich ab, weil er tief bewegt ist.

Olaf lässt ihm einen Moment, um sich zu sammeln, dann will er wissen: »Herr Sander, wenn Sie so gut befreundet waren, dann wissen Sie doch sicher, ob Herr Möllmann eine Freundin hatte?«

»Eine? Die Mädels haben ihn alle angehimmelt! Aber eine richtige feste Freundin hatte er meines Wissens nicht.«

»Kennen Sie Frau Elena Ewers?«

»Ja, natürlich. Sie hat ihr Pferd bei uns im Stall.«

»Sind Sie näher mit ihr befreundet?«

»Nein, gar nicht. Ich sehe sie nur manchmal, wenn sie nach ihrem Pferd Fantaisie schaut oder ausreitet. Das kam in letzter Zeit aber nicht so häufig vor. Elenas Mann ist doch vor Kurzem gestorben.«

Natürlich hat Karsten die Gerüchte gehört, dass dieser Hans Ewers keines natürlichen Todes gestorben sein soll. Und natürlich hat man ihm auch erzählt, dass die Polizei bereits im Reitstall Nachforschungen angestellt und gefragt hat, mit wem Elena alles befreundet war.

»Wissen Sie vielleicht, ob Herr Möllmann und Elena Ewers ein Paar waren?«, fragt jetzt auch noch dieser Kommissar.

»Nein, das weiß ich nicht. Das glaube ich auch nicht. Er war vor einem Jahr ihr Reitlehrer. Sonst nichts.«

»Danke, Herr Sander. Es wird ja im Büro des Reitstalls sicher Aufzeichnungen über die Ausritte und die Reitstunden von Herrn Möllmann und Frau Ewers geben. Würden Sie uns bitte freundlicherweise auch noch den Spind von Herrn Möllmann zeigen? Den Weg zum Büro kennen wir ja bereits.«

Nachdem die beiden Beamten Gunnars Spind ganz genau unter die Lupe genommen haben, verabschieden sie sich, um mit der Sekretärin im Reitstallbüro zu sprechen.

Nachdenklich sieht Karsten den beiden hinterher. Warum fragen sie so genau nach, wenn Gunnar angeblich beieinem Reitunfall ums Leben gekommen ist? Da stimmt doch etwas nicht!

Zitternd lässt Elena das Blatt, das sie soeben aus dem Briefkasten gefischt hat, vor sich auf den Tisch sinken.

Die großen Buchstaben, aus Zeitungspapier ausgeschnitten, starren sie grausam an und scheinen sich über sie lustig zu machen:

ICH WEISS, WAS DU GETAN HAST!!!

Von wem ist diese Botschaft? Wer kann so hinterhältig sein und ihr solch böse Worte anonym mitteilen?

Die Augen dieser Frau fallen ihr wieder ein. Der Frau aus Hörnum, die sie auf der Beerdigung von Hans wiedererkannt hat. Ganz bestimmt ist diese Nachricht von ihr! Aber warum? Was will sie von ihr? Geld? Gut, sie wird sich denken, dass Elena jetzt eine vermögende Witwe ist. Das bescheidene Häuschen in Hörnum sah nicht gerade nach besonderem Wohlstand aus. Vielleicht denkt sie, sie kann sich an mir bereichern! Dabei hat Elena ja noch gar kein Geld. Die Testamentseröffnung ist erst übermorgen. Bis dahin muss sie noch durchhalten. Hauptsache, die Polizei ist ihnen nicht auf der Spur!

Elena fühlt sich auf einmal schrecklich allein. Es gibt nur einen Ort, an dem sie sich besser fühlen wird. Bei Fantaisie. Kurze Zeit später schmiegt sie sich an den Hals der Stute und streicht ihr sanft über das seidige Fell.

Wenn alles vorbei ist, wird sie hier weggehen! Und Fantaisie mitnehmen.

»Hast du das von Gunnar gehört?«, wird Elena plötzlich von Sabine, die ihr Pferd neben Elenas stehen hat, gefragt.

»Nein, was ist denn mit Gunnar?« Auf einmal bekommt Elena eine Gänsehaut. Ihr Herz klopft zum Zerspringen.

Die Polizei wird doch nicht bei Gunnar gewesen und ihn ausgefragt haben? Womöglich hat er ihnen weiß Gott was erzählt! Aber dann wären sie doch anschließend gleich zu ihr gekommen, schimpft sie mit sich selbst.

»Sag bloß, du hast das nicht mitbekommen?«

Mit weit aufgerissenen Augen starrt Sabine Elena an.

»Gunnar ist tot! Er hatte heute früh einen Reitunfall. Abacco hat ihn abgeworfen, und Gunnar hat sich das Genick gebrochen!«

Sabine fängt an zu weinen. »Ist das nicht schrecklich? Gestern habe ich ihn noch beim Voltigieren gesehen. Die kleinen Mädchen haben ihn alle angeschmachtet. Und jetzt ist er plötzlich tot.«

»Gunnar ist tot?«

Elena wird leichenblass.

»Das kann ich nicht glauben! Wann soll das passiert sein … Heute Morgen? Und wo?«

»In der Braderuper Heide. Ach, Elena, ist das nicht furchtbar?«

»Furchtbar … ja.« Elena lässt sich kraftlos zu Boden sinken.

Sie denkt an den großen, starken Gunnar. Sein strahlendes Lachen, seine breiten Schultern. In der letzten Zeit war er gar nicht mehr stark. Es ging ihm schlecht, und er hatte Angst.

Elena hätte für ihn da sein müssen! Schließlich hatte er das alles nur ihretwegen auf sich genommen.

Vielleicht hätten sie ja doch einen anderen Weg gefunden?

Nun hat sie gar niemanden mehr. Nur noch Fantaisie.

19. KAPITEL
DER UNFALL

»Sehr seltsam, dass ausgerechnet die Person, die infrage kommt, das geheime Handy zu besitzen, mit dem am Mordabend im Haus oder zumindest in der Nähe des Hauses von Hans Ewers telefoniert wurde, einen Reitunfall hat. Noch bevor wir ihn befragen können, in welcher Verbindung er zu Elena Ewers und dem Toten steht«, sagt Honni bei der morgendlichen Besprechung.

»Vor allem, da alle behaupten, er sei so ein guter Reiter gewesen, der sich darüber hinaus auch noch bestens mit Pferden auskennt. Zudem soll sein Pferd Abacco ein besonders zahmes gewesen sein. Warum hätte es Gunnar Möllmann abwerfen sollen? Einfach so?«, sagt Olaf.

»Was hat der Tote überhaupt in der Braderuper Heide gemacht? Das ist doch gar nicht so weit vom Wohnhaus der Witwe Elena Ewers in Kampen entfernt!«, antwortet Smarty.

»Nun, wir gehen im Moment davon aus, dass die beiden in näherer Verbindung standen. Ob sie eine Affäre hatten, können wir nicht mit Sicherheit sagen. Aber sie kannten sich! Er war ihr Reitlehrer, und mehrere Leute aus dem Umfeld der Ewers haben die beiden hin und wieder zusammen gesehen. Von dem Detektivbüro ganz zu schweigen. Nach Aussage der Nachbarin Britt Hansen soll Elena einen anderen Mann geküsst haben. Also: Was wollte Gunnar

Möllmann heute früh in dieser einsamen Gegend am Watt? Wollte er wirklich nur, wie er es angeblich häufig tat, ein wenig Ruhe und Muße vor dem hektischen Poloturnier finden? Oder wollte er Elena vielleicht treffen? Irgendetwas ist da oberfaul. Nein, ich glaube nicht an einen Unfall und habe deshalb beim Staatsanwalt die Obduktion der Leiche beantragt«, sagt Olaf. »Wir werden bald sehen, was dahintersteckt!«

»Du glaubst, dieser Gunnar ist auch ermordet worden?«, fragt Honni.

»Es erscheint mir sehr wahrscheinlich. Die Frage ist nur: warum und von wem? Vielleicht gab es ja bei dem Mord an Hans Ewers zwei Täter, und der andere möchte jetzt seinen Mitwisser aus dem Weg räumen?«, sagt Olaf.

»Ich hab's doch gleich gesagt: Es müssen zwei gewesen sein!«, fällt Smarty ein. »Alleine hätte der Täter Hans Ewers doch niemals in die Gefriertruhe wuchten können!«

»Dann muss es allerdings jemanden geben, der heute früh ebenfalls gegen acht Uhr in der Heide war. Vielleicht hat den oder die ja jemand gesehen? Honni, du kümmerst dich um einen Aufruf in Funk und Presse, so nach dem Motto: ›Wer hat heute früh gegen acht Uhr etwas Verdächtiges beobachtet?‹ Ich werde mich noch einmal mit Frau Ewers unterhalten. Und du, Smarty, fährst mit ein paar Leuten zum Reitstall in Keitum und siehst und hörst dich dort ein wenig um!«

Die Abendsonne taucht den violetten Heideteppich, der ihnen zu Füßen liegt, in ein warmes Licht.

»Der Sommer ist vorbei«, sagt Johann und zieht an seiner Pfeife.

»Egal. Auch der Herbst hat schöne Tage!«, grinst Uwe und stößt mit Johann an.

»Ich bin ganz froh, wenn der Sommer vorbei ist«, stöhnt Smarty. »So einen anstrengenden Dienst hatte ich in Schleswig nicht! Wenn ich gewusst hätte, was mich hier auf dieser Insel erwartet …«

»Ach, Smarty, nun tu nicht so! Du hast in den letzten Wochen doch bestimmt ein paar tolle Frauen am Strand kennengelernt!«

»Weißt du, wie anstrengend das ist? Ständig muss man Komplimente machen und Sülze erzählen. Die Damen zum Essen einladen und so weiter. Und dann? Packen sie ihre Köfferchen und fahren nach Hause. Zu ihren Ehemännern oder Freunden.«

»Na, na. Ganz so schlimm wird es schon nicht sein!«, grinst Uwe.

»Reitlehrer müsste man sein!«, seufzt Smarty. »Ihr könnt euch nicht vorstellen, was in dem Reitstall in Kampen für tolle Weiber herumlaufen. Und die Reitlehrer haben nix anderes zu tun, als deren nette Popöchen in den Sattel zu heben und ihnen zu sagen, wie sie mit dem Gaul umgehen müssen. Zum Dankeschön bekommen sie die volle Aufmerksamkeit der Miezen, ohne balzen zu müssen, und dürfen diese wahrscheinlich am Abend mit nach Hause in ihr Bettchen nehmen.«

»Ist das nicht ein Klischee, Smarty?«

»An einem Klischee ist immer ein bisschen was dran, Uwe. Auch die Skilehrer kommen so an ihre Hasen. Von den Tennis- und Golflehrern gar nicht zu reden. Nur unsereins muss immer Vollgas geben!«

Uwe und Johann sehen sich an und grinsen. Auch das ist ein Vorteil des Älterwerdens: Man weiß, wo man hingehört.

»Deine Alma hat also Ja gesagt?«, fragt Uwe.

»Jo. Sie kommt morgen aus dem Krankenhaus nach Hause. Endlich! Man hat ihr neue Medikamente gegeben, die sie viel besser verträgt. Seitdem hat sich ihr Blutdruck stabilisiert. Wir möchten gerne noch vor dem Winter heiraten. In Keitum, in St. Severin. Du bekommst natürlich noch eine schriftliche Einladung, Uwe. Aber das will ich alles Alma und Lisa machen lassen. Die haben schon ihre Pläne und reden von nix anderem mehr!«

»Bin ich auch eingeladen?«, fragt Smarty und grinst.

»Na klar. Ich fürchte nur, es wird kein junges Gemüse zum Tanzen für dich dabei sein, Smarty.«

»Vielleicht finde ich ja bis dahin noch eine junge Schöne? Ich sollte unbedingt noch einmal in diesem Reitstall vorbeischauen!«, grinst Smarty.

»Was mir gerade einfällt, Smarty: Hat eigentlich der Aufruf der Polizei etwas ergeben? Wurde etwas Verdächtiges an dem Morgen beobachtet, als dieser Reitlehrer vom Pferd gefallen ist?«, fragt Uwe.

»Oh ja! Wie üblich kamen natürlich viele Anrufe von Leuten, die meinen, sie hätten etwas Wichtiges gesehen, dabei waren es nur harmlose Jogger oder Spaziergänger mit Hunden, die an diesem frühen Morgen unterwegs waren. Aber es war auch etwas dabei, das wirklich wichtig sein könnte: Der Fahrer eines Minis hat sich gemeldet und hat einen ganz erstaunlichen Hinweis gegeben, der gerade überprüft wird.«

»Und was war das für ein erstaunlicher Hinweis?«, fragt Uwe mit einem neugierigen Grinsen.

»Dieser Minifahrer war um kurz nach acht Uhr unterwegs auf der Straße von Kampen aus Richtung Keitum.

Auf einmal kam ein Ford Mustang aus dem Weg geschossen, der zu dem Parkplatz an der Braderuper Heide führt. Der Minifahrer hat sich nicht nur über diesen doch auf Sylt sehr selten vorkommenden Wagentyp gewundert, sondern vor allem darüber geärgert, dass der Mustang so schnell gewesen ist und den Mini offenbar komplett übersehen hat, sodass dieser beinahe in ihn reingeknallt wäre.«

»Lass mich raten: Der erstaunliche Hinweis besteht darin, dass der Minifahrer sich das Kennzeichen gemerkt hat?«, fragt Uwe immer noch grinsend.

»Viel besser! Er hatte eine Dashcam, also eine kleine Videokamera an der Windschutzscheibe befestigt, und mit dieser einen kleinen Videofilm gedreht. Auf diesem lässt sich sehr gut die rowdyhafte Fahrweise sowie der schwarze Ford Mustang mitsamt seinem Hamburger Kennzeichen erkennen! Den Fahrer allerdings nicht. Aber es war nur eine Person im Auto, ganz offensichtlich ein Mann!«

»Große Überraschung, Jungs!«, ruft Olaf Sörensen bei der morgendlichen Besprechung. »Wir haben jetzt zwei Morde aufzuklären.«

Alle Kollegen blicken Olaf erstaunt und erwartungsvoll an.

»Zunächst einmal hat die Obduktion der Leiche von Gunnar Möllmann eindeutig ergeben, dass es seine Hautschuppen und seine Haare waren, die in der Badewanne von Hans Ewers gefunden wurden.«

Er macht eine kurze Pause.

»Wir können ziemlich sicher davon ausgehen, dass Herr Möllmann der Liebhaber von Elena Ewers war. Ob er ohne ihr Wissen den Nebenbuhler Hans Ewers beseitigen wollte, um die Geliebte für sich zu haben, oder ob sie in die ganze Sache eingeweiht war, können wir im Moment noch nicht sagen. Sie ist auf jeden Fall diejenige, die wahrscheinlich am meisten vom Tod von Hans Ewers profitiert, zumindest in finanzieller Hinsicht.«

»Moment, Ewers hatte doch sein Testament geändert. Warum sollte sie ihn töten, um dann hinterher leer auszugehen?«, fragt Honni.

»Weil Elena Ewers nichts von der Testamentsänderung wusste. Wie gesagt, sie ist diejenige, die zunächst einmal am meisten von seinem Tod zu profitieren scheint. Dennoch können wir jetzt noch nicht sicher sagen und schon gar nicht beweisen, dass sie tatsächlich in die Sache involviert war.«

»Aber irgendwie muss dieser Möllmann doch ins Haus gekommen sein? Hans Ewers wird ihm kaum selbst die Tür geöffnet haben. Außerdem muss er sich in dem Haus sehr gut ausgekannt haben.«

»Ich hab doch gleich gesagt: Es waren zwei Täter!«, wirft Smarty ein.

»Das wissen wir nicht«, sagt Olaf und setzt hinzu: »Sich im Haus der Ewers zurechtzufinden, war für Möllmann jedenfalls kein Problem. Denn er verfügte über einen genauen Plan! Aber dazu komme ich gleich noch einmal.« Olaf blickt in die Runde.

»Somit steht der Täter für den ersten Mord fest. Es war Gunnar Möllmann, der am Mittwochabend wie auch immer in das Haus eingedrungen und Hans Ewers in dessen eigener Badewanne unter Wasser gedrückt und dadurch einen Reflextod herbeigeführt hat! Der Gerichtsmediziner Dr. Kübler hat uns darüber informiert, dass das über die

Nase und den Mund eingetretene Wasser zu einem Schock geführt hat, der einen reflektorischen Blutdruckabfall ausgelöst hat. Daher fehlten Verletzungen, und es bestanden nur ganz geringe Ertrinkungszeichen. Dr. Kübler hatte sich übrigens ebenso wie Uwe Boysen an den Serienmörder Georg Smith erinnert!«

»Was meinst du damit: Für den ersten Mord?«, fragt Honni.

»Auch Gunnar Möllmann wurde Opfer eines Mordes«, antwortet Olaf ernst. »Es ist zwar richtig, dass er an einem Genickbruch gestorben ist, vorher hat ihm jemand jedoch durch einen gezielten Schlag einen Zungenbruch verursacht. Dr. Kübler hat berichtet, dass Möllmanns Zungenbein durch einen harten Schlag – vermutlich Handkantenschlag – gegen den Kehlkopf gebrochen wurde. Das Zungenbein hält Kehlkopf und Zunge. Bricht es, verschließt die Zunge die Luftröhre. Die Lunge nimmt keinen Sauerstoff mehr auf, Lungenbläschen pressen den letzten Sauerstoff heraus und platzen. Das Herz pumpt wie verrückt, und durch den hohen Druck platzen kleine Adern etwa in den Augen, sogenannte Punktblutungen. Erinnert ihr euch? Das konnte man bei dem toten Gunnar Möllmann gut in den Augen erkennen. Wäre er einfach vom Pferd gestürzt, hätte er nur einen Genick-, aber keinen Zungenbruch. Da wollte wohl jemand auf Nummer sicher gehen!«, klärt Olaf sein Team auf.

»An der Kleidung von Gunnar Möllmann hat die Spurensicherung Hautschuppen und feine Faserspuren gefunden, die möglicherweise vom Täter stammen. Das muss aber alles noch ausgewertet werden«, berichtet er weiter.

»Also ist es eindeutig, dass jemand nachgeholfen hat«, schlussfolgert Honni.

»Ich sag doch: Es gibt einen zweiten Täter! Warum hört denn keiner auf mich?«, sagt Smarty.

»Tun wir doch«, grinst Olaf und ergänzt: »Durchaus möglich, dass jemand seinen Mitwisser beseitigen wollte. Doch wer? Bisher wissen wir nur, dass Gunnar und Elena in einer wie auch immer gearteten Verbindung zueinander standen. Doch sie hat für den ersten Mord ein wasserdichtes Alibi. Selbst wenn es sich bei dieser Irina nicht unbedingt um eine gute Freundin von Elena zu handeln scheint, so wirkt sie doch vertrauenswürdig. Auch den zweiten Mord kann sie nicht begangen haben. Dazu ist sie physisch gar nicht in der Lage! Wir müssen also genau überlegen, wer dafür infrage kommt. Aus diesem Grund haben wir die Wohnung von Gunnar Möllmann genau unter die Lupe genommen. Allerdings …«

»… allerdings was?«, fragt Smarty.

»… waren wir offenbar nicht die Ersten, die das getan haben! Als Honni und seine Leute dort eintrafen, stießen sie auf Einbruchsspuren. Jemand hatte die ganze Wohnung auf den Kopf gestellt und nach etwas gesucht, was die Polizei auf keinen Fall entdecken sollte«, sagt Olaf.

»Was könnte das sein?«, fragt Smarty.

»Das Geheimhandy, mit dem am Mordabend aus der Ewers-Villa telefoniert wurde«, folgert Honni.

»Möglicherweise. Denn dieses haben wir immer noch nicht gefunden. Es gibt noch immer Funkspuren in Keitum«, sagt Olaf.

»Was ist eigentlich mit dem anderen Geheimhandy? Das, mit dem Möllmann in der Mordnacht von der Ewers-Villa aus telefoniert hat?«, fragt Smarty.

»Das zweite Handy, das in Hamburg angewählt wurde, schien abgeschaltet beziehungsweise der Akku herausgenommen worden zu sein. Vorgestern konnten wir es zwar in

Hamburg an der Innenalster orten, doch seitdem haben wir wieder keine Peilung mehr. Insgesamt ist das natürlich sehr seltsam. Warum nimmt jemand den Akku aus dem Handy? Doch nur, weil er Angst hat, dass man es finden könnte! Vielleicht kennt derjenige sich ja mit solchen Dingen gut aus und weiß, dass wir die Funkzellen orten können«, antwortet Olaf.

»Oder er … oder sie … hat einfach nur Angst, entdeckt zu werden!«, antwortet Smarty

»Was fehlt denn sonst noch in Möllmanns Wohnung?«, fragt er weiter.

»Das können wir natürlich nicht genau sagen. Der oder die Einbrecher hat auf alle Fälle alles hektisch zerwühlt. Wahrscheinlich hatte er es ziemlich eilig. Wir hatten jedenfalls mehr Zeit. Wir haben auch die Spurensicherung hinzugezogen. Die müssen alles noch auswerten. Bisher gibt es jedoch keine besonderen Erkenntnisse. Vielleicht werden ja auch noch Fingerabdrücke von Frau Ewers dort gefunden. Auf alle Fälle haben wir die gesamte Wohnung auf den Kopf gestellt und alles wirklich gründlich unter die Lupe genommen. Dabei fanden wir hinter der unteren Holzblende der Küchenzeile einen Laptop, der von Möllmann dort gut versteckt worden war. Wenn sich jemand die Mühe macht, etwas so gut zu verstecken, dann hat er bereits befürchtet, dass man danach suchen würde. Wir lassen den Laptop jetzt erst einmal gründlich untersuchen.«

»Habt ihr sonst noch etwas Auffälliges in der Wohnung gefunden?«, fragt Olaf.

Honni nickt.

»Eine Kinokarte für einen Zeichentrickfilm am Mordabend. Nicht abgerissen …«

»Was für ein Glück, dass du wieder zu Hause bist!«, freut sich Lisa, die Alma eben aus dem Krankenhaus abgeholt hat.

»Oh ja, das kann mal wohl sagen! Weißt du, ich kann mich nicht beschweren: Die Schwestern und Ärzte waren ja alle wirklich überaus nett zu mir. Aber so langsam wurde es mir doch ein bisschen langweilig. Stell dir vor, ich habe inzwischen zwölf Bücher gelesen!«, sagt Alma lächelnd und setzt hinzu: »Hast du etwas dagegen, wenn wir die Jungs im ›Heidekiosk‹ besuchen? Nach dem ganzen Krankenhauskram ist mir nach frischer Luft und Bewegung.«

Bei dem Wort »Jungs« muss Lisa unwillkürlich lächeln. Schließlich handelt es sich bei den Jungs um zwei gestandene Männer im besten Rentenalter.

»Natürlich nicht! Ich wollte sowieso ein wenig spazieren gehen. Es sieht ja so aus, als ob das Wetter bald umschlagen würde!«, antwortet Lisa.

»Hauptsache, es ist im Oktober noch schön«, grinst Alma vielsagend.

»Im Oktober? Heißt das, der Hochzeitstermin steht fest?«

»Na klar. Wir haben den zweiten Oktober ausgesucht. In unserem Alter haben wir nicht mehr so viel Zeit. Kann doch durchaus sein, dass vorher noch einer von uns wieder im Krankenhaus landet!«

»Blödsinn, Alma. So etwas darfst du nicht einmal denken!«, widerspricht Lisa.

Als die beiden Frauen am »Heidekiosk« eintreffen, sitzen Johann und Uwe wie fast jeden Abend einträchtig auf der Bank. Auch Smarty ist wieder mit von der Partie, der sich wie so oft einen klugen Rat von seinem alten Lehrer erhofft.

Als Smarty die beiden Damen erblickt, lässt er die »Sylter Rundschau« sinken, die er gerade gelesen hat.

Mord auf Sylt! Die Polizei ermittelt in den feinsten Kreisen der Kampener Gesellschaft und bei den German Polo Masters!, ist die Schlagzeile, die fett gedruckt ins Auge fällt.

»Moin, Jungs!«, begrüßt Alma die Herrenrunde.

Johann springt sofort auf und nimmt Alma in die Arme.

»Was machst du denn hier? Du sollst dich doch schonen, Alma!«, begrüßt er sie.

»Schonen? Ich? Das mache ich, wenn ich auf dem Dünenfriedhof liege!«, widerspricht sie ihm.

Johann schüttelt den Kopf.

»Ich sollte mir überlegen, so ein stures Weib zu heiraten!«, sagt er, grinst aber dabei.

Lachend gibt ihm Alma einen Schubs.

»Apropos ›Dünenfriedhof‹. Das war ja auch 'n Ding mit der Beerdigung von Hans neulich! Ging schon unter die Haut, unser ›Last Farewell‹, was?«, erinnert sich Johann.

»Sogar die Witwe hat geweint. Und die ist nun wirklich ein Eisklotz«, sagt Uwe.

»Du meinst die Dame mit dem Riesenhut?«, fällt Lisa plötzlich ein.

In den letzten Tagen kam sie gar nicht dazu, darüber nachzudenken, da in ihrem »Strandgut«-Laden so viel los war.

»Die war ein paarmal bei mir in Hörnum«, berichtet sie jetzt.

»Bei dir in Hörnum? Elena Ewers?«, fragt Uwe neugierig.

»Bei mir hieß sie Erna Müller aus Niebüll. Sie und ihr Begleiter haben einige Male das kleine Stübchen gemietet.«

»Du meinst die Schwarzhaarige? Jetzt erinnere ich mich auch«, sagt Alma und schlägt sich mit der Hand an die Stirn.

»Kein Zweifel. Trotz verschiedener Haarfarbe war die Frau, die in Hörnum das Zimmer gemietet hat, dieselbe, die bei der Beerdigung mit dem Riesenhut aufgekreuzt ist. Wenn sie die Witwe von Hans Ewers war, dann war der Typ, mit dem sie in Hörnum war, ihr Liebhaber«, schlussfolgert Lisa.

»Gunnar Möllmann«, sagt Smarty.

»Mensch, warum hast du das denn nicht schon früher gesagt?«, fragt Uwe.

»Ich habe sie erst auf der Beerdigung wiedererkannt! Außerdem konnte ich doch nicht wissen, dass es wichtig ist«, verteidigt sich Lisa.

»Es ist zumindest ein eindeutiger Beweis, dass Elena Hans doch betrogen hat. Bis jetzt hat sie das abgestritten, und auch die Fotos des Detektivbüros waren nicht eindeutig. Aber jetzt ist die Sache klar.«

»Mir kam die Dame in Hörnum auch bekannt vor, als ich dich vertreten, habe, Lisa. Ich habe lange überlegt, woher ich sie kennen könnte … aber jetzt fällt es mir wieder ein! Neulich, an dem Tag, an dem ich aus den Latschen gekippt bin, habe ich in der Zeitung gelesen, dass Hans Ewers verschwunden ist. Es war ein Foto von ihm und seiner Frau abgebildet, und mir wurde klar, wer sie ist!«, sagt Alma auf einmal.

»Ach, deshalb warst du so verstört, als du die Zeitung gelesen hast!«, erinnert sich Johann.

»Genau. Blöderweise musste ich gleich danach umkippen. Ehrlich gesagt, habe ich der ganzen Sache gar nicht so viel Bedeutung beigemessen und habe nicht mehr daran gedacht. Im Krankenhaus hat man ja andere Sorgen«, erzählt Alma.

»Verständlich. Erst als sich herausstellte, dass Hans Ewers nicht durch einen Badeunfall, sondern durch Mord ums Leben gekommen ist, bekamen diese Dinge auf einmal Bedeutung! Und jetzt ist dieser Gunnar Möllmann, also der Mann, den ihr beide in Hörnum zusammen mit Elena Ewers gesehen habt, auch noch tot«, sagt Uwe.

»Wisst ihr denn schon etwas Neues?«, fragt Lisa.

»Olaf hat vorhin berichtet, dass sie den Halter des Ford Mustangs ausfindig gemacht haben, der in der Nähe des Tatorts in der Heide mit einem Affenzahn aus dem Weg zur Braderuper Heide geschossen kam«, erzählt Smarty.

»Und? Was ist das für ein Typ?«, fragt Uwe.

»Ein ganz übler Geselle. Laut Kriminalakten wegen verschiedener Gewaltdelikte vorbestraft. Es besteht jedoch keinerlei Verbindung zu Gunnar Möllmann und schon gar nicht zu Hans Ewers und seiner Familie.«

»Es ist schon seltsam, dass in kurzer Zeit zwei Morde auf unserer friedlichen Insel geschehen«, sagt Alma.

»Und beide Opfer in Verbindung zu Elena Ewers stehen …«

»Ich traue ihr jedenfalls nicht. Die Krokodilstränen auf der Beerdigung waren doch nur gespielt. Hast du gesehen, wie sie dem Konsul Wagenbach schöne Augen gemacht hat? Da war ihr Mann noch nicht einmal richtig unter der Erde«, sagt Uwe zu Johann.

»Ich teile deine Meinung, Uwe«, sagt Alma plötzlich. »Als ich den kalten Blick dieser Dame in Hörnum gespürt habe, wusste ich: Ihre Seele ist so schwarz wie die Haare auf ihrem Kopf!«

Zum Abend hin hat der Wind dunkle Wolken über die Insel getrieben, und ein leichter Nieselregen hat eingesetzt.

Höchste Zeit, nach Hause zu kommen und es sich mit einem Gläschen Wein auf dem Sofa gemütlich zu machen, denkt Lisa und schwingt sich auf ihren Motorroller. Die letzten Tage waren furchtbar anstrengend, auch wenn sie froh sein kann, dass das leicht wechselhafte Spätsommerwetter noch so manche Kunden in ihren Laden gelockt hat. Außerdem freut sich Lisa auf einen Anruf von Sven, den er für 20 Uhr angekündigt hat. Sie ist sich zwar ziemlich sicher, dass Sven auch diesmal eine Entschuldigung parat haben wird, warum er am kommenden Wochenende nicht nach Sylt kommen wird. Aber Alma hat ihr dazu geraten, alles etwas entspannter zu sehen und sich zu freuen, dass sie sich überhaupt noch einmal verliebt hat. Ach, wenn die Liebe nur ein bisschen einfacher wäre, denkt Lisa.

Natürlich freut sie sich, dass sie sich noch einmal wie ein Teenager verknallt hat! Aber was nützt ihr das, wenn sie die meisten Abende alleine vor dem Fernseher verbringt? Diese Elena, von der sie die ganze Zeit am Kiosk gesprochen haben, ist jetzt auch allein. Erst hat sie ihren Mann und dann auch noch ihren Liebhaber durch Mord verloren. Ob es wirklich so ist, wie die anderen vermuten, und sie selbst dahintersteckt? Alma hat gesagt, Elenas Seele sei so schwarz wie die Haare auf ihrem Kopf. Und ihre Augen sind eiskalt. Auch Lisa hatte sich ja über die schöne, allerdings irgendwie merkwürdige Frau gewundert und sich sogar einmal richtig über sie geärgert. An dem Tag, als Sven ihr so hinterhergestiert hatte. Aber es war nicht nur Kälte in ihrem Blick, denkt Lisa. Da war auch noch etwas anderes … etwas Unergründliches und zugleich Verlorenes. Wenn ich ehrlich bin, habe ich sie trotz ihrer tollen Klamotten, ihrer Superfigur und ihrem tollen Liebhaber kein bisschen beneidet, fällt Lisa auf einmal auf. Ich habe nicht nur Kälte in ihr gesehen, auf mich hat sie trotz ihrer aufrechten Haltung irgendwie gebrochen und traurig gewirkt, denkt Lisa. Seltsam, vielleicht habe ich mich ja auch getäuscht! Wie auch immer, die Polizei wird schon herausfinden, ob diese Elena etwas mit den Morden zu tun hat. He, was ist denn das für ein Blödmann? Warum fährt der denn so dicht auf?

Durch den Nieselregen kann Lisa im Spiegel den dunklen Pkw hinter sich nicht richtig erkennen. Aber er fährt einfach viel zu nah ran! Vielleicht will er ja überholen? Lisa zieht den Lenker ihrer Vespa ein wenig nach rechts, damit das Fahrzeug hinter ihr gut an ihr vorbeifahren kann. Doch dieser tut nichts dergleichen, im Gegenteil. Er fährt wieder so dicht auf, dass Lisa Angst bekommt, dass er sie gleich rammen wird. Was soll das? Wieder blickt sie in den Rückspiegel, doch sie erkennt nur einen schwarzen Audi mit NF-Kennzeichen.

Auf einmal blendet der Autofahrer hell auf und lässt den Motor seines Wagens aufheulen.

Hallo! Lisa ist versucht, anzuhalten und dem Typen ordentlich die Meinung zu geigen.

Sie drosselt das Tempo, doch plötzlich knallt die Stoßstange des Wagens direkt auf ihre Vespa. Lisa versucht, den Roller irgendwie festzuhalten, doch da stürzt sie bereits in hohem Bogen in den Straßengraben. Sie kann gerade noch im Augenwinkel erkennen, wie das schwarze Auto weiterfährt und ungefähr 100 Meter weiter gegen das Hinweisschild »Tadjem Deel« knallt. Dann verliert sie das Bewusstsein.

20. KAPITEL
BRIEFE

»Sven! Was machst du denn hier?«, fragt Lisa. Der Blick aus dem Krankenhauszimmer auf die Dünen ist zwar schön, aber bei dem heutigen Regen ziemlich trostlos.

»Blöde Frage!«, grinst er und hält ihre Hand. »Als ich bei dir wie versprochen angerufen habe und du weder auf dem Festnetz noch auf dem Handy abgenommen hast, dachte ich mir schon, dass etwas nicht stimmt. Nachdem ich dann von Alma erfahren habe, dass du schon vor eineinhalb Stunden in Kampen losgefahren bist, war mir klar, dass etwas passiert sein musste.«

»Ich hätte ja auch ein Date haben können?«, schmunzelt Lisa.

»Hättest du. Ich dachte trotzdem, dass es wohl besser ist, wenn ich mal nachsehe, ob alles in Ordnung ist!«

»Da muss ich also erst einen Unfall haben, damit du auf die Idee kommst, zu mir nach Sylt zu fahren!«

Lisa zieht die Hand zurück.

»Quatsch. Ich wäre morgen sowieso gekommen. Habe mir ein paar Tage freigenommen, denn am Wochenende soll ja noch einmal der Sommer zurückkehren. Wie ist der Unfall denn überhaupt passiert?«

»Das hat mich die Polizei auch gefragt. Ich weiß es gar nicht so genau. Ich war auf der Straße Richtung Rantum unterwegs … es hat geregnet … und auf einmal war da dieses Auto hinter mir, ein schwarzer Audi A3. Erst fuhr er ganz dicht auf und dann – ist er mir auf einmal hintendrauf gefahren. Ich habe vor Schreck den Lenker nach rechts gezogen und bin in den Straßengraben gestürzt.«

»Und das Auto?«

»Das ist weitergerast und ein paar 100 Meter weiter auf ein Schild geknallt. Der Fahrer muss ausgestiegen sein und Fahrerflucht begangen haben, obwohl er selbst bei dem Aufprall auch verletzt worden sein muss. Jedenfalls hat man Blutspuren im Auto gefunden, vom Fahrer jedoch keine Spur.«

»Der lässt sich doch anhand des Kennzeichens leicht ermitteln!«

»Den Halter hat die Polizei natürlich sofort ausfindig gemacht. Aber dieser, ein älterer Herr aus Tinnum, ist gar nicht gefahren! Smarty – also dieser Kommissar Lasse Espersen – sagt, das Auto sei am Morgen als gestohlen gemeldet worden«, berichtet Lisa.

»Smarty? Du scheinst den Kommissar wohl näher zu kennen?«, fragt Sven neugierig.

»Smarty ist ein ehemaliger Schüler von Uwe und momentan im Bäderdienst bei der Kriminalpolizei in Westerland. Er schaut ab und zu mit Uwe bei Johann im ›Heidekiosk‹ vorbei.«

»Ach so. Aber warum ermittelt die Kriminalpolizei in deinem Unfall?«

»Smarty – Herr Espersen sagt, dass das kein normaler Unfall war«, sagt Lisa.

»Wie? Kein normaler Unfall?«, fragt Sven besorgt.

»Nun, es sieht so aus, als sei der Audifahrer absichtlich auf mich aufgefahren!«

»Aber warum?« Sven runzelt die Stirn.

»Das muss jetzt die Kripo herausfinden«, seufzt Lisa.

»Mein armer Schatz, das ist ja alles ganz schrecklich!«, sagt Sven besorgt. »Ich werde ab jetzt besser auf dich aufpassen! Sobald es dir wieder gut geht, machen wir beide es uns schön«, versucht er sie zu trösten.

Lisa atmet tief durch.

»Die Ärzte sagen, ich habe eine leichte Gehirnerschütterung und außerdem einen Schulterbruch. Sie meinen, ich hätte Glück im Unglück gehabt, denn ich muss nicht operiert werden, aber natürlich ein paar Tage hierbleiben. Außerdem muss die Schulter ruhiggestellt werden. Das heißt, ich werde wohl einen dicken Verband bekommen, mit dem ich mich wochenlang nicht richtig bewegen kann.«

»Schschsch … ganz ruhig, Liebes«, sagt Sven und nimmt wieder Lisas Hand.

»Das ist doch alles nicht so schlimm. Der Arzt hat recht: Du hast Riesenglück gehabt. Du hättest tot sein können! Wenn ich mir vorstelle, dass ich dich vielleicht für immer verloren hätte …«

Sven küsst zärtlich Lisas Fingerspitzen.

»Hätte dir das denn etwas ausgemacht?«, fragt Lisa leise.

»Was ist denn das für eine blöde Frage? Und ob es mir etwas ausgemacht hätte!«

»Ich dachte, es wäre dir vollkommen egal, ob wir uns sehen oder nicht.«

»Oh Lisa!« Sven verdreht die Augen. »Ich weiß ja nicht, wie dein Vater so war. Aber manchmal könnte man meinen, du stammst von Alma und Johann ab. So stur wie du bist!«

Lisa grinst.

»Das täuscht. Alma ist gar nicht so stur. Sie hat Johanns

Antrag angenommen. Bis zu der Hochzeit muss ich unbedingt wieder fit sein. Ich habe keine Lust, mit einem Panzer über der Schulter übers Parkett zu schweben.«

»Du wirst auch mit einem Panzer entzückend aussehen!«, sagt Sven lachend und küsst Lisa auf die Lippen.

Der Regen prasselt unaufhörlich gegen das große Fenster in Elenas Wohnzimmer.

»Ich weiß, es wird einmal ein Wunder geschehen …«, ertönt die Stimme aus der Stereoanlage.

Elena hat die alte Schallplatte ihrer Babushka längst gegen eine moderne CD ersetzt. Doch die Erinnerungen lassen sich nicht ersetzen. Sie schließt die Augen und denkt an ihre Großmutter, an ihre Mutter und die alte kleine Wohnung. Es wäre alles anders gekommen, wenn Juri nicht diesen blöden Unfall gehabt hätte! Elena wäre mit ihm zwar nicht in einem so schönen großen Haus, sondern vermutlich in gesicherter Armut gelandet. Aber ihr Herz wäre vielleicht glücklich geworden.

Ein Wunder – ja, das ist es, was Elena jetzt braucht.

Hans ist tot. Gunnar ist tot. Und die Testamentseröffnung, von der sie gerade zurückgekehrt ist, hat ein niederschmetterndes Ergebnis für sie bereitgehalten. Voller Hoffnung war Elena nach Hamburg gefahren. Selbst wenn Hans seinen Kindern die Firma und etwas Geld hinterlassen hatte, würde doch sicher genug für sie selbst übrig bleiben. Das große schöne Haus auf Sylt, die entzückende Wohnung in Blankenese und sicher richtig viel Geld. Geld, das Elena mehr als dringend braucht. Doch der Tag war einfach nur furchtbar gewesen. Furchtbar für Elena. Offenbar hatte

Hans erst vor zwei Wochen sein Testament geändert, vermutlich, kurz nachdem Inken bei ihm gewesen war. Die Macht der Familie! Dagegen war und wäre Elena nie angekommen! Dass Hans allerdings alles, das Haus mitsamt seinem wertvollen Inventar ebenso wie die Wohnung in Blankenese sowie alle Kunstgegenstände und das gesamte Bargeld seinen Kindern vermacht hatte, war ein schwerer Schock für Elena.

Die paar Firmenanteile, die sie geerbt hatte, waren ein Witz, zumal Björn gegrinst hatte, die seien ohnehin nichts wert. Offenbar befindet sich die Firma in Schwierigkeiten, wovon nicht einmal Hans etwas geahnt hatte. Oder vielleicht doch?

Inken und Björn hatten Elena kaum eines Blickes gewürdigt, sich jedoch ohne Zweifel trotz der Trauer um ihren Vater unfassbar darüber gefreut, dass Elena leer ausgegangen war. Inken hatte, während Dr. Janssen das Testament vorlas, auf Elena verachtend herabgesehen und sie anschließend vollständig ignoriert.

Doch der schlimmste Moment für Elena war der, als Dr. Janssen ihr zum Abschied die Hand gab und tröstend sagte: »Es tut mir so leid, Frau Ewers. Ihr Mann hat sicher nicht geahnt, dass er so früh sterben würde. Sonst hätte er nicht für diese Woche einen Termin bei mir vereinbart, bei dem er das Testament noch einmal zu Ihren Gunsten ändern wollte.«

Elena hatte fast der Schlag getroffen. Sie hatte das Gefühl, den Boden unter den Füßen zu verlieren. Das war also der Grund für den Anwaltstermin gewesen, und nicht die Scheidung, wie Elena vermutet hatte!

Elena starrt aus dem Fenster in den strömenden Regen.

Was haben sie nur getan? Hans ist völlig umsonst gestorben. Er wollte sich gar nicht von ihr scheiden lassen! Sie hätte ihn nur ein wenig umgarnen müssen, dann wäre alles wieder gut geworden. Tränen laufen ihre Wangen herunter.

Elena ist total am Ende. Und sie braucht dringend Geld …

Sie drückt noch einmal auf die Wiederholungstaste des CD-Players: »Ich weiß, es wird einmal ein Wunder geschehen!«

Doch wie soll dieses Wunder aussehen?

Obwohl sie der Polizei erzählt hat, dass sie und Gunnar nur Bekannte aus dem Reitstall waren, hat Elena das Gefühl, dass diese ihr nicht glaubt. Natürlich weiß sie auch nicht, ob die Beamten Gunnar vor seinem Tod noch befragen konnten, und was er ihnen alles erzählt hat.

Fast noch schlimmer als das alles war jedoch die Botschaft, die sie beim Nachhausekommen im Briefkasten fand:

ICH WEISS, WAS DU GETAN HAST!!!!

Die bösen Worte verursachen eine Gänsehaut und Magenbrennen. Wer hat sie geschrieben? Es kann nicht sein, dass diese Botschaft von Lisa Wendler kommt! Die hatte doch einen Unfall und liegt im Krankenhaus. Aber wer sonst könnte ein Interesse haben, sie einzuschüchtern? Britt vielleicht? Aber warum? Sie kann ihr doch weitaus mehr schaden, wenn sie der Polizei ein paar Gerüchte erzählt. Was will der Verfasser dieser Nachrichten von ihr? Geld? Da kann er oder sie lange warten!

Verzweifelt lässt sich Elena auf das wertvolle Sofa sinken. Schon bald wird sie diesen Luxus aufgeben müssen. Nicht einmal ein längeres Wohnrecht wurde ihr in diesem Haus eingeräumt. Natürlich werden Inken und Björn sie nicht gleich auf die Straße setzen, aber zumindest erwarten, dass Elena so schnell wie möglich auszieht.

Vorausgesetzt, die Polizei wird ihr nicht eine neue Bleibe anbieten – im Gefängnis.

Nein, im Moment sieht es schlecht aus für Elena. Sie braucht wirklich ein Wunder. Doch so etwas gibt es heutzutage nicht mehr.

Oder vielleicht doch?

Elena hat sich immer selbst geholfen. Vielleicht gibt es ja doch noch einen Ausweg! Sie holt das Telefon und wählt lächelnd eine Nummer.

Es sieht fast so aus, als habe der Regen nicht nur die Luft, sondern gleich die ganze Insel reingewaschen. Die Farben leuchten so intensiv wie selten in der spätsommerlichen Morgensonne. Der Himmel und das Wasser versuchen sich gegenseitig in blauem Strahlen zu übertrumpfen, davor leuchten hell die weißen Häuser im Morgenlicht.

»Laut jetzigem Ermittlungsstand können wir Folgendes zusammenfassen«, sagt Olaf bei der täglichen Teambesprechung: »Wir sehen es als erwiesen an, dass Gunnar Möllmann am Tatabend in das Haus der Ewers eingedrungen ist.

Im Garten des Hauses haben wir an einer Zigarettenkippe seine DNA-Spuren gefunden. Dort hat er wohl gewartet, bis es dunkel genug war, um unbemerkt in das Haus, sehr wahrscheinlich über die Klönschnack-Tür, die während unserer gesamten Ermittlungen immer offen war, zu gelangen. Als Hans Ewers in der Wanne lag, schlich Möllmann sich von hinten an und drückte ihn ruckartig unter Wasser, was zu einem Reflextod führte.

In Panik wegen der bevorstehenden Ankunft von Inken Ewers ließ er die Leiche in der Gefriertruhe verschwinden. Ob er das alleine gemacht hat, oder ob es zwei Täter gab, wissen wir zum gegenwärtigen Zeitpunkt nicht. Wir wissen nur, dass der Tote zwei Tage später an den Strand transportiert worden sein muss. Hier gehen wir inzwischen davon aus, dass der in der Garage stehende Surfwagen dazu benutzt worden ist. Die Witwe Elena Ewers hat ausgesagt, dass der Wagen zuletzt vor Jahren von ihrem Mann verwendet wurde. Wir haben allerdings an den Reifen frischen Sand und Möwenkot entdeckt, also muss er erst kürzlich am Strand bewegt worden sein. An dem Surfwagen wurden auch Fingerabdrücke von Elena und Gunnar Möllmann gefunden. Sie hat behauptet, dass sie den Wagen kürzlich beim Aufräumen in der Garage bewegt hat. Doch wie kommen Möllmanns Fingerabdrücke an den Wagen, wenn er ihn nicht selbst bewegt hat? Darüber hinaus haben wir in dem Surfsack, der auf dem Wagen lag, Hautschuppen und Haare von Hans Ewers gefunden. Folglich wird dieser für den Transport der Leiche genutzt worden sein.«

»Ist Elenas Lüge, dass der Surfwagen jahrelang nicht benutzt wurde, nicht ein Beweis, dass sie etwas mit dem Mord zu tun hat?«, fragt Smarty.

»Es ist kein Beweis. Gunnar Möllmann kann das auch alles ohne ihr Wissen und Zutun alleine durchgezogen haben«, sagt Olaf.

»Die Leiche war im Gefrierschrank und wurde erst zwei Tage später am Strand gefunden. Da war Elena doch längst wieder zu Hause. Sie muss dabei gewesen sein!«, sagt Honni.

»Wir wissen nicht, wann Gunnar Möllmann Hans Ewers aus der Gefriertruhe genommen und an den Strand gebracht hat. Vermutlich nicht, solange Inken Ewers im Haus war. Die Leiche muss ja auch irgendwo aufgetaut worden sein. Auch hinsichtlich der Leichenstarre existiert bei Kälte eine Besonderheit. Die Entwicklung derselben hängt von der Außentemperatur ab. Da die Leiche gekühlt war, verzögert sich alles erheblich. Vermutlich war sie nicht ganz durchgefroren, hatte aber noch die Leichenstarre, als sie aus der Truhe genommen wurde. In diesem Zustand konnte sie natürlich nicht zum Strand gebracht werden. Sie war ja noch in Hockstellung erstarrt. Sie muss also irgendwo zwischengelagert worden sein, damit sie auftaut und die Leichenstarre sich löst. Natürlich ist es sehr wahrscheinlich, dass Elena zumindest darüber informiert war, wenn sie nicht sogar selbst mitgeholfen hat. Es ist nämlich gar nicht so einfach, eine Leiche wieder aus der Kühltruhe zu holen und sie alleine zum Strand zu transportieren. Außerdem wissen wir ja inzwischen auch durch die Aussagen von Alma Rasmussen und Lisa Wendler, die uns von den Schäferstündchen der beiden in dem Fremdenzimmer in Hörnum berichtet haben, dass Gunnar und Elena ein Verhältnis hatten. Allerdings können wir Elena nicht beweisen, dass sie von dem Vorhaben ihres Geliebten, ihren Mann zu töten, gewusst hat oder gar bei der Entsorgung der Leiche dabei war!«, gibt Olaf bekannt.

»Aber hast du nicht neulich von einem Plan des Hauses erzählt? Den muss Gunnar doch von jemandem bekommen haben. Und wer außer Elena würde sich in dem Haus derart gut auskennen?«

»Du hast recht, Honni. Ich denke auch, dass sie es war, die diesen Plan gezeichnet hat. Aber beweisen können wir es nicht. Der Plan wird gerade genau untersucht. Bis jetzt haben wir nichts gefunden, möglicherweise hat der Zeichner ja Handschuhe getragen. Es ist natürlich auch möglich, dass es noch einen anderen Täter gab, mit dem Gunnar gemeinsame Sache gemacht hat.«

»Wer könnte das sein?«

»Das ist die große Frage! Der Einzige, der uns das sagen könnte, nämlich Gunnar Möllmann, ist tot! Aber vielleicht war das genau der Grund, warum er sterben musste. Er sollte zum Schweigen gebracht werden! Denn noch bevor wir mit ihm sprechen konnten, wurde er durch einen gezielten Schlag, der einen Zungenbruch verursachte, getötet. Anschließend wurde ihm sogar noch das Genick gebrochen. Das beherrschen nur sehr wenige Leute, insbesondere Kampfsportler oder Soldaten, die eine Ausbildung in der Richtung erhalten haben.

Der Täter wollte offenbar ganz sicher sein, dass sein Opfer diesen ›Unfall‹ nicht überlebt. Außerdem sollten alle glauben, er sei vom Pferd gefallen und habe sich dabei das Genick gebrochen. Die Art und Weise, wie die Tat ausgeführt wurde, lässt auf hohe Gewaltbereitschaft schließen.« Olaf macht eine kurze Pause. »Gunnar Möllmanns Mörder muss genau gewusst haben, dass er oft um diese frühe Tageszeit in der einsamen Gegend der Braderuper Heide ausritt. Vielleicht wurde er auch bewusst dorthin gelockt.«

»Nur von wem? Wer wusste, dass Gunnar immer so früh ausritt? Dieser Karsten Sander vielleicht?«, fragt Honni.

»Möglicherweise. Aber warum sollte er das tun?«, fragt Olaf.

»Weil er vielleicht der geheimnisvolle zweite Mann ist? Die beiden waren schließlich befreundet. Sie wussten durch Elena, dass Hans sehr vermögend ist. Vielleicht haben ja auch alle drei gemeinsame Sache gemacht?«, mutmaßt Honni.

»Vielleicht, vielleicht. Sicher wissen wir das alles nicht!

Sicher ist nur, dass der Mörder es irgendwie geschafft haben muss, Gunnar Möllmann vom Pferd herunterzubekommen. Möglicherweise hat der Täter ihn nach dem Weg oder etwas anderem gefragt. Möllmann muss vom Pferd gestiegen sein und hat dann wahrscheinlich sofort den gezielten Schlag versetzt bekommen. Ein Autofahrer hat wenig später einen verdächtigen Ford Mustang beobachtet, der es offenbar sehr eilig hatte, von der Heide wegzukommen. Der Halter dieses Fahrzeugs stammt aus Hamburg und steht in keinerlei Verbindung zu Gunnar Möllmann. Er bestreitet, überhaupt auf Sylt gewesen zu sein. Wir haben allerdings inzwischen durch die Daten des Autozugs herausgefunden, dass er sehr wohl auf Sylt gewesen ist. Er hat nämlich am Tag des Mordes an Möllmann das Ticket für den Autozug mit seiner EC-Karte bezahlt!«

»Schön blöd. Warum hat er gelogen? Da ist doch was oberfaul!«, sagt Smarty.

»Das kann man so sagen. Honni, du fährst nach Hamburg und redest noch einmal mit dem Burschen!«

»Was ist eigentlich aus diesem Handy geworden? Hat man das in der Wohnung von Gunnar Möllmann gefunden?«

»Nein, wie gesagt, nur den Laptop, der jetzt gerade ausgewertet wird. Das Handy scheint noch immer in Keitum zu sein.«

»Ich könnte ja noch einmal in den Reitstall fahren. Dieser Möllmann hat doch sicher einen Spind oder so etwas für seine Sachen gehabt!«, bietet sich Smarty nicht ganz uneigennützig an.

»Vielen Dank, lieber Herr Espersen. Das haben wir längst getan! Aber trotzdem danke für das freundliche Angebot«, sagt Olaf und grinst.

Der Wind streicht leise durch die Zweige der Bäume. Sanftes Nebelgrau verzaubert den Blick auf das ruhige Watt. Elena liebt diesen Blick und auch den Weg, der durch Keitum immer am Wasser entlang Richtung Kampen führt. Wie oft ist sie mit Fantaisie hier gewesen! Sie war so glücklich, mit ihrem Pferd in dieser wundervollen, idyllischen Landschaft ausreiten zu dürfen. Dann war sie in ihr schönes Zuhause in Kampen zurückgekehrt und hatte mit Hans auf ihrer sonnigen Terrasse eine Mahlzeit eingenommen. Es hätte doch noch ewig so weitergehen können! Wie so oft in den vergangenen Tagen stellt sie sich die Frage, wie das alles so weit kommen konnte. Noch vor ein paar Wochen war alles in Ordnung gewesen! Was genau hatte dazu geführt, dass sie geglaubt hatte, dass Hans sich von ihr trennen wollte? Denn offensichtlich war das ja gar nicht so, denn sonst hätte er ihr nicht diese wundervolle Kette auf ihr Bett gelegt. Er war misstrauisch gewesen, ja. Aus gutem Grund! Elena war unvorsichtig gewesen und hatte dieses Misstrauen selbst provoziert. Aber sie hätte sein Vertrauen wiedergewinnen können! Er hat mich geliebt, denkt Elena. Selbst in dem Wissen, dass ich ihn betrüge, wollte er mich nicht verlieren. Sein Stolz und seine männliche Ehre waren verletzt, und darum ist er dem Wunsch seiner Kinder gefolgt und hat sein Testament geändert. Doch er muss sich das alles noch einmal anders überlegt haben. Vielleicht hat er sich ja an die vielen glücklichen gemeinsamen Stunden erinnert, die sie miteinander verbracht haben. Hans war immer gut zu Elena. Aber auch sie war gut zu ihm! Sie war niemals zickig oder vorwurfsvoll, wie es so viele Frauen sind, sondern immer liebevoll und anschmiegsam. Nicht zuletzt aus der großen Dankbarkeit heraus, die sie für dieses luxuriöse Leben, das er ihr bot, empfand. Elena ist sicher, dass Hans ihr verzeihen wollte. Und sie hat ihm den Tod gebracht. Sie kann nicht verhindern, dass ihr Tränen kommen. Sie hat alles falsch gemacht. Auch mit Gunnar. Er könnte noch am Leben sein. Sie hätte mit ihm Schluss machen sollen, wie sie es so oft vorgehabt hatte. Dann könnte er noch leben und noch immer die jungen Mädchen zum Schwärmen bringen.

»Na, na, na … wer wird denn da weinen?«

Gerade, als sie Fantaisie abgesattelt hat, steht Karsten vor ihr.

Hastig wischt sie sich die Tränen aus dem Gesicht.

»Jetzt tu doch nicht so, als würde dir Gunnars Tod etwas ausmachen!«, sagt er und sieht sie durchdringend an.

Elena antwortet nicht, sondern beginnt, Fantaisie zu bürsten.

Auf einmal steht Karsten ganz dicht hinter ihr und flüstert in ihr Ohr: »Ich weiß, was du getan hast!«

Eiskalt läuft es Elena den Rücken herunter.

Karsten. Auf einmal weiß Elena Bescheid. Er war es, der die Briefe geschrieben hat. Nicht Lisa Wendler.

Ihr Herz schlägt wie verrückt, doch sie zwingt sich, Ruhe zu bewahren. Sie dreht sich abrupt um.

»Ich weiß nicht, wovon du redest!«, sagt sie.

»Oh doch. Das weißt du! Gunnar ging es sehr schlecht in der letzten Zeit. Glaubst du wirklich, er hat sich niemandem anvertraut?«

Elenas Herz klopft zum Zerspringen, und ihre Hände beginnen zu zittern.

Gunnar wird doch nicht mit Karsten geredet haben? Das kann nicht sein. So nahe waren sich die beiden nicht.

Sie waren befreundet und tranken abends hin und wieder ein Bierchen zusammen. Aber Gunnar hätte doch niemals sich selbst und Elena verraten!

»Weißt du, Gunnar war mein Freund. Es tut mir einfach weh, dass er so gelitten hat. Und alles nur, weil er sich in die falsche Frau verliebt hat«, sagt Karsten mit kalter Stimme.

Elena schweigt noch immer und bürstet weiter ihr Pferd. Doch sie kann kaum atmen. Was will Karsten von ihr?

»Ich habe ihm immer gesagt: Die ist nix für dich! Die braucht einen Mann mit Kohle. Aber er hat ja nicht auf mich gehört.«

Karsten zieht seine Jacke aus und greift in die Jackentasche.

»Das hat er mit dem Leben bezahlt. Und wer ist dafür verantwortlich?«

»Lass mich in Ruhe!«, sagt sie zu Karsten.

»Natürlich lasse ich dich in Ruhe.«

Karsten nimmt das Geheimhandy aus der Tasche.

»Ich nehme an, du weißt, was das ist?«

»Ein Smartphone?«, fragt Elena.

Natürlich weiß sie in diesem Moment, dass es Gunnars Geheimhandy ist.

»Oh ... meine Liebste ... ich kann es nicht erwarten, dich zu sehen! Schon bei dem Gedanken daran, dich nackt im Pelzmantel zu sehen, wird mir ganz heiß ... Willst du noch mehr hören?« Mit einem teuflischen Grinsen wedelt Karsten mit dem Handy vor Elenas Gesicht herum. »Er hatte es in seiner Jacke, an dem Morgen, an dem er starb. Die Jacke war ihm wohl zu warm, und deshalb ließ er sie hier und ritt nur in seinem Fleecepullover aus. Ja, und da habe ich, sofort als ich hörte, dass Gunnar etwas zugestoßen ist, seine Jacke an mich genommen und das hier darin entdeckt. Ich dachte mir gleich, dass da etwas nicht stimmt mit seinem Tod! Aber was für ein Glück, dass ich und nicht die Polizei das Handy gefunden habe, nicht wahr?«

»Na und? Es ist ein Handy, sonst nichts!«

»Ein Handy, von dem aus zahlreiche Liebes-SMS versendet wurden, aus denen klar hervorgeht, dass ihr beiden ein Paar wart. Und ein Handy, von dem aus an dem Abend, als dein lieber Ehemann Hans Ewers gestorben ist, mit einem anderen Handy telefoniert wurde. Das kann man sehr schön im Speicher erkennen. Meinst du nicht, liebe Elena, dass sich die Polizei für dieses Handy interessieren würde? Also, ich glaube schon!«, sagt Karsten mit einem bösen Grinsen und steckt es wieder ein.

»Was willst du von mir?«, zischt Elena.

»Oh, das kannst du dir sicher denken, meine Schöne. Nein, ich bin nicht an deinem Körper interessiert. Frauen wie du, die sich für Geld an alte reiche Männer verkaufen und andere nur benutzen, interessieren mich nicht. Sie stoßen mich ab. Aber es gibt da schon etwas, das mich dazu bringen würde, dieses Handy zu entsorgen und damit für immer vor der Polizei zu verbergen.«

Elena kann die Worte kaum aussprechen, so widerlich findet sie Karsten auf einmal.

»Was willst du?«

»750.000 Euro. Das sollte genügen, um hier aufhören zu können. Es gibt da einen kleinen heruntergekommenen Reiterhof in Irland. Dort könnte ich ein neues Leben anfangen und vergessen, was ich weiß«, sagt Karsten mit einem fiesen Grinsen im Gesicht.

»So viel habe ich nicht«, sagt Elena keuchend.

Genau genommen hat sie überhaupt nichts mehr. Außer Fantaisie. Und die ist sicher keine 750.000 Euro wert.

»Überlege es dir«, sagt Karsten und steckt das Handy wieder ein.

»Bis übermorgen. Ansonsten bekommt die Polizei diese

kleine Information von mir. Ich arbeite dann einfach weiter hier, nur für dich wird es wahrscheinlich ein bisschen ungemütlich werden. Wenn du es dir überlegt hast, ruf mich an. Auf diesem Handy. Die Nummer solltest du ja wohl noch kennen!«

Karstens Grinsen, als er Elena stehen lässt, ist eine Mischung aus Überlegenheit und Abscheu.

Müde sinkt Elena auf den Stallboden. Was soll sie jetzt tun? Vielleicht hat Karsten ja nur geblufft und es war gar nicht Gunnars Geheimhandy. Aber irgendetwas weiß er, und das wird die Polizei, die Elena ohnehin schon im Visier hat, noch mehr überzeugen.

21. KAPITEL
FANTAISIE

Das Licht der tief stehenden Abendsonne scheint in das Badezimmer und verbreitet frühherbstliches goldenes Licht. Aus der Stereoanlage ist Chopin zu hören, das Klavierkonzert Nr. 1 e-Moll.

Elena klettert aus der Dusche und trocknet sich ab. Sie kann noch immer die Badewanne nicht benutzen, in der Hans den Tod fand. Doch für Reue ist es jetzt zu spät. Sie muss nach vorne sehen!

Elena lässt die Bürste durch ihr langes seidiges Haar gleiten und trägt etwas hellroten Lippenstift auf.

Dann steigt sie in die seidene schwarze Unterwäsche, die ihre weiblichen Kurven mehr als verführerisch betont.

Sie befestigt die hauchfeinen Strümpfe an dem Strapsgürtel und streift das hautenge rote Kleid mit dem großen Ausschnitt über. Ein bisschen viel, ja … aber heute ist es nicht nur angebracht, sondern sogar notwendig. Von ihrer heutigen Verabredung hängt ihr ganzes weiteres Leben ab. Um nicht zu sagen, überhaupt ihr Leben!

Aber wenn sie sich jemals auf etwas verlassen konnte, dann auf ihr Aussehen. Schon immer hat sie dadurch die Männer um den Finger wickeln können und bekommen, was sie wollte. Es sollte daher auch heute ein Kinderspiel sein.

Elena steigt in ihre schwarzen Louboutin Pumps und zieht die enge schwarze Jacke über. Sie geht nach unten, um einen Schluck Champagner zu trinken, der ihr hoffentlich die Anspannung nehmen wird. Gerade, als sie die Flasche zurück in den Kühlschrank stellen will, spürt sie eine Hand auf ihrer Schulter.

Vor Schreck lässt sie die Flasche fallen, und der Inhalt ergießt sich über den teuren Küchenboden.

Sie dreht sich um. Die Person, die vor ihr steht, hat mehrere auffällige Tätowierungen sowie tiefe Narben im Gesicht, was ihr ein furchteinflößendes Aussehen verleiht.

Der Mann ist groß, und sein Körper lässt darauf schließen, dass er Kampfsport betreibt.

»Igor! Was machst du denn hier?«, fragt sie leise.

»Was werde ich wohl hier machen? Du hast mir etwas versprochen, Elena.«

»Ich weiß. Aber ich habe das Geld noch nicht. Igor, ich muss erst warten, bis mir das Erbe ausbezahlt wird«, versucht Elena, ihn hinzuhalten.

Doch sie spürt, dass Igor sich nicht mehr hinhalten lassen wird.

Seine Hände stecken in Handschuhen. Langsam geht er auf den Lichtschalter zu und löscht das Licht. In der Dunkelheit kann sie nur noch seine Konturen erkennen, seinen massigen Körper.

Elena bekommt Angst. Richtig Angst. Was hat er vor?

»Ich glaube, du lügst! Du bist nach Hamburg gekommen und hast mir vorgeflennt, dass ich dir helfen muss. Und das habe ich auch getan, und zwar ohne zu zögern! Du hast mir etwas dafür versprochen, und was habe ich davon? Jetzt habe ich selber die Bullen im Nacken! Die haben herausgefunden, dass ich auf Sylt war, und mich ausgequetscht, was ich hier gemacht habe und so weiter. Ich kann mir die nicht mehr lange vom Leib halten! Ich muss untertauchen und dafür brauch ich die Kohle. Deinetwegen gehe ich ganz sicher nicht wieder in den Knast!«

Igor kommt Elena so nahe, dass sie jede einzelne Narbe in seinem Gesicht und auch die tätowierte Knastträne unter seinem Auge überdeutlich erkennen kann.

»Das verstehst du doch, nicht wahr?«

Seine Stimme ist leise, tief und bedrohlich.

Elena schluckt. Sie muss versuchen, hier herauszukommen. Schnell!

»Das verstehe ich«, sagt sie leise.

Elena legt ihre zitternde Hand auf Igors Arm.

Er war doch immer ihr Beschützer! Er wird ihr doch nicht am Ende etwas antun?

»Und ich bin dir auch außerordentlich dankbar für alles, was du getan hast! Aber ich bin gerade selbst in großen Schwierigkeiten«, flüstert sie.

»Was für Schwierigkeiten?«, fragt Igor barsch.

»Du hast einen Fehler gemacht! Es war gar nicht Lisa Wendler, die mich erpresst hat. Warum hast du sie angefahren?«, fragt Elena leise.

»Ich habe keinen Fehler gemacht! Du hast gesagt, die blöde Kuh wird dich sicher verraten.« Wütend schlägt Igor gegen die Kaffeemaschine. »Ich mache keine Fehler, merk dir das!«

»Ist ja schon gut, Igor. So habe ich das doch nicht gemeint«, versucht Lisa, ihn zu besänftigen.

Doch ihre Nerven sind zum Zerreißen gespannt. Igor ist mehr als nur wütend. Und wenn er wütend ist, dann ist er mehr als gefährlich.

»Ich wollte nur sagen, es war gar nicht diese Lisa. Es war

dieser Karsten Sander aus dem Reitstall, Gunnars Freund. Und der sitzt mir jetzt im Genick und will Geld, viel Geld.«

Flehend versucht Elena, Igor mit ein paar Tränen zu erweichen. Doch diesmal erreicht sie damit nichts.

»Erst einmal bin ich dran! Wo ist meine Kohle, Elena?«, zischt Igor stattdessen böse.

Wütend packt er Elena am Arm und stößt sie unsanft gegen den Küchentresen. Seine Augen funkeln dunkel und böse.

»Du bekommst dein Geld, Igor! Aber erst einmal muss ich mir etwas mit diesem Karsten einfallen lassen. Der weiß etwas, das mir gefährlich werden könnte. Wenn mich die Polizei erwischt, dann bin ich geliefert! Dann bekommt keiner von euch sein Geld«, wimmert sie.

»Keiner?«

Auf einmal blitzt in der Dunkelheit ein Messer auf.

Elena läuft es eiskalt den Rücken herunter. Igor wird sie töten. Genauso wie er Gunnar getötet hat. Er hat kein Problem damit, einen Menschen umzubringen. Auf einen Mord mehr oder weniger kommt es ihm nicht an. Sie kann kaum atmen. Da spürt sie auf einmal das Messer an ihrer Kehle.

»Du solltest wissen, Elena, dass man mit Igor Komarov keine Spielchen spielt!«

»Irgendetwas stimmt nicht in diesem Reitstall. Ich habe das Gefühl, dass dort so manche Leute mehr wissen, als sie zugeben!«, sagt Olaf.

Sie sind auf dem Weg zu Elena Ewers, um ihr einige Fragen zu stellen, die mit Sicherheit nicht sehr angenehm für sie sein dürften.

»Olaf, wir haben mit allen Leuten dort gesprochen. Es gibt keine Auffälligkeiten«, sagt Honni.

»Was ist mit diesem Karsten Sander? Ich glaube, er weiß mehr, als er vorgibt«, antwortet Olaf.

»Gut, dann sprechen wir später noch einmal mit ihm. Aber erst einmal unterhalten wir uns mit Elena Ewers. Ich habe einfach das Gefühl, dass sie der Schlüssel zu allem ist.«

»Wir haben das Blut des Fahrers, der Lisa Wendler angefahren hat, untersucht und einen DNA Abgleich in unserer Kartei vorgenommen. Und nun rate mal, zu wem die DNA gehört? Zu Igor Komarov, dem gleichen Mann, der sich zum Todeszeitpunkt von Gunnar Möllmann in der Braderuper Heide aufgehalten hat, obwohl er angeblich gar nicht auf Sylt war. Dummerweise hatte er den Autozug mit seiner EC-Karte bezahlt, sodass wir nachweisen können, dass er sehr wohl am Tag des Mordes an Möllmann auf Sylt war! Wahrscheinlich ist er auch in die Wohnung von Gunnar in Niebüll eingebrochen, um dort etwas zu suchen, was den Mittäter belasten könnte, zum Beispiel den gut versteckten Laptop, der noch ausgewertet wird. Zumindest haben Zeugen einen auffälligen schwarzen Wagen in der Nähe gesehen, der genauso aussieht wie der, der in der Nähe des Tatorts in der Heide von dem Minifahrer mit seiner Dashcam gefilmt worden ist. Außerdem haben wir herausgefunden, dass Igor Komarov Kampfsportler ist und eine militärische Ausbildung in Russland erworben hat«, sagt Olaf.

»Interessant. Aber ich verstehe den Zusammenhang nicht. Warum hat er den schwarzen Audi gestohlen und Lisa Wendler damit von der Fahrbahn gedrängt?«, fragt Honni.

»Weil sie etwas wusste, dass sie für sich behalten sollte«, mutmaßt Olaf und setzt hinzu: »Vielleicht kann uns Frau Ewers ja bei der Beantwortung dieser Frage und auch verschiedener anderer helfen!«

»Du glaubst also auch, dass sie hinter allem steckt?«, fragt Honni.

»Wir haben herausgefunden, dass dieser Igor Komarov häufig in einer Bar in St. Pauli verkehrt. Der Name dieser Bar ist ›Red Rose‹ – kommt dir das bekannt vor?«, sagt Olaf.

»Na klar. Außerdem kommt er auch aus Russland. Es sieht also ganz danach aus, als ob Elena und Igor sich von früher kennen. Habt ihr dort einmal ein paar Leute nach ihm oder den beiden befragt?«, fragt Honni.

»Du weißt ja, in dieser Szene erzählen die Leute einem nicht so bereitwillig etwas. Wir haben nur herausgefunden, dass dieser Igor den Beinamen ›der Schreckliche‹ hat, und zwar nicht nur, weil er eine furchteinflößende Verbrechervisage hat, sondern weil er offenbar auch keinem Streit aus dem Weg geht. Er war früher mal bei der Armee in Russland und schlägt sich jetzt mit Gelegenheitsjobs durch. Wenn er nicht gerade im Knast sitzt«, erklärt Olaf.

»Also reden wir jetzt erst mit der Witwe Ewers und dann mit Igor, dem Schrecklichen!«, sagt Honni und nickt.

»Genau. Igor Komarov ist bereits zur Fahndung ausgeschrieben, den kriegen wir schon.«

Doch Olaf Sörensen und Erich Fischer treffen im Kampener Hobookenweg auf ein leeres Haus. Die Haustür ist nicht verschlossen, und die beiden Beamten gehen hinein. Leise Klaviermusik erklingt.

»Frau Ewers?«, ruft Olaf laut in den Flur hinein. Es

brennt Licht im Flur und im Wohnzimmer, doch von Elena Ewers fehlt jede Spur.

»Frau Ewers, sind Sie zu Hause?«, ruft nun auch Honni laut.

Doch sie erhalten keine Antwort.

»Seltsam, es brennt Licht und Musik ist an – das ist ja fast wie an dem Abend, als Hans Ewers verschwand«, sagt Honni.

»Du meinst, wir sollten einmal das Badezimmer überprüfen?«

Die beiden Beamten durchsuchen das ganze Haus, doch nirgends findet sich eine Spur von Elena. Auch in der oberen Etage ist sie nicht. Nur ihr schwerer süßer Duft hängt in der Luft und lässt vermuten, dass sie kürzlich noch da gewesen ist.

»Irgendetwas stimmt hier schon wieder nicht!«, sagt Honni und schüttelt den Kopf.

»In der Küche brennt Licht. Lass uns da noch einmal hineinsehen.«

Vorsichtig schiebt Olaf die Tür zur Küche auf. Er hat kein gutes Gefühl, doch als die beiden die Küche betreten, ist auch diese menschenleer. Lediglich eine zerbrochene Champagnerflasche lässt die Vermutung aufkommen, dass sich Elena wohl noch vor Kurzem hier aufgehalten hat. Und die Blutspritzer, die rot auf dem hellen Küchenboden leuchten.

»Oh nein, nicht noch ein Mord!«, sagt Honni und verdreht die Augen.

»Du siehst ja schon wieder ganz rosig aus, mien Deern!«, freut sich Johann, als er Lisa, eingepackt in einen dicken Schulterverband, auf den »Heidekiosk« zukommen sieht.

»Moin, Johann«, begrüßt sie Johann, der die Abendsonne auf seinem Bänkchen zu genießen scheint.

»Das mit der Umarmung holen wir nach, sobald ich das Ding hier los bin, ja?«, sagt sie lächelnd.

»Wie lange musst du denn damit herumlaufen?«, fragt er sie.

»Ich hoffe, nicht mehr allzu lange. Schließlich möchte ich doch bei eurer Hochzeit hübsch aussehen. Ich habe mir extra ein schönes Kleid gekauft!«

Lisa grinst und kneift ein Auge zu.

»Hübsch bist du immer, mien Deern. Aber bitte vergiss nicht die goldene Regel, die natürlich auch für diese Hochzeit gilt: Kein weiblicher Hochzeitsgast darf schöner sein als die Braut!«, grinst Johann zurück.

»Ich glaube nicht, dass irgendjemand von uns in der Lage sein wird, Almas Strahlen zu übertreffen. Seit deinem Antrag hat sie ständig dieses Lächeln im Gesicht«, antwortet Lisa.

»Wir freuen uns beide«, sagt Johann, »denn es ist ein echtes Geschenk, dass wir uns wiedergefunden haben. Außerdem wissen wir ja nicht, wie viel Zeit uns noch bleibt …«

»Nun fang du auch noch so an!«, schimpft Lisa, doch sie weiß genau, was Johann meint.

»Merle ist schon ganz aufgeregt und freut sich riesig. Sie ist gestern aus Dänemark wiedergekommen und bastelt schon an einem Hochzeitsgeschenk«, erzählt Johann

»Moin, ihr beiden! Habt ihr vielleicht ein Bier für einen alten Freund?«, begrüßt ein gut gelaunter Uwe Lisa und Johann.

»Uns Uwe! Hast dich ja ganz schön rargemacht in den letzten Tagen!«, sagt Johann vorwurfsvoll.

»Ich weiß. Tut mir leid, aber ich war viel mit Smarty

zusammen. Der Arme war doch ein wenig überfordert mit seinem Bäderdienst«, grinst Uwe.

»Mien Deern, du hast ganz schön Glück gehabt! Du hättest tot sein können«, sagt Uwe auf einmal ernst zu Lisa.

»Ja, ich bin auch heilfroh. Das nennt man wohl Glück im Unglück. Wenn ich nur wüsste, wer dieser geheimnisvolle Fahrer war! Die Polizei meinte ja, er hätte mich absichtlich angefahren«, sagt Lisa.

»Inzwischen weiß man, wer das war: ein gewisser Igor Komarov aus Hamburg«, berichtet Uwe.

»Igor Komarov? Hat der mich vielleicht verwechselt? Der Name sagt mir nichts«, wundert sich Lisa.

»Die Polizei vermutet, dass dieser Komarov beauftragt wurde, Gunnar Möllmann umzubringen. Als ehemaliger Armeemann und Kampfsportler war das kein Problem für ihn. Ob er dich auch töten oder dir nur Angst einjagen wollte, damit du gewisse Informationen für dich behältst, wissen wir nicht.«

»Gewisse Informationen?« Verständnislos sieht Lisa Uwe an.

»Erinnere dich, Lisa. Du hast auf der Beerdigung von Hans Ewers seine Witwe Elena als die Person erkannt, die sich in deinem Stübchen heimlich mit ihrem Liebhaber getroffen hat. Zu diesem Zeitpunkt wusste die Polizei noch nicht sicher, dass Elena und Gunnar ein Verhältnis hatten«, erklärt Uwe.

»Aber ich habe doch *euch* davon erzählt!«, sagt Lisa.

»Wer wusste denn, dass du Uwe kennst, und Uwe wiederum ein ehemaliger Kriminalhauptkommissar ist?«, sagt Johann und setzt hinzu: »Aber ich verstehe immer noch nicht. Wer hat diesen Komarov beauftragt, Gunnar Möllmann umzubringen?«

»Es gibt nur eine Person, die dafür infrage kommt. Die gleiche Person, die an dem Abend, als Hans Ewers getötet wurde, von seinem Mörder auf einem Geheimhandy angerufen wurde«, sagt Uwe.

»Auf einem Geheimhandy?«, fragt Lisa erstaunt.

»Es gab zwei Geheimhandys. Das eine gehörte Gunnar Möllmann. Mit diesem hat er an dem Abend des Mordes an Hans Ewers aus dessen Villa ein zweites Handy angerufen. Nach Hans Ewers' Tod wurden Funkzellen des Handys, das Gunnar Möllmann gehört hatte, nicht nur in Keitum in der Nähe des Reitstalls, sondern auch in Niebüll geortet. Nach Gunnars Tod wurde in seine Wohnung in Niebüll eingebrochen, vermutlich um dieses Handy, das ja ein wichtiges Beweisstück ist, zu suchen und zu vernichten. Nach dem Einbruch in Möllmanns Wohnung hat die Polizei ein paar Nachbarn gefragt, ob ihnen etwas merkwürdig vorgekommen sei. Ein paar Zeugen sagten unabhängig voneinander aus, dass sie einen großen schwarzen Wagen gesehen hatten, der mit lauten Motorgeräuschen weggefahren sei. Ein Kennzeichen oder einen Wagentyp konnten sie zwar nicht benennen, aber …«

»… aber es könnte sich um einen schwarzen Ford Mustang gehandelt haben?«, rätselt Johann.

»Richtig. Die Polizei geht davon aus, dass dieser Einbruch auch auf das Konto von Igor Komarov geht. Interessanterweise scheint er das Handy nicht gefunden zu haben, denn die Polizei konnte es immer noch in Keitum orten, meist in der Nähe des Reitstalls. Gestern Abend fuhren Olaf und Honni noch einmal dorthin, um mit den Kollegen von Gunnar zu sprechen. Olaf kam auf die Idee, heimlich die Nummer des Geheimhandys, die sie ja ermittelt hatten, zu wählen – und siehe da: Es klingelte in der Tasche von Karsten Sander, Gunnar Möllmanns bestem Freund. Auf die Frage, woher er das Handy habe, verwickelte sich Karsten Sander in Widersprüche. Zuerst behauptete er, er habe es zufällig gefunden, doch als die Polizei ihn fragte, warum er es denn nicht der Polizei gegeben hatte, da es sich immerhin um ein wichtiges Beweisstück handelte, erzählte er plötzlich, Gunnar habe es ihm persönlich gegeben mit der Bitte, gut darauf aufzupassen und es niemals, unter gar keinen Umständen, aus der Hand zu geben! Olaf hat Sander daraufhin festgenommen.«

»Warum denn das?«, fragt Johann.

»Nun, erinnert euch: Das Handy hat nicht nur in Niebüll, sondern auch in Keitum gefunkt. Es wäre doch möglich, dass Sander der zweite, der unbekannte Mann war, der Beihilfe zum Mord geleistet hat! Auch er hätte den Einbruch in Niebüll in Gunnars Wohnung begehen und dort das Handy entwendet haben können. Olaf hat Sander auf jeden Fall zur Dienststelle gebracht, um ihn dort genauer zu befragen«, erzählt Uwe.

»Dort gab er zu, das Handy an sich genommen zu haben, als sein Freund auf seltsame Weise ums Leben kam. Die Auswertung des Handys ergab, dass es tatsächlich der Apparat war, der am Abend des Mordes an Hans von der Villa aus telefoniert hatte, mit einer Nummer, die zu dem ebenfalls gestohlenen Handy in Hamburg gehörte. Und diese Nummer, die um 20.36 Uhr angerufen wurde, wurde zu dieser Zeit in Hamburg in einer Kunstgalerie geortet.«

»Elena Ewers! Also doch. Ich wusste die ganze Zeit, dass sie dahintersteckt!«, sagt Johann empört.

»Ja, es sieht wohl so aus, als ob dieses geheime Liebespaar eiskalt den Tod von Hans Ewers geplant hat. Gunnar hat ihn ausgeführt, und Elena hat ihm vermutlich dabei geholfen, die Leiche zu beseitigen. Leider haben sie dabei ein paar blöde Fehler gemacht, weswegen die Polizei überhaupt erst misstrauisch wurde. Nach Aussage seines Freundes Karsten Sander ist es sehr wahrscheinlich, dass Gunnar die Nerven verloren hat, als er merkte, dass niemand die Geschichte des ertrunkenen Hans glaubt. Dieser Sander hat berichtet, dass Gunnar unter enormer Anspannung und extremem Stress stand und praktisch nur noch ein Nervenbündel war. Dies beweist auch eine E-Mail, die Gunnar kurz vor seinem Tod an Elena geschrieben hat, wie die Polizei nach der Untersuchung seines Laptops herausgefunden hat. Dadurch wurde er zur Gefahr für Elena … sie konnte nicht riskieren, dass Gunnar alles gesteht. Damit wäre auch sie im Gefängnis gelandet und hätte sich das schöne Leben abschminken können.«

»Also hat sie auch seinen Tod eiskalt geplant?«, fragt Johann.

»Das bei Karsten Sander gefundene Handy enthielt nicht nur zahlreiche Liebes-SMS und den Beweis, dass Gunnar damit am Mordabend mit einem anderen Geheimhandy in Hamburg telefoniert hatte …«

»Sondern …?«, fragt Johann neugierig.

»Sondern auch folgende Botschaft, die er am Tag vor seinem Tod empfangen hatte:

Liebster, komm bitte morgen um 8 Uhr zu unserer kleinen Bank am Watt in der Braderuper Heide … wo wir uns zum ersten Mal getroffen haben! Ich muss dich unbedingt sehen! Tja, nur, dass Gunnar ganz in der Nähe dieser kleinen Bank in den frühen Morgenstunden nicht seine Geliebte, sondern den Tod getroffen hat, nicht wahr?

Die Botschaft wurde übrigens von dem anderen Geheimhandy gesendet, welches offenbar fast die ganze Zeit über abgeschaltet war und welches die Polizei nach dem Mord an Hans nur ein einziges Mal in Hamburg orten konnte … und zwar an dem Tag, als die SMS an Gunnar verschickt wurde, die ihn einen Tag später in die Heide zu seinem Mörder gelockt hat! Sicher ist aber nicht, ob diese Meldung von Elena abgesetzt wurde. Das kann man nur mit Bestimmtheit sagen, wenn man auch das andere Geheimhandy findet.«

»Wer außer Elena sollte denn diesen Text geschrieben haben? Gunnar ist nur deshalb in die Heide geritten, weil er dachte, dass er sie endlich wiedersehen würde!«, sagt Lisa.

»Ja, davon geht die Polizei auch aus. Als Elena merkte, wie verzweifelt Gunnar ist und welch große Gefahr er für sie darstellte, muss sie nach Hamburg gefahren sein. Sie hat sich wohl an ihren alten Freund Igor aus ›Red Rose‹-Zeiten erinnert, einen brutalen und skrupellosen Kampfsportler, der nur zu gerne bereit war, ihr behilflich zu sein. Davon hat er sich wiederum finanzielle Vorteile versprochen! Deshalb ist Igor der Schreckliche statt Elena in der Heide aufgekreuzt und hat Gunnar womöglich mit einer Botschaft von Elena von seinem Pferd gelockt. Anschließend hat er laut Gerichtmedizin Gunnar mit einem gezielten Handkantenschlag gegen den Kehlkopf außer Gefecht gesetzt und ihn mit einem Genickbruch endgültig getötet. Der Minifahrer hat eindeutig Igors Ford Mustang als den Wagen erkannt, den er am Morgen der Tat aus dem Braderuper Weg preschen sah. Anschließend muss Igor in Gunnars Wohnung eingebrochen sein, um das Geheimhandy zu sichern, bevor es die Polizei finden würde. Er konnte ja nicht wissen, dass Gunnar es in seiner Jacke im Reitstall zurückgelassen hatte, wo es Karsten Sander kurze Zeit später fand und an sich nahm. Was Sander damit vorhatte, können wir nur vermuten. Vielleicht wollte er Elena damit erpressen? Ziemlich sicher kann man allerdings davon ausgehen, dass Elena Igor versprochen hat, dass er für seinen Hilfsdienst ordentlich etwas von dem Kuchen, den sie zu erwarten hatte, abbekommen wird. Allerdings war der Kuchen nicht einmal ein Knäckebrot, denn der gute Hans hatte schlauerweise sein Testament kurz vor seinem Tod geändert.«

»Also war alles umsonst!«, sagt Lisa. »Die Polizei muss doch jetzt genug Beweise haben, um ihr die Morde nachzuweisen. Hat man Elena denn jetzt festgenommen?«

»Nein, das war nicht möglich. Als Olaf und Honni bei ihr im Hobookenweg eintrafen, war sie nicht zu Hause und auch sonst nirgends auffindbar. Olaf sagt, es war sehr seltsam – das ganze Haus war leer, aber es brannte Licht in allen Räumen und man konnte Klaviermusik hören. Die Beamten fanden jedoch keine Spur von ihr, nur eine zerbrochene Champagnerflasche und Blut! Als sei Elena in dem Moment, in dem sie sich ein Gläschen genehmigen wollte, überrascht worden.«

»Blut? Dann hat man ihr auch etwas angetan? Dieser Komarov vielleicht?«, fragt Lisa erschrocken.

Sie denkt kurz nach, dann sagt sie: »Oder gab es vielleicht doch noch einen ganz anderen Täter? Einen, der Elena als Mitwisserin aus dem Weg räumen wollte? Dieser Sander vielleicht?«

»Vielleicht sollte die Polizei genau das glauben! Damit Elena sich in Ruhe aus dem Staub machen kann. Sander wird doch gerade auf dem Revier verhört. Auf jeden Fall ist Elena Ewers wie vom Erdboden verschluckt«, sagt Uwe.

»An ihrer Stelle wäre ich auch abgehauen. Der Killer wollte doch sicher sein Geld, und wenn sie keins hatte, ist er wahrscheinlich recht ungemütlich geworden. Igor der Schreckliche! Der war sicher nicht zimperlich!«, denkt Johann laut und setzt hinzu: »Elena hat wohl geahnt, dass ihr nicht nur er, sondern auch die Polizei im Nacken sitzt. So langsam zog sich die Schlinge immer enger um ihren Hals …«

»Das denken wir auch. Und natürlich hat die Polizei überlegt, wo eine Frau wie sie wohl hingehen würde, wenn sie Hilfe braucht«, sagt Uwe.

»Zu einem Mann?«, rätselt Lisa.

»Zu einem Mann! Ihr erinnert euch sicher an die Beerdigung von Hans auf dem Dünenfriedhof. Konsul Wagenbach hat Elena Ewers kondoliert und ihr etwas zugesteckt, vermutlich seine Visitenkarte. Nun ist es ja kein Geheimnis, dass Konsul Wagenbach über eine große Kaffeeplantage in Brasilien verfügt. Zufälligerweise hat er eine Geschäftsreise dorthin geplant und wird schon heute von Hamburg aus nach Rio abfliegen«, klärt Uwe auf.

»Lass mich raten – er wird begleitet von seiner Sekretärin?«, fragt Johann.

»Richtig. Olaf und seine Jungs sind bereits auf dem Weg zum Flughafen. Die Polizei ist ja nicht blöd und hatte Elena und diesen Konsul schon über das Telefon überwacht.« Uwe grinst.

»Und Igor der Schreckliche?«, fragt Johann noch einmal.

»Das SEK hat ihn auf St. Pauli festgenommen. Er sitzt in Untersuchungshaft und sagt natürlich nix. Man hat übrigens an seiner Jacke Fasern von dem Fleecepullover gefunden, den Gunnar am Tage seines Todes trug.«

Lisa schüttelt den Kopf.

»Mein Gott, wenn ich daran denke, wie oft dieses Liebespärchen bei mir in Hörnum war. Es kam mir immer komisch war, aber ich dachte nur an eine geheime Liebschaft. Wenn ich geahnt hätte, was für eiskalte Mörder das waren!«

»Zumindest Gunnar Möllmann war sicher nicht eiskalt. Er war nur unsterblich in Elena verliebt und wollte sie ganz für sich allein. Er war ihr hörig und hätte alles für sie getan. Außerdem war er ständig geblendet vom Leben der Reichen und Schönen, ob nun im Reitstall oder beim Poloturnier. Wie gerne hätte er auch einmal zu dieser Gesellschaft gehört, statt immer nur der arme Reitlehrer zu sein, der die Pferde versorgen durfte. Die Polizei hat seinen Laptop, den er so sorgfältig versteckt hatte, jetzt ausgewertet und herausgefunden, dass er offenbar im Darknet versucht hat, einen Killer anzuheuern«, berichtet Uwe weiter.

»Darknet? Was ist das denn?«, fragt Johann.

»Eine spezielle geheime Plattform im Internet, wo du an alles kommen kannst: Drogen, Waffen …«

»Oder einen Mörder?«

»Leider auch das. Es ist sehr kompliziert, da hineinzukommen, aber Gunnar muss es geschafft haben. Jedoch ist sein Plan gescheitert, weil diese Leute viel Geld für ihre Dienste wollen. Geld, das Gunnar gar nicht hatte. Was hat ihn am Ende dazu bewogen, die Tat selbst auszuführen? Die Polizei hat in diesem Laptop einen Brief an Elena gefunden, aus dem ganz klar hervorgeht, dass die beiden Hans Ewers auf dem Gewissen haben!«

»Das ist doch der Beweis!«, sagt Johann.

»Ja, das kann man wohl so sagen. Gunnar Möllmann war zutiefst verzweifelt. Er konnte mit dieser Schuld nicht leben! Auch wenn er Elena hörig war, so waren sie doch mit dem Mord an Hans Ewers viel zu weit gegangen. Er hat das nervlich und mit seinem Gewissen nicht verkraftet. Wenn er nicht selbst Opfer eines Mordes geworden wäre, hätte er sicher der Polizei früher oder später alles gestanden. Ich glaube nicht, dass er mit der Schuld hätte weiterleben können.«

»Aber diese Elena … wie kann man nur so durchtrieben sein?« Lisa schüttelt den Kopf.

Alma hatte gesagt, ihre Seele sei so schwarz wie die Haare auf ihrem Kopf.

»Ja, das ist eine Frage, die sich die Polizei täglich und immer wieder von Neuem stellen muss. Warum handeln Menschen so, wie sie handeln? Was treibt sie an? Ist es Habgier? Elena hatte doch den Himmel auf Erden, und ihr Mann trug sie auf Händen. War das nicht genug? Es ist ziemlich sicher, dass sie Hans Ewers nicht aus Liebe. sondern des Geldes wegen geheiratet hat. Man hat den Artikel über Trauer, den sie angeblich geschrieben und durch den sie an ihn herangekommen war, in seinem Schreibtisch gefunden. Sie hatte Wort für Wort aus einem Buch über Trauer abgeschrieben, bis auf das ›Interview‹, das sie mit Hans geführt hat. Interessanterweise wurde dieses Gespräch sehr einfühlsam von ihr geführt. Sie konnte sich gut in ihn hineinversetzen, denn auch sie hatte die wichtigsten Menschen in ihrem Leben durch den Tod verloren. Dadurch hat sie ganz bestimmt sein Herz gewonnen, zumal Hans zu diesem Zeitpunkt ohnehin sehr traurig, einsam und darum überaus empfänglich für Gespräche und Zuwendung war. Es scheint also ganz klar, dass Elena sich Hans Ewers gezielt als zukünftigen Ehemann ausgesucht hatte. Doch warum musste er sterben? Sie lebte doch wie die Made im Speck! War er ihr irgendwann zu alt, ging er ihr auf die Nerven? Es muss so sein, denn schließlich hat sie ja ein Verhältnis mit Gunnar angefangen. Vermutlich hat Hans Ewers herausgefunden, dass Elena einen Liebhaber hatte. Schließlich hatte er ja bereits einen Detektiv auf sie angesetzt. Aus

Enttäuschung über ihre Untreue änderte er sein Testament. Vielleicht wollte er sich sogar von ihr scheiden lassen. Das hätte für Elena bedeutet, in ihr altes Leben als Bedienung in einem Café und in eine kleine Mietwohnung zurückzukehren. Wahrscheinlich wollte sie das um jeden Preis verhindern!«, sagt Uwe.

»Das ist es!«, ruft Johann aufgebracht. »Das ist das Motiv! Sie wollte ein neues Leben mit ihrem Liebhaber aufbauen, aber natürlich nicht den Reichtum und das schöne Leben dafür aufgeben!«

»Hat sie denn Gunnar wenigstens geliebt?«, fragt Lisa.

Sie denkt an die Besuche der beiden im »Strandgut«-Haus und schüttelt insgeheim den Kopf. Irgendwie hatte es immer so auf Lisa gewirkt, als ob Gunnar Elena wie ein Hündchen hinterherlaufen würde.

Uwe bestätigt das, indem er sagt: »Nein, meiner Ansicht nach er war für sie nur Mittel zum Zweck. Solange er ihr nützlich war und ihre Bedürfnisse befriedigte, war er gut genug.«

»Sobald er allerdings lästig und zur Gefahr wurde, musste er verschwinden«, sagt Johann, nimmt einen Schluck aus seiner Bierflasche und setzt grimmig hinzu: »So ein Teufelsweib!«

»Tja … wie kaltblütig kann ein Mensch sein? Wie konnte sie Gunnar einfach so aus ihrem Leben entfernen und sogar töten lassen?«, fragt Lisa.

»Ich glaube, sie hatte Angst. Angst, dass alles herauskommen würde. Aber all diese Fragen kann nur ein einziger Mensch beantworten«, sagt Uwe und nickt.

»Elena selbst«, schlussfolgert Lisa. Sie denkt an den großen, breitschultrigen Gunnar mit seinem verschmitzten Grinsen. Er hatte von einem Leben an der Seite der schönen Elena geträumt. Es war ein Traum, den er mit dem Leben bezahlte.

»Ich denke, es ist sehr wahrscheinlich, dass sie gar nichts sagen, sondern gleich einen Anwalt einschalten wird. Vielleicht werden wir nie erfahren, was genau in ihr vorging und warum sie einen derart teuflischen Plan verfolgte«, sagt Uwe.

Plötzlich klingelt Uwes Telefon, und er entschuldigt sich: »Ist sicher Berta. Wahrscheinlich gibt es Abendbrot.«

Uwe nimmt ab und entfernt sich ein paar Schritte von den anderen.

»Vielleicht kommt die Polizei ja zu spät und die beiden sind schon auf dem Weg nach Brasilien. Was wird denn dann aus dem armen Pferd?«, fragt Lisa.

»Das ist doch gut aufgehoben in dem Stall in Keitum«, sagt Johann.

»Meine Güte, das ist ja ein Ding! Ich fass es nicht!«, sagt Uwe mit versteinerter Miene, als er auflegt.

»Nun sag schon: was?«, fragt Johann neugierig.

»Das war Smarty. Elena Ewers hat uns gelinkt! Sie war gar nicht am Flughafen. Olaf und seine Jungs haben nur Konsul Wagenbach dort angetroffen, und dieser sagt, er sei zwar mit Elena verabredet gewesen, aber sie sei nicht gekommen. Er habe einige Male auf ihrem Handy angerufen, aber sie sei nicht rangegangen. Schließlich hätte er nicht mehr warten können, denn er hat angeblich wichtige Termine in Rio! Also sei er eben alleine nach Hamburg zum Flughafen gefahren.«

»Das könnte ein Trick sein. Wahrscheinlich kommt sie mit der nächsten Maschine nach«, vermutet Johann und setzt hinzu: »Die bleibt doch nicht hier, wo sie weiß, dass die Polizei hinter ihr her ist!«

»Du hast recht. Olaf denkt genauso. Es werden jedenfalls alle weiblichen Personen, die heute oder morgen noch nach Rio fliegen, überprüft.« Uwe blickt versonnen in die Ferne und sagt: »Wer weiß, ob sie überhaupt nach Rio fliegt und nicht ganz woanders hin! Ihr war sicher bewusst, dass ihr die Polizei dicht auf den Fersen ist. Elena ist eine schlaue und überaus raffinierte Frau … sie hat sich garantiert etwas einfallen lassen, um hier zu verschwinden! Sicher gab es in ihrem Fundus außer der Perücke noch andere interessante Dinge. Einen gefälschten Pass zum Beispiel. Wir dürfen nicht vergessen, dass sie über Kontakte zur Unterwelt verfügt! Wer weiß schon, ob dieser Konsul der einzige Mann war, dem sie schöne Augen gemacht hat? Frauen wie sie werfen sich ständig Männern an den Hals …«

»Mit Erfolg. Wie heißt es so schön? Das liegt daran, dass Männer besser gucken als denken können!«, sagt Lisa.

»Wo kann sie nur sein? Es darf doch einfach nicht sein, dass sie so davonkommt? Die Polizei darf sie nicht entwischen lassen! Elena Ewers hat ihre Strafe verdient!«, sagt Johann grimmig.

Uwe nickt, zuckt allerdings hilflos die Schultern.

»Ich hoffe auch, dass die Kollegen sie schnappen«, sagt er.

»Was allerdings seltsam ist …«, grübelt Uwe laut, »… ist das Blut, das man auf ihrem Küchenboden gefunden hat.«

»Du meinst, es könnte sein, dass man ihr vielleicht auch etwas angetan hat?«, rätselt Johann.

Uwe wiegt nachdenklich den Kopf.

»Dafür war es zu wenig Blut. Es war nicht viel, es sah wohl eher so aus, als habe sich jemand ordentlich geschnitten. Doch das Blut gehört eindeutig zu Elena Ewers. Nur von ihr gibt es nach wie vor keine Spur«, sagt er.

»Ich glaube, ich weiß, wo sie ist«, sagt Lisa, die die ganze Zeit über ruhig und in sich gekehrt war. »Elena ist nicht am Flughafen. Sie fliegt nicht nach Rio. Und auch nicht woandershin. Nicht heute und nicht morgen.«

»Was meinst du damit?« fragen Uwe und Johann wie aus einem Mund.

»Ich weiß, wo sie ist. Kann mich bitte jemand fahren?«

Samtene Dunkelheit hat das kleine märchenhafte Dorf Keitum eingehüllt wie ein Mantel. Es ist ganz still. Die Menschen sitzen in den kleinen verwunschenen Friesenhäusern hinter hell erleuchteten Fenstern und freuen sich über ein schönes Abendessen oder ein gutes Glas Wein. Die Straßen sind leer, ein paar Blätter treiben und nur der Wind flüstert durch die Zweige der alten Bäume. Er erzählt ein Geheimnis, das niemals entdeckt werden sollte. Er flüstert von einem Wunder, das nie geschehen ist. Und von einem Rätsel, das endlich gelöst worden ist, doch niemanden glücklich gemacht hat.

Uwe steuert auf den Reitstall zu, der zu dieser Tageszeit ruhig und dunkel vor ihnen liegt.

»Bist du sicher, dass wir hier richtig sind?«, fragt er.

Lisa antwortet nicht. Nein, sie ist nicht sicher. Im Augenblick weiß sie sogar nicht einmal, warum sie unbedingt hierherwollte.

Sie steigen aus und sehen sich suchend um. Vorsichtig öffnet Lisa die Tür zu den Pferdeställen. Auch hier ist alles ruhig.

Lisa atmet tief durch.

Da drüben ist die Box von Fantaisie. Langsam geht Lisa

darauf zu. Das Pferd ist unruhig und scharrt mit den Hufen. Zuerst sieht Lisa nur eine Flut von rotgoldenen Haaren. Und die vielen Blutspitzer, die hell auf den Stallwänden leuchten. Sie wusste, dass Elena hier sein würde. Fantaisie war das Einzige, das sie noch hatte! Vorsichtig geht Lisa auf Elena zu, die am Boden in einer Blutlache liegt.

Ist sie etwa auch ermordet worden? Lisa klopft das Herz zum Zerspringen. Dann sieht sie die Rasierklinge, die neben Elena liegt. Alles ist voller Blut. Elena ist tot. Aber sie ist nicht ermordet worden. Sie hat sich die Pulsadern aufgeschnitten.

Lisa streicht eine Strähne des rotgoldenen Haars nach hinten. Elenas Gesicht ist immer noch schön. Und es sieht nicht mehr so zerrissen und gebrochen aus wie am Tag der Beerdigung von Hans. In der Hand hält sie eine Kette mit einem Pferdeanhänger und einen Brief, auf dem steht:

Ich liebe dich. Du bist mein Leben. Hans

22. KAPITEL
DU BIST MEIN LEBEN

Die Sonne strahlt so hell vom Himmel, als wolle sie das Strahlen der Braut übertreffen, die gerade in einem Kleid aus heller Seide an der Seite ihres frischgebackenen Mannes aus der Kirche St. Severin in Keitum tritt.

Vor dem Portal hat sich der Sylter Shanty-Chor postiert und singt »Sonne über Sylt«.

Sven nimmt Lisa fest in den Arm, die sich gerade eine Träne der Rührung aus dem Augenwinkel wischt.

»Du siehst wunderschön aus heute!«, flüstert er ihr liebevoll ins Ohr.

Lisa trägt ein hellblaues enges Kleid, das hervorragend zu ihrem blonden Haar und ihrem gebräunten Teint passt. Glücklicherweise wurde ihr der Schulterverband rechtzeitig entfernt, sodass sie nur eine leichte cremefarbene Pashmina-Stola um die Schulter gelegt hat.

»Danke schön. Aber mit der Braut kommt heute keiner mit!«, sagt sie und lächelt.

»Hast du noch Schmerzen?«, fragt Sven, weil er spürt, dass Lisa seine Umarmung nicht ganz so fest erwidert.

»Ein bisschen. Aber es ist schon viel besser! Trotzdem könnte ich ein wenig Hilfe brauchen. Die Gäste werden gleich herüberkommen, und wir müssen den Sekt einschenken.«

»Lisa, was ich dich schon immer fragen wollte: Woher

wusstest du an dem Abend eigentlich, wo Elena ist?«, fragt Uwe, als alle Gäste dem Brautpaar gratuliert haben und mit Sekt und Knabbergebäck versorgt sind.

»Eigentlich ist der heutige Tag viel zu schön, um über diese tragische Geschichte zu sprechen!«, sagt Lisa.

»Aber wenn du es unbedingt wissen willst, sag ich es dir natürlich gerne: Ich wusste es gar nicht!«

Uwe blickt die lächelnde Lisa verständnislos an.

»Es war einfach nur so ein Gefühl ... ich glaube, als du gesagt hast, man hätte Elenas Blut in der Küche gefunden. Es sei nicht viel gewesen, eher so, als habe sich jemand geschnitten. Ich hatte gerade ein paar Tage zuvor in einer Illustrierten einen Artikel über eine Selbstmörderin gelesen, die sich die Pulsadern aufgeschnitten hat. Zuvor hatte sie ein paar Probeschnitte gemacht, aus Wut auf sich selbst.«

»Und da hast du gedacht, Elena könnte sich selbst umgebracht haben?«, hakt Uwe nach.

»Es war zumindest naheliegend. Sie hatte doch niemanden mehr. Und sie hatte schwere Schuld auf sich geladen. Ihr ganzer schöner Plan war umsonst gewesen, und sie hatte alles verloren – außer Fantaisie. Die Gier hat ihr eigenes Glück zerstört.«

Lisa hat in den vergangenen Wochen viel über die seltsame Elena Ewers nachgedacht. Ihrer Meinung nach war Elena erst bewusst geworden, was eigentlich ihr Glück ausgemacht hatte, als es zu spät gewesen war. Lisa war ihr ja nicht allzu häufig begegnet, aber wenn, dann war Elena stets sorgfältig zurechtgemacht gewesen. Ja, sie war eine schöne Frau gewesen. Doch der Ausdruck in ihrem Gesicht hatte hinter der ganzen teuren Kosmetik irgendwie zerrissen auf Lisa gewirkt. Es war der Blick einer Getriebenen. Auch die teure Kleidung wirkte an ihr nicht so selbstverständlich und lässig wie an den vielen anderen Frauen, die diese auf Sylt tagtäglich zur Schau stellen, sondern eher, als ob sie verbergen wollte, wer sie eigentlich war und wo sie herkam.

Durch Uwe hatte Lisa erfahren, dass Elena vor Jahren Bedienung in einer Bar gewesen war, in der nicht das beste Publikum verkehrt hatte. Insofern war sie sicher sehr glücklich, dass sie es in die Welt der Schönen und Reichen geschafft hatte! Doch war sie niemals richtig dort angekommen, vermutet Lisa. Sicher wurde sie von der ganzen feinen Gesellschaft schon aufgrund ihres Aussehens und ihres Akzents ebenso wenig akzeptiert wie von der Familie von Hans Ewers. Natürlich gibt es keine Entschuldigung für die grausame Tat, aber es muss einen Grund geben, warum Elena so weit gegangen ist. Lisa hat ihr am Tag der Beerdigung von Hans Ewers in die Augen gesehen. Was sie dort gesehen hat, war keine Kälte, sondern Angst und Verzweiflung. Es war nicht der Blick einer eiskalten Mörderin, auch wenn alle anderen das so sehen. Und auch, wenn Lisa selbst fast mit dem Leben dafür bezahlt hat. Wer weiß, warum der Audifahrer, dieser Igor, wirklich Lisa angefahren hat. Vielleicht hatte Elena ihm nur erzählt, dass Lisa sie erkannt hatte, und er hatte selbst beschlossen, Lisa Angst einzujagen. Eine Frau im Gefängnis konnte ihm schlecht sein Geld geben!

»Sie hat ihre gerechte Strafe bekommen. Beziehungsweise selbst gewählt«, sagt Uwe nun. »Elena Ewers hat zwei Menschen auf dem Gewissen, die sie aufrichtig geliebt haben.«

»Am Ende tötet man immer das, was man liebt«, sagt Lisa.

»He, wie meinst du das? Da müsste ich dich ja auch …« Sven stupst sie in die Seite.

»Das meine nicht ich. Oskar Wilde hat das gesagt«, antwortet Lisa.

»Aber das stimmt doch nicht. Elena hat Hans doch nicht geliebt«, sagt Uwe.

»Ich denke, sie hat das Gefühl geliebt, das er ihr gegeben hat. Die Sicherheit, die Geborgenheit. Er hat ihr das Gefühl gegeben, jemand zu sein! Als er tot war, fehlte ihr das auf einmal«, sagt Lisa.

Sie selbst kann das mehr als gut verstehen. Auch Lisa vermisst nach ihrer Scheidung das Gefühl der Sicherheit und Geborgenheit sehr oft.

»Als Elena bemerkte, dass Hans ihre Affäre mit Gunnar entdeckt hatte, bekam sie es mit der Angst zu tun. Angst, er könne sich von ihr scheiden lassen und sie würde wieder dort landen, wo sie hergekommen war. Das wollte sie um jeden Preis vermeiden, denn schließlich hatte sie sich bereits an das schöne und sorgenfreie Leben an seiner Seite gewöhnt. Doch irgendwann muss ihr klar geworden sein, dass es gar nicht das Geld war, das sie brauchte. Wahrscheinlich, als sie plötzlich ganz alleine war. Hans hatte sie beschützt«, sagt Lisa nachdenklich.

»Ach, komm. Nun suche doch nicht nach Verständnis für diese Frau! Sie war eiskalt und berechnend. Und sie war schon wieder drauf und dran, sich einen neuen Deppen zu suchen, der für sie sorgt!«, sagt Uwe heftig.

»Nein, ich glaube, das konnte sie nicht«, widerspricht Lisa.

»Ich meine, vielleicht war das ja ihr ursprünglicher Plan, vielleicht dachte sie, es würde all ihre Probleme lösen, wenn sie einfach mit diesem Konsul verschwinden würde. Aber irgendwann muss sie von diesem Plan abgekommen sein. Ich habe gespürt, dass Elena nicht nach Rio fliegen und dort ein neues Leben anfangen konnte. Nicht, nach allem, was geschehen war! Es hätte bedeutet, für den Rest ihres Lebens

Theater zu spielen. Ihren Körper und auch ihre Seele wieder an einen fremden Mann zu verkaufen.«

Nach allem, was Lisa über Hans Ewers gehört hat, war er ein Mann, der Elena geliebt und sehr gut behandelt hat.

»Elena hätte nach dem Leben, das sie durch Hans kennengelernt hat, vor allem nach seiner aufrichtigen Liebe zu ihr, nicht einfach auf einer Kaffeeplantage ein neues Leben anfangen und noch einmal glücklich werden können. Zumal durch ihre Schuld auch noch ein anderer Mann, der sie ebenfalls geliebt hat, sein Leben verloren hat. Nein, Elena hat sicher erkannt, dass sie Dinge getan hat, die sie nie wiedergutmachen kann. Sie hätte keinen Frieden mehr gefunden, weder in Rio noch in Hamburg noch sonst irgendwo. Sie hatte keine Menschenseele mehr, nur noch Fantaisie. Und plötzlich wusste ich, wo sie ist«, sagt Lisa.

Der Bräutigam kommt zu ihnen herüber und sagt vorwurfsvoll: »Was macht ihr denn für ernste Gesichter? Heute ist ein Tag, an dem gefeiert wird!«

Lisa nimmt Johann fest in die Arme.

»Ich freue mich so sehr für euch und wünsche euch noch viele glückliche gemeinsame Jahre!«

»Danke, mien Deern. Wir gehen gleich zu ›Fisch Fiete‹ essen. Aber Achtung: Erst wirft Alma den Brautstrauß!«, antwortet Johann lachend.

»Kann es vielleicht sein, dass Alma den Brautstrauß absichtlich in deine Richtung geworfen hat?«, fragt Sven lächelnd, während Lisa ihre Nase in den eben gefangenen Rosenstrauß hält, und kneift ein Auge zu.

»Nein, wieso?«, fragt sie unschuldig zurück.

Sie denkt an den Brief in Elenas Händen: *Ich liebe dich. Du bist mein Leben.*

Svens Blick sagt ihr gerade genau dasselbe. Zärtlich zieht er sie in seine Arme.

Der Wind streicht sanft durch die Bäume, die golden in der Herbstsonne leuchten.

Und diesmal flüstert er eine andere Geschichte – eine, die von Liebe und Glück erzählt.

ENDE

DANKSAGUNG

Vom ersten Gedanken an eine neue Geschichte bis zum Wort »Ende« am Schluss ist es ein langer Weg. Dieser Weg führt den Autor durch wunderbare Landschaften (auch wenn man selbst gerade am Laptop hinter dem Fenster sitzt) …, zu interessanten Menschen, originellen Charakteren und komischen, leidenschaftlichen und spannenden Begegnungen.

Dass ich diesen Weg nicht alleine gehen muss, sondern einen verständnisvollen und interessierten Begleiter an meiner Seite habe, dafür möchte ich mich heute zu allererst bei meinem Lebensgefährten Dieter Jaeschke bedanken, der mich vom ersten Schritt in die neue Geschichte bis zum Wörtchen »Ende« liebevoll, aber auch kritisch begleitet. Kritisch deshalb, weil er als ehemaliger Kriminal-Hauptkommissar nicht nur die allerbesten Ideen für spannende Krimiszenen hat, sondern diese nach dem Schreiben auch ganz genau unter die Lupe nimmt. Als unverbesserliche Romantikerin bin ich nämlich stets geneigt, die Figuren in meinen Büchern mit reichlich Liebe zu beschenken, doch er sorgt dafür, dass in der Geschichte nicht nur Herzschmerz, sondern auch eine ordentliche Portion Dramatik enthalten ist. Seine vielen guten und originellen Gedanken machen aus der ersten Idee erst eine interessante und lebendige Geschichte und ich wünsche mir sehr, dass wir noch viele neue gemeinsame »Wege« gehen (auch wenn uns die

Leute zuweilen komisch ansehen, wenn wir beim Waldspaziergang zum Beispiel über die Leiche in der Gefriertruhe sprechen!).

Das Schreiben eines neuen Buches macht mich immer wieder aufs Neue glücklich, und doch könnte ich diesen Weg auch nicht ohne meine unverzichtbare und großartige Lektorin und Freundin Claudia Senghaas gehen. Nicht nur, dass sie mir Gelegenheit gibt, eine Idee zu verwirklichen, von der sie oft nur ein paar erste Gedanken kennt … Sie ist auch diejenige, die mit ihren klugen Anregungen die Geschichte erst so richtig rund und gut macht. Es ist mir eine Ehre, mich Claudias Freundin nennen zu dürfen und ich fürchte, ich werde ihre wertvolle Hilfe niemals (auch nicht mit den Hunderten Latte Macchiato, die wir hoffentlich noch gemeinsam trinken und dabei über Bücher sprechen werden!) aufwiegen können.

Darüber hinaus bin ich nach wie vor sehr glücklich, mit meinen Romanen ein Teil des Gmeiner-Verlags zu sein. Ich werde nie den Tag vergessen, an dem ich die Chance bekam, dieser Teil zu werden und in die wunderbare Welt des Schreibens eintauchen zu dürfen! Seitdem habe ich so viele tolle Menschen kennengelernt, die meine Arbeit und mein Leben mit ihrem Wissen und ihrer Unterstützung auf vielerlei Weise bereichern. Ich danke dem gesamten Team des Gmeiner-Verlages dafür, dass ich mit »Windflüstern« wieder ein wundervolles Buch verwirklichen durfte!

Der Moment, in dem ich das fertige Buch mit der Geschichte, in der ich so viele Wochen und Monate »gelebt« habe, in Händen halte, ist stets ein ganz besonderer für mich, der mich sehr berührt.

Von ganzem Herzen danke ich selbstverständlich auch

allen Buchhändlern und Veranstaltern von Lesungen dafür, dass sie mich so großartig unterstützen und den Leserinnen mein Buch empfehlen.

Im vergangenen Jahr hatte ich das große Glück, viele Leserinnen nicht nur in Emails und Briefen, sondern auch persönlich kennenlernen zu dürfen! Manch eine von Ihnen hat mich sogar besucht, um mich zu sehen und mir ein paar liebe Worte zu meinen Büchern zu sagen. Herzlichen Dank dafür! Es bedeutet mir wirklich sehr viel und schenkt mir den Mut und die Kraft, wieder eine neue Idee auf »den Weg« zu bringen.

Bedanken möchte ich mich auch bei Hermann Rath, dafür dass er mich unterstützt und mir die Zeit zum Schreiben schenkt … Und ganz besonders bei Tanja Hauer, die mir nicht nur bei den russischen Begriffen in »Windflüstern« jederzeit freundlich und hilfsbereit zur Seite stand.

Ein dickes Dankeschön geht natürlich besonders an meine Kinder Sandrina, Marc und Simona, die mich immer wieder ermutigen, erfreuen und inspirieren und viel Verständnis dafür haben, dass ich während des Schreibens nicht allzu viel Zeit für sie habe.

Aber auch an Jürgen …, danke für die vielen Cappuccinostunden, in denen wir von Sylt träumen oder in Inselerinnerungen schwelgen.

Jeder einzelne von euch hat mich ein Stück auf dem Weg zu »Windflüstern« begleitet.

Dieser Weg, so abwechslungsreich und schön er auch sein mag, kann bisweilen auch recht schwierig und anstrengend sein. Hat man allerdings so wunderbare Menschen wie ich an seiner Seite und wird mit Liebe begleitet, kommt er einem ganz leicht vor! Auch wenn man bis spät in die Nacht am Laptop sitzt.

Eine Geschichte entstehen zu sehen …, die Figuren

darin zu erfinden und zum Leben zu erwecken ..., und anschließend die Entwicklung weiter zu steuern, ist ein großes Geschenk. Doch erst dann, wenn sich die Leserinnen mit mir zu diesem Geschenk freuen, ist es mir gelungen, die Herzen zu berühren. Ich wünsche mir, dass dies auch bei »Windflüstern« der Fall ist und freue mich schon auf hoffentlich viele neue Begegnungen!

CHRISTINE RATH
Eisblumenglitzern

978-3-8392-1944-7 (Paperback)
978-3-8392-5145-4 (pdf)
978-3-8392-5144-7 (epub)

HERZ AUS EIS Kurz vor Weihnachten ist Majas Herz durch die Trauer um ihre große Liebe Christian ebenso zu Eis erstarrt wie der kalte Bodensee. Als in ihrer Nachbarschaft auf mysteriöse Weise nicht nur die Weihnachtspost, sondern auch ein Familienvater spurlos verschwindet und seine Frau und Sohn Jonas deshalb obdachlos werden, nimmt sie sich der beiden an. Aber dann wird auch Jonas vermisst … Bei einer großen Suchaktion wird nicht er, sondern eine tote Frau im Wald gefunden. Kommissar Michael Harter tut alles, um Weihnachten und das Leben des Jungen zu retten …

GMEINER SPANNUNG

WWW.GMEINER-VERLAG.DE
Wir machen's spannend

Das Neueste aus der Gmeiner-Bibliothek

Unser Lesermagazin

Bestellen Sie das kostenlose Krimi-Journal in Ihrer Buchhandlung oder unter www.gmeiner-verlag.de

Informieren Sie sich …

www … auf unserer Homepage:
www.gmeiner-verlag.de

@ … über unseren Newsletter:
Melden Sie sich für unseren Newsletter an unter www.gmeiner-verlag.de/newsletter

f … werden Sie Fan auf Facebook:
www.facebook.com/gmeiner.verlag

Mitmachen und gewinnen!

Schicken Sie uns Ihre Meinung zu unseren Büchern per Mail an gewinnspiel@gmeiner-verlag.de und nehmen Sie automatisch an unserem Jahresgewinnspiel mit »mörderisch guten« Preisen teil!